J Comme Jugement

DU MÊME AUTEUR

CHEZ POCKET

SUE GRAFTON

J Comme Jugement

PRESSES DE LA CITÉ

Titre original :
« J » is for Judgment

Traduit par Michèle Truchan-Saporta

Cet ouvrage a été initialement publié sous le titre :
« Le Jour du Jugement »

Édition originale : Henry Holtand Company, Inc.

ISBN : 2-266-07118-1

Pour Torchy Gray, en souvenir d'une amitié née à l'occasion d'un collage réalisé avec des haricots verts... par elle... pas par moi.

École normale du Kentucky, Bowling Green, Kentucky.

1958

Remerciements

L'auteur souhaite exprimer sa gratitude à toutes les personnes qui lui ont apporté une aide précieuse : Steven Humphrey; Jay Schmidt; B.J. Seebol, docteur en droit; Tom Huston, Seacoats Yachts; Richard Bryce, shérif adjoint, Patrick Swift, sergent, et Paul Higgason, premier adjoint du shérif, prison du comté de Ventura; Bruce McDowell, inspecteur responsable des gardes à vue, département du shérif du comté de Ventura; Steven Stone, président de la cour d'appel de l'État de Californie; Joyce Spizer, Insurance Investigations Inc.; Mike Love et Burt Bernstein, docteurs en droit, Schubb-Sovereigh Life; Lynn McLaren; William Kurta, Tri-County Investigations; Lawrence Boyers, Virginia Farm Bureau Insurance Services; John Mckall, avoué; Jill Weissich, avoué; Joyce McAlister, procureur, service juridique du département de la police, ville de New York; Diana Maurer, assistante du procureur général de l'État du Colorado; Janet Hukill, agent spécial du FBI; Larry Adkisson, enquêteur principal, bureau du procureur du 18e district; Peter Klippel, Doug's Bougs Etc.; Frank Minschke; Nancy Bein; et Phil Stutz.

Je remercie en particulier Harry et Megan Montgomery, dont le bateau, *The Captain Murray*, joue un rôle si important dans le roman.

1

A première vue, personne ne penserait qu'il puisse exister un rapport entre un assassinat et les événements qui m'ont conduite à considérer autrement ma propre vie. En vérité, les faits et gestes de Wendell Jaffe n'ont rien à voir avec l'histoire de ma famille, mais un meurtre est rarement quelque chose de simple et nul n'a jamais prétendu que la vérité chemine sans détour. Mon enquête sur les antécédents du défunt m'a jetée sur la piste de mon propre passé et, au bout du compte, il m'est devenu très difficile de séparer les deux histoires. Ce qu'il y a de pénible avec la mort, c'est que l'on ne peut plus rien y changer. Ce qu'il y a de pénible dans la vie, c'est que rien ne reste jamais comme avant. Tout a commencé par un coup de téléphone, qui n'était pas pour moi, mais pour Mac Voorhies, l'un des vice-présidents de la California Fidelity Insurance; un homme pour qui j'avais travaillé naguère.

Je m'appelle Kinsey Millhone. Je suis détective privée, titulaire d'une licence délivrée par l'État de Californie, et j'exerce ma profession dans la région de Santa Teresa, à quelque cent cinquante kilomètres au nord de Los Angeles. Ma collaboration avec la CF a pris fin au mois de décembre dernier; et, par la suite, je n'ai plus jamais eu la moindre occasion de remettre les pieds dans l'immeuble du 903, State Street. Depuis sept mois, je loue un bureau dans le cabinet juridique Kingman et Ives. Lonnie Kingman est essentiellement spécialisé dans les affaires criminelles, mais il aime aussi se colleter avec des procès compliqués pour blessure accidentelle ou décès ayant entraîné un préjudice. Il est mon juriste de service depuis d'innombrables années, c'est chez lui que je vais chercher conseil chaque fois que j'en ai besoin. Lonnie est court sur pattes mais costaud, haltérophile et bagarreur. John Ives, lui, est du genre calme; il préfère les difficultés intellectuelles que présentent les procédures en appel. Je suis la seule personne à ma connaissance qui ne manifeste pas pour la profession d'avocat le mépris habituel qu'elle suscite chez tout le monde. Pour mémoire, j'aime également les flics; j'ai un faible pour tous ceux qui s'interposent entre ma propre personne et l'anarchie.

Kingman et Ives occupent tout le dernier étage d'un petit immeuble du centre-ville. Outre Lonnie, le cabinet comprend son associé, John Ives, et un avocat qui s'appelle Martin Cheltenham; c'est le meilleur ami de Lonnie, à qui il loue également un bureau. L'ensemble du travail quotidien est assuré par deux secrétaires juridiques, Ida Ruth et Jill. Nous avons aussi une réceptionniste prénommée Alison et un clerc qui répond au nom de Jim Thicket.

La pièce où je suis installée servait, avant mon arrivée, de salle de réunion avec une petite cuisine de fortune. Après avoir annexé le dernier bureau disponible, au deuxième étage, Lonnie s'est fait construire une nouvelle cuisine, en même temps qu'une pièce destinée aux appareils de reprographie. Mon bureau est assez grand pour contenir une table de travail, un fauteuil pivotant, plusieurs classeurs, un mini-réfrigérateur et une machine à café, plus un grand placard de rangement bourré de cartons que je n'ai pas ouverts depuis mon déménagement. J'ai ma ligne de téléphone privée en plus des deux lignes du cabinet mises également à ma disposition. J'ai aussi mon propre répondeur, mais en cas de pépin Ida Ruth prend les appels qui me sont destinés. Pendant un moment je m'étais mis dans la tête de chercher un autre bureau à louer. J'avais suffisamment d'argent devant moi pour me décider à franchir le pas. Un à-côté, plus ou moins lié à l'affaire dont je m'occupais avant Noël, m'avait rapporté un chèque de vingt-cinq mille dollars. J'avais placé cet argent sur un compte bloqué où il produisait allégrement des intérêts. Dans l'intervalle, j'avais compris que j'appréciais au plus haut point ma situation actuelle. Le bureau est bien situé et il est très agréable de travailler avec des gens autour de soi. Un des rares inconvénients de la vie de célibataire, c'est qu'on n'a personne à prévenir quand on va quelque part. Maintenant, du moins à mon travail, il y a des gens qui sont au courant de mes allées et venues et que je peux contacter si j'ai besoin de me faire materner.

Pendant une bonne heure et demie, ce lundi matin de la mi-juillet, j'étais restée assise à passer des coups de téléphone pour découvrir la trace d'un type qui s'était évaporé. Un détective privé de Nashville m'avait écrit pour me demander si je pouvais retrouver dans la région l'ex-mari de sa cliente, lequel avait six mois de retard dans le versement de la pension alimentaire. Selon une rumeur, le gars avait quitté le Tennessee pour la Californie avec l'intention de s'installer quelque part dans les comtés de Perdido ou de Santa Teresa. On m'avait communiqué le nom du sujet, sa dernière adresse, sa date de naissance et son numéro de sécurité sociale; j'avais instruction de suivre toute piste utile. Je connaissais aussi l'année de fabrication et le modèle du dernier véhicule au volant duquel on l'avait vu, avec le numéro de sa plaque d'immatriculation délivrée dans le Tennessee. J'avais déjà écrit deux lettres à Sacramento; la première pour demander si l'on avait des renseignements sur un permis de conduire délivré au nom de l'intéressé, l'autre pour savoir si celui-ci avait fait changer le numéro d'immatriculation de sa camionnette Ford 1983. J'étais maintenant en train d'appeler les divers services publics qui fournissent l'eau, le gaz et l'électricité dans la région, pour essayer de découvrir s'il y avait eu récemment de nouveaux abonnements à ce nom-là. Jusqu'à présent, je n'avais pas trouvé le filon mais je m'amusais bien. Pour cinquante dollars de l'heure, je ferais à peu près n'importe quoi.

Quand Alison m'a sonnée par l'interphone, j'ai machinalement appuyé sur le bouton.

– Oui?

– Vous avez un visiteur, dit-elle.

Alison est une fille de vingt-quatre ans, pétillante de vitalité et d'énergie. Elle a des cheveux blonds qui lui tombent jusqu'à la taille; elle achète tous ses vêtements au rayon « fillettes » et quand elle écrit son nom elle remplace le point sur le « i » par un cœur ou une marguerite selon son humeur, qui est toujours excellente. On aurait dit qu'elle parlait dans un de ces « téléphones » de gosse, fabriqués avec deux gobelets de carton et un long cordon.

– Un certain Voorhies – de la California Fidelity Insurance.

Comme si j'étais un personnage de bande dessinée, je sentis un point d'interrogation se former au-dessus de mon crâne. Je plissai les yeux en me rapprochant de l'appareil.

– Mac Voorhies est ici?

– Vous voulez que je le renvoie?

– J'arrive, ai-je dit.

Je n'arrivais pas à y croire. Mac était celui qui supervisait la plupart des affaires sur lesquelles j'avais travaillé à la CF. C'était son patron, Gordon Titus, qui m'avait vidée à grands coups de pied dans mon malheureux derrière innocent, et, si j'avais fini par m'habituer à mon changement de situation, la pensée de ce sale type continuait à faire jaillir en moi une bouffée d'adrénaline. Pendant une fraction de seconde, je me permis la fantaisie de croire que Gordon Titus envoyait Mac m'offrir ses plus plates excuses. Ça m'aurait étonnée, cependant. J'inspectai rapidement la pièce, en espérant qu'elle ne donnait pas l'impression que j'étais dans la dèche. Ce n'était pas bien spacieux, mais il y avait une fenêtre, de beaux murs blancs très propres, et une coûteuse moquette de laine couleur orange brûlée. Avec trois aquarelles encadrées et un ficus bien feuillu de plus d'un mètre de haut, je trouvais que l'endroit avait l'air très chic. Bon, d'accord, le ficus est artificiel (dans une espèce de tissu plastifié couvert de poussière), mais on ne peut vraiment pas s'en apercevoir si l'on n'a pas le nez dessus.

J'aurais voulu jeter un coup d'œil dans un miroir. L'arrivée de Mac faisait déjà son effet, mais je n'ai jamais de poudrier sur moi et je ne me faisais pas d'illusion sur ce que j'y verrais : cheveux bruns, yeux noisette, pas une once de maquillage. Comme d'habitude, je portais des jeans, des boots et un col roulé. Je me suis humecté la paume d'un coup de langue et j'ai passé ma main sur mes cheveux hirsutes, avec l'espoir que cela suffirait à faire tenir en place tout ce qui dépassait. La semaine précédente, dans un accès d'exaspération, j'avais attrapé une paire de ciseaux à ongles et coupé à grands coups toute ma crinière. Les résultats étaient tels qu'on pouvait s'y attendre.

Je pris à gauche dans le couloir et dépassai plusieurs bureaux en direction de l'entrée. Mac se tenait près du bureau d'Alison, à la réception. C'est un jeune sexagénaire, grand et maussade, avec une fine auréole de cheveux gris indisciplinés. Ses yeux noirs et tristes sont disposés légèrement de travers dans un long visage osseux. Au lieu de son cigare habituel, il fumait une cigarette dont la cendre tombait sur son costume trois-pièces. Mac n'a jamais été du genre à s'empoisonner la vie pour garder la forme, si bien que son corps ressemble maintenant à ces dessins d'enfants où l'on voit des bras et des jambes interminables, un tronc rabougri et une petite tête posée tout en haut.

Je dis :

– Mac?

Il dit :

– Hello, Kinsey, sur un ton merveilleusement ironique.

J'étais si heureuse de le voir que j'émis un rire sonore. Comme un petit chien qui vous fait la fête, je lui ai bondi dessus et je me suis jetée dans ses bras. Il a accueilli cette manifestation par un de ses rares sourires, en découvrant des dents ternies par la fumée de toutes les cigarettes qu'il grille.

– Ça fait longtemps, dit-il.

– Je n'arrive pas à croire que tu sois vraiment là. Allons dans mon bureau et on pourra parler. Tu veux du café?

– Non, merci. Je viens d'en boire un.

Mac se détourna pour écraser sa cigarette dans un cendrier et découvrit – mais un peu tard – qu'il n'y en avait aucun à portée de main. Il jeta autour de lui un regard embarrassé qui s'attarda un peu sur la plante en pot dont s'ornait le bureau d'Alison. Celle-ci se pencha en avant.

– Bon, laissez-moi m'occuper de ça!

Elle lui arracha la cigarette des doigts, se dirigea tout droit vers la fenêtre ouverte, jeta le mégot allumé, s'assurant après coup qu'il n'avait pas atterri dans quelque voiture décapotée garée en bas, sur le parking.

Mac me suivit le long du couloir, en réagissant poliment aux explications que je lui fournissais sur ma situation actuelle. Quand nous entrâmes dans mon bureau, il me fit les compliments de circonstance. Nous échangeâmes les tout derniers potins en cherchant à savoir ce qu'étaient devenus nos amis communs. Ces civilités me donnèrent le temps de l'étudier de près. On aurait dit que, pour lui, les années avaient soudain compté double : il avait perdu ses couleurs. Il avait maigri de cinq kilos, pour le moins, à en juger par son aspect. Il semblait fatigué et mal assuré, ce qui était tout à fait inhabituel chez lui. Le Mac Voorhies d'antan était brusque et impatient, intègre, décidé, dépourvu d'humour et conservateur. C'était quelqu'un de fiable pour quiconque travaillait avec lui et j'admirais son intransigeance, dont on sentait qu'elle provenait de sa passion pour le travail bien fait. Aujourd'hui, cette étincelle lui manquait et cela me frappait.

– Est-ce que ça va? Tu n'as pas l'air tout à fait dans ton assiette...

Il eut un geste maussade.

– Ils sont en train de gâcher toutes les joies du travail, Dieu m'en est témoin. Ces foutus gestionnaires, à force de rabâcher les mêmes inepties sur le compte d'exploitation. Bon Dieu, je connais mon métier, depuis le temps que je le fais. La CF était une grande famille. Il fallait bien qu'on la gère, cette entreprise, mais on le faisait avec doigté, en respectant les plates-bandes de chacun. On ne se donnait pas des coups de poignard dans le dos et on ne cherchait pas à carotter les gens sur les indemnités. Maintenant, je ne comprends plus rien, Kinsey. La vitesse de rotation du personnel est grotesque. Les courtiers se succèdent à un rythme si rapide qu'ils ont à peine le temps de déballer leurs affaires. On n'entend plus que des discours sur les marges bénéficiaires et la compression des charges. Dernièrement, ça m'a surpris, mais je n'avais plus envie d'aller au travail.

Il s'arrêta, tout irrité; le rouge lui montait au visage.

– Bon Dieu! Tu entends ça? Je commence à avoir l'air de radoter comme un vieux con que je suis. On m'a proposé de signer un « accord de départ volontaire en pré-retraite », si tu vois ce que ça veut dire. Tu sais, ils font tout ce qu'ils peuvent pour virer les anciens aussi vite que possible. Nous sommes trop bien payés et nous tenons trop à nos habitudes pour en changer.

– Est-ce que tu vas accepter?

– Je n'ai encore rien décidé, mais ça se pourrait. Ça se pourrait bien. J'ai soixante et un ans et je suis fatigué. J'aimerais passer un peu de temps avec mes petits-enfants avant de m'écrouler. Marie et moi, on pourrait vendre la maison et s'acheter un camping-car, voir du pays et faire le tour du clan. Sans nous attarder chez personne pour pas leur gâcher le plaisir de nous voir.

Mac et sa femme ont eu huit gosses, tous adultes et mariés à présent et qui ont engendré à leur tour une flopée d'enfants. Il délaissa le sujet; son esprit était apparemment occupé ailleurs.

– Assez parlé de tout ça. J'ai encore un mois devant moi pour me décider. Entre-temps, il est arrivé quelque chose et j'ai pensé à toi.

J'attendis, préférant lui laisser aborder le sujet au moment qui lui conviendrait. Mac s'en sortait toujours mieux quand il faisait un peu de mise en scène. Il sortit un paquet de Marlboro et en extirpa une cigarette. Il frotta l'articulation d'une phalange sur ses lèvres pour les sécher avant de placer la cigarette entre ses dents. Il sortit une boîte d'allumettes, alluma sa cigarette et souffla la flamme de l'allumette avec une bouffée de fumée. Il croisa les jambes et prit le revers de son pantalon comme cendrier. Je craignais qu'il ne mette le feu à ses chaussettes en Nylon.

– Tu te rappelles la disparition de Wendell Jaffe, il y a près de cinq ans?

– Vaguement, dis-je.

Pour autant que je m'en souvenais, le voilier de Jaffe avait été découvert, abandonné, en train de dériver au large des côtes de Basse-Californie.

– Ça me revient. C'est le type qui a disparu en mer, c'est ça?

– C'est bien ce qu'on aurait pu penser.

Mac dodelina de la tête comme pour se préparer à faire un rapide résumé de l'affaire :

– Wendell Jaffe et son associé, Carl Eckert, avaient créé

ensemble une société en commandite pour le financement de projets immobiliers, la mise en valeur de terrains, la construction d'immeubles de bureaux, d'appartements en copropriété ou de centres commerciaux, ce genre de choses. Ils promettaient aux commanditaires un rendement de quinze pour cent, plus le remboursement de leurs fonds en quatre ans avant que les deux associés ne prélèvent leur commission. Bien entendu, ils ont pris des risques, versé de gros honoraires, compté des frais généraux exorbitants, sans oublier de se rémunérer eux-mêmes grassement. Comme les bénéfices escomptés se faisaient attendre, ils ont fini par payer les commanditaires les plus anciens avec l'argent des nouveaux, en transférant l'argent d'une caisse à une autre, et ils étaient toujours à la recherche de nouvelles affaires qui leur permettraient de garder la tête hors de l'eau.

– En d'autres termes, c'était de la cavalerie, glissai-je.

– Exactement. Je pense qu'au début ils étaient plein de bonnes intentions, mais ça a mal tourné. En tout cas, Wendell a commencé à se rendre compte que ça ne pouvait pas durer éternellement ; à ce moment-là, il a pris son bateau et il s'est jeté à l'eau. Son corps n'est jamais remonté à la surface.

– Il avait laissé une lettre pour annoncer son suicide, d'après ce que je me rappelle, ai-je dit.

– C'est bien ça. Selon tous les témoignages, il présentait les symptômes classiques de la dépression ; moral à plat, manque d'appétit, anxiété, insomnie. En fin de compte il est parti sur son bateau et il a sauté par-dessus bord, en laissant une lettre à sa femme. Il lui écrivait qu'il avait emprunté jusqu'au dernier centime sur lequel il pouvait compter, et avait tout investi dans une affaire désormais vouée à la banqueroute. Il devait de l'argent à tout le monde. Il savait qu'il les avait tous ruinés ; il n'avait tout bonnement pas la force d'assumer les conséquences de ses actes. En attendant, elle se trouvait dans la poisse avec ses deux fils.

– Quel âge avaient les fils?

– Je crois que l'aîné, Michael, avait dix-sept ans et Brian à peu près douze. Seigneur, quel gâchis! Le scandale a flanqué la famille par terre et a obligé certains des commanditaires à se déclarer en faillite à leur tour. Son associé, Carl

Eckert, a atterri en prison. On aurait dit que Jaffe avait piqué une tête juste avant l'effondrement de son château de cartes. Le problème, c'est qu'il n'y a jamais vraiment eu de preuve concrète de sa mort. Sa femme a demandé la désignation d'un administrateur par le tribunal pour gérer ses biens, ou le peu qu'il avait laissé. Les comptes en banque avaient été vidés et la maison était hypothéquée jusqu'au toit. Elle a fini par tout perdre. J'étais navré pour elle. Elle avait cessé de travailler depuis des années, depuis le jour où elle l'avait épousé. Brusquement, elle se retrouvait toute seule avec deux gosses à élever, sans un sou en banque et sans métier pour en gagner. C'était une gentille femme, et ce fut un sacré coup dur pour elle. Depuis lors, pendant cinq ans, silence de mort. Pas un bruit. Pas une trace.

– Mais il n'était pas mort? lançai-je, en lui soufflant son effet.

– Ma foi, j'y viens, dit Mac, avec une pointe d'irritation.

Je m'efforçai de réfréner mes questions pour le laisser tout raconter à sa façon.

– La question s'est posée, reprit-il. Notre compagnie d'assurances n'avait pas envie de payer sans un certificat de décès. D'autant plus que l'associé de Wendell était accusé d'escroquerie et de vol qualifié. D'après ce qu'on savait, Wendell avait pu décamper en emportant tout le fric pour éviter les poursuites. On n'a jamais été jusqu'à le soutenir ouvertement mais on faisait traîner les choses. Dana Jaffe a engagé un détective privé qui a ouvert une enquête sans jamais découvrir un commencement de preuve ni dans un sens ni dans l'autre. Impossible de prouver qu'il était mort, mais on ne pouvait pas non plus prouver qu'il ne l'était pas. Au bout d'un an, elle a demandé au tribunal de déclarer le décès, en s'appuyant sur la lettre où il annonçait son suicide et sur son état dépressif. Elle a présenté des certificats et Dieu sait quoi, avec des témoignages de l'associé et de divers amis. A ce stade, elle a notifié à la CF qu'elle déposait une requête visant à établir qu'elle était la seule héritière. On a lancé notre propre enquête, qui a été plutôt sérieuse. C'est Bill Bargerman qui l'a menée. Tu te souviens de lui?

– Le nom me dit quelque chose, mais je ne pense pas l'avoir jamais rencontré.

– Oh, c'est vrai. Il travaillait pour notre bureau de Pasadena à l'époque. Un brave type. Il est à la retraite maintenant. En tout cas, il a fait tout ce qu'il a pu, mais il n'y a pas eu moyen de prouver que Wendell Jaffe était vivant. On s'est seulement arrangé pour faire surseoir provisoirement à la présomption de décès. Compte tenu de ses ennuis financiers, nous avons réussi à faire admettre que, si Jaffe était en vie, il était peu probable de le voir réapparaître de son plein gré. Le juge a rendu une sentence qui nous était favorable, mais on savait que c'était une simple question de temps pour qu'il change d'avis. Mrs. Jaffe était folle furieuse, mais il ne lui restait plus qu'à attendre. Elle a continué de payer les primes de sa police d'assurance vie et elle a remis ça avec les tribunaux une fois que les cinq ans ont été écoulés.

– Je croyais que c'était sept ans.

– La loi a été changée il y a près d'un an. La commission de révision judiciaire a simplifié la procédure en matière de succession d'une personne disparue. Il y a deux mois, la femme a finalement obtenu un jugement et une ordonnance du tribunal déclarant que Wendell était mort. A ce stade, la compagnie n'avait vraiment plus le choix. On a payé.

– Bon, le mystère s'épaissit, ai-je dit. Combien au juste?

– Cinq cent mille dollars.

– Pas mal, mais après tout elle les avait peut-être bien mérités. Il lui a fallu attendre assez longtemps pour les toucher.

Mac eut un petit sourire.

– Elle aurait dû attendre un peu plus longtemps. J'ai reçu un appel de Dick Mills – un ancien employé de la CF, à la retraite lui aussi. Il prétend avoir aperçu Jaffe au Mexique. Dans une ville qui s'appelle Viento Negro.

– Vraiment. Et c'était quand?

– Hier, dit Mac. Dick est le courtier qui avait vendu à Jaffe sa police d'assurance vie, et il a continué à travailler beaucoup avec lui, après ça. En tout cas, il se trouvait au Mexique, dans un gentil petit endroit, à mi-chemin entre Cabo et La Paz, sur le golfe de Californie. Il dit avoir vu Wendell au bar de l'hôtel, qui prenait un verre en compagnie d'une femme.

– Juste comme ça?

– Juste comme ça, répéta-t-il en écho. Dick attendait une navette qui devait le ramener à l'aéroport et il s'était arrêté au bar pour boire rapidement un verre avant que le chauffeur se pointe. Wendell était assis dans le patio, à un mètre de lui, pas plus, derrière une sorte de petit treillage décoratif. Dick a dit qu'il avait d'abord reconnu la voix. Une voix râpeuse et basse avec un accent texan. Notre homme parlait anglais au début, mais il s'est mis à l'espagnol quand le serveur est arrivé.

– Est-ce que Wendell a vu Dick?

– Apparemment non. Dick a dit qu'il n'avait jamais été aussi interloqué de toute sa vie. Au point qu'il est resté assis là et qu'il a failli manquer son transfert pour l'aéroport. Dès qu'il est arrivé chez lui, il a décroché son téléphone et il m'a appelé.

Je pouvais sentir mon cœur frapper de grands coups dans ma poitrine. Dès qu'on me met devant une proposition intéressante j'ai le pouls qui s'accélère.

– Alors, qu'est-ce qui va se passer?

Mac tapota sa cigarette pour faire tomber un long cylindre de cendre dans le revers de son pantalon.

– Je veux que tu ailles là-bas le plus vite possible. Je présume que tu as un passeport en cours de validité?

– Évidemment, mais qu'en pense Gordon Titus? Est-ce qu'il est au courant?

– J'en fais mon affaire, de Titus. Cette histoire de Wendell me reste en travers de la gorge depuis le début. Je veux la régler avant de quitter la CF. Un demi-million de dollars, on ne crache pas dessus. Je pense que ce serait une manière de finir ma carrière en beauté.

– Si c'est vrai, ai-je dit.

– Je n'ai jamais vu Dick Mills faire une erreur. Est-ce que tu veux te charger de ça?

– Il faut que je vérifie si je peux me libérer ici. Est-ce que je peux t'appeler dans une heure pour te donner la réponse?

– Bon, entendu. Pas de problème.

Mac jeta un coup d'œil sur sa montre et se leva en déposant une enveloppe épaisse sur le coin de mon bureau.

– Je ne perdrais pas de temps à ta place. Tu as une place réservée sur le vol qui décolle à treize heures pour Los Angeles. La correspondance est à dix-sept heures. Tu trouveras les billets et l'itinéraire là-dedans, dit-il.

J'éclatai de rire. La California Fidelity et moi, nous étions de nouveau en relations d'affaires.

2

Après mon saut de puce et mon atterrissage à LAX, j'avais trois heures de battement pour prendre l'avion de la Mexicana à destination de Cabo San Lucas. Mac m'avait remis une chemise pleine d'articles de presse sur la disparition de Jaffe et sur les suites de celle-ci. Je me suis installée dans l'un des bars de l'aéroport et j'ai feuilleté les coupures de presse pour me documenter tout en sirotant une Margarita. Autant en profiter pour me mettre au parfum. A mes pieds, j'avais un sac de toile hâtivement préparé, qui contenait mon appareil photo – avec un objectif de 35 millimètres –, mes jumelles et le camescope que je m'étais offert pour mon trente-quatrième anniversaire. J'adorais le caractère improvisé de cette escapade et je me sentais déjà gagnée par l'exaltation que procure le fait de voyager. Mon amie Vera et moi, nous nous étions justement inscrites à un cours d'espagnol ouvert à Santa Teresa par le centre de formation pour adultes. Jusque-là, on nous avait cantonnées dans des phrases courtes, essentiellement affirmatives, au présent de l'indicatif et d'une utilité peu courante, sauf, bien entendu, s'il y avait des chats noirs dans les arbres, auquel cas Vera et moi étions toutes prêtes à le faire savoir avec un commentaire approprié : *Muchos gatos negros están en los árboles, si ? Si, muchos gatos.* Je pensais que le voyage m'offrirait l'occasion de mettre à profit mes connaissances linguistiques ; c'était déjà ça.

Mac avait joint aux coupures de presse plusieurs photos de Jaffe en noir et blanc prises lors de diverses manifestations publiques : vernissages, collectes de fonds électoraux, ventes de charité. A en juger par les solennités auxquelles il assistait, il faisait certainement partie du gratin : séduisant, bien habillé, il était de ces hommes qui se trouvent toujours au centre d'un groupe. Souvent, son visage était flou, comme s'il s'était reculé ou retourné juste au moment où l'obturateur de l'appareil avait fonctionné. Je me demandai si, même à cette époque, il n'avait pas cherché sciemment à éviter de se laisser photographier. Il avait une cinquantaine d'années et une taille imposante, des cheveux argentés, des pommettes hautes, un menton saillant, un nez proéminent. Il avait l'air calme et assuré de quelqu'un qui n'accorde pas beaucoup d'attention à ce que les autres pensent.

Curieusement, j'eus le sentiment fugitif qu'il existait un lien entre lui et moi, en me demandant quel effet ça pouvait faire de changer d'identité. Menteuse née, j'ai toujours été attirée par cette possibilité. Il y a quelque chose de romanesque dans l'idée de sortir de sa propre vie pour se glisser dans la peau d'un autre, comme un acteur qui passe d'un rôle au suivant. Il n'y avait pas si longtemps, j'avais suivi une affaire dans laquelle un type, condamné pour meurtre, s'était évadé de prison, après quoi il était parvenu à se créer une personnalité entièrement nouvelle. Ce faisant, il ne s'était pas seulement dépouillé de son passé, mais aussi de toute trace de sa condamnation pour homicide. Il avait fondé une nouvelle famille et s'était procuré un bon emploi. C'était quelqu'un de respecté au sein de sa nouvelle communauté. Il aurait pu continuer à tromper son monde s'il n'y avait pas eu une erreur dans un mandat d'arrêt, ce qui lui avait valu de se faire prendre dix-sept ans plus tard. Le passé trouve toujours le moyen de nous rattraper, tous tant que nous sommes.

Je jetai un coup d'œil à ma montre et vis qu'il était temps de partir. Je rangeai les coupures de presse et empoignai mon sac de marin. Je traversai le terminal principal, passai sous le portique de sécurité, et attaquai le long chemin qui menait à la porte indiquée sur ma carte d'embarquement. Quand on voyage, il y a une loi immuable selon laquelle la porte d'embarquement ou la porte d'arrivée se trouvent toujours de l'autre côté du terminal, en particulier quand on traîne un bagage très lourd ou quand on commence à être trop serré dans ses souliers. Je m'assis dans la zone d'embarquement et massai un de mes pieds tandis que mes compagnons de voyage se rassemblaient, en attendant que l'hôtesse postée devant la porte annonce notre vol.

Une fois assise dans l'avion, mon sac rangé dans le coffre à bagages au-dessus de moi, je sortis de l'enveloppe le dépliant de l'hôtel, imprimé sur papier glacé, que Mac avait joint aux billets. Il ne s'était pas contenté de prendre mes billets d'avion mais il m'avait également retenu une chambre à l'endroit même où Wendell Jaffe avait été aperçu. Je n'étais pas sûre que celui-ci y séjournerait encore, mais à quel titre aurais-je refusé des vacances gratuites?

Sur la photo de l'*Hacienda Grande* de Viento Negro s'étalait un bâtiment de deux étages avec une bande de plage sombre à peine visible à l'arrière-plan. Le texte d'accompagnement annonçait l'existence d'un restaurant, de deux bars et d'une piscine chauffée, avec des tas de distractions, dont le tennis, la plongée sous-marine, la pêche en mer, la visite de la ville en autocar et les Margaritas offertes par la direction.

La femme qui occupait le siège contigu au mien lisait par-dessus mon épaule. Je faillis cacher la feuille que j'avais en main comme si elle cherchait à copier sur moi pendant un examen. Agée d'une quarantaine d'années, elle était très mince, très bronzée et n'avait pas une ride. Ses cheveux noirs étaient tressés et elle portait un tailleur pantalon noir à même sa peau tannée. Il n'y avait pas sur elle la moindre trace de couleur.

– Vous allez à Viento Negro?

– Oui. Vous connaissez?

– Ça oui, et j'espère que vous n'envisagez pas de séjourner dans *cet* endroit, dit-elle en désignant la brochure avec une petite moue de dégoût.

– Qu'est-ce qu'il a de mal, cet endroit? Il m'a l'air bien.

Elle fit circuler sa langue tout autour de ses dents comme si elle cherchait à vérifier l'état de ses gencives. Ses sourcils se soulevèrent légèrement :

– Après tout, c'est votre argent.

– En fait, c'est celui de quelqu'un d'autre. J'y vais pour affaire, répondis-je.

Elle hocha la tête, manifestement perplexe, puis se plongea dans son magazine, avec l'air de ne pas vouloir se mêler de ce qui ne la regardait pas. Au bout d'un moment, je la vis murmurer quelque chose à l'homme qui se trouvait à sa droite. Son compagnon de voyage, assis sur le siège le plus proche du hublot, avait un bout de Kleenex qui dépassait de l'une de ses narines – et qui aurait dû arrêter un saignement de nez apparemment provoqué par l'augmentation de la pressurisation à l'intérieur de la cabine au moment où l'avion s'apprêtait à décoller. Le bouchon de papier avait l'air d'une grosse cigarette roulée à la main. L'homme se pencha légèrement en avant pour mieux me regarder.

Je me tournai de nouveau vers la femme.

– Alors vraiment, il y a des problèmes.

– Je suis sûre que vous n'en aurez pas, dit-elle d'une voix faible.

– Ça dépend de la manière dont vous supportez la poussière, l'humidité et les punaises, renchérit l'homme.

Je me mis à rire – ha-ha-ha – en pensant qu'il plaisantait. Ni l'un ni l'autre ne daignèrent sourire.

Par la suite, j'ai appris mais un peu tard que *viento negro* signifie « vent noir », ce qui est une façon assez fidèle de décrire les tourbillons de lave noire réduite en cendres qui déferlent en provenance de la plage tous les jours en fin d'après-midi. L'hôtel était modeste, un long bâtiment en forme de U, peint en jaune abricot, avec de petits balcons sur toute la longueur de la façade. Ces minuscules patios individuels arboraient des tuteurs, fixés aux balustrades, le long desquels tombaient des bougainvillées dans une cascade de magenta. La chambre était propre, mais légèrement miteuse, avec une vue sur le golfe de Californie, à l'est.

Pendant deux jours, je n'ai pas cessé de sillonner la *Hacienda Grande* et la ville de Viento Negro, en cherchant quelqu'un qui aurait l'air de ressembler un peu, pour le moins, aux photos de Wendell Jaffe vieilles de cinq ans. Faute de mieux, j'avais toujours la ressource de questionner les employés de l'hôtel dans mon espagnol de débutante, mais je craignais que l'un d'eux ne prévienne Jaffe – à condition qu'il se soit bien trouvé là, évidemment. J'ai fainéanté pendant des heures près de la piscine, traîné indéfiniment dans le hall de l'hôtel, pris la navette pour aller en ville. J'ai essayé toutes les attractions offertes aux touristes; la Croisière du soleil couchant, la plongée sous-marine, et même une balade cahotante, terriblement éprouvante pour les fesses, dans un véhicule tout terrain, loué pour la circonstance, qui grimpait et descendait en rugissant par des sentiers de montagne couverts de poussière. J'ai exploré les deux autres hôtels de la localité, les restaurants et les bars. J'ai assisté au spectacle nocturne organisé par l'hôtel où je séjournais, visité toutes les discothèques et fait le tour de toutes les boutiques. Il n'y avait aucun signe de lui.

En fin de compte j'en vins à passer un coup de fil à Mac chez lui pour le tenir au courant de tous mes efforts.

– Ça coûte un tas d'argent pour rien s'il s'est déjà volatilisé... en admettant que ton ami ait bien vu Wendell Jaffe, pour commencer.

– Dick a juré que c'était lui.

– Au bout de ces cinq années?

– Écoute, reste encore deux jours. S'il ne fait pas son apparition d'ici la fin de la semaine, tu pourras rentrer à la maison.

– Ravie de te faire plaisir. Je voulais juste t'avertir au cas où je reviendrais bredouille.

– Je comprends. Continue.

– C'est toi le patron, dis-je.

A la longue, j'avais fini par aimer la ville, qui se trouvait à dix minutes de l'hôtel, en taxi, au bas d'une route poussiéreuse à deux voies. Presque toutes les constructions que je croisais étaient inachevées; ce n'était que parpaings nus et bouts de ferraille abandonnés aux mauvaises herbes. La vue sur le port, naguère éblouissante, était désormais masquée par des immeubles. Les rues étaient pleines de bambins qui vendaient des Chicklets pour cent pesos. Des chiens sommeillaient en plein soleil, étalés sur les trottoirs là où ça leur convenait, apparemment certains que les habitants du coin les laisseraient tranquilles. Les devantures des boutiques qui bordaient la grand-rue étaient peintes dans des couleurs aussi tapageuses que celles des fleurs de la jungle, bleu et jaune criard, rouge vif et vert perroquet. Des panneaux publicitaires prouvaient que les pellicules Fuji Color et l'agence immobilière Century 21 avaient le bras assez long pour étendre jusque-là leur influence commerciale. Beaucoup de voitures étaient garées à cheval sur le trottoir, et les plaques d'immatriculation indiquaient l'abondance des touristes venus d'aussi loin que l'Oklahoma. Les commerçants étaient polis et répondaient avec patience à mon baragouin espagnol. Il n'y avait aucun signe de délinquance ni de violence. Tout le monde avait bien trop besoin des touristes américains pour risquer de les effaroucher. Malgré tout, les produits aux étalages du marché étaient médiocres et trop chers; les menus des restaurants étaient strictement de second ordre. Infatigablement, je me promenais d'un endroit à l'autre, en scrutant les passants à la recherche de Wendell Jaffe ou de son sosie.

Le mercredi après-midi – il y avait deux jours et demi que j'étais là –, ayant finalement renoncé à chercher, je me retirai au bord de la piscine où je m'enduisis d'une épaisse couche luisante de crème solaire. J'avais l'impression de dégager le même parfum qu'un macaron à la noix de coco à peine sorti du four. J'avais mis un bikini d'un noir éteint qui dévoilait hardiment mon corps criblé de cicatrices laissées par les diverses blessures qui m'avaient été infligées au fil du temps. Il me parut que plusieurs personnes nourrissaient des inquiétudes au sujet de ma santé. Pour le moment, j'étais vaguement orangée car je m'étais appliqué peu de temps auparavant une première couche de crème autobronzante pour masquer ma pâleur hivernale. Bien entendu, j'avais oublié certains endroits et mes chevilles arboraient des taches curieuses; pour tout dire, j'avais l'air de couver une jaunisse. J'avais fait basculer mon chapeau de paille aux larges bords sur mon visage, et j'essayais de ne pas penser à la sueur qui s'accumulait sous mes genoux à la couleur d'ambre brûlé. Prendre un bain de soleil est probablement le passe-temps le plus ennuyeux de la planète. Mais cette occupation présente aussi des avantages : on est coupé du téléphone et de la télévision. Je n'avais aucune idée de ce qui se passait dans le monde.

J'avais dû m'assoupir car la première chose dont j'eus

soudain conscience fut le froissement d'un journal et un échange de propos en espagnol entre deux personnes installées sur des chaises longues, à ma droite. Pour quelqu'un doté d'un vocabulaire aussi limité que le mien, une conversation en espagnol donne à peu près quelque chose comme « bla-bla-bla... mais... bla-bla-bla... parce que... bla-bla-bla... voilà ». Une femme, dont l'accent était manifestement américain, disait quelque chose où il était question de Perdido, en Californie, une petite ville située à quinze kilomètres au sud de Santa Teresa. Je me redressai. J'étais sur le point de relever le bord de mon chapeau pour voir qui parlait quand j'entendis la voix de son compagnon, qui lui tenait tête en espagnol. J'ajustai mon chapeau, en me tournant peu à peu jusqu'à ce qu'il se trouve dans mon champ de vision. Merde, il fallait que ce soit Jaffe. En tenant compte du vieillissement et de la chirurgie esthétique, ce type-là avait certainement une chance d'être le bon. Je ne peux pas dire qu'il était le sosie du Wendell Jaffe des photos, mais il lui ressemblait assez par l'âge, par la carrure, par un quelque chose dans son maintien et dans son port de tête, détails dont il n'avait probablement pas conscience mais qui étaient inséparables de l'image qu'il projetait. Il parcourait le journal d'un œil scrutateur; son regard ne cessait de passer d'une colonne à l'autre. Il sentit ma curiosité et lança un coup d'œil prudent dans ma direction. Son regard soutint le mien l'espace d'une seconde pendant que la femme continuait à jacasser. Son visage se rembrunit et il lui toucha le bras en lui adressant un signe des yeux qui l'avertissait de ma présence. Le débit des paroles se tarit momentanément. La paranoïa de l'homme n'était pas pour me déplaire. Elle me renseignait sur son état d'esprit.

Doucement, je me penchai et ramassai mon fourre-tout en paille, puis je farfouillai à l'intérieur jusqu'à ce que l'attention de l'homme se reporte ailleurs. Dire que je n'avais pas mon appareil photo! Je me donnai mentalement des coups de pied dans le derrière. Je pris mon livre et l'ouvris par le milieu. Je chassai d'une pichenette un insecte imaginaire sur mon mollet et me mis à contempler le paysage, en manifestant (du moins je l'espérais) une indifférence totale. Ils reprirent leur conversation en baissant le ton. Pendant ce temps-là, je faisais défiler dans ma tête une série de photos pour comparer le visage du type aux portraits qui se trouvaient dans mon classeur. C'était les yeux qui le trahissaient ; sombres et enfoncés sous des sourcils de platine. J'étudiai la femme qui était avec lui, avec la quasi-certitude de ne l'avoir jamais vue auparavant. Elle devait avoir la quarantaine. Elle était petite et brune, avec une peau si bronzée qu'elle avait pris la couleur des noix de pécan polies, des seins comme des presse-papiers dans un débardeur en lin ; la découpe de son bikini révélait qu'elle avait été épilée là où ça fait mal.

Je m'enfonçai de nouveau dans ma chaise longue, le chapeau rabattu sur le visage, l'oreille éhontément tendue vers la dispute dont le ton montait. Ils s'exprimaient tous deux en espagnol et leur dialogue qui avait été marqué par un peu de contrariété s'était transformé en une intense discussion. Elle y mit fin, très abruptement, en se retranchant dans un de ces silences offensés que les hommes ne paraissent jamais savoir comment rompre. Ils restèrent allongés sur leurs transats pendant une grande partie de l'après-midi, se parlant à peine, limitant leurs échanges au strict minimum. J'aurais aimé prendre quelques photos. Par deux fois, j'avais envisagé de faire un saut rapide jusqu'à ma chambre, mais je m'étais dit qu'ils trouveraient bizarre de me voir revenir au bout d'un petit moment avec mon appareil photo. A la réflexion, il était sans doute préférable d'attendre et de prendre mon temps. Manifestement ils étaient tous les deux clients de l'hôtel, et je ne voyais pas pourquoi ils le quitteraient en fin de journée. Il serait toujours temps de les photographier le lendemain ; aujourd'hui, il fallait les habituer à me voir.

A dix-sept heures, le vent se mit à vrombir dans les palmiers et un nuage de poussière noire s'éleva en spirale au-dessus de la plage. Je pouvais sentir le sable me coller à la peau comme du talc. Mes dents crissaient et mes yeux ne tardèrent pas à larmoyer à leur tour. Les quelques clients de l'hôtel qui se trouvaient encore dans les parages se mirent à ramasser leurs affaires en toute hâte. J'avais eu déjà l'occasion de constater que les bourrasques de cendres se calmaient automatiquement dès le coucher du soleil. Entretemps, même le plagiste qui tenait un stand et distribuait les serviettes de bain avait fermé sa cabane et était allé se mettre à l'abri.

L'homme que je surveillais se mit debout. Sa compagne agita une main devant son visage, comme pour en écarter une nuée de moucherons. Elle rassembla ses affaires, en gardant la tête baissée pour éviter d'attraper de la poussière dans les yeux. Elle lui dit quelque chose en espagnol et se dirigea vers l'hôtel d'un pas rapide. Il prit tout son temps, apparemment indifférent au brusque changement de l'atmosphère. Il plia les serviettes, vissa le capuchon d'un tube de crème solaire, fourra différentes petites choses dans un sac de plage et rentra tranquillement à l'hôtel, comme elle venait de le faire quelques instants plus tôt. Il ne paraissait pas pressé du tout de la rejoindre. Peut-être était-ce le genre d'homme qui fuit les scènes de ménage. Je lui laissai une petite avance, puis, après avoir entassé tout mon bataclan dans mon cabas, je lui emboîtai le pas.

J'entrai dans la salle du bas, qui était généralement ouverte à tous les vents. Des canapés en toile de couleur vive faisaient face à un poste de télévision. Des fauteuils étaient disposés par petits groupes pour faciliter les conversations des pensionnaires. Le plafond haut de deux étages laissait voir, au niveau supérieur, la mezzanine où se trouvait la réception de l'hôtel. Il n'y avait aucune trace du couple. Le garçon du bar était en train de fermer de grands volets de bois, pour barricader la pièce contre le vent chaud et cinglant. Le bar fut immédiatement plongé dans une obscurité artificielle. Je montai le vaste escalier conduisant au hall principal, jetai un coup d'œil à la porte d'entrée au cas où mes deux oiseaux se trouveraient dans les environs, peut-être en train de sortir leur voiture du parking de l'hôtel. Les environs étaient déserts; la violence de plus en plus forte des vents avait obligé tout le monde à se réfugier à l'intérieur. Je revins vers les ascenseurs et montai dans ma chambre.

Au moment où je verrouillais les portes-fenêtres coulissantes du balcon, les bourrasques de sable s'abattaient déjà sur les vitres comme un brusque orage d'été. Dehors, le jour était envahi par une pénombre artificielle. Wendell et la femme étaient quelque part dans l'hôtel, probablement terrés dans leur chambre tout comme je l'étais dans la mienne.

Je sortis mon livre, me fourrai sous le dessus-de-lit de coton fatigué, et lus jusqu'à ce que mes yeux se ferment de sommeil. A dix-huit heures, je m'éveillai en sursaut. Le vent était tombé et le climatiseur qui fonctionnait à son maximum avait beaucoup trop rafraîchi la pièce pour que l'on pût s'y sentir à l'aise. La lumière du soleil prenait le ton doux et doré du crépuscule et badigeonnait les murs de ma chambre d'une lueur de maïs pâle. J'entendais l'équipe d'entretien commencer au-dehors son balayage quotidien. Toutes les allées et tous les patios allaient être nettoyés et les tas de sable noir rendus à la plage.

Je pris une douche et m'habillai. Je fis un détour par le hall et entrepris une ronde, avec l'espoir d'apercevoir de nouveau le couple. J'inspectai les restaurants de l'hôtel, les deux bars, le patio, la cour. Peut-être étaient-ils en train de faire un somme ou avaient-ils commandé un dîner dans leur chambre. Peut-être s'étaient-ils fait conduire en ville par un taxi pour manger un morceau. Je fis moi-même signe à un taxi et me rendis à Viento Negro. La ville, à cette heure-là, commençait à s'animer. Le soleil déclinant dorait les fils téléphoniques. L'air était lourd de chaleur et du parfum sec du *chaparral* [1]. La présence de la mer, ne se manifestait que par la faible odeur sulfureuse des pilotis du quai et des marlins éviscérés.

Je dénichai une table vide pour deux personnes à la terrasse d'un café qui surplombait un chantier de construction à moitié inachevé. Tous ces parpaings couverts de mauvaises herbes et ces barrières rouillées n'émoussaient pas le moins du monde mon appétit. Je m'assis sur une chaise métallique branlante, devant une assiette en carton pleine de crevettes bouillies, que j'épluchai et plongeai dans une *salsa*, tout en fouillant à coups de fourchette dans une tortilla de maïs doux fourrée de haricots noirs et de riz. Des haut-parleurs dispensaient une musique fébrile et discordante, aux harmonies de cuivres. La bière était glacée à point et si le repas était médiocre il avait en tout cas le mérite d'être bon marché et nourrissant.

Je rentrai à l'hôtel à vingt heures trente-cinq. De nouveau,

1. *Chaparral* : association végétale épineuse formée de mimosées et de cactées, typiquement mexicaine.

j'inspectai le hall, fis le tour du restaurant et des deux bars. Il n'y avait aucune trace de Wendell ou de la femme que j'avais vue à ses côtés. Il me paraissait impossible qu'il voyageât sous le nom de Jaffe, et il n'y avait donc pas grand intérêt à le demander à la réception. J'espérais qu'ils n'avaient pas décampé. J'errai partout pendant une heure et m'installai finalement sur le sofa, près de l'entrée. Je farfouillai dans mon sac pour y trouver mon roman broché que je me mis à lire distraitement jusque bien au-delà de minuit.

En fin de compte, j'abandonnai le guet et retournai dans ma chambre. Sans doute le couple allait-il refaire surface dans la matinée. Peut-être pourrais-je découvrir le nom dont Jaffe se servait actuellement. Je ne savais pas très bien à quoi me servirait le renseignement, mais j'étais persuadée que ça intéresserait Mac.

3

Le matin suivant, je me suis levée à six heures pour aller faire du jogging sur la plage. Le lendemain de mon arrivée, j'avais prévu de courir chaque jour sur deux kilomètres dans chaque direction. Aujourd'hui je me contenterais de faire des boucles de cinq cents mètres, afin de ne pas perdre l'hôtel de vue. Je gardais l'espoir de les apercevoir sur la terrasse qui surplombait la piscine ou en train de faire une promenade matinale sur le sable. Tout aussi invraisemblable que cela puisse paraître, je craignais toujours qu'ils aient pu s'en aller pendant la nuit.

Après ma course, je suis montée dans ma chambre, j'ai pris une douche rapide et je me suis habillée. J'ai mis une pellicule dans mon appareil photo et suis retournée sur la terrasse où l'on servait le petit-déjeuner. J'ai choisi une place à proximité de la porte ouverte et mis mon appareil sur une autre chaise à côté de la mienne. Je surveillais d'un regard inquiet les portes de l'ascenseur tout en commandant du café, du jus de fruits et des céréales. Je faisais durer le repas aussi longtemps que je le pouvais, mais ni Wendell ni la femme ne se montrèrent. J'ai signé l'addition, attrapé mon appareil et suis descendue à la piscine. D'autres clients étaient arrivés depuis la veille. Un troupeau de jeunes gens pré-pubères se bousculait et se poussait dans l'eau tandis qu'un couple de jeunes mariés jouait au ping-pong dans la cour. J'ai fait un nouveau tour de l'hôtel et suis rentrée une fois de plus dans le bâtiment, en passant par le bar. Mon anxiété était à son comble.

C'est alors que je l'ai aperçue.

Elle se tenait près des portes de l'ascenseur, avec à la main deux ou trois quotidiens différents. Apparemment, personne ne lui avait dit à quel point il était rare que les ascenseurs fonctionnent. Elle n'avait pas encore mis de maquillage et sa chevelure sombre semblait tout ébouriffée par le sommeil. Elle portait des tongs en caoutchouc et une veste de plage en tissu éponge négligemment ceinturée à la taille. Par l'échancrure béante de ses revers, j'aperçus un costume de bain bleu sombre. Si le couple avait prévu de partir aujourd'hui, elle ne se serait sans doute pas mise en tenue de piscine. Elle jeta un coup d'œil à mon appareil photo mais évita mon regard.

Je restai près d'elle, en fixant d'un regard vide, au-dessus de moi, le voyant lumineux qui se déplaçait paresseusement du troisième étage au rez-de-chaussée. Les portes de l'ascenseur s'ouvrirent et deux personnes s'en échappèrent. Je reculai discrètement pour la laisser monter la première. Elle appuya sur le 3, puis me lança un regard interrogateur.

– C'est bon, murmurai-je.

Elle me sourit d'un air absent. Son visage étroit semblait pincé et des cernes foncés sous ses yeux laissaient penser qu'elle n'avait pas bien dormi. Son parfum musqué flottait avec persistance dans la cabine. Nous montâmes en silence et, quand les portes s'ouvrirent, je fis un geste poli qui l'invitait à sortir la première.

Elle tourna à droite et se dirigea vers l'extrémité du couloir, le bruit de ses pas résonnait contre le carrelage tandis qu'elle s'éloignait. Je m'arrêtai, en faisant semblant de fouiller dans mes poches pour y prendre ma clef. Ma chambre se trouvait à l'étage au-dessous mais la femme n'avait pas à le savoir. Je n'eus pas besoin de me demander si elle avait été dupe de ma petite tromperie. Elle déverrouilla la porte de la chambre 312 et s'y engouffra sans un coup d'œil en arrière. Il était presque dix heures et le chariot de la femme de chambre était posté à deux portes de la chambre où la femme était entrée. Le numéro 316 était grand ouvert et inoccupé.

Je retournai à l'ascenseur et me rendis directement à la réception où je demandai à changer de chambre. L'employé se montra tout à fait accommodant, sans doute parce que l'hôtel était presque vide. La chambre ne serait pas prête avant une heure, dit-il, mais je lui manifestai ma magnanimité en acceptant d'attendre. Je traversai le hall jusqu'à la boutique des cadeaux et m'y achetai un exemplaire du journal de San Diego, que je fourrai sous mon bras.

Je montai dans ma chambre pour entasser mes vêtements et mon appareil photo dans le sac en toile, avec toutes mes affaires de toilette, mes chaussures et mon linge sale. J'emportai le sac dans le hall où j'attendis que la nouvelle chambre soit prête, car je ne voulais pas donner à Wendell l'occasion de s'esquiver. Quand je pus enfin accéder au 316, il était presque onze heures. Devant la porte du 312, quelqu'un avait posé un plateau de petit déjeuner plein de vaisselle sale. Je jetai un regard sur les croûtes de pain grillé et les tasses de café. Ces gens-là auraient bien besoin d'agrémenter leur régime alimentaire de quelques fruits.

Je laissai ma porte entrebâillée pendant que je défaisais mon bagage. Je me trouvais désormais entre Wendell Jaffe et la sortie, car les escaliers, de même que les ascenseurs, étaient situés quelques portes plus loin, sur ma droite. Je ne pensais pas qu'il pourrait passer sans que je m'en rende compte. D'ailleurs, à douze heures trente-cinq, je les aperçus, lui et sa petite amie, qui se dirigeaient vers l'escalier. Ils étaient tous deux en costumes de bain. Je me rendis sur le balcon, munie de mon appareil photo, et les vis apparaître sur l'allée, trois étages plus bas.

Je levai mon appareil, suivis leur progression dans le viseur, en espérant qu'ils s'arrêteraient à portée de mon objectif. Ils passèrent derrière un écran exubérant d'hibiscus jaunes. Je les aperçus qui posaient leurs affaires sur une table. Quand ils furent installés sur des chaises longues, en position pour prendre un bain de soleil, le buisson en fleur les dissimulait complètement, à part les pieds de Wendell.

Après un délai raisonnable, je les rejoignis et passai le reste de la journée à quelques mètres d'eux. De nouveaux arrivants, à la peau encore pâle, s'étaient approprié de mini-royaumes entre le bar et la piscine. J'ai toujours observé que les vacanciers ont tendance à être casaniers, à revenir aux mêmes chaises longues jour après jour, à revendiquer pour leur usage exclusif certains tabourets de bar et certaines tables de restaurant, prompts à adopter des habitudes qui ressemblent beaucoup à celles, fastidieuses, qu'ils pratiquent dans leur foyer. Après un jour d'observation, j'aurais probablement pu prédire comment la plupart d'entre eux allaient organiser toutes leurs vacances. Je me disais qu'ils rentreraient chez eux avec, comme toujours, la vague impression que le voyage ne leur avait pas procuré la détente qu'ils en attendaient.

L'endroit où Wendell et la femme s'étaient installés était séparé par deux matelas du point qu'ils avaient occupé la veille et qu'un autre couple avait accaparé. On pouvait donc en déduire qu'ils n'avaient pas été assez rapides pour s'approprier l'emplacement convoité. Une fois de plus, Wendell était plongé dans la lecture de deux quotidiens ; l'un en anglais, de San Diego, l'autre en espagnol. Ma présence tout près d'eux n'attira guère son attention, et j'eus bien soin de ne croiser ni son regard ni celui de la femme. Avec désinvolture, je pris des photos, en feignant de m'intéresser à des détails d'architecture, de rechercher le meilleur angle, la meilleure vue. Si je me mettais à m'intéresser à quelque objet situé dans leur voisinage, ils semblaient aussitôt s'en rendre compte, se rétractant comme le font certains spécimens exotiques de vie aquatique qui se replient sur eux-mêmes pour se protéger.

Ils commandèrent à déjeuner près de la piscine. Je mâchonnai une pleine assiette de chips et de salsa au bar, le nez plongé dans un magazine, tout en gardant l'œil sur eux. Je pris un bain de soleil en poursuivant ma lecture. De temps à autre, j'allais me tremper les pieds au bout de la piscine où l'eau était le moins profond. Malgré les températures accablantes de juillet, la fraîcheur de l'eau me saisissait et je ne pouvais m'y enfoncer de plus de dix centimètres sans avoir la respiration coupée et le désir presque irrépressible de pousser un hurlement. Je n'avais pas vraiment relâché ma surveillance jusqu'au moment où j'entendis Wendell prendre des dispositions pour aller à la pêche au gros le lendemain après-midi. Si j'avais été vraiment paranoïaque, j'aurais pu imaginer que cette sortie lui servirait de prétexte pour sa prochaine grande évasion, mais pour le moment de quoi aurait-il bien pu vouloir s'évader? Il ne me connaissait ni d'Eve ni d'Adam et je ne lui avais fourni aucune raison de soupçonner que je savais qui il était.

Pour tuer le temps, j'écrivis une carte postale à Henry Pitts, mon propriétaire à Santa Teresa. Henry a quatre-vingt-quatre ans; il est adorable, grand et mince, avec de longues jambes. Il est élégant et aimable de tempérament, bien plus à la page qu'un tas de gars de ma connaissance qui ont la moitié de son âge. Récemment, il s'est fait du mouron à cause de son frère aîné, William, qui, à quatre-vingt-six ans, s'est pris d'une passion sénile pour la popriétaire hongroise de la taverne située en bas de notre rue. William était venu du Michigan en décembre dernier, en butte à une dépression qui s'était abattue sur lui après une crise cardiaque. William est toujours exaspérant même dans les circonstances les plus favorables, mais ses « démêlés avec la mort » (comme il disait) avaient exacerbé ses traits de caractère les plus insupportables. J'avais cru comprendre que Henry avait été affecté à la garde de William par suite d'un vote familial totalement démocratique organisé en l'absence de l'intéressé par l'ensemble des frères et sœur : Lewis, qui avait quatre-vingt-sept ans, Charlie qui en avait quatre-vingt-dix, et Nell, la fille, qui avait fêté son quatre-vingt-quatorzième anniversaire en décembre.

La visite de William, prévue à l'origine pour durer deux semaines, se prolongeait depuis maintenant sept mois et cette vie commune sapait le moral de Henry. William, hypocondriaque, égocentrique, bégueule, capricieux et pieux, était tombé amoureux de mon amie Rosie, elle-même autoritaire, névrotique, coquette, têtue, près de ses sous et grande gueule. Leur union est un don du ciel. L'amour les a rendus tous les deux plutôt mutins et c'est apparemment plus que Henry n'est capable de supporter. Moi, je trouve cela très mignon, mais qu'est-ce que j'en sais?

J'avais terminé la carte destinée à Henry et j'en écrivis une à Vera, avec quelques phrases en espagnol soigneusement choisies. La journée semblait interminable, étouffante, pleine d'insectes et de cris perçants poussés par des gosses dans la piscine avec une persévérance à vous casser les oreilles. Wendell et la femme semblaient parfaitement heureux d'être allongés au soleil et de se bronzer. Personne ne les avait donc jamais mis en garde contre les rides, le cancer de la peau et autres méfaits du soleil? J'allais m'abriter à l'ombre de temps en temps, trop nerveuse pour me concentrer sur le livre que je lisais. Il ne se conduisait vraiment pas comme un homme traqué. Il avait l'attitude de quelqu'un qui a tout son temps. Peut-être qu'au bout de cinq ans il ne se considérait plus comme un fugitif. Savait-il même qu'officiellement il était mort?

Vers dix-sept heures, le *viento negro* se mit à souffler. Sur la table à côté de Wendell, les journaux commencèrent à bruisser, puis leurs pages claquèrent en se retournant comme des voiles de bateau. Je vis la femme les immobiliser d'un geste brusque avec un air d'ennui, les bloquant avec sa serviette de bain et son chapeau de soleil. Elle glissa les pieds dans ses sandales et attendit impatiemment que Wendell se redresse. Il alla faire un dernier plongeon dans la piscine, pour se débarrasser apparemment de son huile solaire avant de la rejoindre. Je rassemblai mes affaires et partis en avant, consciente de leur présence derrière moi. Bien que soucieuse de ne pas les perdre de vue, je pensais qu'il ne serait pas raisonnable d'attirer davantage leur attention. J'aurais pu me présenter à eux, engager une conversation qui m'aurait permis progressivement de les amener à parler de leur situation actuelle. Mais j'avais remarqué qu'ils évitaient soigneusement toute démonstration d'amitié et j'en avais déduit qu'ils auraient esquivé la moindre avance de ma part. Mieux valait feindre une indifférence égale à la leur plutôt que d'éveiller leurs soupçons.

Je montai dans ma chambre et, une fois la porte refermée derrière moi, je restai postée près du judas jusqu'au moment où je les vis passer. Il me restait à supposer qu'ils allaient se terrer comme nous allions tous le faire jusqu'à ce que les vents tombent. Je pris une douche et me changeai en enfilant un pantalon sombre en coton et la blouse assortie que j'avais portée dans l'avion. Je m'étendis sur le lit, dans l'intention de lire, en piquant un petit somme de temps en temps jusqu'à ce que les couloirs soient tout à fait silencieux et qu'aucun bruit ne monte de la piscine. J'entendais toujours les rafales de sable qui cinglaient la porte coulissante vitrée donnant sur le balcon. La climatisation de l'hôtel, qui, la plupart du temps, fonctionnait par intermittence, ronronnait sporadiquement dans un vain effort pour dissiper la chaleur. Parfois la pièce était glacée comme l'intérieur d'un réfrigérateur. Le reste du temps, l'air était simplement tiède et rance. C'était le genre d'hôtel qui vous donne des inquiétudes quant à l'apparition de souches nouvelles du virus responsable de la maladie des légionnaires.

Quand je me suis éveillée, il faisait nuit. Je me sentis toute déconcertée au début, sans bien savoir où je me trouvais. Je me penchai et allumai la lumière, pour regarder ma montre : dix-neuf heures douze. Ah, oui. Wendell me revenait en mémoire, ainsi que le fait que j'étais en train de le filer. Le couple avait-il quitté les lieux ? Je me levai et marchai à pas feutrés, nu-pieds, jusqu'à la porte pour jeter un coup d'œil au-dehors. Le couloir était brillamment éclairé et vide dans les deux directions. Je glissai ma clef dans ma poche et quittai la pièce. Je remontai le couloir, dépassai le 312, en espérant voir un rai de lumière sous la porte. Je n'arrivais pas à me faire une idée, et je n'osais pas prendre le risque de plaquer mon oreille contre le battant.

Je retournai dans ma chambre et enfilai mes chaussures. Puis je me rendis à la salle de bains pour m'y brosser les dents et me donner un coup de peigne. Je tirai au passage une serviette élimée de l'hôtel et l'emportai avec moi sur le balcon où je la posai sur la rambarde. Je quittai ma chambre en laissant les lumières allumées, fermai la porte derrière moi et descendis en tenant mes jumelles à la main. J'inspectai le restaurant, le kiosque à journaux près de l'entrée et le bar. Il n'y avait aucun signe de Wendell et de la femme qui l'accompagnait. Une fois dehors, sur l'allée, je me retournai et levai mes jumelles, en parcourant des yeux toute la façade de l'hôtel. A l'étage supérieur, je repérai sur mon balcon la serviette grossie aux dimensions d'une couverture. Je comptai deux balcons sur la gauche. Il n'y avait aucun signe d'activité, mais on voyait une faible lumière dans la chambre de Wendell ; la porte-fenêtre aux vitres coulissantes paraissait entrouverte. Étaient-ils partis ou endormis ? Je dénichai le téléphone intérieur dans l'entrée et composai le 312. Personne ne répondit à mon appel. Je retournai dans ma chambre, fourrai ma clef, un stylo, du papier et ma lampe de poche en caoutchouc dans les poches de mon pantalon. J'éteignis les lumières.

Je sortis sur le balcon et, les coudes appuyés sur la rambarde, je me mis à observer la nuit. Je m'efforçais de prendre une attitude contemplative, comme si j'étais en train de communier avec la nature, alors que j'essayais en réalité d'imaginer comment m'introduire dans la chambre qui se trouvait à deux portes de la mienne. Personne alentour ne semblait se soucier de mes faits et gestes. Sur la façade de l'hôtel, moins de la moitié des chambres étaient éclairées, et les rameaux de bougainvillées ressemblaient à cette sorte de crin qui pend aux arbres dans les bayous de Louisiane et que l'on appelle là-bas de la barbe espagnole. J'apercevais ici et là un client assis sur son balcon, et quelquefois le bout d'une cigarette qui rougeoyait dans l'ombre. Il faisait complètement nuit à présent et les environs étaient plongés dans l'obscurité. Au-dehors, les allées étaient bordées de petites lampes à faible voltage. La piscine luisait comme une pierre semi-précieuse, bien que le système de filtrage continuât probablement à fonctionner pour en chasser la cendre de lave noire. Au bout de la piscine se déroulait une sorte de réunion mondaine, avec de la musique, un brouhaha de conversations, l'odeur d'un barbecue. Je ne pensais pas que quelqu'un ferait attention à moi si, tel un chimpanzé, je sautais d'un balcon à l'autre.

Je me penchai en avant aussi loin que cela m'était possible. Le patio d'à côté était obscur. La porte vitrée coulissante était fermée et les rideaux étaient tirés. Je n'avais aucun moyen de savoir si la pièce était occupée mais ça n'en avait pas l'air. J'allais devoir courir le risque, en tout cas. Je balançai ma jambe gauche par-dessus la rambarde et calai mon pied entre les barreaux, assurant ma position avant de lancer ma jambe droite à la suite. La distance jusqu'au balcon d'à côté était à peu près d'une longueur de bras. J'empoignai la rambarde et lui donnai une secousse préliminaire pour vérifier sa solidité par rapport à mon poids. J'avais conscience du vide béant qui s'ouvrait sous moi sur une hauteur de trois étages et je me sentis gagnée par mon aversion innée de l'altitude. Si je glissais, les buissons ne serviraient pas à grand-chose pour amortir ma chute. Je m'imaginais empalée sur un arbuste décoratif. Pas beau à voir – une détective privée embrochée sur un épineux. Je m'essuyai la paume sur mon pantalon et repris ma traversée, tendant mon pied gauche jusqu'à l'insérer entre les barreaux du balcon d'à côté. Il n'est jamais très malin de réfléchir quand on fait ce genre de choses.

Je fis le vide dans mon esprit et me hissai maladroitement d'un balcon sur l'autre. En silence, je traversai le patio de mon voisin et recommençai le même manège de l'autre côté, sauf que cette fois je m'étais arrêtée assez longtemps pour jeter un coup d'œil par le coin de la fenêtre; à ma grande satisfaction j'avais constaté que la chambre de Wendell était vide. Les rideaux étaient ouverts et si la chambre à proprement parler était obscure, je pouvais voir un rectangle de lumière en provenance de la salle de bains. Je me penchai en avant pour saisir sa rambarde et après avoir, là encore, vérifié la solidité de mon point d'appui, je me risquai à franchir la distance.

Une fois sur le balcon de Wendell, il me fallut un peu de temps pour recouvrer mon souffle. Une petite brise me caressait le visage; au contact de la fraîcheur je sentis que la tension nerveuse m'avait couverte de transpiration. Je pris place près de la porte vitrée coulissante et jetai un regard scrutateur à l'intérieur. Il y avait un grand lit double de près de deux mètres de large; le dessus-de-lit en coton avait glissé par terre. Les draps en désordre conservaient l'empreinte d'un petit coït pré-dînatoire. Je pouvais sentir le relent musqué du parfum de la femme, l'odeur humide du savon indiquant qu'ils avaient fait un brin de toilette ensuite. Je me servis de ma petite lampe de poche pour compléter la lumière qui filtrait du dehors. Je me dirigeai vers la porte et attachai la chaîne, jetai un regard sur le couloir vide à travers le judas. Il était dix-neuf heures quarante-cinq. Avec un peu de chance, ils avaient dû se faire conduire en ville pour dîner comme je l'avais fait moi-même la veille. J'allumai d'une chiquenaude le plafonnier, en me fiant à la providence.

Je commençai par examiner la salle de bains. La femme avait étalé, de part et d'autre du lavabo, une profusion d'articles de toilette : shampooing, démêlant, déodorant, eau de Cologne, crème de beauté, lait hydratant, lotion tonique, fond de teint, blush, poudre, fard à paupières, crayon à yeux, mascara, séchoir à cheveux, laque, bain de bouche, brosse à dents, dentifrice, fil dentaire, brosse à cheveux, brosse à cils. Comment la belle trouvait-elle le temps de quitter sa chambre? Après avoir fait sa toilette chaque matin, il devait être l'heure de se remettre au lit. Elle avait lavé deux slips de Nylon qui séchaient sur la tringle de la douche. Je me l'étais imaginée en petite culotte de dentelle, mais il s'agissait de dessous solides, montant jusqu'à la taille, du style qu'apprécient les conservateurs en matière de lingerie. Elle portait probablement des combinés qui ressemblaient aux corsets correcteurs prescrits après une opération de la colonne vertébrale.

Wendell avait dû se contenter du couvercle de la chasse d'eau où était posée sa trousse de toilette, en cuir noir avec des initiales dorées : DDH. Voilà qui était intéressant. Il n'emportait en voyage qu'une brosse à dents, un tube de dentifrice, un nécessaire à rasage et une boîte pour ses lentilles de contact. Il devait probablement lui emprunter son shampooing et son déodorant. Je jetai de nouveau un coup d'œil à ma montre. Il était dix-neuf heures cinquante-deux. Avec prudence je lançai un regard par l'œilleton de la porte. Pour l'instant le terrain était dégagé. Ma tension était tombée et je me rendis brusquement compte que je m'amusais bien. Je réprimai un rire bref et esquissai un petit pas de danse dans mes chaussures de tennis. J'étais aux anges. Je suis fureteuse de naissance. Rien ne me met davantage en joie qu'une effraction nocturne. Je revins à mes moutons, en chantonnant faiblement de bonheur. Sûr que je serais en prison, si je ne travaillais pas pour les forces de l'ordre et les représentants de la loi.

4

De toute évidence la femme était de celles qui déballent toutes leurs valises aussitôt qu'elles arrivent dans une chambre. Elle s'était approprié le côté droit de la double commode et y avait rangé ses affaires avec soin; les bijoux et la lingerie dans le tiroir du haut, en même temps que son passeport. J'ai griffonné son nom – Renata Huff – ses date et lieu de naissance, le numéro du passeport, le bureau d'émission et la date d'expiration de celui-ci. Sans fouiller davantage dans ses affaires personnelles, j'ai ouvert le tiroir supérieur, du côté réservé à Wendell, et je suis tombée une fois de plus sur un bon filon. Son passeport indiquait qu'il se faisait appeler Dean DeWitt Huff. J'ai pris note du contenu du document et vérifié une fois de plus ce qui se passait à l'extérieur par le judas. Le couloir était vide. Il était maintenant vingt heures deux, c'était le moment de ficher le camp. Chaque minute qui passait accroissait les risques, d'autant plus que je n'avais aucune idée de l'heure à laquelle ils étaient sortis. Pourtant, pendant que j'étais encore là, il valait mieux voir s'il n'y avait pas quelque chose d'autre à glaner.

Je suis revenue sur mes pas pour explorer systématiquement tous les tiroirs, en glissant une main sous et entre les vêtements soigneusement rangés. Tout le linge de Wendell et ses biens personnels étaient restés dans sa valise, encore grande ouverte sur un porte-bagage. Je m'activais à la hâte, en prenant toutes les précautions dont j'étais capable, car je ne voulais pas qu'ils puissent trouver trace de mon passage après coup. J'ai tendu l'oreille. Avais-je entendu un bruit ou non? Je me suis précipitée de nouveau sur l'œil de la porte.

Wendell et la femme venaient juste de sortir de l'ascenseur et ils avançaient dans ma direction. Elle était visiblement contrariée, s'exprimait d'une voix perçante avec des gestes théâtraux. Il avait un air sinistre, un visage de pierre, les lèvres serrées, et faisait claquer un journal contre sa jambe en marchant.

Une des choses que j'ai apprises sur le sentiment de panique, c'est qu'il engendre d'énormes erreurs de jugement. Les choses se passent dans un brouillard où l'instinct de conservation – l'envie de prendre ses jambes à son cou, en l'occurrence – l'emporte sur tout le reste. Et on se retrouve ensuite dans une situation pire que celle où l'on était au commencement. Dès que je les aperçus, je fourrai toutes mes affaires dans les poches de mon pantalon et fis glisser la chaîne de sécurité hors de sa fente. J'atteignis l'interrupteur de la salle de bains et l'éteignis d'une pichenette; j'éteignis également le plafonnier de la chambre, puis me précipitai à toute vitesse sur le balcon par la porte coulissante. Une fois dehors, je jetai un regard en arrière pour m'assurer que j'abandonnais bien la pièce dans l'état où je l'avais trouvée. Merde! Ils avaient laissé allumée la lumière de la salle de bains. Et c'était *moi* qui l'avais éteinte. Comme à l'aide d'un rayon X, je pouvais me représenter Wendell qui s'approchait, de l'autre côté de la porte, la clef de la chambre à la main. Dans mon imagination, il se déplaçait plus rapidement que moi. Je me livrai à un calcul rapide. Il était trop tard pour réparer mon erreur. Peut-être auraient-ils oublié ce détail ou se figureraient-ils que la lampe avait grillé.

Je courus au bout du balcon, balançai la jambe droite pardessus la rambarde, coinçai le pied sous la barre du bas, fis passer l'autre jambe. J'agrippai la rambarde du balcon suivant et franchis la distance juste au moment où la lumière s'allumait dans la chambre de Wendell. J'étais au plus haut point consciente du flot d'adrénaline qui faisait battre mon pouls à toute allure, mais au moins j'étais en sécurité sur le balcon voisin.

Sauf qu'il y avait un type là-dehors en train de fumer une cigarette.

Je ne sais pas lequel de nous deux fut le plus étonné. *Lui*, sans aucun doute, puisque moi, je savais pourquoi j'étais là, ce qui n'était pas son cas. J'avais un avantage supplémentaire sur lui : la peur avait aiguisé mes sens et me donnait une lucidité exacerbée à l'égard de sa personne. Tout ce qu'il me fallait savoir sur cet homme me fut transmis en un éclair telle une série de messages subliminaux.

C'était un homme blanc.

Il était sexagénaire et chauve. Le peu de cheveux qui lui restaient étaient argentés et peignés en arrière.

Il portait des lunettes dont la monture épaisse et sombre avait l'air d'abriter un appareil auditif.

Il sentait la boisson ; des relents d'alcool émanaient de son corps.

Il avait une tension assez élevée pour faire briller son visage rougi et son nez retroussé dont le bout rougeoyant et arrondi lui donnait l'air aimable d'un père Noël de grand magasin.

Il était plus petit que moi et ne semblait donc pas si menaçant. En fait, il avait une expression de stupeur qui me donnait envie de m'approcher pour lui tapoter la tête.

Je me suis rappelée que je l'avais vu à deux reprises au cours de mes rondes sempiternelles dans l'hôtel en quête de Wendell et de sa bonne amie. C'était au bar que je l'avais toujours aperçu – la première fois il était seul, appuyé sur le coude, rythmant son interminable monologue intérieur du bout de la cigarette allumée entre ses doigts ; la seconde fois, il était avec une bande de lascars de son âge, obèses, difformes, le cigare à la bouche, en train de raconter des blagues qui les faisaient soudain pousser de gros rires.

Il me fallait prendre une décision.

Je me calmai et m'avançai tranquillement à sa rencontre, lui ôtant délicatement ses lunettes et les repliant afin de les ranger dans la poche de mon chemisier.

– Salut, beau blond. Comment va ? T'as l'air en forme, ce soir.

Ses mains se levèrent en un geste d'impuissance et de protestation. Je déboutonnai ma manche droite, en lui lançant un regard alangui lourd de signification.

– Qui êtes-vous ? a-t-il demandé.

Je souris, en clignant paresseusement des yeux pendant que je déboutonnais ma manche gauche.

– Surprise. Surprise. Où étais-tu passé? Je te cherche depuis six heures du soir.

– Nous nous connaissons?

– Pour sûr, Jack. On va se donner du bon temps ce soir.

– Je pense que vous faites erreur. Je ne m'appelle pas Jack, dit-il en hochant la tête.

– J'appelle tout le monde Jack, dis-je.

Pendant ce temps-là, j'avais déboutonné mon chemisier découvrant ainsi mes charmes tentateurs. Heureusement, je portais le seul soutien-gorge qui tenait sans épingle à nourrice. Sous cet éclairage, comment aurait-il pu voir que les lavages l'avaient rendu vaguement gris?

– Puis-je avoir mes lunettes? Je ne vois pas très bien sans.

– Ah bon? Comme c'est ennuyeux. Qu'est-ce que c'est... t'es myope, presbyte, astigmate, ou quoi?

– Astigmate, dit-il avec l'air de me présenter des excuses. Je suis un peu myope aussi, et cet œil-là est cossard.

Et en guise de confirmation, le regard de l'œil en question partit à la dérive comme pour suivre le vol de quelque insecte invisible.

– Allons, t'en fais pas. Je vais rester assez près de toi pour que tu me voies bien. T'es prêt à prendre ton pied?

– Prendre mon pied?

Son œil folâtre revint en place.

– C'est les copains qui m'envoient. Tu sais, ceux avec qui tu te marres. Ils disent qu'aujourd'hui c'est ton anniversaire et ils se sont tous cotisés pour te faire un cadeau. C'est moi, le cadeau... T'es Cancer, pas vrai?

Il avait du mal à reprendre ses esprits et son sourire vacillait sur ses lèvres. Il luttait pour comprendre ce qui se passait et ne voulait pas se montrer grossier. Il ne voulait pas non plus se rendre ridicule, pour le cas où ce serait une blague.

– C'est pas mon anniversaire aujourd'hui.

Les lumières avaient été allumées dans la pièce d'à côté et je pouvais entendre une voix de femme pleine de colère et de détresse.

– Maintenant c'est ton anniversaire, ai-je dit.

Je saisis soudain les pans de mon chemisier que j'enlevai comme une strip-teaseuse. Il n'avait pas tiré une seule bouffée de sa cigarette depuis que j'étais arrivée. Je pris le mégot allumé d'entre ses doigts et le lançai par-dessus la rambarde, puis je m'avançai encore plus près, en lui pinçant la bouche comme si j'avais l'intention de l'embrasser.

– T'as quelque chose de mieux à faire?

Il éclata de rire, mal à l'aise.

– Je ne pense pas, dit-il dans un souffle imprégné de cigarette.

Je l'embrassai en plein sur le museau, en m'arrangeant pour lui faire une espèce de ventouse avec les lèvres et la langue, comme je l'avais vu au cinéma. Ça n'était guère plus excitant quand c'était quelqu'un d'autre qui le faisait.

Je le pris par la main et le fis rentrer dans sa chambre. Au moment où Wendell sortit sur le balcon, j'étais en train de faire coulisser la porte vitrée derrière nous.

– Détends-toi un peu pendant que je fais un brin de toilette. Après j'apporterai un peu de savon et de l'eau chaude pour te faire tout propre toi aussi. Qu'est-ce que t'en dis?

– Vous voulez que je m'allonge comme ça?

– T'as pas l'habitude de faire l'amour avec tes chaussures, dis, sucre d'orge? Enlève donc ce vieux bermuda pendant que tu y es. Il faut que j'aille m'occuper d'un petit quelque chose dans l'autre pièce mais je vais revenir tout de suite. Je veux que tu sois prêt, t'entends? Et alors je te ferai exploser ta vieille chandelle.

Le vieux était occupé à délacer une robuste godasse noire, qu'il retira et jeta derrière lui en enlevant à toute vitesse une socquette de nylon noir. Il avait l'air d'un pépé sympa, petit et gras, comme il en existe des milliers. En même temps, comme un môme de cinq ans, il avait l'air tout prêt à faire preuve de bonne volonté, du moment qu'il y avait un gâteau à la clef. Je pouvais entendre Renata se mettre à crier dans la pièce d'à côté. Puis la voix de Wendell tonna, mais on ne pouvait pas distinguer ce qu'ils disaient.

D'un geste du doigt, je fis signe à mon petit camarade en chantonnant : « A tout de suite. » Je me rendis d'un pas dansant dans la salle de bains où je posai ses lunettes près du lavabo, puis je me penchai en avant et ouvris le robinet.

L'eau froide jaillit avec un grand bruit qui masquait tous les autres sons. Je me drapai dans mon chemisier, me glissai vers la porte et sortis dans le couloir. Je refermai la porte derrière moi avec précaution. Mon cœur battait à grands coups et je sentais l'air frais du corridor sur ma peau nue. Rapidement, je regagnai ma chambre et refermai la porte derrière moi. Je glissai la chaîne de sûreté dans son cran et restai debout un moment, adossée au mur, le pouls battant pendant que je reboutonnais mon chemisier aussi rapidement que je le pouvais. Un frisson involontaire me parcourut de la tête aux doigts de pied. Je me demande comment les putains s'y prennent. Beurk.

Je me dirigeai vers le balcon et fermai ma porte vitrée coulissante que je verrouillai d'un coup sec. Je tirai les rideaux et retournai à la porte pour regarder encore une fois dehors. Le vieil ivrogne se tenait maintenant au beau milieu du couloir, louchant sans ses lunettes. Il était toujours en caleçon, un pied nu et l'autre en socquette. Il se mit à examiner ma porte avec intérêt. Soudain, je me demandai s'il était aussi saoul qu'il en avait eu l'air au premier abord. Il regarda autour de lui négligemment, pour s'assurer que personne ne pouvait le voir, puis il s'approcha du judas de ma porte et essaya d'y jeter un coup d'œil. Je me reculai instinctivement en retenant ma respiration. Je savais qu'il ne pouvait pas me voir. De l'endroit où il se trouvait, ça devait faire le même effet que si l'on regarde par le mauvais bout d'un télescope.

Il frappa un petit coup timide :

– Mademoiselle? Vous êtes là?

Il plaça de nouveau son œil tout contre le judas, obstruant le petit rond de lumière en provenance du couloir. A travers le bois je pouvais sentir son haleine, je jure que c'est vrai. Je vis de nouveau la lumière éclairer la lentille panoramique et je m'en approchai prudemment, en pressant mon œil contre le trou minuscule afin de pouvoir l'observer. Il avait rebroussé chemin, jetant encore des regards incrédules en arrière. Au bout d'un instant, j'entendis sa porte se refermer en claquant.

Je me rendis sur la pointe des pieds jusqu'à la baie vitrée et me plaçai sur la gauche, le dos contre le mur pour regarder dehors. Soudain... en douce... le dessus du crâne du vieillard fit son apparition pendant qu'il tendait le cou au-delà de la cloison de séparation entre son balcon et le mien, en essayant de jeter un coup d'œil dans ma chambre obscure.

– Ou-ou-ouh, chuchota-t-il d'une voix enrouée. C'est moi. Est-ce qu'on la fait, cette bringue?

Le type était tout excité. Il n'allait pas tarder à piaffer et à grogner.

Je m'abstins de faire le moindre mouvement et attendis qu'il disparaisse. Au bout d'un instant, il se retira. Dix secondes plus tard, mon téléphone sonnait; si vous voulez vraiment savoir ce que j'en pense, c'était un appel qui venait de l'intérieur de l'hôtel. Je laissai sonner jusqu'au bout sans décrocher pendant que je me rendais à la salle de bains et me brossais les dents dans le noir. Je revins à tâtons vers le lit, enlevai mes vêtements et les posai sur la chaise. Je n'osais pas quitter ma chambre. Je ne pouvais pas lire parce que je ne voulais pas prendre le risque d'allumer la lumière. En même temps, j'étais si survoltée que mes cheveux devaient se dresser sur ma tête. En fin de compte je me rendis sur la pointe des pieds jusqu'au mini-bar et en sortis deux petites bouteilles de gin et du jus d'orange. Je m'assis dans le lit et sirotai mon cocktail jusqu'au moment où je sentis le sommeil me gagner.

Quand j'ai émergé dans la matinée, la porte de l'ivrogne était fermée et la pancarte NE PAS DÉRANGER pendait à la poignée. Celle de Wendell était grande ouverte et la chambre vide. Le même chariot que la veille était arrêté dans le couloir entre les chambres. Je jetai un regard et aperçus la même femme de chambre qui lavait patiemment le sol carrelé. Elle rangea le balai-éponge contre le mur près de la salle de bains, et se mit à ramasser la corbeille à papiers qu'elle emporta dans le couloir.

– *Donde están?* demandai-je en espérant que cela signifiait bien « Où sont-ils? ».

Elle aurait pu se dispenser d'assaisonner sa réponse d'un tas de participes passés et de plus-que-parfaits. Je savais que je ne parviendrais à piger que si elle consentait à employer le minimum de mots.

Je crois qu'elle dit quelque chose comme :

– Partis... ils sont partis... pas ici.

– *Permanente ?* Complètement *vamos ?*

– *Si, si,* répondit-elle en hochant vigoureusement la tête et en répétant sa déclaration première.

– Permettez que je jette un œil?

Je n'attendis pas vraiment sa permission. J'entrai dans la chambre 312, où j'ouvris les tiroirs de l'armoire, la table de nuit, le bureau, le mini-bar. Bon Dieu. Ils ne m'avaient laissé *aucun* indice. Pendant tout ce temps, la femme de chambre m'observait avec intérêt. Elle haussa les épaules et retourna dans la salle de bains où elle remit la corbeille à papier sous le lavabo.

– *Gracias,* lui dis-je en sortant de la pièce.

En dépassant le chariot de nettoyage, j'avisai le sac de plastique attaché à un bout, rempli des déchets les plus récents. Je le décrochai et l'emportai dans ma chambre, en refermant la porte derrière moi. Arrivée devant le lit, je renversai le contenu sur la couverture. Il n'y avait rien d'intéressant; des journaux de la veille, des bâtonnets de coton-tige, des mouchoirs de papier usagés, une bombe de laque vide. Je fouillais avec dégoût, en espérant que mes vaccins antitétaniques étaient encore efficaces. En rassemblant les détritus et en les remettant dans le sac, ma vue fut attirée par la première page d'un journal, tout entière consacrée à une cavale sanglante. Je dépliai la page, aplatis le journal et entrepris de déchiffrer le texte en espagnol.

Quand on vit à Santa Teresa, il est presque impossible de ne pas attraper quelques notions d'espagnol, même si l'on ne prend aucun cours. Beaucoup de mots courants lui sont empruntés et d'autres ne sont que la simple transposition d'un terme ibérique en anglais. La construction des phrases est plutôt simple de même que la prononciation. L'article qui s'étalait à la première page de *La Gaceta* concernait un homicide (*homicidio*) commis aux *Estados Unidos*. Je le lus à voix haute pour mon propre compte en ânonnant comme un bambin du jardin d'enfants, ce qui m'aidait à retrouver le sens du texte. Une femme avait été assassinée; on avait découvert son cadavre sur un tronçon désert de l'autoroute juste au nord de Los Angeles. Quatre détenus s'étaient échappés d'une maison de correction dans le comté de Perdido, en Californie, et avaient fui vers le sud, en longeant la côte. Apparemment, ils avaient hélé la voiture de la victime, s'étaient emparé du véhicule et avaient abattu la conductrice par la même occasion. Au moment où le corps avait été découvert, les fugitifs avaient déjà franchi la frontière mexicaine et pénétré dans Mexicali où ils avaient tué de nouveau. Les *federales* les avaient rattrapés et, au cours d'une fusillade féroce, deux des jeunes gens avaient été abattus, un autre grièvement blessé. Même en noir et blanc, la photographie prise sur les lieux de la fusillade paraissait inutilement atroce et laissait voir de sinistres taches noires sur les linceuls qui enveloppaient les cadavres. Les portraits renfrognés des quatre adolescents, photographiés pour les besoins de l'identité judiciaire, étaient reproduits les uns à côté des autres. Trois d'entre eux étaient d'origine hispanique. Le quatrième avait été identifié et s'appelait Brian Jaffe.

J'ai réservé une place pour rentrer par le premier vol en partance.

Dans l'avion qui me ramenait chez moi, mes sinus se bouchèrent et, pendant notre descente sur Los Angeles, j'ai cru que mes tympans allaient exploser. Je suis arrivée à Santa Teresa à vingt et une heures, avec tous les symptômes d'un bon vieux rhume. J'avais la gorge irritée, la tête douloureuse et les narines qui picotaient comme si j'avais englouti une pinte d'eau salée par le nez.

Une fois en sûreté chez moi, j'ai fermé la porte à clef et hissé un gros paquet de journaux au sommet de mon escalier en colimaçon. Après avoir vidé mon paquetage de marin dans la corbeille à linge sale, j'ai ôté mes vêtements de voyage, enfilé mes socquettes de laine et ma chemise de nuit en flanelle pour me fourrer sous la courtepointe que la sœur de Henry m'avait confectionnée à la main pour mon anniversaire. Je me suis plongée dans tous les articles publiés par le journal de Santa Teresa au sujet de l'évasion. L'affaire était déjà reléguée en page trois. Il fallait que je relise tout ça, mais cette fois en anglais. Brian, le plus jeune fils de Wendell Jaffe, en compagnie de trois complices, avait réussi à s'évader en plein jour, de la maison de correction de Connaught. Les prisonniers abattus avaient été identifiés comme étant Julio Rodriguez, dix-neuf ans, et Ernesto Padilla, âgé seulement de quinze ans. Je ne savais pas quels étaient les accords d'extradition entre les États-Unis et le Mexique, mais tout portait à croire que les deux détenus survivants, Jaffe et Ricardo Guevara, âgé de quatorze ans, originaires l'un comme l'autre de Perdido, seraient renvoyés aux États-Unis dès que des collaborateurs du shérif auraient pu aller les chercher. Les deux personnes assassinées étaient américaines et il était bien possible que les *federales* aient hâte de se décharger de toute responsabilité à cet égard. Il était tout aussi possible qu'un gros dessous de table ait été versé. Quoi qu'il en soit, les fugitifs avaient de la chance de ne pas se retrouver incarcérés à perpétuité *là-bas*. Selon le journal, Brian Jaffe avait eu dix-huit ans au moment de sa capture; aussi, après avoir réintégré la prison municipale du comté de Perdido, serait-il détenu et inculpé comme un adulte. J'ai déniché une paire de ciseaux et découpé tous les articles pour les mettre de côté dans l'intention de les emporter et de les archiver au bureau.

J'ai jeté un coup d'œil à mon réveil, sur la table de nuit. Il n'était que vingt et une heure quarante-cinq. J'ai décroché le téléphone et appelé Mac Voorhies chez lui.

5

– Salut, c'est Kinsey, ai-je dit au moment où Mac décrochait.

– Tu n'as pas ta voix habituelle. D'où appelles-tu?

– D'ici, en ville. Je viens d'arriver avec un rhume et je me sens au seuil de la mort.

– C'est pas de chance. Bienvenue à la maison. Je n'avais aucune idée du jour où tu rentrerais.

– J'ai passé ma porte il y a quarante-cinq minutes, dis-je. J'ai lu les journaux et je vois que tu as dû avoir des émotions pendant que j'étais partie.

– C'est incroyable. Je n'y comprends rien du tout. Je n'avais pas entendu parler de cette famille depuis trois ans, et voilà que d'un seul coup on retrouve son nom partout.

– Ouais, eh bien, voilà encore du nouveau. Nous sommes bien sur la piste de Wendell. Je l'ai vu exactement là où Dick Mills a dit qu'il devait être.

– Tu es certaine que c'est bien lui?

– Mac, comment veux-tu que j'en sois certaine? Je ne l'ai jamais vu auparavant, mais à en juger d'après les photographies, ce type lui ressemble diablement. D'abord, c'est un Américain et il appartient à la même tranche d'âge. Il se fait appeler Dean DeWitt Huff mais la taille et la stature semblent correspondre. Il a pris un peu d'embonpoint, comme de juste. Il voyage en compagnie d'une femme et ils restent le plus souvent en tête à tête.

– Ça me paraît bien sommaire.

– Bien sûr que c'est sommaire. Je pouvais difficilement m'avancer vers lui et me présenter.

– Combien y a-t-il de chances à ton avis pour que ça soit lui?

– Si je tiens compte de l'âge et de la chirurgie esthétique, je dirais neuf chances sur dix. J'ai essayé de prendre quelques photos, mais il avait une attitude plutôt paranoïaque quand on s'intéressait à lui. J'ai dû adopter un profil bas. A propos, pourquoi est-ce que Brian Jaffe était en prison? Est-ce que quelqu'un te l'a dit?

– Pour autant que je sache, une espèce de cambriolage. Probablement rien de bien calé, sans cela il ne se serait pas fait prendre, dit Mac. Mais en ce qui concerne Wendell, où est-il en ce moment?

– Excellente question.

– Il a fichu le camp, dit Mac sèchement.

– Plus ou moins. Lui et la femme se sont volatilisés en pleine nuit, mais ce n'est pas la peine de te mettre à hurler. Tu veux savoir ce que j'ai découvert dans leur chambre, après leur départ? Un quotidien mexicain avec un article sur l'arrestation de Brian Jaffe. Wendell avait dû l'apprendre par la dernière édition, car ils étaient allés dîner à l'heure habituelle. La seule chose que je sais, c'est qu'ils sont sur le chemin du retour et qu'ils sont tous les deux fous d'inquiétude, d'où leur départ précipité.

Tout en exposant ma version des faits, je voyais bien que quelque chose clochait. La coïncidence était trop frappante. D'un côté voilà Wendell Jaffe installé dans cette obscure station balnéaire mexicaine... de l'autre Brian s'évade et fonce directement vers la frontière... J'eus brusquement l'intuition que les deux choses étaient liées.

– Eh, attends un peu, Mac. Quelque chose me passe par la tête, tout d'un coup. Écoute bien : au moment où je l'ai repéré, Wendell feuilletait des journaux, cinq ou six en même temps, et il vérifiait chaque page. Peut-être bien qu'il était *prévenu* de l'évasion de Brian. Peut-être qu'il l'attendait. Et peut-être même qu'il l'a aidé à tout organiser.

Mac s'éclaircit la gorge en émettant un « hum » sceptique, puis il ajouta :

– C'est plutôt tiré par les cheveux. Ne nous hâtons pas de conclure avant de savoir ce qu'il en est.

– Ouais, je sais. Tu as raison, mais dans un sens ça colle. N'en parlons plus pour l'instant; je pourrai toujours vérifier plus tard.

– Tu as une idée de l'endroit où Jaffe est allé?

– J'ai interrogé le réceptionniste de l'hôtel dans mon espagnol rudimentaire, mais ça n'a pas donné grand-chose, mis à part un petit sourire narquois à peine dissimulé. Si tu veux mon avis, je pense qu'il y a une bonne chance pour qu'il vienne par ici.

Je pus quasiment entendre Mac froncer les sourcils devant le téléphone.

– Je ne peux pas croire ça. Tu penses vraiment qu'il remettrait les pieds en Californie? Il n'aurait pas ce culot. Ou alors c'est qu'il est dingue.

– Je sais que ça a l'air risqué, mais son gosse à des ennuis. Mets-toi à sa place. Est-ce que tu ne ferais pas la même chose?

Il y eut un silence. Les enfants de Mac sont grands, mais je savais qu'il continuait à vouloir les couver.

– Comment aurait-il pu deviner ce qui allait se passer?

– Je n'en sais rien, Mac. Après tout, il était peut-être resté en contact avec sa famille. On n'a pas la moindre idée de l'endroit où il a passé toutes ces années. Peut-être qu'il a gardé des liens avec des gens de la région. Ça vaut probablement la peine de chercher dans cette voie si on veut essayer de remonter jusqu'à lui.

– Qu'est-ce qu'on va faire, maintenant? Tu as un plan à proposer? coupa Mac.

– Ma foi, je pense qu'on devrait essayer de savoir quand le gosse sera ramené de Mexicali. Je ne pense pas qu'il se passe grand-chose pendant le week-end. Lundi, j'irai bavarder avec l'un des shérifs-adjoints, à la prison du comté. On aura peut-être un moyen de retrouver la piste de Wendell à partir de là.

– Il faudrait bien de la chance.

– La chance, c'est que Dick Mills l'ait repéré, pour commencer.

– C'est assez vrai, admit-il à contrecœur.

– Je me suis dit également qu'on devrait aller voir les flics du coin. Ils ont le genre d'information que je ne peux pas obtenir.

Je compris qu'il hésitait.

– Un peu tôt pour mêler la police à tout ça mais je te laisse libre de décider. Ce n'est pas que je refuse leur aide, mais ça m'ennuierait que notre homme se sauve parce qu'on lui a fait peur. *Si*, évidemment, il se manifeste.

– Il va bien falloir que je prenne contact avec certains de ses vieux amis. On court donc le risque que quelqu'un le prévienne.

– Tu penses que ses vieux copains vont coopérer?

– Je n'en ai aucune idée. Je crois savoir qu'il a filouté un tas de gens dans le passé. Il doit bien y en avoir quelques-uns qui aimeraient l'envoyer en prison.

– Ça serait naturel, dit-il.

– En tout cas, on en reparlera lundi matin et entre-temps ne te fais pas de souci.

– Espérons que Gordon Titus n'aura pas vent de quelque chose, dit-il avec un petit rire lugubre.

– Tu avais pourtant dit que tu t'occuperais de lui.

– Je pensais à une arrestation. Toute la gloire t'en reviendrait.

– Bonne idée. On a une chance de la réaliser.

J'ai passé les deux jours suivants au lit, en prolongeant mes vacances d'un grand week-end de paresse et d'inactivité sous prétexte que j'étais souffrante. J'aime la solitude que procure la maladie, le luxe que représente un thé chaud au miel, ou une soupe de tomates en boîte dégustée avec des tartines chaudes couvertes de fromage fondu. J'avais disposé une boîte de Kleenex sur ma table de nuit et la corbeille à papier près de mon lit ne tarda pas à être remplie jusqu'au bord par une nuée de mouchoirs sales. Un des rares souvenirs précis que j'aie conservés de ma mère, c'est qu'elle me frottait la poitrine avec du Vicks Vaporub avant de la couvrir d'un carré de flanelle rose bonbon, attaché à la veste de mon pyjama par des épingles à nourrice. Sous l'effet de ma propre chaleur, un nuage d'odeurs entêtantes envahissait mes narines tandis que la pommade, sur ma peau, me procurait une sensation contradictoire et mentholée de chaud et froid.

Je sommeillais par intermittence dans la journée, le corps douloureux à force d'inactivité. Chaque après-midi, je descendais en titubant les spirales de mon escalier, en tirant derrière moi mon édredon comme s'il s'était agi d'une traîne de mariée. Pendant deux heures, je me pelotonnais en chien de fusil sur mon canapé et allumais le poste de télévision, pour me gaver des innombrables rediffusions de *I Love Lucy*. A l'heure d'aller au lit, je m'agrippais au lavabo de ma salle de bains et versais dans ma petite tasse en plastique une large rasade d'un sirop infect, couleur vert foncé, qui allait me procurer une bonne nuit de sommeil. Je n'ai jamais réussi à avaler une gorgée de Nyquil sans être tout aussitôt prise de violents tremblements.

Le lundi, je me suis réveillée à six heures du matin quelques instants avant que le réveil ne sonne et je suis restée étendue sur ma couche chiffonnée en regardant fixement le ciel à travers le plafond en Plexiglass au-dessus de mon lit pour essayer de deviner le temps qu'il allait faire. Le ciel du petit matin était couvert d'énormes nuages blancs qui formaient une couche compacte, probablement épaisse de huit cents mètres. A l'aéroport, les liaisons de proximité avec San Francisco, San Jose et Los Angeles allaient être interrompues et les avions bloqués sur les pistes d'envol jusqu'à ce que le brouillard se lève.

Le mois de juillet à Santa Teresa est une période déconcertante. Le jour se lève derrière un banc de nuages qui reste suspendu juste au-dessus de la côte. Parfois le manteau de brume marine se lève dans l'après-midi. Mais il arrive que le ciel reste couvert et que toute la journée s'écoule dans une pénombre nébuleuse, annonciatrice d'une tempête imminente. Les habitants gémissent et la gazette de Santa Teresa – *Santa Teresa Dispatch* – commente les températures sur un ton querelleur comme si l'été n'était pas toujours comme ça. Les touristes, qui débarquent en quête du soleil tant vanté de la Californie, déploient leur attirail sur la plage – leur parasol et leur crème solaire, leurs radios portatives et leurs palmes – en attendant patiemment qu'une éclaircie survienne dans les cieux d'un gris monotone. Je vois leurs petits enfants accroupis dans l'écume des vagues avec des seaux et des pelles. Même à distance, je peux sentir qu'ils ont la chair de poule, les lèvres bleuâtres, et les dents qui commencent à claquer à mesure que l'eau glacée vient baigner leurs pieds nus. Cette année, le temps avait été très bizarre, variant subitement d'un jour sur l'autre.

J'ai roulé hors du lit, enfilé mon survêtement, brossé mes dents et peigné mes cheveux, en évitant de regarder dans le miroir mon visage bouffi de sommeil. J'avais la volonté de courir, mais mon corps en avait disposé autrement et, au bout de sept cents mètres, j'ai été prise d'une quinte de toux qui résonnait comme l'appel de quelque bête sauvage en rut. J'ai dû renoncer à l'idée de courir sur cinq kilomètres et je me suis contentée de marcher d'un pas vif. Mon rhume, maintenant, était descendu sur ma poitrine et ma voix avait les merveilleuses intonations rauques propres aux animatrices des radios FM. En rentrant chez moi, j'étais gelée mais revigorée.

J'ai pris une douche bouillante pour que les vapeurs d'eau chaude dégagent mes bronches et en sortant de la salle de bains je me sentais un peu mieux. J'ai changé mes draps, vidé la corbeille, pris un petit déjeuner de fruits et de yaourt, et je me suis rendue au bureau avec une chemise pleine de coupures de presse. Après m'être garée en bas de la rue, j'ai franchi à pied les derniers cent cinquante mètres et atteint les escaliers que j'attaque d'ordinaire à raison de deux marches à la fois. Mais aujourd'hui j'avais besoin de m'arrêter à chaque palier pour souffler. L'ennui, avec la forme physique, c'est qu'elle disparaît en un rien de temps – presque instantanément – alors qu'il faut des années pour l'acquérir. Après trois jours d'inactivité, j'étais de retour à la case départ, je soufflais et haletais comme un vulgaire amateur. Ma respiration était si courte que j'eus une nouvelle quinte de toux.

En passant devant le bureau d'Ida Ruth, j'ai marqué le pas pour tailler une petite bavette. Quand j'ai fait la connaissance de la secrétaire de Lonnie, j'ai eu du mal à m'habituer à son double prénom. J'ai essayé de le ramener à Ida mais je voyais bien que cela ne faisait pas l'affaire. C'est une femme dans toute la splendeur de la trentaine, robuste et faite pour vivre en plein air, qu'une journée de dactylographie devrait rendre cinglée. Ses cheveux sont blonds platinés, rejetés en arrière comme si un vent violent soufflait en permanence. Son teint est tanné par le soleil, ses cils blancs et ses yeux d'un bleu océan. Ses tenues vestimentaires sont classiques; jupes droites sous le genou, vestes assorties dans des coloris passe-partout, chemisiers à manches longues dépourvus de fantaisie et boutonnés de haut en bas. Elle a l'air de quelqu'un qui préférerait pagayer sur un kayak ou escalader la paroi d'un rocher dans un parc national. On m'a dit que c'est à cela qu'elle consacre précisément ses loisirs; elle marche avec un sac à dos à raison de vingt-cinq kilomètres par jour dans les montagnes de la région. Rien ne la décourage, ni les tiques, ni les pentes abruptes, ni les serpents venimeux, ni les ronces, les rochers pointus, les moustiques ni aucun de ces joyeux aspects de dame Nature que, pour ma part, j'évite à tout prix.

Elle m'adressa un sourire éclatant en me voyant :

– Te voilà de retour? Comment as-tu trouvé le Mexique? Tu es devenue orange, à ce que je vois.

J'étais occupée à moucher mon nez, les joues empourprées d'avoir escaladé les deux étages.

– Formidable. C'était superbe mais j'ai attrapé un rhume dans l'avion en revenant. Il a fallu que je reste au lit deux jours. C'est un bronzage artificiel, ai-je dit.

Elle ouvrit son tiroir et en sortit une coupe de métal pleine de grosses pilules blanches.

– Vitamine C. Prends-en une poignée. Ça fait du bien.

Consciencieusement, j'ai attrapé une pilule que j'ai observée à la lumière. Elle avait au moins trois centimètres de long, et il faudrait sans doute une intervention chirurgicale pour l'enlever si jamais elle se coinçait en chemin.

– Vas-y. Sers-toi. Et prends du zinc si t'as mal à la gorge. Alors, c'était comment, Viento Negro? Est-ce que tu es montée voir les ruines?

J'ai attrapé deux autres comprimés de vitamine C.

– C'était pas mal. Un peu de vent. Quelles ruines?

– Tu blagues. Les ruines sont célèbres. Il y avait un énorme volcan qui est entré en éruption en... je sais plus... 1902? Quelque chose comme ça. En l'espace de quelques heures, toute la ville a été enterrée sous une couche de cendres.

– J'ai vu la cendre, dis-je obligeamment.

Son téléphone a sonné et elle a pris l'appel tandis que je poursuivais mon chemin dans le couloir, en faisant une pause à la fontaine d'eau glacée pour remplir un gobelet de papier. J'y jetai la vitamine C plus un antihistaminique pour faire bonne mesure. Au point où j'en étais, autant m'en remettre à la chimie. Je me rendis à mon bureau, déverrouillai la porte et ouvris une des fenêtres pour aérer un peu après une semaine d'absence. Il y avait une pile de courrier sur ma table de travail ; à part quelques chèques à encaisser, tout le reste n'était que prospectus. J'écoutai mon répondeur pour prendre les messages – au nombre de six – et je perdis les trente minutes suivantes à mettre de l'ordre. J'ouvris un dossier au nom de Wendell Jaffe et y fourrai les articles de journaux sur l'évasion et la capture de son fils.

A neuf heures, je passai un coup de fil au commissariat de police de Santa Teresa. Je demandai à parler au sergent Robb, et me rendis compte, à retardement, que mon cœur s'était mis à cogner très fort. Il y avait un an que je n'avais pas vu Jonah. Je ne suis pas sûre de pouvoir, à propos de notre aventure, parler de « liaison ». Quand je l'ai rencontré pour la première fois, il était séparé de son épouse, Camilla. Elle venait de le quitter en emmenant leurs deux filles et en lui laissant un congélateur rempli de plats cuisinés préparés par ses soins qu'elle avait disposés dans de vieux plateaux-télé en carton. Dans quelque trois cents boîtes enveloppées de papier alu, elle avait disposé un plat de résistance et deux portions de légumes. Les instructions, collées sur le couvercle, disaient toutes la même chose : « Cuire à four chaud 200° pendant 30 minutes. Enlever le papier alu et manger. » Comme s'il allait vraiment essayer de manger sans enlever le papier. Jonah ne paraissait pas trouver ça bizarre, ce qui aurait dû me mettre la puce à l'oreille. En théorie, c'était un homme libre. En réalité, elle le tenait en laisse. Elle revenait périodiquement, en insistant pour qu'ils consultent tous deux un conseiller conjugal, s'arrangeant pour trouver un nouveau conseiller après chaque réconciliation; cela lui garantissait qu'ils ne pourraient jamais faire aucun progrès. Dès qu'ils étaient sur le point de renouer pour de bon, elle rompait une fois de plus. Je m'étais finalement rendue à l'évidence; j'en avais assez et je m'étais retirée du jeu. Sans que ni l'un ni l'autre ne semblent s'en apercevoir. Ils se connaissaient depuis l'âge de treize ans, depuis l'école. Un de ces jours, j'apprendrais par le journal du coin qu'ils venaient de fêter leur énième anniversaire de mariage où, selon la coutume, la couleur des cadeaux doit être celle de l'aluminium recyclé.

Pendant tout ce temps, Jonah continuait à travailler dans le service des personnes disparues. Il décrocha abruptement le téléphone et répondit sur le ton du policier professionnel.

– Inspecteur Robb.

– Ça alors, c'est « l'inspecteur Robb » maintenant? Tu as eu une promotion? Félicitations. Ici, une revenante. C'est Kinsey Millhone qui te parle.

Je savourai les instants de silence interloqué qui lui permirent de me situer. Je l'imaginais se rasseyant brusquement dans son fauteuil.

– Eh bien, salut! Comment vas-tu?

– Ça va. Et toi?

– Pas mal. T'as un rhume? J'avais pas reconnu ta voix. T'as l'air d'avoir le nez bouché.

Nous échangeâmes les civilités d'usage et quelques renseignements élémentaires sur ce qui nous était arrivé depuis la dernière fois; ça ne prit pas bien longtemps. Je lui ai raconté que j'avais quitté la California Fidelity. Il m'a annoncé que Camilla était revenue. Ça me faisait un drôle d'effet. Un peu comme quand vous avez manqué quinze épisodes de votre feuilleton télé favori. En vous rebranchant dessus, au bout de plusieurs semaines, vous vous apercevez qu'en fait vous n'avez vraiment pas raté grand-chose.

Comme au début d'un nouvel épisode, Jonah s'empressa de me résumer le fil de l'histoire.

– Ouais. Elle a trouvé du travail le mois dernier. Elle est secrétaire au tribunal. Je pense qu'elle est plus heureuse comme ça. Elle se fait un peu d'argent à elle et tout le monde semble l'apprécier. Elle trouve que c'est intéressant, tu vois ce que je veux dire? Ça l'aide à comprendre mon travail, ce qui est bon pour nous deux.

– C'est formidable, ai-je dit.

Il a dû alors remarquer que je ne le poussais pas à me

fournir des précisions supplémentaires. Je sentais que la conversation avait des ratés comme le moteur d'un biplan sur le point de s'écraser au sol. C'est toujours déconcertant de constater que l'on n'a plus grand-chose à dire à un être qui a occupé, il y a peu, une si grande place dans votre lit.

– Tu te demandes probablement pourquoi je t'appelle?

– Ouais, c'est ça, a répondu Jonah en riant. Je veux dire que je suis content de t'entendre, mais je pensais bien qu'il devait y avoir une raison.

– Tu te souviens de Wendell Jaffe? Le type qui a disparu de son voilier...

– Ah! Ou-ai-ais. Bien sûr.

– On l'a aperçu à Mexico. Il est possible qu'il soit en route pour la Californie.

– Sans blague?

– Non, pas du tout.

Je lui fis un résumé rapide de ma rencontre avec Wendell, sans dire que j'avais pénétré par effraction dans sa chambre. Quand je parle avec des flics, je ne raconte pas toujours tout. Je sais me conduire en citoyenne exemplaire quand ça m'arrange, mais l'occasion ne s'y prêtait pas. D'abord, j'étais secrètement embarrassée d'avoir perdu Wendell. Si j'avais fait mon travail convenablement, il n'aurait jamais su que quelqu'un était sur sa piste.

– A qui faut-il m'adresser? J'ai pensé que je devrais prévenir quelqu'un, de préférence l'inspecteur chargé de l'enquête à l'époque.

– C'était l'inspecteur Brown, mais il est parti à présent. Il a pris sa retraite l'année dernière. T'aurais probablement intérêt à parler à l'inspecteur Whiteside, du service des fraudes. Je peux te le passer si tu veux. Ce Jaffe était un salaud. Un de mes voisins a perdu dix briques par sa faute et c'était des clopinettes comparé à ce que la plupart des autres y ont laissé.

– C'est ce que j'ai cru comprendre. Est-ce qu'ils ont été dédommagés?

– On a mis son associé en prison. Quand l'arnaque a éclaté au grand jour, tous les commanditaires ont engagé des poursuites. Comme il n'y avait pas moyen de retrouver

Jaffe, il leur a fallu faire publier des annonces judiciaires et porter plainte pour, en fin de compte, le faire condamner par contumace. Bien entendu, ils ont obtenu un jugement, mais il n'y avait rien à tirer de lui. Il avait vidé tous ses comptes en banque avant de disparaître.

– C'est ce qu'on m'a dit. Quelle crapule!

– Tu l'as dit. En plus, il était endetté jusqu'au cou, de sorte que sa maison ne valait pas un centime. Je connais des gens qui se réjouiront de savoir qu'il est encore dans les parages. S'il se montre un jour, ils feront appliquer le jugement en cinq sec; ils le traîneront par la peau du cul devant le tribunal et lui prendront tout ce qu'il a. *Après*, on l'arrêtera. Qu'est-ce qui te fait croire qu'il est assez bête pour revenir?

– Son gosse a de gros ennuis d'après les journaux. T'as entendu parler de ces quatre jeunes qui se sont évadés de Connaught? Brian Jaffe était l'un d'eux.

– Merde, c'est vrai. Je n'avais pas fait le rapprochement. J'ai connu Dana au lycée.

– C'est sa femme? ai-je demandé.

– C'est ça. Son nom de jeune fille était Annenberg, si mes souvenirs sont exacts. Elle s'est mariée juste après la fin de ses études secondaires.

– Est-ce que tu pourrais me procurer son adresse?

– Ça devrait pas être trop difficile. Elle est probablement dans l'annuaire. Aux dernières nouvelles, elle vivait quelque part du côté de P/O.

P/O est l'abréviation qu'utilisent les habitants de la région pour désigner deux villes voisines – Perdido et Olvidado – à cinquante kilomètres d'ici vers le sud, par l'autoroute 101. Les deux petites villes sont semblables, sauf que l'une a fait planter des arbustes le long de l'autoroute tandis que l'autre s'en est abstenue. On a l'habitude de les mentionner ensemble d'un seul coup... P/O en insérant mentalement une barre de séparation entre leurs initiales. Je prenais des notes comme une folle sur mon bloc.

La voix de Jonah s'altéra.

– Tu m'as manqué.

Je fis la sourde oreille et cherchai quelque mensonge à invoquer pour me libérer avant que la conversation prenne une tournure trop personnelle.

– Aïe. Il faut que j'y aille. J'attends un client dans dix minutes et je veux d'abord parler à l'inspecteur Whiteside. Est-ce que tu peux me passer son poste?

– Bien sûr, dit-il.

Je l'entendis appuyer rapidement plusieurs fois de suite sur la touche.

Quand l'opératrice décrocha, il fit transférer mon appel au bureau de l'inspecteur. Le lieutenant Whiteside était absent de son bureau, mais il ne devait pas tarder à rentrer. J'ai laissé mon nom et mon numéro de téléphone en insistant pour qu'on lui demande de me rappeler.

6

A midi, comme je me sentais mal fichue, je me suis rendue à la supérette du coin, où j'ai acheté un sandwich à la salade de thon, un paquet de chips et un Pepsi Light. Au diable la diététique. Puis je suis retournée à mon bureau et j'ai mangé, assise devant ma table de travail. En guise de dessert, j'ai sucé quelques pastilles pour la toux, parfumées à la cerise.

L'inspecteur Whiteside m'a enfin appelée à 14 h 35 en me priant de l'excuser pour m'avoir fait attendre.

– L'inspecteur Robb m'a dit que vous aviez peut-être du nouveau à nous apprendre à propos de notre vieil ami Wendell Jaffe. De quoi s'agit-il au juste?

Pour la seconde fois ce jour-là, je fis un résumé de ma rencontre. D'après la qualité du silence à l'autre bout du fil, je déduisis que l'inspecteur Whiteside était en train de prendre des notes.

– Avez-vous une idée du pseudonyme qu'il utilise?

– Si vous ne m'obligez pas à entrer dans les détails, j'avoue que j'ai en effet jeté un tout petit coup d'œil sur son passeport, qui est au nom de Dean DeWitt Huff. Il voyage en compagnie d'une femme qui s'appelle Renata Huff; elle doit être sa concubine.

– Pourquoi sa concubine?

– Il n'est pas divorcé, pour autant que je sache. Sa première épouse a obtenu qu'il soit déclaré mort il y a deux mois. Oh, attendez, est-ce que les hommes morts peuvent se remarier? Je n'y avais pas pensé. Après tout, il n'est pas vraiment bigame. En tout cas, d'après mes renseignements, leurs passeports ont été délivrés à Los Angeles. Il se peut bien qu'il soit dans le pays à présent. Est-ce qu'il y a un moyen de retrouver leurs noms au bureau des passeports là-bas?

– L'idée n'est pas mauvaise. Voulez-vous m'épeler le nom de famille?

– H-U-F-F.

– Je prends note, dit-il. Ce que je vais faire, c'est contacter Los Angeles et voir ce qu'il y a dans les dossiers du service des passeports. On peut aussi prévenir les douaniers de LAX et de San Diego pour qu'ils ouvrent l'œil au cas où il entrerait par un de ces postes frontières. Je peux aussi avertir San Francisco, juste par précaution.

– Vous voulez les numéros des passeports?

– Pourquoi pas, mais j'ai l'impression que les passeports sont faux ou trafiqués. S'il est en cavale... ce qui m'en a tout l'air... Jaffe doit avoir des papiers d'identité à une demi-douzaine de noms. Ça fait une paie qu'il a disparu et il dispose sans doute de plusieurs jeux de documents au cas où les choses se gâteraient. C'est ce que j'aurais fait à sa place.

– Ça tombe sous le sens, dis-je. Mais je ne peux pas m'empêcher de penser que si Wendell devait contacter quelqu'un ce serait son ancien associé, Carl Eckert.

– C'est bien possible, mais je me demande quel genre d'accueil il recevrait. Ils étaient très liés, mais quand Wendell a mis en scène sa fausse sortie, c'est Eckert tout seul qui a porté le chapeau.

– On m'a dit qu'il était allé en prison.

– Oui, madame, dit-il. Condamné pour une demi-douzaine de chefs d'accusation allant de la fraude au vol qualifié. Puis les commanditaires lui ont intenté un procès collectif pour escroquerie, rupture de contrat et Dieu sait quoi encore. Tout ça sans beaucoup de résultat. A l'époque, il avait déposé son bilan de sorte qu'il n'y avait plus grand-chose à en tirer.

– Combien de temps est-il resté en prison?

– Dix-huit mois, mais ça n'a pas suffi à décourager un escroc aussi dégueulasse que lui. Quelqu'un m'a dit qu'il l'avait croisé il n'y a pas très longtemps. Je ne sais plus où c'était, mais il est toujours en ville.

– Il faudra que j'essaie de lui faire peur.

– Ça ne devrait pas être trop difficile, dit-il. A propos, auriez-vous la possibilité de passer nous voir afin de travailler avec notre artiste maison sur un portrait-robot ? On vient d'engager un jeune qui s'appelle Rupert Valbusa. C'est un as dans sa partie.

– Certainement. Je viendrai, dis-je.

Dans ma tête, je vis avec inquiétude le portrait de Wendell brusquement placardé sur tous les murs.

– La California Fidelity ne tient pas à ce qu'on le mette en fuite.

– Je comprends et, croyez-moi, on n'en a pas envie non plus. Je connais un tas de gens qui ont intérêt à voir ce type sous les verrous, dit Whiteside. Vous avez des photos récentes de lui ?

– Seulement quelques clichés en noir et blanc que Mac Voorhies m'a fournis mais ils remontent à six ou sept ans. Et de votre côté ? Vous n'avez pas sa photo dans les services de l'identité judiciaire, je suppose.

– Non, mais on a fait circuler un portrait de lui quand il a disparu tout au début. On peut certainement partir de ça pour extrapoler le vieillissement. Avez-vous une idée du genre de chirurgie esthétique qu'il a dû subir ?

– Des greffes dans le menton et les joues, je dirais, et peut-être aussi qu'il s'est fait raboter le nez. D'après les clichés dont je disposais, on aurait dit que le haut de son nez était plus large autrefois. Et puis, ses cheveux sont blancs comme la neige maintenant et il s'est quelque peu remplumé. A part ça, il a l'air plutôt en forme. C'est pas quelqu'un à qui j'aimerais me frotter.

– Écoutez-moi. Je vais donner votre numéro à Rupert et vous vous arrangerez tous les deux pour vous voir. Il ne vient pas ici à heure régulière, mais seulement quand on a besoin de lui pour mettre au point quelque chose. Dès qu'il aura fini, on imprimera un avis de recherche. Je peux prendre contact avec le département du shérif du comté de Perdido et en même temps je vais appeler les bureaux du FBI dans la région. Ils auront peut-être envie de diffuser un bulletin de leur cru.

– Je suppose qu'il y a toujours un mandat d'arrêt en suspens.

– Oui, madame. J'ai vérifié avant de vous rappeler. Il se peut bien que les fédéraux aient eux aussi un mot à lui dire. On verra bien si on a de la chance.

Il me donna le numéro de téléphone de Rupert Valbusa, puis ajouta :

– Plus vite on pourra diffuser le portrait, mieux ce sera.

– Compris. Merci.

Je composai le numéro de Rupert et obtins son répondeur. Je lui laissai mon nom, le numéro de téléphone de mon appartement et un message qui résumait l'essentiel de l'affaire. Je lui proposai un rendez-vous tôt le matin, si son emploi du temps le lui permettait, lui demandant de me rappeler pour confirmer. Je tirai à moi l'annuaire du téléphone et cherchai Eckert dans les pages blanches. Il y en avait onze, ainsi que deux variantes, un Eckhardt et un Eckhart, qui à mon avis avaient peu de chances d'être le bon. Je composai les treize numéros à la suite, sans parvenir à en tirer un « Carl ».

J'appelai les renseignements de Perdido/Olvidado. Ce nom ne figurait qu'une seule fois dans l'annuaire, encore était-il précédé du prénom de Frances. Cette dame prit un ton prudent et poli quand je lui révélai que je cherchais Carl.

– Il n'y a personne de ce nom ici, dit-elle.

Je sentis mon oreille se dresser, comme celle d'un chien qui a perçu un son inaudible pour l'homme. Elle n'avait pas dit qu'elle ne le *connaissait* pas.

– Seriez-vous parente de Carl Eckert, par hasard?

Il y eut un instant de silence.

– C'est mon ex-mari. Puis-je savoir de quoi il s'agit?

– Certainement. Je m'appelle Kinsey Millhone. Je suis détective privée ici, à Santa Teresa, et j'essaie de retrouver quelques-uns des vieux amis de Wendell Jaffe.

– Wendell? dit-elle. Je croyais qu'il était mort.

– On dirait que non. En fait, je cherche à contacter ses amis et anciennes relations pour le cas où il se mettrait en rapport avec eux. Carl est-il toujours dans la région?

– En fait, il est à Santa Teresa, il vit sur son bateau.

– Ah bon, dis-je. Et vous êtes divorcés?

– Et comment! J'ai divorcé de ce salaud de Carl il y a quatre ans quand il a commencé à purger sa peine. Je n'avais absolument pas l'intention de rester mariée à un détenu.

– Ce n'est pas moi qui vous le reprocherai.

– Qu'on me le reproche ou non, je l'aurais fait quand même. Quelle crapule! Si vous le voyez, vous pouvez lui répéter ce que je viens de dire. Il n'est plus question d'amour entre nous.

– Auriez-vous un numéro de téléphone où le joindre?

– Bien entendu. Je donne son numéro à tout le monde, en particulier à ses créanciers. J'y prends un grand plaisir. Mais il vous faudra l'appeler dans la journée, ajouta-t-elle pour m'avertir. Il n'y a pas le téléphone sur le bateau où il rentre en général vers six heures du soir. La plupart du temps, il dîne au *Yacht Club* et y traîne jusqu'à près de minuit.

– De quoi a-t-il l'air?

– Oh, il est connu. N'importe qui vous l'indiquera. Vous n'avez qu'à y aller et le demander par son nom. Vous ne pouvez pas le rater.

– Et le nom du bateau ainsi que le numéro de sa cale au cas où il ne serait pas au club?

Elle m'indiqua le quai et le numéro de son point d'attache.

– Le bateau s'appelle *Captain Stanley Lord*. C'était celui de Wendell, dit-elle.

– Ah oui? Comment Carl s'y est-il pris pour l'avoir?

– C'est à lui de vous le raconter, dit-elle avant de raccrocher.

J'expédiai quelques broutilles puis décidai que ça suffisait pour la journée. D'ailleurs je me sentais à plat et j'avais pris tant d'antihistaminiques que j'avais envie de m'étendre. Comme il ne se passait pas grand-chose, je me dis que je ferais aussi bien de rentrer à la maison. J'ai regagné ma voiture et je me suis engagée dans State Street, puis j'ai tourné à gauche. Mon appartement est niché dans une petite rue ombragée, à cent mètres de la plage. J'ai trouvé à me garer tout près, fermé à clef la voiture et franchi le portail.

L'espace que j'occupe actuellement était autrefois un garage mais il a été transformé en studio avec une mezzanine où se trouve la chambre à coucher; on y accède par un escalier en colimaçon. J'ai une petite cuisine comme on en trouve sur un bateau, une salle de séjour qui permet à l'occasion de coucher des invités, une salle de bains en bas et une autre en haut; le tout est remarquablement agencé. Mon propriétaire en a redessiné le plan après une malheureuse explosion qui s'est produite chez moi au moment de Noël, il y a deux ans; il a donné libre cours à son inspiration nautique pour conférer du caractère au décor. Il y a plein de cuivre et de bois de teck, des fenêtres en forme de hublots et des rangements partout. L'appartement a le charme d'une maison de poupée, construite aux dimensions des adultes, ce qui me convient parfaitement car je suis restée très enfant.

En me dirigeant vers l'arrière-cour, je vis que la porte de derrière, chez Henry, était ouverte. J'ai traversé le patio dallé de pierre entre mon studio et la maison principale. J'ai cogné au carreau, en jetant un coup d'œil dans la cuisine qui paraissait vide.

– Henry? Tu es là?

Il devait avoir eu envie de cuisiner. Je pouvais sentir les oignons et l'ail revenus dans du beurre, préparation que Henry semble utiliser comme base de toutes ces recettes. Cela donnait à penser que son humeur s'était améliorée. Depuis des mois que son frère William s'était installé chez lui, Henry avait complètement cessé de faire la cuisine, en partie parce que William se montrait trop tatillon sur la nourriture. William avait la sale habitude de déclarer de la manière la plus humble que tel plat avait une pointe de sel en trop pour son hypertension, ou bien encore contenait cet atome imperceptible de matière grasse qui lui était interdit depuis l'ablation de sa vésicule biliaire. Entre ses intestins délicats et son estomac capricieux, il ne pouvait rien supporter qui fût quelque peu acidulé ou épicé. Et puis il y avait les allergies dont il souffrait, son intolérance aux laitages, et encore son cœur, sa hernie, son incontinence périodique, et sa tendance à avoir des calculs rénaux. Henry avait fini par se faire des sandwiches et laisser son frère se débrouiller tout seul.

Mais William s'était mis à prendre ses repas à la taverne voisine tenue par sa bien-aimée Rosie. Celle-ci, qui feignait de s'intéresser aux maladies de William, insistait pour le nourrir selon ses propres recettes... Elle est convaincue qu'un verre de sherry peut guérir toute forme d'anémie. Dieu seul sait l'effet que sa cuisine hongroise relevée devait avoir sur l'appareil digestif de William.

– Henry?

– Voui, cria Henry.

Sa voix provenait de la chambre à coucher. J'entendis des pas et il apparut au coin de la pièce; son visage s'éclaira en m'apercevant.

– Alors, Kinsey, de retour? Entre donc. Je suis à toi dans un instant.

Il disparut. Je me glissai dans la cuisine. Il avait sorti sa grosse marmite à soupe du placard. Il y avait une botte de céleri sur l'égouttoir, deux grandes boîtes de purée de tomates sur le plan de travail, un paquet de maïs surgelé et un autre de petits pois.

– Je fais un potage de légumes, cria-t-il. Tu peux venir dîner avec moi.

Je haussai le ton afin qu'il puisse m'entendre dans l'autre pièce.

– Je dirais bien oui mais il faut que je te prévienne que tu risques d'attraper mon rhume. J'en ai rapporté un carabiné. Qu'est-ce que tu fais là-derrière?

Henry réapparut, en rapportant dans la cuisine un tas de torchons tout propres.

– Je pliais le linge, dit-il.

Il fourra les torchons dans un tiroir, n'en gardant qu'un à portée de main. Il marqua un temps d'arrêt et son œil se fixa sur moi.

– Qu'est-ce que t'as au coude?

Je tâtai la peau de mon avant-bras. Décidément, la lotion auto-bronzante avait foncé. Mon coude avait maintenant l'air d'avoir été badigeonné de teinture d'iode comme pour le préparer à recevoir un coup de bistouri.

– C'est ma lotion auto-bronzante. Tu sais que je hais les bains de soleil. Ça aura disparu dans une semaine. Du moins, je le *suppose*. Est-ce qu'il y a du nouveau par ici? Ça fait des mois que je ne t'ai pas vu aussi gai.

– Assieds-toi, assieds-toi. Tu veux une tasse de thé?

Je pris place dans son fauteuil à bascule.

– Ça fait du bien, dis-je. Je ne reste qu'une minute. J'ai pris des médicaments pour mon nez et je peux à peine tenir debout. Je me demande si je ne vais pas me mettre au lit pour le reste de la journée.

Henry sortit un ouvre-boîtes et se mit à ôter les couvercles des deux boîtes de purée de tomates dont il versa le contenu dans la marmite.

– Tu ne devineras jamais ce qui s'est passé. William est allé vivre chez Rosie.

– Pour de bon, tu veux dire?

– J'espère bien. J'ai finalement compris que sa vie ne me regardait pas du tout. Je ne pouvais pas m'empêcher de penser que je devais le tirer de là. C'était archifaux. Ils sont mal assortis, et après? Qu'il s'en aperçoive tout seul. En même temps, ça me rendait dingue de l'avoir toujours dans les jambes. Tous ces bavardages sur la maladie et la mort, la dépression et les palpitations et son régime. Mon Dieu! Qu'il aille donc partager tout ça avec elle. Après tout, laissons-les se casser les pieds mutuellement tant que ça leur chante.

– Ça m'a l'air d'être la meilleure chose à faire. Il est parti quand?

– Pendant le week-end. Je l'ai aidé à faire ses bagages. Je lui ai même donné un coup de main pour déménager quelques-uns de ses paquets. Depuis, c'est le paradis.

Il me lança un sourire tandis qu'il attrapait la botte de céleri et en ôtait les tiges. Il passa trois branches sous l'eau froide, prit un couteau sur l'égouttoir et se mit à les découper en petits dés.

– Va-t'en et mets-toi au pieu. T'as l'air épuisée. Fais un saut ici à six heures et je te donnerai un peu de soupe.

– Je ferais mieux de remettre ça à un autre jour, dis-je. Avec un peu de chance, j'espère m'endormir tout de suite.

Je rejoignis mon appartement, montai en chancelant jusqu'à mon lit où j'enlevai mes chaussures et me fourrai sous la couverture.

Mon téléphone sonna trente minutes plus tard et j'eus du mal à émerger de mon sommeil médicamenteux. C'était Rupert Valbusa. Il avait eu une petite conversation avec l'inspecteur Whiteside, qui avait insisté sur la nécessité d'exécuter rapidement le portrait-robot. Il était sur le point de quitter la ville pour cinq jours mais si j'étais libre, il restait dans son atelier une heure de plus. Intérieurement, je grognai mais je n'avais vraiment pas le choix. Je pris note de son adresse, qui n'était pas très éloignée de chez moi. C'était un ancien entrepôt dans Anaconda Street, dans un quartier industriel et commercial, juste à côté de la plage. On l'avait converti en ateliers d'artistes. Je remis mes chaussures et fis mon possible pour me rendre présentable. J'attrapai mes clefs de voiture, une veste et les photographies de Wendell.

Dehors, l'air était humide, chargé d'embruns. En roulant le long de Cabana Boulevard, je pouvais voir par endroits des morceaux de ciel bleu là où la chape nuageuse était en train de se fissurer. Avant la fin de l'après-midi, il se pouvait bien que nous ayons une heure de soleil. Je me garai dans une rue étroite bordée d'arbres, verrouillai ma VW et contournai l'entrepôt ; j'entrai dans le bâtiment par une porte flanquée de deux imposantes sculptures métalliques. Les couloirs étaient peints d'un blanc austère ; sur les murs étaient accrochées plusieurs œuvres réalisées par les artistes qui résidaient là en ce moment. En pénétrant dans le hall, largement éclairé par une verrière, on découvrait que l'immeuble comptait trois étages. Valbusa habitait tout en haut. Je grimpai les trois volées des escaliers métalliques qui se trouvaient tout au bout du hall ; mes pas résonnaient lourdement contre les murs de béton peint. En arrivant sur le dernier palier, je perçus les accords étouffés d'un morceau de musique country. Je cognai à la porte de Valbusa et la radio se tut.

Rupert Valbusa était un Hispanique trapu et musclé. Je lui donnai quelque chose comme trente-cinq ans. Il avait des yeux sombres sous des sourcils ébouriffés, et d'épais cheveux foncés lui encadraient le visage. Nous nous présentâmes en échangeant une poignée de main sur le pas de la porte avant que je le suive à l'intérieur. Quand il se retourna pour me guider, je pus voir qu'une natte étroite lui tombait jusqu'au milieu du dos. Il portait un tee-shirt blanc, des jeans coupés et des sandales de cuir dont les semelles avaient été taillées dans des pneus.

Il faisait frisquet dans son vaste atelier au sol de béton. Il y régnait une odeur de glaise humide et presque toutes les surfaces semblaient revêtues d'une couche crayeuse de poudre à porcelaine séchée. D'énormes blocs d'argile à modeler étaient enveloppés dans du plastique. Il avait un tour à pied et un tour électrique, deux fours à céramique et d'innombrables étagères couvertes de bols de faïence qui avaient été cuits mais pas encore vernis. Au bout d'un comptoir, il avait une photocopieuse, un répondeur téléphonique et un projecteur de diapositives. Il y avait aussi des piles de carnets de croquis écornés, des pots remplis de plumes, de crayons à dessins, de fusains et de pinceaux pour aquarelles. Sur trois chevalets étaient exposées des peintures à l'huile totalement abstraites à divers stades.

– Y a-t-il quelque chose que vous ne faites pas?

– Tout n'est pas de moi. J'ai pris deux étudiants bien que je n'aime pas tellement enseigner. Certaines de ces œuvres sont à eux. Vous pratiquez vous-même une forme d'art?

– Je crains que non mais j'envie ceux qui le font.

Il se dirigea vers le comptoir le plus proche pour y prendre une enveloppe de papier kraft qui contenait une photographie.

– L'inspecteur Whiteside m'a envoyé ça pour vous. On dirait qu'il y a ajouté l'adresse de la femme du type.

Il me tendit un morceau de papier, que je fourrai dans ma poche.

– Merci. C'est formidable. Ça va me faire gagner du temps.

– Est-ce bien le mec qui vous intéresse?

Rupert me passa la photo. Je jetai un coup d'œil au portrait noir et blanc granuleux en 18 × 24.

– C'est bien lui. Il s'appelle Wendell Jaffe. Je vous ai apporté d'autres photos pour que vous puissiez vous faire une idée.

Je sortis la collection de clichés que j'avais utilisés pour identifier Jaffe et je regardai Rupert les trier avec soin et les classer dans un ordre à lui.

– C'est un bel homme. Qu'est-ce qu'il a bien pu faire?

– Lui et son associé travaillaient dans l'immobilier, tout ce qu'il y avait de plus légal, jusqu'à ce qu'ils perdent de l'argent. A la fin, ils ont escroqué leurs commanditaires en faisant ce qu'on appelle communément de la cavalerie; ils promettaient de gros bénéfices alors qu'en réalité ils se contentaient de rembourser les prêts arrivés à terme avec l'argent des nouveaux prêteurs. Jaffe a dû comprendre que les choses allaient mal tourner. Il a disparu pendant une partie de pêche et on n'a plus jamais entendu parler de lui. Jusqu'à présent, bien entendu. Son associé a fait un peu de prison, mais il est de nouveau dans la nature.

– Ça me dit quelque chose. Je pense que le *Dispatch* a publié un article sur Jaffe il y a un ou deux ans.

– Probablement. C'est un de ces mystères qui n'ont jamais été éclaircis et qui captivent l'imagination du public. On a évoqué un prétendu suicide, mais on a émis des quantités d'hypothèses depuis.

Rupert examina soigneusement les photographies. Je sentais qu'il dessinait du regard les contours du visage de Wendell, étudiait l'implantation de sa chevelure, calculait l'écart entre les deux yeux. Il leva la photo à hauteur de son visage, en la tournant vers la fenêtre.

– Quelle taille?

– Environ un mètre quatre-vingt-dix. Peut-être cent kilos. Il a une cinquantaine bien tassée, mais il est en pleine forme. Je l'ai vu en maillot de bain. Pas mal, ai-je ajouté avec un haussement significatif des sourcils.

Rupert se rendit à la photocopieuse et tira deux copies de la photo sur ce qui ressemblait à du papier pour aquarelle. Il tira un tabouret près de la fenêtre.

– Approchez un siège, dit-il avec un mouvement de la tête qui désignait un amas de tabourets en bois brut.

J'en traînai un jusqu'à la fenêtre pour prendre place à côté de l'artiste, le regardant choisir avec soin quatre plumes à dessin dans le pot où elles étaient rangées. Il se pencha et ouvrit un tiroir, prit un étui de crayons de couleur et une boîte de pastel. Il avait une expression distraite et les questions qu'il se mit à me poser semblaient presque avoir un caractère rituel, comme une manière de se préparer au travail. A l'aide d'un trombone, il fixa une copie de la photo au sommet de la tablette.

– Commençons par le crâne. Comment sont ses cheveux, ces derniers temps?

– Blancs. Ils étaient d'un brun clair. Ils sont moins épais aux tempes que sur la photo.

Rupert prit le crayon blanc et dissimula les cheveux bruns. Cela eut pour effet instantané de donner à Wendell l'air d'avoir vingt ans de plus et un teint très hâlé.

Je me surpris à sourire.

– Plutôt bien, ai-je dit. Je pense qu'il s'est fait retailler le nez. Ici entre les yeux et peut-être un petit coup de rabot par ici.

Là où mon doigt avait touché le papier charbonneux, Rupert remodela le contour à l'aide de menues hachures de fusain ou de crayon. Le nez sur le papier était devenu étroit et aristocratique.

Rupert s'était mis à bavarder négligemment en travaillant.

– Ça m'a toujours étonné de voir les variations infinies que l'on peut obtenir à partir des éléments essentiels du visage humain. Nous possédons tous des traits qui répondent aux mêmes normes : un nez, une bouche, deux yeux, deux oreilles. Et non seulement nous avons des visages totalement différents les uns des autres, mais encore est-il généralement possible de reconnaître chacun d'entre nous d'un seul coup d'œil. Quand on fait des portraits, comme c'est mon cas, on finit vraiment par apprécier les subtilités du processus.

Les coups de crayon sûrs et précis de Rupert vieillissaient et épaississaient les traits; peu à peu le portrait qui remontait à six ans se rapprochait de son modèle tel qu'il était maintenant. L'artiste s'arrêta en désignant les fentes des yeux.

– Et pour le pli à cet endroit-là? Est-ce qu'on lui a retouché les yeux?

– Je ne pense pas.

– Affaissement? Poches? Je pense que ces cinq années ont dû lui dessiner quelques rides.

– Peut-être un peu mais pas tellement. Ses joues semblaient plus creuses. Presque émaciées, ai-je dit.

Il travailla pendant un moment.

– Qu'est-ce que vous en dites?

– C'est assez ressemblant, répondis-je en étudiant le dessin.

Après qu'il eut ajouté la dernière touche, j'avais sous les yeux un fac-similé acceptable de l'homme que j'avais vu.

– Ça y est, je pense. Il me paraît bien.

Je restai à l'observer tandis qu'il vaporisait un fixateur sur le papier.

– Je vais en tirer une douzaine de copies et les faire porter à l'inspecteur Whiteside, dit-il. Si vous en voulez quelques-unes pour vous, je peux vous en faire une douzaine.

– Ça serait formidable.

7

J'ai pris rapidement un bol de soupe avec Henry et avalé la moitié du contenu d'une cafetière, ce qui eut pour effet de dissiper ma léthargie et de me redonner du tonus. Il était temps de me mettre en rapport avec quelques-uns des principaux acteurs présents au générique. A 19 heures je roulais le long de la côte, en direction de Perdido/Olvidado. Il ne ferait pas nuit avant une bonne heure mais l'air était déjà imprégné d'une lueur cendrée crépusculaire. Des tourbillons de brume montaient de l'océan, ne laissant voir que les éléments les plus évidents du paysage. Des collines escarpées, plissées par l'érosion, se dressaient à ma gauche tandis que, sur ma droite, l'océan Pacifique, gris et profond, martelait le rivage. Un quartier de lune commençait à apparaître dans l'épais plafond nuageux comme un pâle croissant de lumière à peine discernable dans le brouillard. Au loin, les plates-formes pétrolières ressemblaient à une armada scintillante.

L'île de Saint-Michael, l'île de la Rose et l'île de la Croix, sont comme une rangée de perles sur la faille des îles de la Croix, au beau milieu d'un secteur parcouru entièrement, d'est en ouest, par des fissures parallèles : les failles de Santa Ynez, de North Channel Slope, de Pitas Point, d'Oak Ridge, de San Cayetano et de San Jacinto sont comme autant de ramifications issues de l'immense faille de San Andreas, qui coupe en oblique la Californie. Du haut du ciel on la voit se dessiner inquiétante sur des kilomètres, comme la trace qu'aurait laissée une taupe gigantesque en train de creuser une galerie.

Il y a bien longtemps, le bassin de Perdido avait cent cinquante kilomètres de large et toute la Californie formait une étendue plate recouverte par de vastes mers éocènes; c'était bien avant que les tremblements de terre fassent jaillir les montagnes vers le ciel. A cette époque lointaine, toute la région se trouvait sous l'eau jusqu'à la frontière de l'Arizona. En fait, les gisements de pétrole proviennent d'organismes marins, les sédiments atteignant par endroits près de quatre mille mètres d'épaisseur. J'ai parfois la chair de poule à la pensée d'un monde si totalement différent du nôtre. J'imagine tous ces bouleversements, et dans ma tête défilent à toute allure les millions d'années au cours desquelles la terre se soulève et se fend, se plisse, se creuse et se déplace dans une convulsion tonitruante.

Je regardai l'horizon. Vingt-quatre des trente-deux plates-formes ancrées le long de la côte californienne se trouvent à proximité des comtés de Santa Teresa et de Perdido; neuf d'entre elles sont à moins de cinq kilomètres du rivage. J'ai entendu une controverse sur le point de savoir si ces vieilles installations pourraient résister à une secousse sismique de force 7. Les spécialistes étaient divisés. D'un côté, les géologues et les représentants de la commission de sécurité sismique de l'État s'acharnaient à souligner que les plus anciennes plates-formes flottantes ont été construites entre 1958 et 1969, avant que l'industrie pétrolière adopte des règles de construction normalisées. De l'autre, les porte-parole des compagnies pétrolières propriétaires des puits s'employaient à nous rassurer quant à notre confort et à notre sécurité. Bigre, c'était troublant. J'essayais de m'imaginer toutes ces plates-formes effondrées, vomissant leur pétrole dans les eaux de l'océan en un grand tourbillon noir. Je réfléchissais à la pollution actuelle des plages, aux égoûts qui déversent leur contenu dans les océans et les cours d'eau, au trou qui perce la couche d'ozone, aux forêts qui perdent leurs feuilles, aux énormes amas de déchets toxiques, au joyeux pillage dont se rend coupable l'humanité, sans compter les sécheresses que la nature nous mijote chaque année. Il est difficile de savoir ce qui nous menace le plus. Parfois je pense que nous devrions tout bonnement faire sauter la planète et en finir une fois pour toutes. C'est l'incertitude qui me tue.

J'ai dépassé un bout de plage publique pour aborder Perdido du côté ouest. J'ai pris la première sortie vers l'agglomération et traversé à petite vitesse le centre-ville tout en cherchant des points de repères. La large rue principale était bordée de fourgonnettes et de voitures de tourisme garées en épis par rapport à la chaussée. Une décapotable remontait lentement la rue derrière moi en faisant hurler sa radio. L'éclat des cuivres et les sonorités orageuses des contrebasses me rappelaient le passage bruyant du défilé traditionnel qui marque la fête nationale du 4 Juillet. Les vitrines d'un commerce sur deux semblaient ornées de stores identiques et je me demandais si le maire n'avait pas un beau-frère qui travaillait dans la partie.

Le lotissement où Dana Jaffe vivait désormais avait probablement été construit dans les années soixante-dix, à une époque où Perdido connut un boom immobilier de courte durée. C'était une maison d'un étage crépie en gris foncé avec des finitions de bois peintes en blanc. Devant la plupart des modestes demeures voisines étaient garés trois ou quatre véhicules, ce qui suggérait une densité de population plus élevée que ce que les urbanistes avaient prévu pour le quartier. Je me garai dans l'allée, derrière une Honda dernier modèle.

L'obscurité devenait de plus en plus dense. Des zinnias et des soucis étaient plantés en buissons le long de l'allée. A la faible lueur d'un réverbère, je pus constater que les arbustes avaient été soigneusement taillés, l'herbe tondue, et que l'on s'était efforcé de rendre la maison différente de ses voisines. On avait ajouté des treillis le long de la clôture. Le chèvrefeuille qui s'y accrochait donnait au moins l'illusion d'une certaine intimité et dégageait un parfum d'une douceur incroyable. Tout en sonnant, je tirai une carte de visite professionnelle du fond de mon sac à main. La véranda de devant était encombrée d'un grand tas de cartons comme on en utilise dans les déménagements ; les boîtes étaient visiblement pleines et fermées. Où pouvait-elle dont aller s'installer ?

Au bout d'un certain temps Dana Jaffe se montra à la porte, avec le combiné du téléphone coincé au creux de son cou. Elle avait traversé la pièce en trimbalant l'appareil au bout de huit mètres de fil. C'était cette sorte de femmes que j'ai toujours trouvées intimidantes avec des cheveux couleur de miel, des pommettes délicatement sculptées, un regard froid et hautain. Elle avait un nez fin et droit, un menton volontaire et une dentition qui avançait légèrement. Des dents très blanches scintillaient entre ses lèvres pleines qui, même au repos, ne devaient jamais rester tout à fait fermées. Elle plaça le combiné contre sa poitrine, pour étouffer nos propos à l'intention de la personne qui se trouvait au bout du fil.

– Oui?

Je tendis ma carte de visite pour qu'elle puisse lire mon nom :

– J'aimerais vous parler.

Elle jeta un coup d'œil à la carte avec un petit froncement ennuyé des sourcils avant de me la rendre et de me faire signe d'entrer. Je franchis le seuil et la précédai dans la salle de séjour; je vis que le fil téléphonique sortait tout droit d'une pièce aménagée en bureau. Apparemment, elle devait être conseillère pour l'organisation des cérémonies de mariage. Il y avait des magazines spécialisés empilés un peu partout. Sur un panneau d'affichage au-dessus du bureau étaient collés des photographies, des modèles d'invitations, des illustrations montrant des bouquets de mariée et des articles de journaux sur les voyages de noces. Un calendrier, où figuraient une vingtaine de noms et de dates, indiquait les futurs mariages qu'elle allait prendre en charge.

Il y avait une épaisse moquette blanche, un canapé et des fauteuils tapissés de toile bleu acier sur lesquels étaient jetés des coussins blanc cassé et vert d'eau. A part une rangée de photos de famille dans des cadres d'argent, il n'y avait aucun bibelot. Une quantité de plantes d'intérieur lustrées étaient éparpillées dans la pièce; tous ces énormes spécimens, plus exubérants les uns que les autres, semblaient dispenser de l'oxygène à satiété. C'était un apport bienvenu, compte tenu de la fumée de cigarette qui polluait l'air. Le mobilier était élégant, sans doute des fins de série soldées par de grands stylistes contemporains.

Dana Jaffe était mince comme un fil; elle portait des jeans moulants assez usagés et un tee-shirt blanc; elle était pieds nus dans des chaussures de tennis. Quand je porte une tenue de ce genre, on dirait que je me suis habillée pour vidanger l'huile de ma voiture. Mais, sur elle, l'ensemble avait une élégance décontractée. Ses cheveux étaient tirés en arrière, ramassés sur la nuque, et attachés par un foulard. Je pouvais voir maintenant que leur blondeur était parsemée de fils d'argent, mais l'effet était naturel, comme si elle avait été convaincue que le vieillissement rendrait plus intéressant encore son visage déjà si joliment ciselé. Ses dents légèrement proéminentes lui faisaient une bouche boudeuse et l'empêchaient probablement d'être réellement belle, quelle que soit l'idée que l'on se fait de la beauté. Elle aurait sans doute été classée parmi les femmes « intéressantes » ou « séduisantes », mais, personnellement, je me serais damnée pour avoir un visage comme le sien, énergique et frappant, avec un teint parfait.

Elle prit la cigarette qu'elle avait laissée dans le cendrier et aspira une bouffée profonde tout en poursuivant sa conversation.

– Je ne pense pas que c'est ce que vous cherchez, était-elle en train de dire. C'est un style qui ne sera pas flatteur. Vous m'avez dit que la cousine de Corey était un peu forte... OK, ronde comme un ballon. C'est justement ce que je voulais dire. Vous n'iriez pas mettre un péplum à un ballon... Une jupe longue... Hum-um-um, d'accord. Ça ne peut qu'aider à cacher la lourdeur des jambes et des hanches... Non, non, non. Je ne parle pas d'un vêtement très ample... Je comprends. Peut-être quelque chose avec une taille légèrement basse. Je crois aussi que nous devrions trouver une robe avec un décolleté bien coupé car cela va attirer l'attention vers le haut. Est-ce que vous voyez ce que je veux dire?... Hum-um-um... Et si vous me laissiez chercher dans les livres que j'ai ici pour vous faire quelques suggestions? Pourquoi ne pas demander à Corey de prendre un ou deux catalogues de robes de mariée au supermarché? On en reparlera demain... OK. D'accord, très bien. Je vous rappelle... Je vous en prie. A vous aussi.

Elle raccrocha et, d'un geste arrondi, donna au fil du téléphone une petite impulsion qui en fit revenir toute la longueur vers elle. Elle éteignit sa cigarette dans un cendrier qui se trouvait sur son bureau, puis s'avança dans la salle de séjour. Je pris le temps d'inspecter rapidement la pièce, encombrée de tout un attirail d'objets pour bébé; un parc, une chaise haute, une balançoire portative qui permet d'endormir un nourrisson sans coup férir – si elle ne provoque d'abord ses vomissements.

– Vous ne m'auriez pas imaginée en grand-mère? dit-elle avec ironie après avoir surpris mon regard.

J'avais posé ma carte de visite sur la table basse et je vis qu'elle y jetait de nouveau un coup d'œil plein de curiosité. Sans lui laisser le temps de m'interroger, je lui lançai rapidement une question.

– Vous êtes en train de déménager? J'ai vu les cartons sur la véranda. On dirait que tout est prêt.

– Pas moi. Mon fils et sa femme. Ils viennent d'acheter une petite maison.

Elle se pencha et ramassa la carte.

– Excusez-moi, mais j'aimerais savoir de quoi il s'agit. Si c'est à propos de Brian, il vous faudra parler à son avocat. Je n'ai pas le droit de faire de déclarations.

– Ce n'est pas au sujet de Brian. Mais de Wendell.

Son regard se figea.

– Asseyez-vous, dit-elle, en montrant une chaise toute proche.

Elle-même s'assit au bout du canapé, en rapprochant un cendrier. Elle alluma une autre cigarette, avec des gestes brusques et profondément las.

– Vous le connaissiez?

– Pas du tout, dis-je.

Je me perchai sur un fauteuil tout en chromes et en cuir gris, qui crissa sous mon poids comme une mauvaise plaisanterie.

Elle souffla deux bouffées de fumée par les narines.

– Parce qu'il est mort, vous savez. Ça fait des années. Il a eu des ennuis et il s'est tué.

– C'est pour ça que je suis ici. La semaine dernière, l'agent de la California Fidelity qui avait vendu à Wendell sa police d'assurance vie...

– Dick Quelque-Chose... Mills.

– C'est exact. Mr. Mills se trouvait en vacances dans une petite station balnéaire mexicaine et il a aperçu Wendell dans un bar.

Elle éclata de rire.

– Ah évidemment, nous y voilà.

Je croisai les jambes, mal à l'aise.

– C'est la vérité.

Son rire parut se figer.

– Ne soyez pas stupide. De quoi s'agit-il au juste, d'une séance de spiritisme ou quoi? Wendell est *mort*, ma chère.

– Si j'ai bien compris, Dick Mills a pas mal travaillé avec lui. Je pense qu'il connaissait Wendell assez bien pour l'identifier. C'est moi qui prends la relève.

Elle continuait à sourire, mais ce n'était que par convenance. Elle me lança un regard plein d'intérêt.

– Est-ce qu'il lui a réellement parlé? Je vous demande de pardonner mon scepticisme, mais tout ceci va me poser un problème. Est-ce qu'ils ont eu une conversation tous les deux?

Je hochai la tête en signe de dénégation.

– Dick était sur le point de prendre l'avion à ce moment-là et il ne voulait pas se faire voir de Wendell. Dès qu'il est rentré chez lui, il a appelé l'un des vice-présidents de la CF qui est venu me voir et m'a engagée pour que j'aille là-bas. A ce stade, nous ne l'avons pas identifié avec certitude, mais il y a de fortes chances pour que ce soit lui. On dirait que non seulement il est vivant, mais qu'il a l'intention de revenir par ici.

– Je n'en crois rien. Il y a erreur.

Elle avait un ton catégorique, mais l'expression de son visage indiquait qu'elle attendait le mot de la fin, un demi-sourire sur les lèvres. Je me demandai combien de fois elle avait répété la scène dans sa tête. Un inspecteur de police ou un agent du FBI assis dans sa salle de séjour lui apportait la nouvelle que Wendell était vivant et en bonne santé... ou que son cadavre avait finalement été découvert. Elle n'avait probablement plus aucune idée de ce qu'elle souhaitait entendre. Je la sentais écartelée entre plusieurs attitudes contradictoires, pour la plupart mauvaises.

Tout agitée, elle tira sur sa cigarette et rejeta une bouffée de fumée, la bouche tordue par une fausse hilarité comme si elle se forçait à simuler une nouvelle réaction.

– Permettez-moi de hasarder une hypothèse, maintenant. Je parierais que c'est une histoire d'argent. Une petite commission, c'est bien ça?

– Pourquoi agirais-je ainsi? ai-je demandé.

– Quel est votre intérêt, alors? Pourquoi venir me raconter votre histoire? Je m'en moque complètement!

– J'espérais que vous me préviendriez si Wendell essayait de prendre contact avec vous.

– Vous pensez que Wendell aurait envie de *me* contacter? C'est absurde. Ne soyez pas ridicule.

– Je ne sais pas quoi vous dire, Mrs. Jaffe. Je peux comprendre ce que vous ressentez...

– De quoi est-ce que vous *parlez*? Il est mort! Vous ne comprenez pas? Il s'est avéré que c'était un escroc, un filou ordinaire. J'ai eu assez de mal à me débarrasser de tous les gens qu'il avait trompés. Vous n'allez pas venir comme ça, maintenant, me dire qu'il est toujours dans la nature, aboya-t-elle.

– Nous pensons qu'il avait monté une mise en scène pour faire croire qu'il était mort; il voulait probablement éviter d'être poursuivi pour escroquerie et pour vol, dis-je en prenant mon sac à main. J'ai apporté un portrait, si vous voulez le voir. Il a été fait par un dessinateur de la police. Ce n'est pas tout à fait exact mais c'est assez ressemblant. J'ai moi-même vu Wendell.

Je pris la photocopie du portrait, dépliai la feuille et la lui tendis.

Elle l'étudia avec une intensité presque embarrassante.

– Ce n'est pas Wendell. Cela ne lui ressemble pas du tout, dit-elle en rejetant la feuille de papier vers la table. Je pensais qu'ils se servaient d'ordinateurs. Qu'est-ce qui se passe? Les flics d'ici n'ont donc pas les moyens?

La feuille glissa jusqu'au bord de la table avant de se mettre à voltiger comme un avion qui décolle. Elle ramassa vivement ma carte de visite et lut mon nom. Je pouvais voir que ses mains s'étaient mises à trembler.

– Écoutez, Miss Millhone. Il faut peut-être que je vous

explique quelque chose. Wendell m'a fait connaître l'enfer. Qu'il soit mort ou non, ça n'a aucune importance de mon point de vue. Voulez-vous savoir pourquoi?

Je me rendis compte qu'elle s'efforçait de se composer une attitude.

– Je sais que vous avez réussi à le faire déclarer mort, ai-je hasardé.

– C'est exact. Vous y êtes. Très bien, dit-elle. J'ai touché son assurance vie, c'est vous dire à quel point il est mort. C'est bel et bien fini. *Finito*, vous pigez? Ma vie continue. Vous comprenez ce que je veux dire? Wendell ne m'intéresse plus, en aucune façon. Pour ma part j'ai bien d'autres chats à fouetter en ce moment.

Le téléphone se mit à sonner et elle lança un regard ennuyé vers le bureau.

– Le répondeur va s'en charger.

Le répondeur se mit en marche et la voix de Dana entonna le refrain habituel pour conseiller à son correspondant de laisser son nom, son numéro de téléphone et un message. Machinalement, nous nous étions mises en devoir d'écouter. « Attendez le signal sonore », recommandait Dana. Nous patientâmes consciencieusement en l'attendant.

Une femme enregistra son message du ton de voix artificiel dont on use obligatoirement envers un répondeur. « Hello, Dana. Ici Miriam Salazar. Votre nom m'a été donné par Judith Prancer, comme conseillère en cérémonies nuptiales. Ma fille, Angela, va se marier en avril prochain et je me suis dit qu'on devrait avoir une conversation préliminaire avec vous. Je vous serais reconnaissante de me rappeler... » Elle laissa son numéro de téléphone.

Dana aplatit ses cheveux et vérifia le nœud du foulard à la base de sa nuque.

– Seigneur Jésus, c'est un été de fous, lança-t-elle d'un ton badin. J'ai eu deux ou trois mariages chaque week-end et, en plus de ça, je suis en train de préparer une foire-exposition sur le thème du mariage pour le milieu de l'été.

Je la regardais sans rien dire. Comme beaucoup d'entre nous, elle était capable de débiter des trucs anodins sans rapport avec la conversation fortement chargée d'émotions qui se déroulait. Je ne savais plus où reprendre le fil. Mieux valait la laisser d'abord se rendre compte que la California Fidelity allait lui redemander l'argent de l'assurance si Wendell réapparaissait en chair et en os.

Je n'aurais même pas dû permettre à cette pensée de m'entrer dans le crâne car, à la minute même, Dana sembla la lire.

– Eh, une minute. Je viens de toucher un demi-million de dollars. J'espère que la compagnie d'assurance ne s'imagine pas que je vais lui *rendre* cet argent.

– Il vous faudra leur en parler. Généralement, ils ne paient pas de prime de décès si une personne n'est pas vraiment morte. Ils sont plutôt coriaces à ce sujet.

– Allons, attendez une minute. S'il est en vie... ce que je ne crois pas un seul instant... mais s'il s'avère qu'il l'est, c'est quand même pas *ma* faute.

– Eh bien, c'est pas non plus *la leur*.

– Ça fait des années que j'attends d'être payée. Je serais complètement ruinée sans cet argent. Vous ne comprenez donc pas le genre d'épreuve que j'ai traversée? Il a fallu que j'élève deux gamins sans l'aide de personne.

– Vous seriez probablement bien avisée de consulter un avocat, dis-je.

– Un avocat? Pour quoi faire? Je n'ai rien fait. J'ai assez souffert à cause de ce sacré Wendell Jaffe, et si vous pensez, même un instant, que je m'en vais rendre l'argent, vous êtes folle. Pour rentrer dans vos fonds, vous n'avez qu'à vous adresser à lui.

– Mrs. Jaffe, ce n'est pas moi qui prends les décisions à la California Fidelity. Je me contente de mener une enquête et de faire des rapports. Je n'ai aucun moyen d'influencer ce qu'ils font...

– Je n'ai pas *triché*, lança-t-elle en me coupant la parole.

– Personne ne vous accuse d'avoir triché.

Elle mit une main en cornet autour de l'oreille.

– « Jusque-là », dit-elle. J'ai l'impression d'avoir entendu prononcer un « jusque-là » haut et fort à la fin de la phrase.

– Tout ce que vous m'avez entendue dire, c'est que vous devrez examiner la question avec eux. Si je suis ici c'est parce que, à mon avis, il fallait vous tenir au courant de ce qui va arriver. Si Wendell cherche à se mettre en rapport...

– Seigneur Jésus! Allez-vous arrêter à la fin? Pour quelle bonne raison voudrait-il se mettre en rapport avec moi?

– Parce qu'il a probablement lu des articles sur les frasques de Brian dans tous les journaux mexicains.

Cela la fit taire momentanément. Elle me jeta le regard vide d'une femme paniquée dont la voiture vient de caler sur le passage d'un train. Sa voix se radoucit.

– Je ne veux pas entrer dans ces considérations... Je suis désolée, mais c'est complètement absurde à mes yeux. Je dois vous demander de partir.

Elle se mit debout et je me levai au même moment.

– Hé, m'man?

Dana sursauta.

Son fils aîné, Michael, descendait les escaliers. Il nous aperçut et s'interrompit.

– Oh, pardon, je ne savais pas que tu étais occupée.

Il était maigre, dégingandé, avec une chevelure brune et soyeuse qui avait grand besoin d'une coupe. Son visage était étroit, presque joli, avec de grands yeux sombres et de longs cils. Il portait des jeans, un sweatshirt orné d'un faux emblème universitaire et des baskets.

Dana lui adressa un sourire radieux pour masquer son angoisse.

– Nous sommes sur le point de finir. Qu'est-ce qu'il y a, mon bébé? Est-ce que vous avez envie de manger quelque chose, vous autres?

– Je me suis dit qu'il fallait que je sorte. Juliet n'a plus de cigarettes et le bébé a besoin de Pampers. Je me demandais si tu avais besoin de quelque chose.

– En fait, tu pourrais rapporter un peu de lait pour le petit déjeuner. On n'en a presque plus, répondit-elle. Prends une bouteille de deux litres de lait écrémé et une boîte de jus d'orange, si tu veux. Il y a un peu d'argent sur la table de la cuisine.

– J'en ai sur moi, dit-il.

– Garde-le, chéri. J'y vais.

Elle partit en direction de la cuisine.

Michael poursuivit sa descente, marche après marche, et attrapa sa veste qui drapait le montant de l'escalier. Il me salua timidement d'un hochement de tête, en me prenant peut-être pour une des clientes de sa mère. Bien que j'aie convolé deux fois, je n'ai jamais eu de vrai mariage en règle. La fois où j'ai le plus ressemblé à une mariée, c'était au lycée, en classe de première, quand je m'étais déguisée en fiancée de Frankenstein pour la fête d'Halloween. J'avais des crocs et des taches de sang partout, et ma tante m'avait maladroitement dessiné des cicatrices noires sur tout le visage. Mon voile était fixé sur ma tête à l'aide d'innombrables pinces à cheveux, que j'avais perdues au fur et à mesure de la soirée. La robe elle-même était une sorte de version allongée d'un costume de ballerine du genre *Giselle* avec une jupe qui me tombait à la cheville. Ma tante y avait ajouté des paillettes en faisant, avec un tube de colle, des gribouillis qu'elle avait saupoudrés de laque dorée achetée dans un supermarché voisin. Je ne m'étais jamais sentie aussi séduisante. Je me souviens de m'être contemplée solennellement dans le miroir cette nuit-là, dans un halo de tulle, en pensant que c'était probablement la robe la plus magnifique que je posséderais jamais. Ma foi, je n'ai jamais rien eu de pareil depuis; mais, en vérité, ce n'est pas tant la robe qui me manque, c'est ce que j'ai ressenti ce soir-là...

Dana revint dans la salle de séjour et fourra un billet de vingt dollars dans la main de Michael. Ils échangèrent quelques mots rapides sur les commissions à rapporter. En attendant j'avais attrapé une des photos placées dans des cadres d'argent. C'était sans doute un portrait de Wendell, du temps où il était au lycée, avec un air de jeune coq et une tignasse mal taillée.

Michael partit faire les courses. Dana s'approcha me prit la photo des mains et la remit sur la table.

– C'est bien Wendell au lycée? dis-je.

Dana hocha la tête d'un air absent.

– Cottonwood Academy; c'est une école qui a disparu depuis. Sa promotion a été la dernière à y terminer ses études. J'ai donné à Michael la bague de son père avec l'insigne de sa classe. Je donnerai à Brian la bague de son université, en temps voulu.

– Et ce sera quand?

– Oh, lors d'une occasion particulière. Je leur ai toujours dit que leur père et moi pensions le faire.

– Est-ce que ce n'est pas un peu exagéré?

Dana haussa les épaules :

– J'estime que Wendell est un voyou mais ce n'est pas pour ça qu'ils sont obligés de penser la même chose. Je veux qu'ils puissent avoir dans la tête un idéal masculin, même si celui-ci ne correspond pas à la réalité. Ils ont besoin d'un modèle.

– Alors vous leur avez bourré le crâne avec un portrait idéalisé de leur père...

– J'ai peut-être eu tort, mais qu'est-ce que je pouvais faire d'autre? dit-elle en rougissant.

– Après tout ce que vous avez dû subir...

– Je sais bien que je lui ai attribué plus de qualités qu'il n'en possède, mais je ne voulais pas dire du mal de lui à ses fils.

– Je comprends vos motivations. J'aurais probablement fait pareil à votre place, dis-je.

Elle s'approcha impulsivement et me toucha le bras.

– Laissez-nous tranquilles. Je ne sais pas ce qui est en train de se tramer, mais je ne veux pas qu'ils y soient mêlés.

– Je ne vous ennuierai pas si je peux l'éviter, mais il va pourtant bien falloir que vous les préveniez.

– Pourquoi?

– Parce que Wendell pourrait prendre les devants, et je ne crois pas que vous apprécieriez.

8

Il était près de dix heures du soir quand j'ai traversé à pied l'espace piétonnier qui s'étend derrière le *Santa Teresa Yacht Club*. Après avoir quitté Dana Jaffe, j'avais repris la 101 pour rentrer chez moi. Une fois arrivée, j'avais en toute hâte procédé à des essayages après avoir ôté de leurs cintres les nombreuses fringues que Vera m'a refilées. A ses yeux, je suis une parfaite godiche en matière de mode et elle essaie de m'inculquer les rudiments du « chiiic ». Vera s'habille avec ces ensembles à la Annie Hall qui suggèrent que vous êtes prête à dormir jusqu'à la fin de vos jours sur des bouches d'égoût – des gilets par-dessus des vestes par-dessus des tuniques par-dessus des pantalons. La seule chose qui manque à la panoplie, c'est un chariot de supermarché pour y entasser toutes mes affaires.

Je me mis à trier tous ces vêtements, en me demandant lesquels étaient censés aller ensemble. Il me faudrait une conseillère personnelle quand il s'agit de conneries de ce genre, quelqu'un qui m'expliquerait dans le détail le mode d'emploi. Comme Vera a dix kilos et treize bons centimètres de plus que moi, j'ai écarté les pantalons en me disant qu'ils me donneraient l'allure d'un des sept nains de Blanche Neige. Elle m'avait fourgué deux jupes longues avec des élastiques à la taille en m'affirmant que l'une et l'autre feraient un effet formidable si je les portais avec mes bottes en cuir noir. Il y avait aussi une robe imprimée à taille basse, dans le style des années quarante, qui tombait jusqu'aux chevilles. Je l'enfilai et m'observai dans le miroir.

J'avais vu Vera là-dedans et elle avait l'air d'une vraie vamp. Moi, on aurait dit que j'avais six ans et que je m'étais amusée à me déguiser à l'aide des vieilles robes que ma tante avait mises au rebut dans une malle au grenier.

Je revins donc à l'une des jupes longues, en soie noire. Vera avait probablement pensé que je la raccourcirais, mais je me suis contentée de la rouler à la taille, en une sorte de petit boudin. Elle m'avait également donné un haut, en forme de tunique, d'une couleur qu'elle appelait taupe (à mi-chemin entre le gris et le vieux mégot de cigare), et une longue veste blanche qui se portait par-dessus le tout. Elle m'avait dit que je pourrais rehausser cette tenue avec des accessoires. Grave question. Je n'avais pas la moindre idée de ce qu'il fallait faire pour ça. Je fouillai sans succès dans mes tiroirs pour dénicher un bijou et me décidai finalement à porter le long napperon au crochet que ma tante avait confectionné pour le dessus du buffet. Je lui donnai une petite tape pour le débarrasser de toute sa poussière et me le mis autour du cou, en rejetant les pans par-dessus mon épaule, à la Isadora Duncan.

Le *Yacht Club* se dresse sur des pilotis au-dessus de la plage, tout près du bureau de la capitainerie du port et du long bras en béton que forme la jetée sur la gauche. Les vagues faisaient un bruit de tonnerre cette nuit-là ; on aurait dit un passage de voitures sur un ponton en bois. L'océan était étrangement agité par le contrecoup de quelque violente intempérie lointaine qui ne nous atteindrait probablement jamais. Une vapeur dense était en suspension dans l'air comme un voile de tulle à travers lequel je pouvais entrevoir l'horizon sous le clair de lune. Le sable blanc scintillait et les galets entassés le long des fondations du bâtiment étaient recouverts de varech.

Même sur le trottoir, en contrebas, je pouvais entendre le rire strident des gros buveurs. J'escaladai les larges marches en bois jusqu'à l'entrée et franchis les portes vitrées. Une seconde volée d'escaliers montait à droite et je poursuivis mon ascension vers le mélange de fumée et de musique enregistrée qui indiquait le bar à l'étage au-dessus. La pièce était en forme de L ; les personnes qui dînaient occupaient la branche la plus longue, celles qui se contentaient de boire se tenaient sur le côté le plus court, ce qui était tout aussi bien. Le niveau sonore était accablant, bien qu'une bonne partie des dîneurs ait déjà quitté les lieux. Sur toute la longueur de l'étage, il y avait des baies vitrées qui surplombaient le Pacifique. De jour, les membres du club jouissaient d'une vue panoramique sur l'océan. La nuit, les vitres avaient des reflets noirs qui soulignaient la nécessité de procéder à un vigoureux nettoyage. Le maître d'hôtel vint vers moi après avoir traversé toute la pièce.

– Oui, madame? dit-il.

Je me dis qu'il avait dû accéder récemment à ce poste prestigieux après avoir longtemps été chef de rang, car il tenait le bras gauche replié, prêt à recevoir une serviette pour servir le vin qu'il n'avait plus à porter.

– Je cherche Carl Eckert. Est-il ici, ce soir?

Je vis son regard m'examiner de haut en bas et de bas en haut, passer en revue mes bottes sales, ma jupe trop longue, ma veste, mon sac en bandoulière, et ma chevelure mal taillée que le vent de la mer avait transformée en parfaite tignasse.

– Êtes-vous attendue?

Le ton donnait à penser qu'Eckert aurait plus volontiers attendu une invasion de Martiens.

Je tendis un billet de cinq dollars discrètement plié.

– Maintenant, c'est le cas, dis-je.

L'individu glissa le billet dans sa poche sans en vérifier la valeur, ce qui me fit regretter de ne pas m'être contentée de lui glisser un seul dollar. Il m'indiqua un gentleman assis tout seul à une table devant une fenêtre. J'eus tout le temps de l'étudier en traversant la pièce. Je lui donnai la cinquantaine, un âge où l'on pouvait encore dire de lui qu'il avait « l'air jeune », avec ses cheveux argentés et sa silhouette trapue. Son visage, autrefois séduisant, s'était affaissé, mais restait agréable. Alors que la plupart des hommes installés au bar étaient habillés n'importe comment, Carl Eckert portait un costume classique à chevrons, d'un gris sombre, avec une chemise gris clair et une cravate en laine bleu marine rayée de gris clair. Je me faufilai entre les tables, en me demandant ce que diable j'allais lui dire. Il me vit venir dans sa direction et m'examina tandis que je m'approchais.

– Carl?

– C'est bien ça, dit-il en souriant poliment.

– Kinsey Millhone. Puis-je m'asseoir à votre table?

Je lui tendis la main. Il se leva à demi de sa chaise et se pencha courtoisement en avant pour la serrer. Sa poigne était agressive, sa paume glacée par le verre qu'il avait tenu.

– Je vous en prie, dit-il.

Ses yeux étaient bleus et son regard très dur. Il fit un geste vers une chaise.

Je posai mon sac à main par terre et m'installai sur le siège voisin du sien.

– J'espère n'être pas importune.

– Ça dépend de ce que vous voulez.

Il avait un sourire agréable mais fugace qui ne montait jamais jusqu'à ses yeux.

– On dirait bien que Wendell Jaffe est vivant.

Il prit une expression neutre et son corps s'immobilisa, comme tétanisé. Pendant une fraction de seconde, l'idée me traversa l'esprit qu'il avait pu être en rapport avec Wendell depuis sa disparition. Apparemment, il me croyait sur parole, ce qui évitait toutes les conneries que j'avais dû échanger avec Dana. Il enregistrait l'information, en m'épargnant toute manifestation inutile de choc ou de surprise. Il n'eut pas un geste de dénégation ou d'incrédulité. Il fouilla tranquillement dans la poche de son veston et en sortit un paquet de cigarettes; c'était sa façon de gagner du temps afin de pouvoir imaginer ce que je voulais exactement. Il donna un coup sur le paquet pour faire apparaître plusieurs cigarettes et me le tendit en m'invitant à en choisir une.

Je secouai la tête, en signe de refus.

Il mit une cigarette entre ses lèvres.

– Ça ne vous dérange pas si je fume?

– Pas du tout. Allez-y.

En réalité, j'exècre la fumée, mais je voulais obtenir des renseignements de lui et le moment me paraissait mal venu de manifester mon opinion sur ce sujet.

Il fit craquer une allumette et protégea la flamme de ses mains. Je respirai l'odeur du soufre et de cette première bouffée de tabac grillé qui pour moi est unique. Tôt le matin, quand je voyage, je surprends les mêmes effluves dans ces hôtels où les fumeurs ne sont pas convenablement séparés des autres mortels.

– Voulez-vous prendre un verre? demanda-t-il. J'allais m'en commander un autre.

– Avec plaisir. Merci.

– Qu'est-ce que ce sera?

– Un verre de chardonnay, ce serait parfait.

Il leva une main pour faire signe au serveur, qui s'approcha de la table et prit la commande. Eckert voulait un scotch.

Quand le serveur eut disparu, il reporta son attention sur moi.

– Qui êtes-vous? Flic? Stup? Fisc ou quoi?

– Je suis détective privée et je travaille pour la California Fidelity au sujet de la prime d'assurance vie.

– Dana vient seulement de la toucher, je crois?

– Il y a deux mois.

Au bar, un groupe de clients explosa soudain d'un rire gras et cela força Eckert à se pencher en avant pour mieux entendre.

– Comment est-ce que toute cette histoire a rebondi?

– Un retraité de la CF, un ancien courtier, a aperçu notre homme au Mexique la semaine dernière. J'ai été engagée pour y faire un saut en avion le lendemain afin de vérifier sur place.

– Et vous avez vraiment vérifié qu'il s'agissait de Wendell?

– Plus ou moins, dis-je. Je n'avais jamais rencontré Mr. Jaffe, de sorte qu'il me serait difficile de jurer que c'est lui.

– Mais vous l'avez bien vu, dit-il.

– Ou quelqu'un qui lui ressemblait diablement. Il a subi des opérations de chirurgie esthétique, bien entendu. C'est sans doute la première chose qu'il a faite.

Carl me fixait sans me voir, puis il hocha la tête et esquissa un sourire.

– Je suppose que vous l'avez dit à Dana?

– Je viens de lui en parler. Elle n'a pas été transportée de joie.

– Je pense bien, dit-il en paraissant interroger mon visage. Vous vous appelez comment, déjà?

Je sortis une carte de visite professionnelle et la lui tendis par-dessus la table.

– Vous saviez que son gosse avait des ennuis? demandai-je.

Derrière nous, il y eut une autre explosion de rire, plus forte encore que la précédente. Apparemment les types étaient en train de se payer une tournée de ces blagues paillardes si assommantes.

Il jeta un coup d'œil à mon nom sur la carte et fourra celle-ci dans la poche de sa chemise.

– J'ai lu ce que disaient les journaux à propos de Brian, dit-il. C'est curieux.

– Quoi donc?

– Wendell. J'étais en train de penser à lui. Comme son corps n'a jamais été repêché, je pense que j'ai toujours eu des doutes au sujet de sa mort. Je n'en ai jamais soufflé mot. Je me disais que les gens me croiraient incapable d'assumer la réalité. Ils appellent ça un « rejet ». Où était-il pendant tout ce temps?

– Je n'ai pas eu l'occasion de le lui demander.

– Est-ce qu'il est encore là-bas?

– Il a quitté l'hôtel en pleine nuit et je ne l'ai plus revu. Il est peut-être sur le chemin du retour.

– A cause de Brian, dit-il en faisant instantanément le rapprochement.

– C'est ce que je crois. En tout cas, c'est la seule piste que nous ayons. Pas vraiment une piste, mais au moins un point de départ.

– Pourquoi me le dire?

– Pour le cas où il essaierait d'entrer en contact avec vous.

Le serveur revint avec nos boissons et Carl leva les yeux.

– Merci, Jimmy. Mettez ça sur mon compte, voulez-vous?

Il tira la note vers lui, y posa un pourboire et porta sa signature tout en bas avant de la rendre.

– Merci, Mr. Eckert. Rien d'autre? susurra le serveur.

– C'est parfait.

– Bonne soirée.

Carl hocha la tête d'un air absent; il me regardait en réfléchissant. Je pris mon sac et tirai un exemplaire du tas de portraits-robots exécutés par Valbusa.

– J'ai un portrait si vous voulez le voir.

Je posai la feuille sur la table devant lui.

Carl colla sa cigarette dans le coin de sa bouche, en clignant légèrement de l'œil à cause de la fumée, pendant qu'il étudiait le visage de Wendell. Il hocha la tête, son sourire s'effaça.

– Quel salaud!

– Je pensais que ça vous ferait plaisir de savoir qu'il est en vie, dis-je.

– Et comment! J'ai fait de la prison à cause de lui. Des tas de gens en voulaient à ma peau. Quand l'argent s'est évaporé, il a bien fallu que quelqu'un porte le chapeau. Ça ne m'a pas gêné de devoir payer mes dettes, mais ça m'a dégoûté de payer aussi les siennes.

– Ça a dû être dur.

– Vous n'en avez pas idée. Après le dépôt de bilan, tous les commanditaires me sont tombés dessus. Quel merdier... Je n'ai pas envie d'en parler.

– Si Wendell se met en rapport avec vous, aurez-vous l'obligeance de me le faire savoir?

– Certainement, dit-il. Je n'ai aucune envie de lui parler, ça c'est sûr. C'était mon ami. Du moins je pensais qu'il l'était.

Il y eut une autre explosion de rire. Carl sursauta nerveusement et repoussa son verre sur le côté.

– Allons au bateau. C'est trop bruyant ici.

Sans attendre ma réponse, il se leva et quitta la table. Interloquée, j'attrapai mon sac et lui emboîtai le pas.

L'intensité du tintamarre diminua de façon spectaculaire dès que nous fûmes dehors. L'atmosphère avait fraîchi, le vent s'était levé et les vagues se fracassaient contre la digue en faisant jaillir de fines gouttelettes pulvérisées. Une gerbe liquide, duveteuse comme une graminée de la pampa, se mit à danser le long de la digue et retomba sur la promenade dans un éclaboussement, comme si quelqu'un avait jeté un seau d'eau.

En arrivant devant le portail verrouillé de la marina, il

sortit une carte magnétique qui lui permit d'entrer. Dans un geste curieusement galant, Carl posa la main sur mon coude pour m'aider à descendre une rampe de bois glissante. J'entendais les craquements des bateaux dansant et oscillant dans les eaux du port. Nos pas résonnaient sur un rythme irrégulier pendant que nous avancions le long de l'embarcadère.

Les quatre marinas permettent d'abriter environ onze cents bateaux, protégés de la haute mer sur une superficie de trente-cinq hectares. Le quai, sur un côté, forme une sorte de coude et la courbe de la digue le rejoint presque pour former un cercle quasiment fermé dans lequel sont nichés les bateaux. Outre les visiteurs qui occupent des places à titre temporaire, il y a aussi un petit nombre de résidents permanents qui vivent sur leurs bateaux. Des cabinets de toilette fermés à clef sont à leur disposition ainsi qu'une installation de pompage située près de la station-service. Sur l'embarcadère « J », il fallait tourner à gauche et franchir encore une dizaine de mètres pour arriver au bateau.

Le *Captain Stanley Lord* était un ketch Fuji de dix mètres de long. La coque était peinte en vert foncé rehaussé de bleu marine. Carl sauta sur le pont étroit et me tendit une main pour me tirer à sa suite. Dans le noir, je pouvais distinguer les mâts mais pas grand-chose d'autre. Il tourna la clef dans la serrure et fit glisser l'écoutille vers l'avant.

– Attention à votre tête, dit-il en descendant dans la cabine. Vous vous y connaissez en bateaux?

– Pas trop, ai-je avoué.

Je descendis prudemment quatre marches raides et recouvertes de moquette en entrant dans la cabine derrière lui.

– Pourquoi l'avez-vous appelé *Captain Stanley Lord*? Qui était-ce?

– C'est une histoire du folklore nautique. Un exemple de l'humour de Wendell – qu'on l'apprécie ou pas. Stanley Lord était le capitaine du *Californian*, dont on a dit qu'il était le seul bateau assez proche du *Titanic* pour lui porter secours. Lord a prétendu qu'il n'avait jamais reçu aucun signal de détresse, mais une enquête ultérieure a insinué qu'il n'avait pas tenu compte des SOS. Il a été tenu pour responsable de l'ampleur du désastre et le scandale a ruiné sa carrière. Wendell a utilisé le même nom pour sa société. CSL Investments. Moi, je n'ai jamais pu m'y faire, mais il trouvait ça très amusant.

L'intérieur avait le charme douillet et irréel d'une maison de poupées. C'est le genre d'espace que je préfère, compact et efficace; on avait tiré parti de chaque centimètre carré. Il y avait un poêle à gazole sur la gauche et, sur la droite, tout un attirail de navigation; une radio, un compas, un extincteur, des instruments pour mesurer la vitesse du vent, l'appareil de chauffage, le disjoncteur principal, l'émetteur-récepteur et la batterie qui servait à faire démarrer le moteur. Je respirai une vague odeur de vernis et je pus voir qu'un des coussins sur la couchette portait encore l'étiquette du magasin. Tout était tapissé dans un tissu vert foncé avec des surpiquages blancs.

– C'est ravissant, remarquai-je.

– Vous aimez? dit-il en rougissant de plaisir.

– C'est formidable.

J'avançai vers une des couchettes et y laissai tomber mon sac à main avant de m'asseoir.

– Et confortable. Depuis combien de temps l'avez-vous?

– Environ un an, dit-il. Le fisc l'avait saisi peu après la disparition de Wendell. J'ai été l'hôte des prisons fédérales pendant environ dix-huit mois. Après ça, j'étais fauché. Dès que j'ai eu un peu d'argent de côté, il m'a fallu retrouver le type qui l'avait acheté au gouvernement. Ça a été la croix et la bannière pour le décider à vendre. Non pas qu'il s'en soit tellement servi. C'était une épave quand il me l'a finalement cédé. Je ne sais pas pourquoi les gens sont tellement bêtes.

Il enleva son veston et desserra sa cravate afin de pouvoir ouvrir le bouton de son col de chemise.

– Voulez-vous un autre verre de vin blanc? J'en ai au frais.

– Un demi-verre, dis-je.

Il passa un moment à parler de navigation, mais je ramenai la conversation sur Wendell Jaffe.

– Où le bateau a-t-il été retrouvé?

Il ouvrit un mini-réfrigérateur et en sortit une bouteille de chardonnay.

– Au large de Baja. Il y a d'énormes bancs de sables mouvants à environ dix kilomètres des côtes. On aurait dit que le bateau s'était échoué une première fois, puis avait dérivé de nouveau avec la marée.

Il déshabilla le goulot de la bouteille de son enveloppe de métal et extirpa le bouchon.

– Il n'avait pas d'équipage?

– Il préférait être tout seul. J'ai assisté à son départ ce jour-là. Ciel orange, mer orange avec une houle lente, lourde. Quelque chose de mystérieux. Comme dans la *Ballade du vieux marin*. Vous avez dû étudier ça au lycée?

– Au lycée, je n'ai guère étudié que la révolte et la marijuana, dis-je en hochant la tête.

Il sourit.

– Quand on quitte les Channel Islands, on se faufile dans un passage entre les plates-formes pétrolières. Il s'est retourné et a agité le bras en appareillant. Je l'ai suivi des yeux jusqu'à ce qu'il ait quitté le port et je ne l'ai plus revu.

Il disait cela sur un ton plein d'envie et de regret. Il versa le vin dans un verre à pied et me le tendit.

– Étiez-vous au courant de ce qu'il était en train de faire?

– Ce qu'il était *en train* de faire? Je ne suis pas encore certain de savoir ce qu'il a vraiment fait.

– Apparemment, il se défilait, ai-je dit.

Eckert haussa les épaules puis reprit :

– Je savais qu'il se sentait aux abois. Mais je ne croyais pas qu'il avait l'intention de se tirer. A l'époque – notamment quand on a découvert sa dernière lettre, écrite à l'intention de Dana –, j'ai essayé d'accepter l'idée de son suicide. Ça ne cadrait pas avec son caractère, mais comme tout le monde en était convaincu, de quel droit aurais-je émis des doutes?

Il se versa un verre de vin, posa la bouteille et s'assit sur la banquette en face de la mienne.

– Pas tout le monde, ai-je précisé. La police n'aimait pas beaucoup ça, et la CF non plus.

– Cette affaire va faire de vous une vedette.

– Seulement si on récupère l'argent.

– Ça ne paraît pas très vraisemblable. Dana l'a probablement dépensé jusqu'au dernier sou.

Je ne voulais pas m'apesantir là-dessus.

– Quel effet a produit sur vous, la « mort » de Wendell, à l'époque?

– Terrible, bien entendu. En fait, il me manquait malgré tout ce que j'ai enduré à cause de lui. Bizarrement, il m'en avait parlé. Je ne l'avais pas cru, mais il avait essayé de m'avertir.

– Il vous avait raconté qu'il allait partir?

– Quelque chose comme ça. A vrai dire, il ne l'a jamais exprimé clairement. C'était une de ces remarques que vous pouvez interpréter comme ça vous arrange. Il était venu me voir, je pense en mars, peut-être six ou sept semaines avant d'appareiller. En disant : « Carl, mon pote, je vais prendre le large. Toute cette foutue affaire va nous retomber sur le nez. Je ne peux plus le supporter. C'est trop. » Ou des choses dans ce goût-là. Je me suis dit qu'il exagérait. Je savais que nous avions de graves problèmes, mais on en avait vu d'autres et on s'en était toujours bien sortis. J'imaginais que c'était seulement un nouvel épisode des aventures trépidantes de Carl et Wendell. A part ça, tout ce que je sais c'est qu'ils ont trouvé son bateau qui dérivait sur l'océan. En faisant un retour en arrière on peut penser que... Quand il disait « prendre le large », est-ce qu'il voulait dire qu'il allait se tuer ou couper les ponts?

– Mais vous, vous étiez coincé, dans un cas comme dans l'autre, n'est-ce pas?

– Oui, bien sûr. La première chose qu'ils ont faite a été d'examiner la comptabilité. Je suppose que j'aurais pu déguerpir à ce moment-là, en emportant seulement les vêtements que j'avais sur le dos, mais je ne voyais pas à quoi ça m'aurait avancé. Je n'avais nulle part où aller. Je ne possédais pas un sou. De sorte que j'étais bien obligé de faire face à la situation. Malheureusement, je n'avais aucune idée de tout ce qu'il avait fait.

– C'était vraiment de l'escroquerie?

– Et comment! Pire que ça. Plus les jours passaient et plus toute cette merde faisait surface. Il avait dépouillé la société jusqu'au trognon. Dans la lettre qu'il a laissée, il prétendait qu'il y avait investi tout ce qu'il avait, mais je ne voyais rien qui appuie cette déclaration. Qu'est-ce que j'en savais? Quand j'ai compris à quel point c'était grave, il n'y avait plus d'issue. Je n'avais même pas le moyen de récupérer mes propres fonds.

Il fit une pause et haussa les épaules.

– Qu'est-ce que je peux ajouter? Wendell parti, il n'y avait plus que des poulets plumés. Je leur ai donné tout ce que j'avais. J'ai plaidé coupable en demandant les circonstances atténuantes dans l'intention d'aller en prison pour en finir une bonne fois. Et voilà que vous me dites qu'il est vivant. Quelle bonne blague!

– Vous êtes amer, n'est-ce pas?

– Bien entendu.

Il se massa machinalement le front.

– Je comprends qu'il ait voulu s'échapper. Au début, je ne m'étais pas rendu compte de l'ampleur de sa trahison. J'étais navré pour Dana et les gamins, mais je ne pouvais rien y faire s'il était mort.

Il haussa les épaules et m'adressa un sourire triste, en se secouant soudain avec énergie.

– Et puis au diable. Tout ça c'est fini et il faut aller de l'avant.

– Vous êtes bien généreux.

Il fit un geste d'insouciance, jeta un coup d'œil à sa montre.

– Ça a vraiment été une journée mémorable. Mais j'ai un petit déjeuner d'affaires demain matin à sept heures très exactement. Il faut que je dorme un peu. Puis-je vous reconduire?

Je me levai.

– Pas la peine, dis-je. C'est tout droit jusqu'à la porte.

Je lui tendis la main et serrai la sienne.

– Je vous sais gré de m'avoir consacré votre temps. Vous aurez probablement de mes nouvelles. Vous avez bien gardé ma carte?

Il en tira un coin de la poche de sa chemise pour me montrer qu'elle était là.

– Si Wendell prend contact avec vous, pourriez-vous me le faire savoir?

– Absolument, dit-il.

Je franchis les marches de la cabine, en baissant la tête,

avant d'émerger sur le pont. J'avais conscience d'être suivie par le regard d'Eckert, derrière moi ; je sentais son sourire pensif pendant qu'il me regardait partir. C'était curieux mais, à la réflexion, la réaction de Dana Jaffe m'avait paru plus sincère.

9

Revenir à pied jusqu'à mon domicile m'a pris moins de dix minutes. J'étais toujours parfaitement éveillée, stimulée par l'air marin. Au lieu d'ouvrir le portail et d'entrer dans la cour, j'ai fait demi-tour et descendu la rue jusqu'à la taverne de Rosie, qui se trouve à cinquante mètres de chez moi.

Au bon vieux temps, l'établissement de Rosie était toujours désert, caverneux et faiblement éclairé : les services d'hygiène de la police l'avaient probablement à l'œil. J'avais l'habitude d'y rencontrer mes clients car personne ne venait jamais nous y déranger. J'avais beau être une femme seule, je pouvais y faire un saut à n'importe quelle heure sans m'attirer les avances indésirables de butors et de goujats. Rosie pouvait bien me harceler, mais il n'y avait qu'elle pour le faire. Dernièrement, l'endroit a été découvert par des sportifs et diverses équipes semblent en avoir fait leur point de rencontre favori, notamment les jours de victoire où ils éprouvent le besoin de parader. Rosie, qui peut par ailleurs être insupportablement désagréable, semble en réalité aimer cette explosion de testostérone et d'hystérie. Dans un élan sans précédent, elle s'est même mise à étaler leur quincaillerie sur une étagère derrière le bar, laquelle présente désormais une exposition permanente d'anges ailés en argent brandissant des globes au-dessus de leurs têtes.

Comme d'habitude, l'endroit était plein d'animation et ma table favorite, dans l'arrière-salle, était occupée par une bande de chahuteurs. Il n'y avait pas trace de Rosie, mais William était perché sur un tabouret au comptoir et surveillait les lieux avec un air d'intense satisfaction. Tous les clients semblaient le connaître et il y avait autour de lui un échange constant de plaisanteries faciles.

Henry était installé tout seul à une table, la tête penchée sur un bloc de papier où il mettait en forme une grille de mots croisés intitulée : « L'œil de l'espion ». Il y travaillait depuis près d'une semaine, en s'inspirant de romans d'espionnage et de vieux feuilletons télé. Il publie régulièrement de ces petits livres de mots croisés que l'on trouve près des caisses dans les supermarchés. A part le fait que ça lui permet de gagner un peu d'argent, il est heureux de savoir que son nom est connu dans les cercles d'amateurs de ce genre de sport cérébral. Il portait des pantalons larges et un T-shirt blanc. Son visage arborait les stigmates de la concentration. Je pris la liberté de tirer une chaise près de lui, en la retournant pour appuyer le dossier contre la table. Je m'y assis à califourchon et croisai les bras sur le haut du dossier.

Henry lança un regard irrité dans ma direction, puis se détendit quand il vit que c'était moi.

– Je pensais que c'était l'un d'entre « eux ».

J'examinai la foule, de loin.

– Qu'est-ce qu'on a bien pu faire de mal? Il y a un an personne ne venait ici. Maintenant c'est un zoo. Comment est-ce arrivé?

– Il me faut un mot de neuf lettres qui commence par « I ». Peu importe la fin... plus ou moins.

Un mot me traversa l'esprit et je comptai sur mes doigts.

– Imposteur, dis-je.

Il me fixa d'un air absent, en se livrant à un rapide calcul.

– Pas mal, dit-il. Je prends. Et qu'est-ce que tu suggères pour la verticale en cinq lettres?

– Arrête tout de suite, dis-je en lui coupant la parole. Tu sais que je suis nulle et que ce truc me rend nerveuse je m'en sors une fois de temps en temps, je préfère me retirer du jeu pendant que je gagne.

Il retourna son bloc sur la table et plaça son crayon derrière son oreille gauche.

– Tu as raison. Il est temps de laisser tomber pour la journée. Qu'est-ce que tu prends? Je t'offre un verre.

– Rien, merci. Je suis presque paf, mais je te tiendrai compagnie si tu en prends un.

– Ça va pour l'instant. Comment ça s'est passé avec Dana Jaffe? Est-ce que ça t'as menée quelque part?

– Je n'en attendais rien. J'ai seulement voulu faire sa connaissance. J'ai eu également une petite conversation avec l'ancien associé de Wendell.

– Et qu'avait-il à dire?

Pendant que je ne le mettais au courant de mes conversations avec Dana Jaffe et Carl Eckert, je vis le regard de Henry se diriger vers la cuisine et me retournai automatiquement.

– Bon Dieu, t'as vu ça? dis-je.

William venait de faire son apparition avec un plateau chargé de nourriture, fardeau non négligeable pour un homme de quatre-vingt-six ans. Comme d'ordinaire, il était sanglé dans son costume trois-pièces avec une chemise blanche dûment amidonnée et une cravate au nœud bien serré. Il ressemblait à Henry au point de passer pour son frère jumeau, alors qu'en réalité les deux hommes avaient deux ans d'écart. Pour l'instant, William avait l'air très content de lui, de bonne humeur et plein d'énergie. C'était la première fois que je remarquais les changements qui s'étaient opérés dans sa personne. Sept mois plus tôt, quand il s'était installé chez Henry, il était obsédé par sa santé d'une façon morbide. Il faisait perpétuellement état de ses différentes maladies et infirmités. Il avait apporté son dossier médical et passait son temps à s'examiner : il souffrait de palpitations cardiaques, de problèmes digestifs, d'allergies; et s'inquiétait des maux qu'on ne lui avait pas encore découverts. Assister à des enterrements était un de ses passe-temps favoris, et il se mêlait à l'assistance, ce qui lui permettait de bien vérifier qu'il n'était pas encore mort. Mais une fois que lui et Rosie étaient tombés amoureux l'un de l'autre, il avait commencé à reprendre le dessus et voilà que désormais il travaillait toute la journée, côte à côte avec elle. Se sentant observé, il nous adressa un large sourire d'un air heureux. Il posa le plateau et commença à décharger les assiettes. L'un des clients attablés lui fit une remarque. William se rengorgea de joie et répondit à l'individu du tac au tac.

– Qu'est-ce qui le rend si heureux?

– Il a demandé à Rosie de l'épouser.

– Sans blague! dis-je avec un sursaut de surprise, en dévisageant Henry. C'est pas possible! Seigneur, c'est sensationnel. Tordant! J'arrive pas à y croire!

– « Tordant » n'est pas exactement le mot que j'emploierais. Ça montre seulement ce qui arrive quand on « vit dans le péché ».

– Ils ont vécu dans le péché pendant *une semaine*. Maintenant il va faire d'elle une « honnête femme », si ça signifie quelque chose. Je trouve ça mignon.

Je posai ma main sur le bras de Henry et le secouai légèrement.

– Ne me dis pas que ça t'ennuie? Pas vraiment.

– Disons que je ne suis pas aussi consterné que je craignais de l'être. Je me suis résigné à cette éventualité dès le jour où il s'est installé chez elle. Il est bien trop conventionnel pour bafouer les convenances.

– Quand donc cela va-t-il se passer?

– Je n'en ai aucune idée. Ils n'ont pas fixé la date. Il le lui a demandé ce soir seulement. Elle n'a pas encore donné sa réponse.

– A t'entendre parler, je pensais que c'était fait.

– Ma foi non, mais elle peut difficilement refuser un gentleman comme lui.

– Honnêtement, Henry, t'es un tantinet snob, dis-je en lui donnant une petite tape sur la main.

Il me lança un regard langoureux, les sourcils narquoisement relevés.

– Je suis tout à fait snob, pas « un tantinet ». Viens. Je te raccompagne.

Une fois à la maison, j'ai avalé une poignée de médicaments pour soigner les divers symptômes de mon rhume, y compris un coup de Nyquil pour m'assurer une bonne nuit de sommeil. A six heures, j'ai roulé au bas du lit en titubant, enfilé ma tenue de jogging et dressé mentalement la liste de tout ce que j'avais à faire – en me brossant les dents. Ma poitrine était toujours congestionnée, mais mon nez ne coulait plus et ma toux ne donnait plus l'impression que j'allais cracher mes poumons. La couleur de ma peau avait un ton plus clair d'abricot doré et je me disais que d'ici un jour ou deux, je pourrais bien retrouver ma couleur naturelle. Je n'avais jamais éprouvé autant de nostalgie pour ma pâleur de naguère.

Je me suis emmitouflée pour me protéger du froid du petit matin; mon survêtement gris avait presque la même couleur que l'océan. La plage de sable était d'un blanc crayeux, tacheté d'écume par la marée descendante. Des mouettes, grises et blanches, se tenaient immobiles comme une série d'oiseaux décoratifs et regardaient l'eau fixement. Le ciel à l'horizon était un alliage parfait de crème et d'argent, le brouillard camouflait tout sauf les contours sombres des îles dans le chenal. C'était la saison des ouragans aux confins du Pacifique, mais jusqu'à présent nous n'avions pas eu le moindre rouleau venu des tropiques. Le silence était profond, uniquement entrecoupé par le doux murmure des vagues. Il n'y avait pas âme qui vive pour autant que je puisse m'en rendre compte. Une promenade de cinq kilomètres était propice à la méditation, j'étais seule avec mes pensées, ma respiration laborieuse, la sensation que les muscles de mes jambes obéissaient avec plaisir au rythme vif de mes pas. En rentrant chez moi, je me sentais prête à affronter la journée.

A travers la porte d'entrée, j'ai perçu la sonnerie étouffée du téléphone. J'ai pénétré en toute hâte dans mon appartement et décroché à la troisième sonnerie, la respiration coupée par l'effort. C'était Mac.

– Qu'est-ce qui est arrivé? C'est follement tôt pour toi.

J'enfouis mon nez dans mon tee-shirt pour réprimer une quinte de toux.

– On a eu une réunion hier soir. Gordon Titus a eu vent de l'affaire Jaffe et il veut te rencontrer.

– Qui ça, moi? ai-je glapi.

– Il ne mord pas, a dit Mac en éclatant de rire.

– Il ne manquerait plus que ça, dis-je. Titus ne peut pas me blairer et j'en ai autant à son service. Il m'a traitée comme un tas de...

– Allons, allons, a-t-il coupé.

– J'allais dire de *détritus*!

– Ah bon, c'est mieux.

– Le genre de détritus que produit l'être humain, ai-je corrigé.

– Tu ferais mieux de t'amener sans perdre un instant.

Je restai assise un moment à faire des grimaces au téléphone, ce qui est habituellement ma façon la plus adulte de traiter le monde. Je ne me suis pas vraiment précipitée vers la porte comme il me l'avait conseillé. J'ai d'abord enlevé mon survêtement et pris une douche chaude; ensuite je me suis lavé les cheveux à fond avant de m'habiller. Puis j'ai mangé un petit morceau tout en parcourant le journal pour le cas où il y aurait des nouvelles intéressantes. Après quoi j'ai rincé mon assiette et ma cuillère et je suis sortie mettre un petit sac-poubelle dans la boîte à ordures. A la fin, comme j'étais à court d'arguments pour éviter l'inévitable, j'ai attrapé mon sac à main, un bloc de sténo et mes clefs de voiture, et j'ai fini par franchir le portail. Tout ça me donnait des maux d'estomac.

Le bureau n'avait vraiment pas beaucoup changé, mais, pour la première fois, je remarquai qu'il y régnait une certaine mesquinerie. La moquette était en fibre synthétique de qualité mais son style avait été choisi pour sa « résistance », ce qui en d'autres termes désignait un modèle moucheté peu salissant, dont le motif imitait déjà de petites taches. L'espace lui-même semblait bourré de « poste de travail » serrés les uns contre les autres, avec des dizaines de cellules imbriquées, destinées aux experts et aux rédacteurs. Le pourtour était occupé par les bureaux vitrés où siégeaient les cadres de la compagnie. Les murs avaient besoin d'une nouvelle couche de peinture et la décoration semblait démodée. Véra leva les yeux de sa table de travail au moment où je passais. De l'endroit où je me trouvais, j'étais la seule personne capable de voir ses yeux qui louchaient et sa langue légèrement tirée dans une expression de dégoût comique.

Nous nous réunîmes dans le bureau de Titus. Depuis le jour où nous nous étions affrontés, je ne l'avais pas revu une seule fois. Je n'avais aucune idée de ce qui m'attendait et je n'arrivais pas à me décider quant au comportement à adopter. Il résolut la question en m'accueillant aimablement, comme si c'était notre première rencontre et comme si nous n'avions jamais échangé un mot de travers. Vraiment, c'était malin de sa part car cela m'épargnait la tentation de prendre une attitude défensive ou de faire des excuses, tout en lui évitant la corvée d'évoquer nos rapports passés. Au bout de soixante secondes, je découvris combien j'avais pris mes distances. Je me rendais compte qu'il n'avait plus aucun pouvoir sur moi dans la situation présente. Nous étions quittes l'un envers l'autre, et nous avions fini tous les deux par obtenir exactement ce que nous voulions. Il avait réduit ses effectifs et cessé de faire rémunérer par la compagnie une personne qu'il considérait comme du « bois mort ». Et moi j'étais retombée sur mes pieds et je travaillais dans une ambiance qui me convenait mieux.

En attendant, je constatai, pour le moment, que Mac Voorhies et Gordon Titus étaient tout l'opposé l'un de l'autre. Le costume brun de Mac était fripé comme une feuille d'automne, ses dents et la mèche de cheveux blancs sur son front étaient jaunies par la nicotine. Gordon Titus, lui, portait une chemise bleu acier dont il avait retroussé les manches, un pantalon gris au pli bien net coupé dans un tissu dont la nuance était vaguement assortie à ses cheveux prématurément grisonnants. La cravate accentuait encore son allure de bureaucrate – laconique et efficace comme un homme d'affaires. Même Mac se gardait d'allumer une cigarette en sa présence.

Gordon prit place derrière son bureau et ouvrit le dossier qui se trouvait devant lui. A son habitude, il avait dû souligner tous les renseignements utiles sur Dana et Wendell Jaffe. Des commentaires tracés avec netteté occupaient toutes les marges, le papier était grêlé de trous là où la pointe de son stylo l'avait traversé. Il parlait sans me regarder, avec un visage aussi vide d'expression que celui d'un mannequin.

– Mac m'a mis au courant de sorte que nous n'avons pas besoin de revenir en arrière, dit-il. Où en est l'affaire?

Je sortis mon bloc de sténo et l'ouvris à une page vide, en débitant ce que je savais de la situation actuelle de Dana. Je fus aussi précise que possible.

– Elle a probablement dépensé une partie du capital de la police d'assurance pour acheter une nouvelle maison à Michael; et elle a dû mettre de côté un gros paquet pour l'avocat de Brian.

Gordon prenait des notes.

– Avez-vous consulté les avocats de la compagnie sur notre position à cet égard?

– Pourquoi donc? coupa Mac. Qu'est-ce que ça change si Wendell a simulé sa propre mort? Quel délit a-t-il commis? Est-ce illégal de faire... comment appelle-t-on ça... un faux suicide?

– Ça l'est si vous le faites dans l'intention d'escroquer une compagnie d'assurances, dit Titus d'un ton aigre.

Mac semblait impatient.

– Où est l'escroquerie? Quelle escroquerie? A ce stade, on ne sait pas s'il a empoché un centime.

Le regard de Titus se fixa sur Mac :

– Vous avez absolument raison. Pour être tout à fait précis, on n'est même pas certain d'avoir vraiment affaire à Jaffe.

Puis, il se tourna vers moi :

– Je veux une preuve concrète de son identité, des empreintes ou n'importe quoi d'autre.

– Je fais ce que je peux, dis-je sur la défensive.

Je pris une note sur une page blanche, juste pour avoir l'air occupée. J'avais écrit : « Retrouver Wendell. » Comme si l'idée était restée confuse dans mon esprit jusqu'à ce que Titus l'énonce clairement.

– Et en attendant? Vous voulez poursuivre Mrs. Jaffe?

Une fois de plus, l'exagération de Mac était visible. Je n'arrivais pas à comprendre ce qui le gênait tellement.

– Nom d'un chien, qu'est-ce qu'elle a fait? Elle n'a pas commis un crime, que je sache! Comment peut-on lui reprocher de dépenser un argent auquel elle croit avoir droit en toute légalité?

– Qu'est-ce qui vous fait penser qu'ils ne sont pas de mèche depuis le début? Tout ce que nous savons laisse entendre qu'ils peuvent avoir été complices, dit Titus.

– Dans quel but? ai-je répliqué faiblement. Voilà cinq ans que cette femme est complètement fauchée et accumule les dettes. Pendant tout ce temps, Wendell se prélassait au Mexique, près d'une piscine et en compagnie d'une autre. Quel intérêt aurait-elle eu à faire ça? Même si elle a touché l'argent, tout ce qu'elle y a gagné, c'est de quoi payer ses factures.

– C'est elle qui vous l'a dit, répondit Titus. A part ça, nous ne savons vraiment pas quels arrangements les époux Jaffe ont conclus entre eux. Peut-être que leur mariage était à l'eau et que c'était sa manière à lui de négocier une pension alimentaire.

– Vous parlez d'une manière! dis-je.

Titus fonça sur moi.

– Comme vous l'avez vous-même souligné, on dirait qu'elle s'est arrangée pour acheter une maison à l'un de ses gosses et probablement s'assurer les services d'un grand avocat pour celui qui a des ennuis. Le fond du problème, c'est que nous devons trouver un moyen de parler à Wendell Jaffe. Alors, comment pensez-vous lui mettre la main dessus?

La question était abrupte, mais le ton sur lequel il l'avait posée était plus curieux qu'agressif.

– J'imagine que Brian est l'appât idéal et si Wendell est trop paranoïaque pour prendre contact avec lui en prison, il peut toujours se mettre en rapport avec Dana. Ou avec Michael, son fils aîné, qui a un enfant que Wendell n'a jamais vu. L'autre possiblité, c'est Carl, son ancien associé.

Tout cela avait l'air dérisoire, mais qu'est-ce que je pouvais faire? Jeter de la poudre aux yeux, c'était tout.

Mac s'agitait.

– Tu n'es pas en mesure de les tenir tous sous surveillance vingt-quatre heures sur vingt-quatre. Si on mettait d'autres pros dans le coup, ça nous coûterait des milliers de dollars, et tout ça pour quel résultat?

– C'est vrai, dis-je. Avez-vous autre chose à proposer?

Mac croisa les bras, en se tournant vers Gordon.

– Quoi que nous fassions, nous avons intérêt à agir rapidement, dit-il. Ma femme serait bien capable de gaspiller une prime d'un demi-million en l'espace d'une semaine.

Gordon se mit debout et ferma son dossier d'un coup sec.

– Je vais appeler l'avocat de la compagnie pour voir si on peut obtenir une mesure conservatoire à titre temporaire. Avec ça, on sera en état de faire opposition sur le compte en banque de Mrs. Jaffe et d'empêcher l'hémorragie d'argent.

– Elle va aimer ça, dis-je.

– Gordon, souhaiteriez-vous lui confier quelque chose de précis à faire pendant ce temps-là?

Titus m'adressa un sourire glacial.

– Je suis certain qu'elle trouvera toute seule.

Il regarda sa montre pour nous signifier que nous pouvions partir.

Mac est allé dans son bureau qui se trouvait deux portes plus loin. Il n'y avait aucun signe de Vera. Nous avons échangé quelques mots avec Darcy Pascoe, la réceptionniste de la CF, puis je suis retournée à mon bureau où j'ai expédié des tas de broutilles. J'ai écouté les messages, ouvert le courrier et, assise dans mon fauteuil pivotant, je me suis mise à le faire tourner pendant un moment, en espérant trouver l'inspiration quant à ce que j'allais faire. Comme aucune grande idée ne surgissait, j'ai pris la seule initiative qui me venait à l'esprit.

J'ai passé un coup de téléphone à l'inspecteur Whiteside pour lui demander de bien vouloir me donner le numéro de téléphone de l'inspecteur Harris Brown, qui avait suivi l'affaire Wendell au moment où celui-ci avait disparu. Jonah Robb m'avait dit que Brown avait pris sa retraite dans l'intervalle, mais il pouvait détenir des renseignements intéressants.

– Pensez-vous qu'il voudra bien me parler? ai-je demandé.

– Je n'en ai aucune idée mais laissez-moi vous dire une chose. Son numéro de téléphone est sur liste rouge et je ne voudrais pas vous le donner sans son accord. Dès que j'aurai une minute, je lui passerai un coup de fil. S'il est intéressé, je lui demanderai de se mettre en rapport avec vous.

– Formidable. Ce serait sympa. J'aimerais qu'il m'appelle.

Après avoir raccroché, je me suis fait un pense-bête. Si je n'avais pas de nouvelles dans les deux jours, j'essaierais de rappeler. Je n'étais pas sûre que Brown puisse m'être de quelque utilité, mais on ne sait jamais. Certains de ces anciens flics n'aiment rien tant que ressasser leurs souvenirs. Il avait peut-être des idées sur les endroits où Wendell pouvait se terrer. Entre-temps, que faire? Je suis retournée à la Xerox et j'ai tiré plusieurs douzaines de photocopies du portrait de Wendell retouché. J'y avais ajouté mon nom et mon numéro de téléphone dans un encadré au bas de la feuille, comme sur un prospectus, en indiquant que je cherchais à retrouver cette personne.

J'ai fait le plein et repris la route une fois de plus en direction de Perdido. J'ai dépassé lentement la maison de Dana, fait demi-tour au carrefour, et je me suis faufilée dans une place de parking de l'autre côté de la rue. J'ai commencé à faire du porte-à-porte, en avançant patiemment d'une maison à l'autre. J'ai progressé tout le long de la rue, en glissant un prospectus sous la porte quand il n'y avait personne. Du côté de la rue où habitait Dana, de nombreux couples devaient apparemment travailler parce que les maisons étaient sombres et il n'y avait aucune voiture dans les allées. Quand je tombais sur quelqu'un, c'était toujours la même litanie.

– Hello, disais-je, tout en m'efforçant de délivrer mon message avant que l'on puisse me prendre pour un démarcheur. Je me demande si vous pourriez me renseigner. Je suis détective privée et je recherche un homme qui, pensons-nous, pourrait se trouver dans les environs. Est-ce que vous ne l'auriez pas vu dernièrement?

Je tendais le portrait-robot de Wendell Jaffe et j'attendais sans beaucoup d'espoir pendant que mon interlocuteur étudiait le personnage.

Mentalement on se grattait le menton.

– Non, pour l'instant je ne pense pas. Non, m'dame. Qu'est-ce qu'il a donc fait? Vous n'allez pas me dire qu'il est dangereux, j'espère.

– En fait, on le recherche pour l'interroger dans le cadre d'une enquête au sujet d'une escroquerie.

– De quoi s'agit-il?

Le questionneur mettait une main en cornet derrière l'oreille. Il me fallait hausser le ton.

– Vous vous souvenez de deux agents immobiliers il y a quelques années de cela, qui possédaient une société, la CSL Investments, et qui avaient tous deux monté...

– Seigneur, j'y suis. Ça oui, bien entendu que je m'en souviens. L'un des deux s'est tué et l'autre est allé en prison.

Et ainsi de suite, indéfiniment, sans que personne ne m'apporte aucun renseignement nouveau.

En face de chez Dana et à environ six maisons de distance,

j'ai eu plus de chance. J'ai frappé à la porte d'une demeure identique à la sienne, même modèle, même façade, gris sombre avec des finitions peintes en blanc. L'homme qui me répondit avait une petite soixantaine, portait des pantalons amples, une chemise de flanelle, des socquettes sombres, et une curieuse paire de besicles. Ses cheveux gris étaient tout ébouriffés et ses yeux bleus m'observaient par-dessus les verres de ses lunettes en demi-lune juchées à mi-hauteur sur son appendice nasal. Quelque chose qui ressemblait à des favoris blancs masquait la partie inférieure de son visage, probablement parce qu'il refusait de se raser plus de deux fois par semaine. Il était étroit d'épaules et paraissait voûté, ce qui lui donnait un air bizarre d'élégance et de décrépitude tout à la fois. Peut-être les chaussures de ville qu'il portait aux pieds étaient-elles un reste de son ancienne profession. Je le voyais bien en représentant de commerce ou en agent de change; en tout cas, c'était quelqu'un qui avait passé sa vie en costume trois-pièces.

– En quoi puis-je vous être utile? dit-il, formulant sa question plus pour la forme que pour me proposer vraiment son aide.

– Je me demande si vous pourriez me rendre un service. Êtes-vous en relation avec Mrs. Jaffe, de l'autre côté de la rue?

– Celle dont le garçon a mal tourné? Oui, nous connaissons la famille, dit-il prudemment. Qu'est-ce qu'il a encore fait? Après tout, il vaut mieux se demander ce qu'il n'a *pas* fait.

– En réalité, c'est à propos de son père.

Il y eut un silence étonné.

– Je pensais qu'il était mort.

– C'est ce que tout le monde pensait jusqu'à ces jours-ci. Maintenant nous avons des raisons de croire qu'il est vivant, et peut-être même qu'il est revenu en Californie. Voici à quoi il ressemble. Mon numéro de téléphone professionnel est noté sur cette feuille. Je vous serais reconnaissante de me téléphoner si vous l'aperceviez dans le quartier.

Je lui tendis le prospectus et il le prit.

– Ça alors, c'est trop fort. Il leur arrive toujours quelque chose à ces gens-là, dit-il.

Je vis son regard aller, en un triangle imaginaire, de la photographie de Wendell, à la maison de Dana de l'autre côté de la rue, puis à mon propre visage.

– Ça ne me regarde probablement pas, mais quel lien y a-t-il entre vous et les Jaffe? Êtes-vous une parente?

– Je suis détective privée et j'enquête pour la compagnie qui a établi la police d'assurance vie de Wendell Jaffe.

– C'est pas vrai? dit-il en redressant sa tête. Entrez donc une seconde. Ça ne m'ennuirait pas d'en savoir davantage.

10

J'ai hésité l'espace d'une seconde et un sourire a plissé son visage.

– N'ayez aucune inquiétude. Je ne suis pas un croquemitaine. Ma femme est là, en train d'arracher les mauvaises herbes dans le jardin. Nous travaillons tous les deux à domicile, chacun dans son domaine. Si quelqu'un a des chances de repérer Mr. Jaffe, c'est bien nous. Comment vous appelez-vous déjà ?

Il recula dans l'entrée, en me faisant signe de le suivre. Je franchis le seuil derrière lui.

– Kinsey Millhone. Désolée. J'aurais dû me présenter. Mon nom est marqué là, tout en bas de la feuille.

Je lui tendis une main qu'il serra.

– Enchanté de faire votre connaissance. Jerry Irwin. Ma femme s'appelle Lena. Elle vous a vue cogner aux portes de l'autre côté de la rue. J'ai un bureau là-derrière. Elle peut nous apporter du café, si ça vous dit.

– Pas pour moi, merci.

– Ça va lui plaire, cette histoire, dit-il. Lena? Hé, Lena!

Nous étions arrivés à son bureau, une petite pièce dont les murs étaient tapissés d'un placage au ton clair sur lequel le fabricant avait imprimé des éraflures et des inégalités pour imiter des panneaux de pin noueux. Une table de travail occupait presque tout l'espace; des étagères métalliques couvraient les murs du sol au plafond.

– Laissez-moi aller la chercher. Prenez un siège, dit-il.

Il sortit dans le couloir et se dirigea vers la porte de derrière.

Je m'assis sur une chaise pliante métallique et parcourus rapidement la pièce du regard pour me faire une idée de ce qu'était Irwin. Ordinateur, écran et clavier. Des tas de disquettes soigneusement rangées. Des boîtes de carton sans couvercle remplies d'illustrations colorées, séparées par des feuilles de carton. Une bibliothèque basse, faite de rayonnages métalliques, à droite du bureau, contenait de nombreux volumes fort épais dont je ne pouvais lire les titres. Je me penchai pour les inspecter de plus près. Le *Manuel général des armoiries*, l'*Armorial de Rietstap*, le *Nouveau Dictionnaire des noms des familles américaines*, le *Dictionnaire des noms de famille*, un *Dictionnaire d'héraldique*. Je pouvais l'entendre beugler dehors dans le jardin; quelques instants plus tard je perçus le bruit d'une conversation tandis qu'ils revenaient tous deux dans le bureau où j'attendais. Je me rassis en essayant de prendre l'attitude d'une femme dépourvue de toute curiosité. Je me levai quand ils entrèrent mais Mrs. Irwin m'obligea à me rasseoir. Son mari jeta mon prospectus sur sa table de travail dont il fit le tour pour se rasseoir sur sa chaise.

Lena Irwin était petite et plutôt grassouillette, habillée pour jardiner en pantalons de toile noire avec une chemise de batiste bleue dont les manches étaient roulées. Elle avait ramassé ses cheveux gris sur le haut de sa tête et des boucles humides s'échappaient de ses divers peignes et barrettes. Des tâches de rousseur éparpillées sur ses larges pommettes donnaient à penser que sa chevelure devait avoir été rousse. Des lunettes de vue aux verres fumés étaient posées sur sa tête en guise de diadème. Elle avait été surprise en train de bêcher et semblait s'être mis au bout des doigts de faux ongles couleur de boue. Sa poignée de main était un peu rugueuse et ses yeux scrutaient mon visage avec intérêt.

– Je suis Lena. Comment allez-vous?

– Bien, merci. Pardon d'interrompre votre jardinage, dis-je.

Elle fit un geste d'insouciance.

– Le jardin ne va pas se sauver. Je suis heureuse de me reposer un peu. Le soleil, là-dehors, est chaud à en mourir. Jerry m'a parlé de cette histoire à propos des Jaffe.

– Wendell Jaffe, en particulier. L'avez-vous connu?

– Nous en avons entendu parler, dit Lena. Nous connaissons assez Mrs. Jaffe pour lui parler, mais nous faisons en sorte de garder nos distances. Perdido est une petite ville et nous avons été surpris d'apprendre qu'elle venait s'installer ici. Elle avait l'habitude de vivre dans un quartier plus chic. Pas luxueux, mais bien mieux qu'ici. Bien entendu, nous avons toujours cru qu'elle était veuve.

– C'est aussi ce qu'elle pensait, dis-je.

Je fis un bref exposé sur l'éventuel changement du statut conjugal de Dana.

– Est-ce que Jerry vous a montré le portrait?

– Oui, mais je n'ai pas eu le temps de l'étudier.

Jerry disposa le prospectus sur son bureau, en alignant la feuille sur le bas de son buvard.

– On a su par les journaux ce qui était arrivé à Brian. C'est incroyable, les bêtises qu'a faites ce garçon. On voit la police par ici chaque fois qu'on sort ou qu'on rentre.

Lena changea de sujet.

– Voulez-vous une tasse de café ou un peu de limonade? Ça ne prendra qu'une minute.

– Non, je vous remercie, dis-je. J'ai encore plein de choses à faire. J'essaie de distribuer ces prospectus pour le cas où Wendell ferait son apparition.

– Eh bien, nous ne manquerons pas d'ouvrir l'œil. L'autoroute n'est pas loin, et des tas de voitures passent par ici, notamment aux heures de pointe, quand les gens cherchent à prendre un raccourci. La bretelle sud se trouve juste à cent mètres dans cette direction. On a une petite allée piétonne tout au bas de la rue, de sorte qu'il y a aussi beaucoup de passage.

Lena ajouta, tout en enlevant la terre tout autour de ses ongles :

– Je tiens la comptabilité d'une petite affaire dans mon bureau, sur le devant de la maison, et je reste assise près de la fenêtre plusieurs heures par jour. Pas grand-chose ne nous échappe, comme vous pouvez l'imaginer. Eh bien, je vais y aller... Je suis heureuse d'avoir fait votre connaissance. Je ferais mieux d'en terminer avec le jardin et de me mettre au travail, puisque je viens d'en parler.

– Je dois vous laisser, à présent, mais sachez que je vous saurais gré de votre aide.

Elle me raccompagna jusqu'à la porte d'entrée; elle avait gardé à la main une copie du prospectus et ma carte de visite.

– J'espère que vous ne m'en voudrez pas de vous poser une question personnelle, mais votre prénom est inhabituel. Vous savez d'où il vient?

– Kinsey était le nom de jeune fille de ma mère. Je suppose qu'elle ne voulait pas le voir se perdre et c'est pourquoi elle me l'a donné.

– Si je vous pose la question, c'est par rapport à ce que Jerry a entrepris depuis qu'il a pris sa retraite anticipée. Il fait des recherches sur les noms et les armoiries familiales.

– C'est ce que j'avais cru comprendre. Mon nom est anglais, je pense.

– Et que sont devenus vos parents? Ils habitent ici à Perdido?

– Décédés tous les deux il y a bien des années dans un accident. Ils vivaient à Santa Teresa. J'avais cinq ans quand ils sont morts.

Elle fit glisser ses lunettes devant ses yeux et m'adressa un long regard par-dessus les demi-lunes de ses verres à double foyer.

– Je me demande si votre mère n'était pas apparentée aux Burton Kinsey qui vivent à Lompoc.

– Non, pour autant que je sache. Je ne me rappelle pas avoir jamais entendu mentionner ce nom.

Elle étudiait mon visage.

– Parce que vous ressemblez follement à une de mes amies qui est née Kinsey. Elle a une fille de votre âge. Combien avez-vous, trente-deux ans?

– Trente-quatre, dis-je, mais je n'ai plus aucune famille. Ma seule parente était une tante du côté de ma mère, et elle est morte il y a dix ans.

– Alors, il n'y a probablement aucun rapport, mais j'avais envie de vous poser la question. Vous devriez demander à Jerry de compulser ses dossiers. Il a plus de six mille noms dans son ordinateur. Il pourrait rechercher votre blason et vous en faire une copie.

– On verra ça quand je reviendrai dans le coin. Ça m'a l'air intéressant.

J'essayais de me représenter le blason de la famille Kinsey brodé sur une bannière royale. Le genre de truc qu'on peut installer près de la collection d'armures anciennes dans la vaste antichambre du château... que je n'avais pas. De quoi impressionner le monde dans les grandes occasions.

– Je dirai à Jerry de faire une recherche, dit-elle d'un air décidé. Ce n'est pas de la généalogie, il ne reconstitue pas l'arbre généalogique. Ce qu'il donne, c'est des renseignements sur l'origine du nom de famille.

– Qu'il ne prenne pas cette peine, dis-je.

– Ça ne l'ennuie pas. Il aime ça. Nous travaillons à Santa Teresa tous les dimanches après-midi. Vous devriez venir nous voir. Nous avons un petit stand près du quai...

– Peut-être bien que j'irai. Et merci de m'avoir consacré tout ce temps.

– Ravie de vous être utile. On va ouvrir l'œil pour vous.

– C'est formidable et n'hésitez pas à m'appeler si vous voyez quoi que ce soit de suspect.

– On n'y manquera pas.

Je lui adressai un rapide geste d'adieu et la porte se referma tandis que je descendais les marches du perron.

Pendant que je distribuais le reste des prospectus des deux côtés de la rue, un grand camion de déménagement rouge appartenant à une entreprise locale s'était arrêté devant la maison de Dana et deux gars costauds s'escrimaient à faire passer par les escaliers un sommier à ressorts. La porte d'entrée était grande ouverte et je les voyais se débattre pour tourner. Michael y mettait du sien, probablement dans le souci d'accélérer l'opération et d'en réduire par conséquent le coût. Une jeune femme que je devinai être Juliet, la femme de Michael, faisait de temps à autre un tour dehors, son bébé sur la hanche. Elle restait sur la pelouse, en short blanc, à bercer son enfant tout en surveillant le travail des déménageurs. Les portes du garage étaient ouvertes; une VW jaune décapotable y était garée, le siège arrière encombré des babioles que personne n'accepte de confier à des déménageurs. Il n'y avait aucune trace de la voiture de Dana et j'en déduisis qu'elle était sortie faire des courses.

Je déverrouillai la porte de ma voiture et me glissai sur le siège du conducteur dont je fis mon poste d'observation. Nul ne semblait me prêter attention; ils étaient trop occupés à charger le mobilier pour cela. Il suffit d'une heure pour remplir le camion de tout ce que le couple emportait. Michael, Juliet et le bébé montèrent dans la VW qui sortit en marche arrière de l'allée. Quand le bahut décolla du trottoir, Michael se mit derrière lui pour le suivre. J'attendis quelques minutes avant de prendre place dans le cortège, en laissant plusieurs voitures entre nous. Michael avait dû prendre un raccourci car je ne tardai pas à perdre sa trace. Heureusement, le camion n'était pas difficile à repérer sur l'autoroute. Nous roulâmes en direction du nord sur la 101, en dépassant deux bretelles de sortie. Le fourgon prit la troisième, tourna à droite, puis à gauche dans Calistoga Street, pour pénétrer dans un quartier de Perdido que l'on appelle les « Boulevards ». Il finit par ralentir et se garer au moment où la VW faisait son apparition en sens inverse.

La maison où ils emménageaient avait l'air d'avoir été construite dans les années vingt; des murs crépis en beige rosé avec une minuscule véranda et un vilain jardinet sur le devant. Le tour des fenêtres était peint d'un rose plus sombre avec une fine bordure bleu azur. J'étais déjà entrée dans une demi-douzaine de maisons de ce genre. L'intérieur ne devait pas faire plus de cent mètres carrés; deux chambres à coucher, une salle de bains, un salon, une cuisine, et une petite buanderie à l'arrière. Il y avait une allée de béton craquelé sur la droite de la maison, un garage pour deux voitures visible à l'arrière, avec ce qui avait l'air d'être une petite chambre au-dessus.

Les déménageurs se sont mis à décharger le camion. S'ils ont remarqué ma présence, ils ne l'ont nullement manifesté. J'ai relevé le numéro de la maison et le nom de la rue avant de repartir chez Dana. Je n'avais aucune raison de lui parler de nouveau, mais j'avais besoin de sa collaboration et j'espérais l'obtenir en établissant entre nous un certain type de relation. Je la repérai juste au moment où elle s'engageait dans son allée. Elle manœuvra pour entrer dans le garage, rassembla quelques paquets avant de sortir de sa voiture. Dès qu'elle m'aperçut, je vis le rouge lui monter aux joues.

Elle claqua la portière et traversa la pelouse dans ma direction. Elle portait des jeans étroits, un vieux tee-shirt et des chaussures de tennis ; ses cheveux étaient retenus en arrière par un foulard de coton bleu et blanc.

– Qu'est-ce que vous faites encore ici ? J'estime que c'est du harcèlement.

– Non, ce n'est pas ça, dis-je. On cherche la piste de Wendell et il est logique qu'on commence par vous.

Sa voix baissa d'un cran et ses yeux étincelèrent de rage et de détermination.

– Je vous appellerai si je le vois. Entre-temps, si vous ne me laissez pas tranquille, je m'en vais prévenir mon avocat.

– Dana, je ne vous veux aucun mal. J'essaie seulement de faire mon métier. Pourquoi ne pas m'aider ? Il vous faudra bien faire face à la question un jour. Dites à Michael ce qui se passe. Dites-le aussi à Brian. Sinon, il faudra que je m'en mêle et que je leur en parle moi-même. On a besoin de vous.

Elle rougit brusquement, des larmes emplirent ses yeux et elle serra les lèvres pour ne pas laisser exploser sa fureur.

– Ne venez pas me dire ce que je dois faire, je peux me débrouiller toute seule.

– Attendez. Est-ce qu'on pourrait en parler à l'intérieur ?

Je la vis jeter un coup d'œil aux maisons de l'autre côté de la rue. Sans un mot, elle fit demi-tour et s'avança vers la porte, en prenant les clefs dans son sac. Je la suivis dans l'entrée et tirai le battant derrière nous

– J'ai du travail.

Elle déposa ses paquets et son sac sur la première marche, puis monta les escaliers qui menaient aux chambres du premier. J'ai hésité et l'ai suivie du regard jusqu'à ce qu'elle disparaisse de mon champ de vision. Elle ne m'avait pas dit de ne pas la suivre. J'escaladai les escaliers quatre à quatre, inspectai le palier jusqu'à trouver la grande chambre vide que Michael et sa femme venaient apparemment de libérer. Il y avait un aspirateur sur le pas de la porte, avec le cordon soigneusement enroulé et les accessoires attachés au manche. D'après moi, Dana l'avait délibérément disposé à cet endroit, en espérant que quelqu'un ferait le ménage après l'enlèvement du mobilier. Personne ne semblait avoir compris le message. Elle se tenait au milieu de la chambre, inspectant les lieux, essayant peut-être d'imaginer par où commencer le nettoyage. J'allai jusqu'au seuil et, appuyée contre le chambranle, je m'efforçai de ne pas troubler la trêve fragile qui s'était instaurée entre nous. Elle me regarda sans la moindre trace de l'hostilité qui avait été la sienne quelques instants plus tôt.

– Avez-vous des enfants?

– Je secouai la tête en signe de dénégation.

– Voilà à quoi ça ressemble quand ils vous quittent, dit-elle.

La pièce était morne et vide. Je remarquai un grand carré de moquette propre là où s'était trouvé le lit. Il y avait des cintres oubliés par terre, et la corbeille à papier était pleine de choses mises au rebut à la dernière minute. Des moutons de cheveux et de poussière s'étaient accumulés au bord de la moquette, près des plinthes. Il y avait un balai appuyé au mur, une pelle à poussière tout à côté, un cendrier sur le rebord de la fenêtre avec de vieux mégots et un paquet de Marlboro vide, tout entortillé, jeté négligemment sur le dessus. Ces jeunes mariés semblaient encore, en matière de décoration en être à l'âge où l'on fixe au mur, avec du ruban adhésif, des posters de rock stars ou de pays lointains. Les rideaux étaient partis. Les vitres de la fenêtre étaient recouvertes d'une fine pellicule grise laissée par la fumée de cigarettes et je supposai qu'elles n'avaient pas été lavées depuis que les « enfants » s'étaient installés. Même de loin, Juliet ne m'avait pas fait l'effet d'être le genre de femme à se mettre à quatre pattes pour récurer quoi que ce fût. C'était le travail de m'man et j'avais dans l'idée que Dana allait s'y atteler pour de bon dès que je l'aurais enfin laissée tranquille.

– Puis-je utiliser la salle de bains? ai-je demandé.

– Faites comme chez vous.

Elle s'empara du balai, attaqua les coins de la pièce, éloigna des murs, à petits coups, la poussière qui s'y était accumulée. Pendant qu'elle éliminait tout ce qui restait de la présence de Michael, je me rendis dans la salle de bains. Le tapis et les serviettes en avaient été enlevés. La porte de l'armoire à pharmacie était entrouverte sur des étagères vides, à part un cercle poisseux de sirop pour la toux sur la plus basse. Les tablettes en verre étaient couvertes de poussière. La pièce résonnait bizarrement en l'absence d'un rideau de douche pour amortir les sons. J'utilisai le dernier bout de papier toilette et me lavai les mains sans savon; je les séchai sur mon jeans faute de serviette. Quelqu'un avait même pris l'ampoule de l'applique.

Je retournai dans la chambre en me demandant si je ne devrais pas me rendre utile. Il n'y avait rien qui ressemblât à un chiffon ou une éponge ou à un quelconque accessoire de nettoyage. Dana traquait la poussière comme si cette activité avait quelque chose de thérapeutique.

– Comment va Brian? Avez-vous pu le voir?

– Il m'a téléphoné hier soir après toutes les formalités d'écrou. Son avocat y est allé, mais je ne sais pas de quoi ils ont parlé au juste. Je suppose qu'il y a eu un problème quelconque quand ils l'ont ramené parce qu'ils l'ont placé dans une cellule d'isolement.

– Vraiment?

Je la regardais frotter le sol, le balai raclant le tapis avec régularité.

– Comment ça a commencé, Dana? Qu'est-ce qui lui est arrivé?

D'abord je crus qu'elle n'avait pas l'intention de répondre. La poussière s'élevait en petits nuages tandis qu'elle l'éloignait du mur. Quand le tour de la pièce fut achevé, elle posa le balai de côté et prit une cigarette. Il lui fallut du temps pour l'allumer tandis que la question restait en suspens entre nous. Elle souriait avec amertume.

– Il a commencé par faire l'école buissonnière. Après la mort de Wendell... disons, la disparition... et quand le scandale a éclaté, c'est Brian qui a réagi le plus violemment. Il fallait se battre avec lui chaque matin pour qu'il aille à l'école. Il avait douze ans et il ne voulait plus du tout y aller. Tout lui était bon. Il prétendait avoir des douleurs d'estomac, des migraines. Il piquait des crises de rage. Il pleurait. Il *suppliait* qu'on le laisse rester à la maison, et moi, qu'est-ce que je pouvais bien faire? Il disait : « M'man, tous les enfants savent ce que papa a fait. Tout le monde lui en veut et ils me détestent tous moi aussi. » J'arrêtais pas d'essayer de lui faire comprendre que si l'on reprochait des choses à son papa ça n'avait rien à voir avec lui, que c'était complètement en dehors de lui et qu'il n'y avait aucun rapport, mais je n'arrivais pas à le lui faire admettre. Il n'a jamais voulu le croire même un instant. Et, honnêtement, les enfants semblaient effectivement le harceler. Il n'a pas tardé à avoir d'horribles bagarres, à sécher les cours. Vandalisme, petits vols. C'était un cauchemar.

Elle tapota sa cigarette sur le bord du cendrier déjà plein et fit tomber un centimètre de cendres dans une minuscule fente entre des mégots.

– Et avec Michael?

– Il était tout le contraire. Parfois je me dis que Michael se servait de l'école pour se cacher la vérité. Brian était hypersensible tandis que Michael, lui, s'arrangeait pour se blinder. Nous avons parlé avec des psychologues scolaires, des professeurs. Je ne sais même pas combien d'assistantes sociales nous avons vues. Tout le monde avait une théorie, mais rien ne paraissait marcher. Je n'avais pas assez d'argent pour un bon psychanalyste. Brian était si *brillant* et il paraissait tellement capable. Ça me brisait tout bonnement le cœur. Bien entendu, à de nombreux égards, Wendell aussi avait été comme ça. En tout cas, je ne voulais pas que les garçons croient qu'il s'était tué. Il n'aurait jamais fait ça. Notre mariage avait été une réussite. Leur père les adorait, il était très dévoué à sa famille. Vous pouvez interroger n'importe qui. J'étais certaine qu'il ne nous aurait jamais fait volontairement du mal. J'ai toujours cru que c'était Carl Eckert qui avait truqué les comptes. Peut-être que Wendell n'avait pas pu faire face à la situation. Je ne dis pas qu'il n'avait pas ses faiblesses. Il n'était pas parfait, mais il faisait de son mieux...

Je la laissai dire, n'ayant pas envie de contester sa version des faits. Je me rendais bien compte qu'elle cherchait à retoucher l'histoire de la famille. Il est toujours plus facile de mettre en scène les morts. On peut leur attribuer des attitudes ou des motivations sans crainte d'être contredit.

– J'ai cru comprendre que les garçons sont différents à plus d'un égard, dis-je.

– Ça oui. Évidemment, Michael est le plus stable; en partie parce qu'il est l'aîné et se sent chargé de nous protéger. Dieu merci, il a toujours été un gosse conscient de ses responsabilités. C'est la seule personne sur qui j'ai pu m'appuyer après que Wendell... après ce qui est arrivé à Wendell. Surtout avec Brian qui était tout à fait indomptable. Si Michael a un défaut, c'est d'être trop sérieux. Il passe son temps à essayer de faire ce qu'il faut. Son mariage avec Juliet le montre bien. Il n'était pas obligé de l'épouser.

Je m'abstins de réagir, de manifester quoi que ce fût, parce que je me rendais compte qu'elle était en train de me fournir un élément essentiel de la situation. Elle présumait que j'étais déjà au courant des faits. Apparemment, Juliet était enceinte quand Michael l'avait épousée. Elle poursuivit, autant pour elle-même que pour moi :

– Dieu sait qu'elle ne l'y a pas obligé. Elle voulait avoir le bébé et elle avait besoin d'une aide matérielle, mais ce n'est pas comme si elle avait insisté pour légaliser les choses. C'est Michael qui a eu l'idée. Je ne suis pas persuadée que c'était une bonne idée, mais ça va bien entre eux.

– Est-ce que ça vous a pesé de les avoir ici?

Elle secoua la tête.

– D'une manière générale, ça m'a fait plaisir. Juliet me portait sur les nerfs de temps à autre, mais surtout parce qu'elle est si peu coopérative. Il faut qu'elle fasse les choses à sa manière. Elle a son mot à dire sur tout. A dix-huit ans, vous imaginez. Je sais bien que c'est à cause d'un sentiment d'insécurité, mais ça n'en est pas moins agaçant. Elle ne peut pas supporter que je l'aide et n'accepte aucun conseil. Elle n'a pas la moindre notion de la maternité. A vrai dire, elle est folle de son bébé mais elle le traite comme un jouet. Il faudrait que vous la voyiez lui donner son bain. Il y a de quoi avoir une attaque. Elle le laisse étendu sur la table à langer pendant qu'elle va chercher les couches. C'est un miracle qu'il n'ait pas roulé par terre une douzaine de fois.

– Et Brian? Est-ce qu'il vit ici, lui aussi?

– Lui et Michael partageaient un appartement avant le dernier incident. Une fois que Brian a été condamné et qu'il a commencé à purger sa peine, Michael n'a plus eu les moyens de garder le logement. Il ne gagnait pas grand-chose et, avec Juliet à nourrir, il ne pouvait plus s'en sortir. Elle a insisté pour rester à la maison depuis qu'il l'a épousée.

La manière dont elle recourait soigneusement à des euphémismes ne m'échappait pas. Il n'était nullement question d'une grossesse involontaire ni d'un mariage précipité avec des problèmes d'argent à la clef. Il n'y avait plus d'évasion ni de cavale sanglante. Ce n'était que des épisodes, des péripéties, les effets d'inexplicables hasards dont ses enfants ne semblaient aucunement responsables.

Elle parut lire dans mes pensées et changea rapidement de sujet. Elle alla dans le couloir, attrapa l'aspirateur, le traîna bruyamment derrière elle sur ses roulettes grinçantes. Elle avisa la prise électrique la plus proche et libéra assez de cordon pour aller y brancher l'appareil.

– Peut-être est-ce ma faute si Brian a connu tant d'épreuves. Dieu sait à quel point c'est difficile d'être seule pour élever des enfants; c'est la tâche la plus difficile que j'aie jamais eue à affronter. Quand vous êtes sans le sou par-dessus le marché, il n'y a *aucun* moyen de s'en sortir. Brian aurait dû bénéficier des meilleurs soins. Au lieu de ça, il n'a rien eu en fait d'aide psychologique. Ses problèmes s'en sont trouvés multipliés d'autant, ce dont il n'est vraiment pas responsable.

– Allez-vous les préparer à me voir? Ce n'est pas par plaisir que je m'en mêle, mais il va falloir que j'aie une conversation avec Brian.

– Pourquoi? A quoi bon? Si Wendell réapparaît, ça n'a rien à voir avec *lui*.

– Peut-être que oui, peut-être que non. Tous les journaux ont parlé de la fusillade de Mexicali. Je sais que Wendell a lu les articles, là-bas, à Viento Negro. Il est raisonnable de penser que ces événements l'ont poussé à revenir.

– Ce n'est pas un fait établi.

– Non, mais je pense que c'est vrai. Vous ne croyez pas que Brian doit être mis au courant de ce qui se passe? Vous ne voudriez pas qu'il fasse une nouvelle bêtise?

Elle sembla accuser le coup. Je la voyais envisager cette possibilité. Elle changea d'accessoire et mit une rallonge tubulaire avant de remettre l'appareil en marche.

– Et pourquoi pas, après tout? Les choses ne peuvent pas aller plus mal. Pauvre enfant, dit-elle.

Je me dis qu'il valait mieux ne pas mentionner qu'il jouerait seulement le rôle de l'appât dans le piège.

Dans le bureau, à l'étage du dessous, le téléphone sonna. Dana continuait à décrire les malheurs de Brian, mais je me surpris à écouter le message qu'elle avait enregistré et qui montait jusqu'à nous. Tout de suite après le bip sonore, on entendit la voix d'une cliente en quête d'un conseil nuptial. « Hello, Dana. C'est Ruth. Écoutez, mon chou, Bethany a un petit problème avec ce traiteur que vous avez recommandé. On lui a demandé à deux reprises de nous donner par écrit le détail du prix par personne pour la nourriture et la boisson, en vue de la réception, et apparemment nous ne parvenons pas à obtenir une réponse. Nous nous demandons si vous ne pourriez pas lui passer un coup de fil et l'asticoter un peu pour qu'il nous réponde. Je suis chez moi toute la matinée et vous pouvez me rappeler, d'accord? Merci d'avance. A tout à l'heure, ma belle. Au revoir. »

Je me demandai, en passant, si Dana parlait jamais à ces futures épouses des problèmes qu'elles auraient à affronter après les noces; l'ennui, la prise de poids, l'irresponsabilité, l'incompatibilité sexuelle, les dépenses du ménage, les vacances en famille, et les disputes à propos de qui devait ramasser les chaussettes sales. C'était peut-être mon cynisme foncier qui revenait à la surface, mais par comparaison avec les conflits que suscite le mariage, il me semblait que le prix du buffet par invité, lors de la réception, était une question bien dérisoire.

– ... il aime vraiment aider les autres, il est plein de générosité et de bonne volonté. Charmeur et drôle. Il a un Q.I. très élevé.

Elle parlait de Brian, l'adolescent accusé d'assassinat. Seule une mère était capable de trouver « charmeur et drôle » un gosse qui s'était récemment évadé de prison pour se lancer dans une cavale meurtrière. Elle me regardait avec l'air d'attendre quelque chose.

– Il faut que je finisse de nettoyer cette chambre. Avez-vous d'autres questions à me poser avant que je passe l'aspirateur?

Sur le moment, je n'en avais aucune en tête.

– Ça suffira pour aujourd'hui.

Elle appuya sur le bouton et l'aspirateur se mit à pousser un hurlement strident qui noya toute possibilité de conversation. Je franchis la porte d'entrée, poursuivie par le vrombissement de l'appareil.

11

Ma montre indiquait qu'il était près de midi. J'ai pris la route pour la prison du comté de Perdido.

Le centre administratif du comté a été construit en 1978 ; c'est une masse rampante de béton pâle qui abrite les services de la police judiciaire, ceux de l'administration publique et le palais de justice. J'ai garé ma voiture dans l'un des emplacements mis à la disposition du public sur la vaste plage d'asphalte qui entoure le complexe architectural. J'ai emprunté l'entrée principale en poussant les portes vitrées qui s'ouvrent sur le hall du rez-de-chaussée. Le guichet principal de la prison, réservé au public, est situé au fond d'un petit couloir. Au même niveau, il y a les bureaux du shérif, les archives et le service des permis, aucun d'entre eux ne m'intéressant pour l'instant.

J'ai décliné mon identité auprès du fonctionnaire en civil et, après la petite attente de rigueur, il m'a adressée au bureau du surveillant chef, où je me suis présentée. J'ai montré mes papiers d'identité, et notamment mon permis de conduire et ma licence de détective. On m'a fait attendre un court instant pendant qu'un deuxième employé décrochait le téléphone et vérifiait si le directeur de la prison était là. En entendant prononcer son nom, je sus que la chance était enfin de mon côté. J'étais allée au lycée avec Tommy Ryckman. Il avait deux ans de plus que moi, mais nous avions fait les quatre cents coups ensemble, à une époque où l'on en avait encore la possibilité sans risquer d'attraper la mort. Je n'étais pas certaine qu'il se souviendrait de moi, mais ce fut apparemment le cas. Le sergent Ryckman accepta de me recevoir dès que j'aurais rempli toutes les formalités d'admission. On m'accompagna dans le couloir jusqu'à son petit bureau.

Comme j'entrais, il se leva de son fauteuil pivotant, dépliant une hauteur impressionnante de près de deux mètres, le visage éclairé d'un large sourire.

– Eh bien alors, ça fait un sacré bout de temps. Comment diable vas-tu?

– Ça va magnifiquement bien, Tommy. Et toi?

Nous échangeâmes une poignée de main par-dessus le bureau, avec les effusions d'usage; chacun de nous résuma brièvement ce qui lui était arrivé pendant toutes ces années où nous ne nous étions pas vus. Il avait maintenant une bonne trentaine d'années, le menton rasé de près et des cheveux bruns brillants séparés par une raie. Il se dégarnissait légèrement et l'on voyait des sortes de rayures sur son crâne comme s'il s'était peigné avec une fourchette. Il portait des lunettes à monture métallique, et on avait l'impression que ses joues devaient dégager la bonne odeur citronnée d'une lotion après-rasage. Son uniforme kaki était amidonné et fraîchement repassé; son pantalon semblait avoir été taillé sur mesure. Il avait de longs bras et de grandes mains – avec une alliance, bien entendu.

Il m'avança une chaise et retourna à son siège. Même assis, il avait la carrure d'un joueur de basket; ses genoux de sauterelle dépassaient du bord du bureau. Ses chaussures noires devaient être du 46. Il parlait toujours avec la même pointe d'accent du Midwest, du Wisconsin peut-être, et je me rappelais qu'il était arrivé au lycée de Santa Teresa en plein milieu de l'année scolaire. Sur son bureau, il y avait une photo, visiblement l'œuvre d'un professionnel: une femme à l'allure d'épouse et trois enfants d'âge moyen, deux garçons et une fille, tous avec des cheveux bruns brillants nettement plaqués sur le crâne à l'aide d'un peu d'eau, tous pourvus de lunettes avec des montures en plastique transparent. Deux des enfants étaient à l'âge où l'on a encore des dents de lapin.

– T'es là pour Brian Jaffe?

– Plus ou moins, ai-je répondu. En fait, ce qui m'intéresse surtout, c'est de retrouver son père.

– C'est bien ce que j'ai compris. L'inspecteur Whiteside m'a dit ce qui se passait.

– Est-ce que tu connais bien l'affaire? On m'en a un peu parlé mais pas sérieusement.

– Un de mes copains travaillait avec l'inspecteur Brown, et il m'a tenu au courant, expliqua-t-il. J'en sais à peu près autant que tout le monde ici. Des tas de gens, en ville, ont été lessivés par la CSL. La plupart d'entre eux y ont perdu jusqu'à leur chemise. Parfois je me dis que cette arnaque est digne de figurer dans les manuels d'enseignement. Mon copain a été transféré ailleurs depuis, mais c'est à Harris Brown que tu devrais parler si l'on n'arrive pas à te donner tous les renseignements que tu veux.

– J'ai essayé de me mettre en rapport avec lui mais on m'a dit qu'il avait pris sa retraite.

– C'est vrai, mais je suis sûr qu'il sera tout disposé à t'aider autant qu'il le pourra. A-t-on appris au gosse qu'il a encore une chance de voir son père en vie?

Je secouai la tête.

– Je viens de parler à sa mère et elle ne lui a encore rien dit. Si j'ai bien compris, il vient juste d'arriver à Perdido.

– C'est exact. Pendant le week-end, on a envoyé deux adjoints à Mexicali, là où le gosse avait été arrêté. Ils l'ont ramené en voiture pour l'incarcérer ici. Il a été écroué la nuit dernière.

– Il est possible de le voir?

– Pas aujourd'hui, non. C'est l'heure du déjeuner pour les détenus; tout de suite après, il doit passer un examen médical. Tu peux essayer demain ou le jour suivant, s'il n'y voit pas d'inconvénient.

– Comment est-ce qu'il s'y est pris pour s'évader de Connaught?

Ryckman s'agita, mal à l'aise, en évitant de me regarder dans les yeux.

– Il n'est pas question d'en parler, dit-il. Si l'on donne la moindre information, on la retrouve imprimée dans le journal du lendemain et tout le monde est au courant. Disons que les détenus ont découvert une petite anomalie dans le système et qu'ils en ont profité. Ça n'arrivera plus jamais, je peux te l'assurer.

– Sera-t-il jugé comme un adulte?

Tommy Ryckman s'étira en levant les bras au-dessus de sa tête.

– Faut demander ça au procureur; mais, à titre personnel, c'est certainement ce que je préférerais. Ce gosse est un pervers. D'abord, on pense que c'est lui qui a mijoté le projet d'évasion mais, au point où nous en sommes, il n'y aura plus personne pour contredire sa version des faits. Deux des gars sont morts et le troisième est dans un état critique. Il va soutenir qu'il était leur victime innocente. Tu sais bien comment ça se passe. Ces gosses n'assument jamais leurs responsabilités. Sa mère lui a déjà obtenu un avocat très coûteux, quelqu'un qui vient de Los Angeles.

– Probablement grâce à l'argent de l'assurance vie de son père, dis-je. J'aimerais bien que Wendell se manifeste discrètement. Je n'arrive pas à croire qu'il en prendra le risque mais cela viendrait étayer mes intuitions.

– Bon, mais maintenant, laisse-moi t'avertir du problème que tu vas rencontrer. Dans une affaire comme celle-ci, qui fait beaucoup de bruit, le tribunal va probablement se réunir à huis clos et observer des règles de sécurité très strictes. T'imagines bien comment ça se passe. L'avocat du gosse va exiger avec fougue que son client passe devant le juge des mineurs. Il voudra un rapport du responsable des libertés surveillées. Il voudra qu'on lui soumette les résultats de l'enquête avec toutes les preuves possibles. Il va faire un raffut du tonnerre pour obtenir que son client ait droit à la protection accordée par la loi aux mineurs.

– Je ne pense pas qu'il y ait moyen, pour moi, d'avoir accès à son dossier? dis-je, sans hésiter à enfoncer une porte ouverte car il arrive parfois qu'un flic vous réserve une surprise.

Le sergent Ryckman croisa ses mains au-dessus de son crâne, en me souriant avec une espèce d'indulgence fraternelle.

– On ne fera pas ça à la légère. T'as toujours la possibilité de chercher du côté de la presse. Les journalistes peuvent probablement t'obtenir tout ce que tu veux. Va savoir comment ils s'y prennent, en tout cas ils ont leurs moyens à eux.

Il se pencha en avant sur sa chaise et poursuivit :

– J'étais sur le point d'aller déjeuner. Tu veux m'accompagner à la cafétéria ?

– Oui, avec plaisir, ai-je dit.

Quand il se redressa, je découvris à quel point il avait grandi depuis la dernière fois que je l'avais vu, même si, à cette époque, il mesurait déjà plus d'un mètre quatre-vingt-dix. A présent, il avait les épaules un peu voûtées et semblait tenir la tête légèrement penchée, pour éviter peut-être de se cogner stupidement au chambranle des portes quand il entrait ou sortait d'une pièce. J'aurais volontiers parié que sa femme ne mesurait pas plus d'un mètre soixante et qu'elle passait sa vie à regarder la boucle du ceinturon de son mari. Sur une piste de danse, ils devaient probablement avoir l'air, tous les deux, de se livrer à quelque obscénité.

– Si tu n'y vois pas d'inconvénient, il faut que je m'occupe de quelques petites choses en chemin.

– Aucune importance, dis-je.

Je le suivis dans le labyrinthe de corridors qui relient les différents bureaux et services, en passant par une succession de postes de contrôle qui ressemblaient aux sas d'un vaisseau spatial. Des caméras vidéo balayaient chaque couloir, et je savais que le shérif adjoint chargé de la sécurité nous observait en permanence. Les odeurs changeaient subtilement d'un endroit à l'autre. Nourriture, teinturerie, produits chimiques brûlés comme si quelqu'un avait mis le feu à du plastique, à des couvertures moisies, à de la cire à parquet, à des pneus. Le sergent Ryckman régla une ou deux questions administratives apparemment d'ordre mineur, dans un jargon bureaucratique. Il y avait un nombre étonnamment élevé de femmes qui travaillaient là – de tous âges, de toutes tailles, généralement vêtues de jeans ou de pantalons en polyester. Une agréable ambiance de camaraderie régnait parmi les gens que j'observais, avec plein de sonneries téléphoniques et des tas d'allées et venues entre les bureaux.

Finalement, Tommy nous fit entrer dans la petite cafétéria réservée au personnel. Le menu, ce jour-là, annonçait des lasagnes, des croque-monsieur, des frites et du maïs. Pas tout à fait assez de matières grasses et d'hydrates de carbone pour mon goût, mais c'était à la limite. Il y avait aussi un comptoir à salades avec des bols en inox remplis de feuilles de laitue croquante, de carottes rapées, de rondelles de poivrons verts et d'oignons. Comme boisson, on avait le choix entre du jus d'orange, de la limonade, ou du lait. Le menu des prisonniers figurait sur un tableau au-dessus de la table chauffante : soupe de haricots, croque-monsieur, frites, et l'inévitable maïs. Contrairement à ce qui se passait à la prison de Santa Teresa où les repas étaient servis comme dans une cafétéria classique, la nourriture ici était préparée et distribuée par des détenus sur des plateaux qui étaient à leur tour chargés sur d'énormes chariots chauffants en inox. J'en avais vu plusieurs, d'une taille impressionnante, rouler jusqu'aux monte-charge pour atteindre les deuxième et troisième étages où se trouvaient les cellules.

Ryckman avait toujours l'appétit indiscipliné d'un adolescent. Je le vis empiler dans son plateau une portion de lasagnes de la taille d'une brique, deux croque-monsieur, un monceau de frites et de maïs, puis un gros tas de salade arrosé d'une louche de sauce. Il avait même réussi à caser deux cartons de lait demi-écrémé dans les interstices restés libres. J'ai pris sa suite dans la queue et attrapé des couverts en plastique dans une boîte. J'optai pour un croque-monsieur et une modeste portion de frites; j'étais plus affamée que je ne l'aurais cru possible, compte tenu du caractère institutionnel de l'endroit et du menu. Nous avons déniché une table d'angle libre et déchargé nos plateaux.

– Est-ce que tu travaillais à Perdido quand Wendell a fondé la CSL? ai-je demandé.

– Un peu, oui, dit Ryckman. Bien entendu j'ai jamais personnellement investi dans des affaires comme celle-là. Mon père m'avait toujours dit que je serais plus en sécurité en planquant mon argent dans une boîte à café. C'est une mentalité hérité de la Grande Dépression mais le conseil n'est pas mauvais. En fait, vaudrait mieux espérer que Jaffe ne se montre pas. Je connais un ou deux shérifs adjoints qui ont perdu de l'argent dans l'affaire. Attends un peu qu'il se pointe, et on va avoir tout un escadron de citoyens en colère pour lui voler dans les plumes.

– Pour quoi faire? ai-je demandé. Je ne comprends pas ce que ces gens espèrent obtenir.

Il versa une bonne giclée de ketchup sur ses frites et me tendit le flacon. Je pouvais constater que nous partagions la même ferveur pour ce genre de mauvaise nourriture.

Ryckman mangeait goulûment, en concentrant son attention sur son assiette, tandis que la montagne de nourriture diminuait.

– Dans notre système, tout repose sur la confiance – chèques, cartes de crédit, contrats de toutes sortes. Les escrocs ne ressentent aucune obligation morale de respecter leurs engagements. Ils opèrent selon une trajectoire qui va de la simple irresponsabilité en matière financière au mensonge, à la tromperie et à l'escroquerie. On voit ça tout le temps. Banquiers, promoteurs immobiliers, agents de change... tous ceux qui ont à manipuler d'énormes sommes. Au bout d'un certain temps, on dirait qu'ils ne peuvent pas s'empêcher d'y toucher.

– Trop tentant, ai-je remarqué.

Je me suis essuyé les mains sur une serviette en papier, sans savoir si la graisse provenait du croque-monsieur ou du tas de frites. L'un et l'autre étaient divins pour quelqu'un qui, comme moi, possède un si petit appétit.

– C'est pire que ça. D'après ce que je sais, ces gars-là ne sont pas seulement avides de dollars. L'argent n'est pour eux qu'un moyen de marquer des points, comme ils disent. Si on les observe bien quand ils opèrent, on découvre très vite qu'ils ont tout simplement le goût du jeu. C'est la même chose avec les hommes politiques. Ce sont des drogués du pouvoir. Nous autres, simples mortels, nous ne sommes que le carburant dont ils ont besoin pour faire tourner leur ego.

– Je suis étonnée que des individus chargés de faire appliquer la loi soient tombés dans le panneau tendu par Wendell. Vous autres, vous devriez être avertis. Vous avez suffisamment d'exemples sous les yeux.

Il secoua la tête en mâchant une bouchée de croque-monsieur.

– On a toujours l'espoir de réussir un grand coup, de gagner quelque chose sans s'être donné de mal, et je suppose que personne n'est à l'abri de ça.

– J'ai eu une conversation avec l'ancien associé de Jaffe, hier soir, ai-je dit. Il a l'air de s'en sortir drôlement bien.

– Il n'en a pas que l'air. Il s'est remis dans les affaires, et on ne peut pas l'en empêcher, hein? Tout le monde dans le coin sait qu'il est allé en prison. A peine en sort-il qu'ils sont prêts à lui confier de nouveau leur argent. Si on a tellement de mal à poursuivre les gens dans des cas comme ça, c'est que les victimes ne veulent pas admettre qu'elles ont été trompées. Toutes deviennent dépendantes de l'escroc qui les a dupées. Une fois qu'il leur a soutiré leur fric, elles *ont besoin* qu'il réussisse pour récupérer leur avoir. Mais, bien entendu, l'arnaqueur a toujours une bonne excuse de dernière minute pour éviter de rembourser tout de suite et gagner du temps. Une affaire comme celle-là, c'est un vrai casse-tête. La plupart du temps, le procureur ne peut même pas obtenir des preuves formelles.

– Je ne comprends toujours pas comment des gens intelligents se laissent embringuer dans ce genre de truc.

– Si on fouille un peu dans le passé du type, on peut probablement voir que cela devait arriver. Tu sais, notre vieux Wendell a un diplôme de droit, mais il n'a jamais passé l'examen d'admission au barreau.

– Ah bon? C'est intéressant.

– Ouais, à peine sorti de l'université, il a eu des ennuis et il a fini par tout laisser tomber. C'est un type intelligent et bien éduqué, mais il a de sales penchants qui se sont manifestés dès cette époque.

– Quel genre de penchants?

– Une prostituée est morte à la suite de sévices sexuels. Jaffe était le client; il a plaidé l'homicide par imprudence et on l'a mis en liberté surveillée. L'affaire a été étouffée, bien entendu, mais c'était une sale histoire. Pas moyen d'exercer une profession juridique avec un passé pareil. Perdido est une trop petite ville.

– Il aurait pu aller ailleurs.

– Il ne semble pas y avoir pensé.

– C'est bizarre, en tout cas. Je n'aurais pas pensé que c'était un violent. Comment est-il passé de l'homicide par imprudence à l'escroquerie?

– Wendell a plus d'un tour dans son sac. C'était pas le genre de type à vivre dans une maison de quatre cents mètres carrés avec piscine et court de tennis. Il avait acheté un joli pavillon avec trois chambres dans un bon quartier pour la classe moyenne. Lui et sa femme conduisaient des voitures américaines toutes simples, pas du tout des modèles dernier cri. La sienne avait six ans. Ses deux fils allaient dans des écoles publiques. D'ordinaire, ces gens-là ont tendance à faire des dépenses ostentatoires, mais ce n'était pas le cas de Wendell. Pas de vêtements chics. Lui et Danna ne voyageaient pas beaucoup ; ils ne recevaient pas somptueusement. D'après ses commanditaires – et c'était quelque chose qu'il s'empressait de leur jurer –, tout ce qu'il gagnait était aussitôt réinvesti dans l'affaire.

– Alors, où était le truc ? Comment ont-ils commencé ?

– Eh bien, j'ai fait une petite recherche quand j'ai appris que tu allais venir. D'après ce que j'ai compris, c'était plutôt honnête. Lui et Eckert avaient environ deux cent cinquante investisseurs, dont certains avaient mis entre vingt-cinq et cinquante mille dollars. La CLS retenait des honoraires et des redevances sur le tout.

– Sur la base d'un prospectus ?

– C'est exact. Jaffe avait commencé par racheter une société moribonde et la rebaptiser CSL Inc.

– Quel genre de société ?

– Une société anonyme d'investissement. Puis il a défrayé la chronique en faisant l'acquisition d'un ensemble immobilier pour cent deux millions de dollars et en annonçant qu'il l'avait revendu six mois plus tard pour cent quatre-vingt-neuf millions. La vérité, c'est que l'affaire n'a pas abouti, mais cela, le public ne l'a jamais su. Wendell montrait à ses actionnaires un bilan impressionnant à voir, avec des actifs qui dépassaient de vingt-cinq millions de dollars le passif – mais sans la garantie d'aucun expert-comptable. Après ça, c'était du gâteau. Ils achetaient des biens immobiliers et affichaient sur le papier un bénéfice en les revendant à une autre de leurs sociétés bidons après en avoir gonflé la valeur.

– Seigneur Jésus !

– C'est ce qu'on appelle de la cavalerie. Certaines des personnes qui avaient participé aux opérations dès le début y ont fait leur beurre. Des revenus de vingt-huit pour cent du capital initialement investi. Il n'était pas rare de les voir remettre ça et doubler leur mise de départ, parier tout leur argent sur les prouesses financières de la CSL. Qui aurait pu résister? Jaffe paraissait honnête, bien informé, travailleur, sincère, conservateur. Il n'y avait rien d'extravagant chez lui. Il payait de bons salaires à ses employés et les traitait convenablement. Il semblait heureux en ménage, attaché à sa famille. C'était plutôt un bourreau de travail, mais il s'arrangeait pour prendre des vacances de temps à autre; deux semaines en mai pour sa partie de pêche annuelle, deux autres en août pour emmener camper la famille.

– Seigneur, t'en sais des choses, vraiment. Et Carl? Qu'est-ce qu'il faisait là-dedans?

– Wendell tenait le devant de la scène. Carl faisait tout le reste. Le talent de Wendell résidait dans cette manière qu'il avait de faire le boniment, avec la sincérité discrète qui vous pousse à donner votre tête à couper ou à sortir votre portefeuille pour confier à quelqu'un tout ce que vous possédez. Tous deux, ils ont mis sur pied diverses sociétés immobilières. Ils annonçaient aux actionnaires que leur argent allait être déposé sur un compte séparé, consacré exclusivement à un projet précis. Dans la réalité, les capitaux des divers projets étaient confondus et certaines des sommes destinées à un nouveau projet servaient à compléter le financement des précédents.

– Et puis le pot aux roses a été découvert.

Le sergent Ryckman feignit de recevoir une claque et pointa un doigt sur moi.

– Tu y es. Brusquement la CSL a eu du mal à trouver de nouveaux investisseurs. Un beau jour, Jaffe a dû comprendre que son château de cartes était en train de s'écrouler. On lui avait également annoncé un contrôle fiscal, d'après ce qu'on m'a dit. C'est à ce moment-là qu'il a pris la poudre d'escampette. Si tu veux mon avis, ce gars était si convaincant qu'un tas de gens ont continué à croire en lui, même après avoir constaté que les actionnaires y avaient laissé leurs chemises; pour eux, il devait exister une façon de justifier la disparition des fonds, et c'est là que Carl Eckert s'est vraiment fait avoir.

– Comment se fait-il qu'il ne se soit pas aperçu de ce qui se passait?

– Si tu veux mon avis, il savait tout. Il n'a cessé de prétendre qu'il n'avait aucune idée des agissements de Wendell ; mais c'était Eckert en personne qui jouait le rôle de l'exécutant. Il devait bien être au courant Bon Dieu, il ne pouvait pas ne pas savoir. S'il a pu clamer son innocence, c'est qu'il n'y avait plus personne pour le contredire.

– Exactement ce que le fils Jaffe cherche à faire en ce moment, ai-je dit.

– Dans ce genre de situation, il est toujours utile que vos complices soient morts, constata le sergent Ryckman en souriant.

Il était treize heures quinze lorsque j'ai traversé en zigzag le parking plein à craquer pour retrouver ma voiture. Après avoir quitté le centre administratif, j'ai tourné à gauche et repris la direction de la 101, en m'arrangeant pour me faire bloquer par tous les feux rouges que je rencontrai jusqu'à l'autoroute. A chaque arrêt, ça m'amusait de voir les conductrices profiter de ce répit pour vérifier leur maquillage et faire bouffer leurs cheveux. J'ai ajusté mon rétroviseur pour jeter un coup d'œil rapide à l'état de ma propre tignasse. J'étais presque certaine que la petite touffe en épi près de mon oreille gauche avait quelque peu poussé.

Presque par inadvertance, j'ai lancé un regard à la voiture qui me suivait. Un jet rapide d'adrénaline m'a envahie, comme si j'avais été effleurée par un fil électrique chauffé à blanc. Renata était au volant, le front légèrement froncé, toute concentrée sur son téléphone portatif. Elle était seule dans la voiture, qui n'avait pas l'air d'être un véhicule de location, sauf si, bien entendu, Avis et Hertz avaient pris l'habitude de mettre des Jaguar dans la rubrique « grand luxe » de leur catalogue. Le feu vira au vert et je démarrai avec Renata derrière moi qui roulait à la même vitesse. Je me trouvais dans la file de gauche sur une route à deux voies. Elle obliqua pour se placer dans la file de droite et donna un coup d'accélérateur en me dépassant.

Je vis son clignotant arrière droit s'allumer. Je me faufilai derrière elle en essayant de deviner ce qu'elle avait l'intention de faire. Un vaste centre commercial avait surgi à notre droite. Je la vis s'y diriger mais, avant que j'en fasse autant, quelqu'un vint me couper la route. Je freinai brusquement pour éviter l'autre conducteur pendant que je parcourais du regard le parking. Renata s'était engouffrée dans la deuxième allée, qui paraissait longer tout le bâtiment. J'ai pris l'entrée avec une bonne minute de retard sur elle et j'ai traversé le parking sur une allée parallèle en sautant sur les ralentisseurs comme un skieur sur des bosses. Je pensais qu'elle allait se garer, mais elle a poursuivi son chemin. Il y avait deux rangées de voitures entre nous et pendant le seul instant où je pus l'apercevoir nettement, elle était toujours au téléphone. Quelle qu'ait été la nature de sa conversation, elle devait avoir changé d'avis et renoncé à faire ses courses. Je la vis s'incliner sur la droite, apparemment pour remettre en place le combiné. Après ça, je l'aperçus qui s'engageait vers une sortie pour tourner à gauche et se faufiler de nouveau dans le flot des voitures. J'ai pris au plus court, en sortant, pour me retrouver sur la même file qu'elle. Seulement deux voitures en arrière. Je ne pensais pas qu'elle m'avait remarquée et je n'étais pas sûre qu'elle m'eût reconnue dans un décor si différent de celui où elle m'avait vue la dernière fois.

Elle prit la direction de l'autoroute 101, en augmentant sa vitesse pour gagner la rampe d'accès. Le conducteur devant moi se mit à ralentir. Je suppliai entre mes dents : « Avance, mais avance donc. » C'était un individu âgé et prudent, qui se déporta à gauche pour tourner à droite dans la station d'essence qui faisait le coin. Pendant le temps qu'il me fallut pour le contourner et atteindre la bretelle de l'autoroute, la Jaguar de Renata avait disparu parmi les voitures lancées à vive allure vers le nord. Elle appartenait à ce genre de conductrices qui ne ratent pas une occasion de se précipiter dans toutes les brèches à leur portée et apparemment, en louvoyant entre les voitures, elle m'avait échappé. Pendant une quarantaine de kilomètres, j'ai continué à conduire en la cherchant du regard, mais elle était partie, partie, partie. Je me suis aperçue, un peu tardivement, que j'avais omis de relever le numéro de sa plaque d'immatriculation. La seule chose qui me réconfortait, c'était une idée toute simple : si Renata se trouvait dans le coin, Wendell Jaffe n'était probablement pas loin non plus.

12

De retour à Santa Teresa, je me suis rendue directement au bureau, où j'ai sorti ma Smith-Corona portative et dactylographié mes notes; j'ai mis noir sur blanc tout ce qui s'était passé depuis deux jours ainsi que les noms, adresses et autres renseignements divers que j'avais glanés. Puis j'ai évalué le temps écoulé, ajouté ma consommation d'essence et le kilométrage parcouru. J'allais probablement facturer mon enquête à la CF sur la base de cinquante dollars de l'heure, mais je voulais avoir un décompte détaillé tout prêt, au cas où Gordon Titus se montrerait chicaneur et autoritaire. Tout au fond de moi, je savais qu'en accordant tant d'attention à cette paperasserie je cherchais seulement une occupation futile pour museler ma surexcitation croissante. Wendell devait se trouver dans les parages, mais qu'est-ce qu'il y faisait et comment le décider à se montrer au grand jour? En tout cas, la rencontre avec Renata avait confirmé mon intuition... sauf si ces deux-là s'étaient séparés, ce qui paraissait peu plausible. Il avait de la famille ici. Je n'étais pas certaine que c'était également son cas à elle. Sous le coup d'une impulsion, je me mis à feuilleter l'annuaire local du téléphone, mais on n'y trouvait aucun Huff. Ce n'était probablement qu'un pseudonyme, tout comme son nom à lui. J'aurais donné n'importe quoi pour avoir cet homme sous les yeux, mais cela commençait à ressembler de plus en plus à une chasse à l'ovni.

Quand mes enquêtes en arrivent à ce point-là, j'ai tendance à me laisser gagner par l'impatience. Ça me fait toujours le même effet... comme si chaque fois l'affaire en cours devait être la dernière... Jusqu'à présent, je n'ai jamais fait un bide. Je ne réussis pas toujours comme je l'avais prévu, mais je ne me suis jamais trouvée dans l'incapacité de résoudre une affaire. L'ennui, dans le métier de détective privé, c'est qu'il n'y a pas de règle bien établie. Il n'existe aucune marche à suivre, aucun manuel de référence, aucune méthode recommandée. Chaque cas est différent des autres et chaque enquêteur doit finir par se hisser au niveau voulu en se prenant lui-même par son propre fond de culotte. Quand on fouille dans le passé de quelqu'un, on peut toujours aller voir des gens, rassembler des faits, des documents, des dates de naissance et de décès, de mariage et de divorce, des renseignements sur la situation financière du sujet, l'état de ses affaires ou son casier judiciaire. N'importe quel détective compétent sait comment s'y prendre pour suivre la piste des petits papiers que tout citoyen laisse derrière lui, comme le Petit Poucet ses cailloux blancs, quand il s'enfonce dans la forêt de l'administration. Mais retrouver une personne disparue demande de l'ingéniosité, de la persévérance et tout bêtement de la chance. Les pistes que l'on découvre dépendent des aptitudes de chacun à nouer des relations personnelles – et mieux vaut être doué pour déchiffrer la nature humaine pendant qu'on y est. Je restais assise là en réfléchissant à ce que j'avais appris jusqu'alors. Ce n'était vraiment pas grand-chose et je n'avais pas l'impression de voir le bout du tunnel dans ma quête de Wendell Jaffe. Je me suis mise à recopier mes notes sur des fiches. Si tout le reste échouait, j'aurais peut-être la ressource de les mélanger et de faire des réussites comme avec un jeu de cartes.

Quand j'ai levé les yeux, il était déjà seize heures trente-cinq. Mon cours d'espagnol avait lieu tous les mardis après-midi de dix-sept à dix-neuf heures. Je n'avais pas vraiment besoin de partir avant une quinzaine de minutes mais la petite réserve de patience que je gardais pour le travail de bureau était épuisée. J'ai glissé toute cette paperasse dans une chemise et verrouillé le classeur. Après avoir donné un tour de clé à la porte de mon bureau, je suis sortie en dévalant les escaliers. Il m'a fallu rester plantée au coin de la rue pendant soixante bonnes secondes avant de me souvenir de l'endroit où j'avais garé ma voiture. Cela m'était enfin revenu et j'étais sur le point de m'en aller quand j'ai entendu Alison m'appeler par la fenêtre :

– Oh-oh, Kinsey!

J'ai abrité mes yeux du soleil qui illuminait cette fin d'après-midi.

Elle se tenait sur le petit balcon du deuxième étage, à l'extérieur du bureau de John Ives; sa blonde chevelure pendait par-dessus la rambarde comme celle d'une moderne Lorelei.

– L'inspecteur Whiteside au téléphone. Tu veux que je prenne le message?

– Oui, si tu veux, ou qu'il appelle mon répondeur et y laisse lui-même son message. Je vais à mon cours d'espagnol mais je serai à la maison à sept heures et demie. S'il veut que je le rappelle, demande-lui de me laisser un numéro où je pourrai le joindre.

Elle acquiesça et m'adressa un signe de la main avant de disparaître.

J'ai récupéré ma voiture et me suis rendue au centre de formation des adultes qui se trouve à trois kilomètres de là. Vera Lipton se pointa sur le parking juste après moi. Elle tourna dans la première allée sur sa droite. Je pris la deuxième à gauche pour me garer plus près de la salle de classe. L'une et l'autre cherchons à vérifier nos théories respectives sur la manière la plus rapide de prendre la poudre d'escampette après le cours d'espagnol. Presque toutes les salles de classe sont occupées et il y a quelque chose comme cent cinquante à deux cents étudiants qui reprennent leurs voitures au même moment.

J'ai attrapé mon bloc, mes papiers et mon exemplaire des *501 verbes espagnols*. En toute hâte j'ai fermé la voiture à clef et coupé à travers le parking pour intercepter Vera. Nous avions fait connaissance alors que je menais encore des enquêtes pour la California Fidelity Insurance, où elle-même travaillait en qualité de rédactrice avant d'être promue au poste de responsable des indemnisations. Elle est sans doute ma meilleure amie, bien que je ne sache pas très bien ce que ce genre de lien est censé recouvrir. Maintenant que nous ne travaillons plus dans deux bureaux voisins, nos rapports sont du genre occasionnel. C'est pourquoi l'idée de suivre un cours ensemble nous a paru si attrayante. Pendant la pause, nous avons quelques minutes pour nous tenir mutuellement au courant de nos petites affaires intimes. Parfois, elle m'invite à dîner après le cours et nous passons la soirée à rire et à bavarder jusqu'à une heure avancée de la nuit. Après trente-sept années de célibat forcené, elle a épousé un médecin généraliste qui s'appelle Neil Hess, qu'elle avait cherché à me fourguer l'année précédente. Ce qui m'avait amusée à l'époque, c'était de voir à quel point elle en pinçait pour ce garçon, même si elle avait décidé qu'il ne lui convenait pas – sous des prétextes que je tenais pour fallacieux. En réalité, elle semblait trouver rédhibitoire le fait d'avoir près de quinze centimètres de plus que lui. A la fin, l'amour l'a emporté. Ou peut-être Neil s'est-il arrangé pour paraître plus grand.

Ça fait neuf mois maintenant qu'ils sont mariés – depuis novembre – et je ne l'avais jamais vue en aussi grande forme. D'abord c'est une grande bringue; pas loin d'un mètre soixante-dix-neuf, avec soixante-six kilos sur une forte charpente. Elle n'est pas complexée par son large gabarit. La vérité, c'est que les hommes semblent la considérer comme une sorte de déesse et lui adressent la parole partout où elle va. Maintenant qu'elle et Neil s'entraînent ensemble à courir et à faire du tennis, elle a perdu sept kilos. Ses cheveux autrefois teints en roux ont retrouvé leur couleur naturelle, châtain doré, et elle les porte mi-longs sur les épaules. Elle s'habille toujours comme un instructeur de vol : combinaison aux épaules rembourrées et lunettes d'aviateur légèrement teintées, avec parfois des talons aiguilles, ou des bottes comme ce soir-là.

Quand elle m'a aperçue, elle a relevé ses lunettes et les a calées sur le haut de son crâne. Elle m'a adressé de grands gestes pleins d'enthousiasme en criant « *¡ Olà !* » avec un joyeux accent espagnol. Jusque-là, c'est le seul mot que nous sachions employer convenablement et nous nous l'adressons l'une à l'autre aussi souvent que cela nous est possible. Un type qui taillait la haie a levé les yeux d'un air plein d'espoir, en pensant probablement que Vera s'adressait à lui.

– *¡ Olà!* ai-je répliqué. *Donde estan los gatos?*
– *En los árboles.*
– *Muy bueno,* ai-je dit.
– Bon Dieu, tu trouves pas que c'est formidable?
– Ouais, je suis presque sûre que ce type là-bas nous prend pour des Hispaniques.

Vera a grimacé un sourire et lui a fait signe, le pouce levé, avant de se retourner vers moi.

– T'arrives tôt pour une fois. Généralement tu te pointes en courant avec quinze minutes de retard.

– J'étais en pleine paperasserie et je n'ai pas pu me retenir de partir. Comment tu vas? T'as l'air superbe.

Nous sommes entrées en flânant dans la classe, absorbées par nos bavardages et nos commérages sans intérêt jusqu'à l'arrivée du professeur. Patti Abkin-Quiroga est *petite* et pleine d'allant, étonnamment indulgente pour nos balbutiements maladroits. Il n'y a rien de plus humiliant que de se sentir nul dans une langue étrangère; sans ses encouragements nous aurions abandonné au bout de deux semaines. Comme d'habitude, elle commença son cours en nous régalant d'une longue histoire en espagnol, quelque chose en rapport avec ce qu'elle avait fait ce jour-là. Ou bien elle avait mangé un *tostado* ou bien son petit garçon, Edwardo, avait fait tomber son biberon dans les toilettes et il lui avait fallu appeler le plombier pour le décoincer.

Une fois rentrée à la maison après le cours, je me rendis compte, dès mon arrivée dans l'appartement, que le voyant lumineux de mon répondeur clignotait. J'ai appuyé sur le bouton et écouté tout en faisant le tour de mon minuscule salon pour allumer les lumières.

« Hello, Kinsey. Inspecteur Whiteside, de la police de Santa Teresa. J'ai reçu un fax cet après-midi – envoyé par nos copains du service des passeports à Los Angeles. Ils n'ont rien trouvé qui concerne Dean DeWitt Huff, mais ils ont bien un dossier sur Renata Huff, domiciliée à Perdido, dont voici l'adresse... »

Je me suis emparée d'un crayon et j'ai griffonné sur une serviette en papier pendant qu'il dictait les renseignements.

« Si je ne me trompe pas, ça se trouve du côté des Perdido Keys. Tenez-moi au courant de ce que vous trouverez. Je serai absent demain mais vous pourrez me joindre jeudi. »

Je me suis exclamée à voix haute : « Tr-è-è-s bi-i-ien » et, les deux poings levés, j'ai esquissé un pas de danse rapide, en frétillant du popotin, pour remercier l'Univers de ses petites faveurs. J'ai laissé tomber mon projet d'aller dîner chez Rosie. Au lieu de ça, je me suis confectionné un sandwich au beurre de cacahuète et aux cornichons avec du bon pain complet, l'ai enveloppé dans du papier sulfurisé et enfermé dans un petit sac en plastique comme me l'avait enseigné ma tante. Mis à part l'art de conserver leur fraîcheur aux sandwiches, j'ai un autre talent non négligeable pour une ménagère; grâce aux idées biscornues de ma tante, je maîtrise l'art d'envelopper et de ficeler un paquet-cadeau de n'importe quelle taille sans avoir besoin d'utiliser du scotch ou des autocollants. Voilà ce qu'elle estimait être une bonne préparation à la vie.

Il était dix-neuf heures cinquante et il faisait toujours clair dehors quand j'ai de nouveau pris la 101. J'ai pique-niqué dans la voiture, une main sur le volant et l'autre sur le sandwich; je chantonnais toute seule, au fur et à mesure que les saveurs se mélangeaient sur ma langue. Mon autoradio restait lugubrement silencieux depuis des jours et je me disais qu'un bidule avait dû rendre l'âme à l'intérieur. Néanmoins, j'ai donné une pichenette au bouton « marche », au cas où, par hasard, il se serait réparé tout seul en mon absence. Pas de chance. J'ai poussé le bouton « arrêt » et ai pensé avec amusement aux festivités qui commémorent l'histoire de la fondation de Perdido/Olvidado, avec notamment un défilé déprimant et de nombreux stands de restauration entre lesquels les citoyens du coin se promènent indéfiniment en faisant tomber de la moutarde sur leurs tee-shirts marqués P/O.

Le père Junipero Serra, le tout premier père supérieur des missions installées en Californie, avait créé neuf missions tout le long des neuf cents kilomètres de la côte, entre San Diego et Sonoma. Après la mort de Serra, le père Fermin Lasuen, qui lui avait succédé l'année suivante, en 1785, en avait fondé neuf autres. Les missions ont compté bien d'autres chefs moins brillants – d'innombrables frères et *padres* dont les noms ont disparu de la mémoire collective. L'un d'eux, le père Prospero Olivarez, avait requis, dès le début de 1781, le droit de construire deux petites missions sur les bords de la Santa Clara. Le père Olivarez prétendait que les forts voisins, installés près des sites en question, serviraient à protéger la mission qu'il se proposait de faire construire à Santa Teresa, mais pouvaient en même temps aider à convertir, abriter et former des quantités d'Indiens de Californie qui fourniraient alors une main d'œuvre qualifiée pour les constructions envisagées. Le père Junipero Serra avait beaucoup aimé cette idée et l'avait approuvée avec enthousiasme. On avait établi des plans détaillés et les cérémonies de consécration avaient même eu lieu. Pourtant, une série de contretemps décevants et inexplicables avaient fini par retarder la mise en route du chantier jusqu'au décès de Serra, après quoi le projet fut mis au rancart. Les deux églises jumelles du père Olivarez ne furent jamais construites. Certains historiens ont décrit ce religieux comme un homme plein d'ambitions mondaines, de sorte que, selon eux, si on lui avait retiré l'appui nécessaire à la réalisation de son projet c'était pour réfréner des aspirations séculières fort malséantes. Des documents ecclésiastiques mis au jour entre-temps laissent entrevoir une autre possibilité, à savoir que le père Lasuen, ardent partisan de l'installation de missions à Soledad, San Jose, San Juan Bautista et San Miguel, voyait en Olivarez une menace à la réalisation de ses propres objectifs et avait délibérément saboté les efforts de celui-ci jusqu'à la dispariton du père Serra. A la suite de quoi l'accession du père Lasuen au pouvoir avait sonné le glas des vues grandioses du père Olivarez. Quelle que soit la vérité, des observateurs cyniques rebaptisèrent le double site Perdido/Olvidado, par déformation du nom de Prospero Olivarez. Traduits de l'espagnol, ces deux mots signifient « perdu » et « oublié ».

Cette fois, j'ai dépassé le centre-ville. L'architecture à proprement parler mélange allègrement les blocs cubiques modernes et les constructions victoriennes. Tout au bout de la 101, entre l'autoroute et l'océan, il y a d'immenses terrains entièrement tapissés d'un revêtement noir ; ce sont de vastes parkings qui se succèdent à l'infini et relient entre eux les supermarchés, les stations d'essence et les fast-food. On pourrait rouler ainsi sur des kilomètres d'allées asphaltées sans jamais vraiment emprunter une rue. Je pris la sortie de Seacove en direction des Perdido Keys.

Plus près de l'océan, les maisons paraissaient former une petite ville balnéaire. Elles étaient peintes en bleu et gris aux couleurs de la mer, flanquées d'énormes pontons, avec des jardins remplis de fleurs aux tons incroyablement vifs, rouge, jaune et orange. J'ai dépassé une villa où il y avait tellement de maillots de bain humides mis à sécher sur un balcon du premier étage qu'on aurait cru voir tous les invités d'un cocktail en train de prendre l'air.

La lumière du jour avait viré à l'indigo et toutes les lampes s'allumaient dans le voisinage au moment où j'ai fini par dénicher la rue que je cherchais. Des deux côtés de cette allée étroite, les maisons avaient vue sur les Keys, entre les longs doigts d'eau salée que l'océan tendait vers elles. L'arrière de chaque maison s'énorgueillissait de vastes pontons de bois équipés de courtes rampes qui conduisaient à un quai; le chenal était assez profond pour que l'on puisse y faire accéder des bateaux de bonne taille. Je percevais l'odeur fraîche de la mer; la paix des lieux était soulignée par le claquement intermittent de l'eau et le chœur des grenouilles.

Je roulais lentement, en lorgnant les numéros des maisons, et j'ai finalement repéré l'adresse que Whiteside m'avait donnée. La maison de Renata Huff n'avait qu'un seul étage et sa façade était peinte en bleu sombre avec des lisérés blancs. Le toit était en bois. L'arrière de la propriété était protégé de la rue par une clôture de planches, peinte en blanc; la maison était sombre et une pancarte « A vendre » pendait à un piquet dans le jardin du devant. « Eh bien, merde! »

J'ai garé la voiture de l'autre côté de la rue pour me rapprocher ensuite de la maison, en remontant une rampe de bois qui conduisait à la porte d'entrée. J'ai actionné la sonnette comme si je m'attendais à ce qu'on m'invite à entrer. Je ne voyais pas le verrou habituellement posé par les agences immobilières, et j'en déduisis que peut-être Renata habitait encore là. D'un air décontracté, j'ai jeté un coup d'œil aux maisons de part et d'autre. L'une d'elles était obscure et l'autre n'avait de lumières que dans les pièces à l'arrière. Je me suis retournée pour examiner les maisons en face. Pour autant que je puisse en juger, je n'avais pas été épiée et il ne semblait pas y avoir de chiens vicieux dans le coin. Il m'arrive souvent de trouver que ce genre de circonstances est une invitation tacite à entrer par effraction, mais j'avais décelé à travers l'une des deux fenêtres étroites qui entouraient la porte d'entrée un point lumineux rouge et révélateur qui annonçait la présence d'un système d'alarme branché et prêt à fonctionner.

Et maintenant, que faire? J'avais la possibilité de retourner à ma voiture et de rentrer à Santa Teresa, mais je détestais l'idée d'avoir fait le voyage pour des prunes. J'ai jeté un coup d'œil sur la maison qui se trouvait à droite de celle de Renata. Par une fenêtre sur le côté, j'aperçus une femme dans sa cuisine, la tête penchée sur quelque tâche domestique. Je descendis la rampe et traversai le jardin, en essayant d'éviter les plates-bandes fleuries tout en me frayant un chemin jusqu'à la porte. J'appuyai sur la sonnette, le regard fixé en vain sur le porche de Renata. Au même moment, l'éclairage automatique destiné à tromper les voleurs s'alluma. Maintenant, ça avait tout l'air d'une maison vide, pleine de lampes allumées pour rien.

Quelqu'un alluma la lampe au-dessus du porche et entrouvrit la porte sur toute la longueur de la chaîne de sûreté. « Oui ? » La femme devait avoir une quarantaine d'années. Tout ce que je pouvais voir d'elle, c'était ses longues boucles brunes qui descendaient en cascade jusque sous ses épaules, comme la perruque d'un aristocrate du dix-septième siècle. Elle sentait le savon anti-puces. Je me dis tout d'abord que c'était quelque nouvelle ligne de parfum jusqu'au moment où je vis qu'elle tenait sous son bras un chien enveloppé dans une serviette. C'était une de ces petites choses marron et noir de la taille d'une miche de pain – Muffin, Buffy, ou Princess.

– Salut, dis-je. Je me demande si vous pourriez me donner un renseignement sur la maison qui est à vendre à côté. J'ai remarqué la rampe à l'extérieur. Sauriez-vous par hasard si l'endroit est équipé pour les handicapés?

– Oui, c'est ça.

J'aurais espéré en savoir davantage.

– A l'intérieur, aussi?

– Oui : son mari a eu une grave lésion de la colonne vertérébrale il y a environ dix ans... un mois avant qu'ils commencent l'aménagement de la maison. Elle a fait modifier tous les plans par l'entrepreneur pour permettre d'accéder partout en chaise roulante; il y a même un ascenseur jusqu'au premier étage.

– Stupéfiant, ai-je murmuré. Ma sœur est dans une chaise roulante et nous cherchons un endroit qui serait adapté à son infirmité.

Comme je ne pouvais pas voir le visage de la femme, j'avais l'impression d'adresser mes remarques au chien, qui paraissait vraiment tout à fait attentif.

– Vraiment. Qu'est-ce qu'elle a? dit-elle.

– Elle a eu un accident en plongeant il y a deux ans et elle est restée paralysée à partir de la taille.

– C'est vraiment affreux, s'exclama-t-elle.

Le ton de sa voix reflétait le genre de compassion factice que génère toujours l'histoire des malheurs d'une personne inconnue. J'aurais parié que, dans sa tête, elle formulait un tas de questions qu'elle était trop polie pour poser.

En réalité, je commençais moi-même à me faire du souci pour ma petite sœur, toute courageuse qu'elle fût.

– Elle se débrouille très bien. Elle s'est habituée, en tout cas. On a fait un tour en voiture aujourd'hui pour inspecter le quartier. On cherche une maison depuis une éternité et c'est la première qui ait vraiment éveillé son intérêt; je lui ai dit que je m'y arrêterais et poserais la question. Avez-vous une idée du prix qu'ils en demandent?

– On m'a parlé de quatre cent quatre-vingt-quinze mille...

– Vraiment? Ma foi, ce n'est pas mal. Je pense que je vais demander à notre agent immobilier de prendre un rendez-vous pour nous la faire visiter. Le propriétaire est-il là dans la journée?

– C'est difficile à dire. Dernièrement, elle s'est beaucoup absentée.

– Comment s'appelle-t-elle déjà? ai-je demandé, comme si elle me l'avait dit une première fois.

– Renata Huff.

– Et son mari? Si elle n'est pas chez elle, pourrais-je demander à mon agent de lui passer un coup de fil?

– Oh, désolé. Dean, Mr. Huff, est mort. Je pensais vous avoir dit qu''il avait eu une crise cardiaque.

Le chien commença à s'agiter, ennuyé par tous ces propos qui n'avaient aucun rapport direct avec lui.

– C'est terrible, ai-je dit. Il y a combien de temps?

– Je ne sais pas. Peut-être cinq ou six ans.

– Et elle ne s'est pas remariée?

– Elle n'a jamais semblé s'y intéresser, ce qui est surprenant. Je veux dire, elle est jeune... quarante ans... et elle vient d'une famille très riche. En tout cas, c'est ce qu'on m'a dit.

Le chien se mit à donner des coups de langue en l'air, pour essayer d'atteindre la bouche de la femme. Ce devait être une sorte de signal canin, mais je ne savais pas très bien ce que cela signifiait. Embrasse-moi, j'ai faim, pose-moi, ça suffit.

– Je me demande pourquoi elle veut vendre? Est-ce qu'elle quitte la région?

– Je ne saurais vraiment pas vous dire, mais si vous voulez me laisser votre numéro de téléphone, la prochaine fois que je la verrai, je pourrai lui dire que vous êtes venue voir.

– Parfait. Je vous en serais reconnaissante.

– Attendez un instant. Le temps d'aller prendre un morceau de papier.

Elle s'éloigna de la porte et se dirigea vers une console dans l'entrée. Au retour, elle avait un crayon et une vieille enveloppe qui avait contenu de la publicité.

Je lui donnai un numéro de téléphone, complètement imaginaire. Pendant que j'y étais, je m'étais attribué l'indicatif de Montebello, un endroit où vivent les gens riches.

– Pourriez-vous me donner le numéro de Mrs. Huff au cas où l'agence ne l'aurait pas?

– Je ne l'ai pas. Je pense qu'il est sur liste rouge.

– Ça ne fait rien, l'agence l'aura probablement, ai-je dit négligemment. Pour l'instant, pensez-vous qu'elle verrait un inconvénient à ce que je jette un petit coup d'œil par une ou deux fenêtres?

– Je suis sûre que non. C'est vraiment un endroit merveilleux.

– Ça m'en a tout l'air, ai-je remarqué. J'ai vu qu'il y a un ponton. Mrs. Huff a-t-elle un bateau?

– Oh oui, elle a un magnifique voilier... de seize mètres... mais je ne l'ai pas vu par ici depuis un moment. Elle a dû le donner à réparer. Je sais qu'elle lui fait prendre la mer de temps en temps. Excusez-moi, mais il faut que j'y aille avant que le chien prenne froid.

– Tout à fait. Merci infiniment. Vous avez été très aimable.

– Je vous en prie, dit-elle.

13

Deux lanternes de calèches – des reproductions de modèles anciens – projetaient des cercles de lumière qui se chevauchaient sur la véranda. La porte d'entrée était flanquée de deux panneaux vitrés. Je mis mes mains en coupe de part et d'autre de mon visage pour regarder par la fenêtre de droite. Au-delà de l'entrée, je découvris un couloir assez court qui semblait donner sur une grande pièce à l'arrière. Le sol de la maison était couvert de parquet en bois blanchi puis teinté de gris pâle. Les montants des portes avaient été enlevés pour faciliter le passage d'une chaise roulante. Une rangée de portes-fenêtres à la française, tout le long du mur du fond, me permettait de voir jusqu'au ponton de bois de l'autre côté de la maison.

Dans la partie antérieure de la grande pièce éclairée par la lumière du dehors, je pouvais voir que le tapis avait été choisi pour s'harmoniser avec la couleur du plancher. Sur la droite, un escalier menant au premier étage formait un angle. La voisine avait mentionné un ascenseur, mais je n'en voyais aucun. Peut-être Renata avait-elle fait démonter la machine après le décès de Mr. Huff. Je me demandai si c'était son passeport que Wendell Jaffe utilisait. J'ai traversé la véranda. D'une fenêtre à l'autre, la maison se déployait sous mes yeux. Les pièces étaient peu encombrées, bien ordonnées, et propres. Il y avait un bureau sur le devant et ce qui ressemblait à une chambre d'ami, probablement avec un cabinet de toilette contigu.

J'ai quitté la véranda et longé la maison par la gauche. Le

garage était fermé à clef, probablement protégé lui aussi par le système d'alarme. A l'arrière, j'ai essayé d'ouvrir le portail qui donnait sur l'arrière-cour et ne paraissait pas avoir de verrou. J'ai tiré sur un anneau accroché à un cordon. Le loquet s'est libéré et je suis entrée en retenant ma respiration, craignant que cette grille soit reliée au système de sécurité. Silence de mort, à part le grincement émis par le portail quand il avait tourné sur ses gonds. j'ai refermé tout doucement derrière moi et j'ai descendu l'allée étroite entre le garage et la clôture. J'ai aperçu le tuyau d'aération d'un sèche-linge et j'ai pensé que la buanderie se trouvait de l'autre côté du mur.

Le ponton était éclairé comme en plein jour par des projecteurs de deux cents watts. Je me suis avancée à l'arrière de la maison, en lorgnant à travers les portes-fenêtres, découvrant ainsi sous un nouvel angle la grande pièce et la salle à manger mitoyenne, ainsi qu'une partie de la cuisine visible dans le fond. Mon Dieu ! Je pouvais constater maintenant que Renata avait choisi le genre de papier peint que seuls les décorateurs trouvent séduisant ; un jaune chinois agressif avec des plantes grimpantes et des vesses-de-loup éclatées sur toute la surface. Il y avait un tissu d'ameublement assorti et coûteux, des tentures et tapisseries du même goût. Il était possible qu'un champignon se soit égaré dans la pièce et se soit reproduit comme un virus jusqu'à envahir chaque recoin. J'avais vu des photographies représentant un phénomène de ce genre dans un magazine de vulgarisation scientifique : des spores de moisissures agrandies à raison de mille neuf cents fois leur taille réelle.

Je me suis promenée d'un bout à l'autre du ponton, j'ai descendu la rampe qui mène à l'eau sombre. Je me suis retournée pour regarder la maison. Il n'y avait aucun escalier extérieur et aucun moyen apparent d'atteindre les chambres à coucher du premier étage. Je suis repassée par le portail, en laissant le loquet se refermer derrière moi, après m'être assurée que la rue était vide et qu'aucune voiture n'approchait. J'aurais eu l'air fin si Renata Huff était rentrée chez elle et si ses phares m'avaient surprise dans l'obscurité juste au moment où elle s'engageait dans son allée.

En passant devant la boîte aux lettres sur le trottoir mon mauvais génie me donna une petite tape sur l'épaule et me suggéra de violer le règlement des postes américaines. « Tu n'y penses pas? » lui ai-je répondu d'un air furieux. Bien entendu, j'avais déjà rabattu le couvercle et subtilisé la liasse de courrier déposée ce jour-là. Il faisait trop sombre dans la rue pour trier tout ça, de sorte que je fus obligée de glisser le paquet d'enveloppes dans mon sac à main. Seigneur, je suis tellement pourrie... Parfois je n'arrive pas à croire que c'est moi qui commets le genre de connerie dont je me rends coupable. Et pourtant c'était bien moi, là, qui avais menti à la voisine et volé le courrier de Renata. Ma noirceur était donc sans limites? Apparemment pas. Je me demandai faiblement si les peines encourues pour détournement de courrier étaient fonction du nombre d'infractions ou du nombre de lettres. Dans le dernier cas, j'étais bonne pour une longue incarcération.

Avant de rentrer chez moi, j'ai fait un détour pour repasser devant la maison de Dana Jaffe. J'avais éteint mes phares et je me suis arrêtée tout doucement en face de chez elle, de l'autre côté de la rue. Je laissai la clef sur le contact. Toutes les lumières du rez-de-chaussée étaient allumées. La circulation à cette heure-là était clairsemée, pour ne pas dire inexistante. Il n'y avait aucun voisin en vue, aucun promeneur de chien dans la rue.

J'ai traversé en biais la pelouse dans l'obscurité. Des arbustes plantés sur le côté de la maison me fournissaient une cachette suffisante pour me permettre d'espionner sans crainte d'être dérangée. Après tout, pourquoi me retenir d'ajouter l'effraction à tous mes autres péchés?

Dana regardait la télévision, le visage tourné vers l'appareil disposé entre les fenêtres du devant. Des lueurs mouvantes jouaient sur son visage pendant que le programme se déroulait. Elle alluma une cigarette. Elle prit un verre sur la table à côté d'elle et sirota un peu de vin blanc. Il n'y avait aucune trace de Wendell et rien ne permettait de penser qu'elle n'était pas seule chez elle. De temps à autre, elle souriait, peut-être en écho aux rires enregistrés que je pouvais entendre à travers le mur. Je me rendis compte que je n'avais cessé de soupçonner une collusion entre elle et son mari ; j'étais partie de l'idée qu'elle savait où il était à présent et où il avait vécu pendant toutes ces années. A la voir seule, mes convictions commençaient à s'estomper. Je n'arrivais tout bonnement plus à croire qu'elle ait été complice de Wendell quand il avait abandonné ses fils. Les deux gamins en avaient vu de toutes les couleurs pendant les cinq dernières années.

Je retournai à ma voiture, mis le moteur en marche et effectuai un demi-tour interdit avant d'allumer mes phares. Une fois arrivée à Santa Teresa, je fis un arrêt au *McDonald's* de Milagro Boulevard et emportai un hamburger géant avec une portion de frites. Pendant tout le temps qu'il me fallut pour arriver à la maison, l'air dans la voiture fut imprégné de l'odeur des oignons cuits et des cornichons chauds, de la viande couverte de fromage fondu et des divers condiments. Je parquai la voiture et emportai mon deuxième et tardif souper en franchissant le portail grinçant.

Les lumières chez Henry étaient éteintes. J'entrai dans mon appartement. J'ôtai de son sac la boîte en polystyrène expansé pour la poser sur le comptoir. J'ouvris le couvercle et je m'en servis pour y disposer mes frites ; il me fallut quelques minutes pour déchirer le sachet de ketchup avec les dents et faire gicler le contenu sur mes frites ramollies. Après quoi, perchée sur un tabouret de bar, j'ai mâchonné cette nourriture moins que gastronomique tout en triant le courrier que j'avais dérobé. Comment voulez-vous que je trouve la force de renoncer à mes envies chroniques et irrépressibles de voler alors que mes incartades me rapportent une mine de renseignements ? D'instinct, je m'étais arrangée pour intercepter la note de téléphone de Renata, où était inscrit dans un rectangle, tout en haut de la page, son numéro de téléphone non répertorié, et où figurait une longue liste de tous les numéros dont elle avait accepté des appels en PCV au cours des trente derniers jours. La facture Visa, débitée sur un compte joint, me livrait aussi une sorte de petit itinéraire des endroits où elle et « Dean DeWitt Huff » avaient séjourné. Pour un trépassé, il se donnait apparemment beaucoup de bon temps. Il y avait quelques utiles échantillons de son écriture sur certains des reçus. Les frais de Viento Negro n'y apparaissaient pas encore, mais il m'était possible de suivre le couple à la trace sur le chemin du retour, de La Paz à Cabo San Luca, puis à un hôtel de San Diego. Rien que des ports – donc des endroits accessibles en bateau, comme je m'en suis fait la remarque.

Je me suis mise au lit à vingt-deux heures trente et j'ai dormi à poings fermés jusqu'à six heures du matin, une demi-seconde avant que sonne le réveil. J'ai repoussé les couvertures et me suis précipitée sur mon survêtement. Après des ablutions rapides, j'ai dégringolé mon escalier en spirale et je suis sortie dans la rue.

Malgré une petite fraîcheur matinale, l'air était curieusement lourd; le plafond de nuages bas avait maintenu un reste de chaleur. La lumière du petit matin était nacrée. La plage, ridée par les vents nocturnes, adoucie par la marée, semblait aussi souple que du cuir gris. Mon rhume était en bonne voie de guérison, mais je n'osais pas encore entreprendre ma course de cinq kilomètres. J'alternais la marche et le trot, attentive à mes poumons et aux muscles de mes jambes. A cette heure, j'étais particulièrement sensible à tout ce qui sortait de l'ordinaire. Je vois parfois un sans-abri, androgyne et anonyme, endormi dans l'herbe, ou bien une vieille avec un caddy assise toute seule à une table de pique-nique. Je surveille avec attention ces hommes à l'apparence étrange, vêtus de costumes sales, qui gesticulent, rient et discutent avec des compagnons invisibles. Je crains de me laisser embarquer dans leurs étranges et terrifiantes tragédies. Qui sait quel rôle nous jouons dans les rêves des autres?

Après m'être douchée et habillée, j'ai mangé un bol de céréales en parcourant le journal. En un tour de roue j'étais au bureau, mais il m'a fallu perdre vingt agaçantes minutes pour dénicher un emplacement où me garer sans risque de recevoir une contravention. J'étais sur le point de renoncer et d'essayer le parking municipal quand j'ai été sauvée à la dernière minute par une camionnette, qui venait de libérer un espace juste de l'autre côté de la rue.

J'ai dépouillé le courrier de la veille. Rien de bien intéressant, sauf l'annonce que j'avais gagné un million de dollars... c'est-à-dire moi ou les deux autres personnes mentionnées dans la lettre... En tout petits caractères il était écrit qu'en fait Minnie et Steve étaient déjà en train de toucher leur million en une série de versement de quarante mille dollars. Je me suis mise au travail et j'ai déchiré les timbres perforés que j'ai léchés et collés dans divers carrés. En me penchant sur la documentation, je me suis sentie sérieusement inquiète à l'idée que je pourrais ne gagner que le troisième prix : un scooter des neiges. A quoi diable cela me servirait-il? Peut-être en ferais-je cadeau à Henry pour son anniversaire. J'ai repris ma tâche et mis à jour mon chéquier, histoire de savoir où j'en étais. Pendant que j'éliminais quelques-uns de ces sales dollars que j'ai en trop, j'ai décroché le téléphone et composé le numéro de Renata, mais sans succès.

Quelque chose me chiffonnait et ça n'avait rien à voir avec Wendell Jaff ou Renata Huff. C'était la référence que Lena Irwin avait faite, la veille, à la famille Burton Kinsey établie à Lompoc. Malgré mes dénégations, le nom avait suscité un faible écho dans ma mémoire, aussi faible que le bourdonnement presque inaudible des fils électriques aériens. A bien des égards, tout ce que je savais sur ma propre personne se ramenait au seul fait que mes parents étaient morts dans un accident de la route quand j'avais cinq ans. Il était entendu que mon père avait perdu le contrôle de son véhicule au moment où un rocher avait dévalé une pente abrupte et s'était écrasé sur le pare-brise. Installée sur le siège arrière, j'avais été projetée contre le siège avant sous le choc, et j'étais restée coincée là pendant des heures tandis que les pompiers s'activaient pour m'extraire de l'épave. Je me souviens des pleurs désespérés de ma mère et du silence qui s'était établi par la suite. Je me souviens d'avoir passé une main entre les sièges avant, d'avoir glissé un doigt dans la main de mon père, sans comprendre qu'il était mort. Je me rappelle être allée vivre chez la tante qui m'a élevée ensuite – une sœur de ma mère; elle se prénommait Virginia. Je l'appelais Gin Gin ou tante Gin. Elle m'avait raconté fort peu de choses, à peu près rien, sur l'histoire de ma famille avant et après cet événement. Je savais, parce que ce détail s'était gravé dans ma mémoire comme le reste de l'histoire, que mes parents étaient en route pour Lompoc le jour où ils avaient été tués, mais je ne m'étais jamais posé de question sur la raison de ce déplacement. Ma tante ne m'avait jamais rien dit sur la nature de leur voyage, et je ne le lui avais jamais demandé. Étant donné mon insatiable curiosité et mon penchant naturel à fourrer mon nez partout où il n'a que faire, pourquoi avoir accordé si peu d'intérêt à mon passé? Je m'étais contentée d'admettre ce qu'on m'avait dit et je m'étais construit un mythe bien à moi à partir des faits les plus minces. Pourquoi n'avoir jamais tenté de soulever le voile?

Je pensai au genre d'enfant que j'étais à l'âge de cinq ans : solitaire, isolée. Après leur mort, je m'étais créé un petit univers dans une boîte en carton emplie de couvertures et de coussins, éclairée par une lampe de chevet avec une ampoule de soixante watts. J'étais très exigeante en matière de nourriture. Je voulais faire moi-même mes sandwiches, fromage et cornichon, ou fromage et olives fourrées de piments. Je les coupais en quatre doigts d'égale largeur et les disposais sur une assiette, selon un rite invariable. Je me rappelle vaguement que ma tante tournait autour de moi. Je n'étais pas consciente de son inquiétude, à l'époque, mais à présent, quand je me représente la scène, je sais qu'elle a dû se faire beaucoup de souci pour moi. J'emportais ma nourriture et m'accroupissais dans mon abri où je regardais des illustrés, grignotais, contemplais le plafond de carton, chantonnais et m'endormais. Pendant quatre mois, peut-être cinq, j'ai fait retraite au sein de cette écosphère de chaleur artificielle, ce cocon de douleur. J'ai appris toute seule à lire. Je dessinais, je faisais naître des créatures grâce à l'ombre de mes doigts sur les murs de ma tanière. J'ai appris toute seule à attacher mes chaussures. Peut-être pensais-je qu'ils allaient revenir me chercher, cette mère, ce père, dont je pouvais projeter mentalement les visages, tel un film exclusivement destiné à la petite orpheline qui, jusqu'à une date toute récente, était insérée, en toute sécurité, au cœur de cette famille. Je me rappelle encore à quel point j'avais froid chaque fois que je sortais en rampant de mon refuge. Ma tante n'a jamais essayé de me déranger.

A l'automne, lors de la rentrée des classes, j'ai émergé comme un petit animal qui sort de son terrier. Le jardin d'enfants était terrifiant. Je n'avais pas l'habitude de côtoyer d'autres gamins. Je n'étais pas accoutumée au bruit ni à la discipline. Je n'aimais pas Mrs. Bowman, l'institutrice, dans les yeux de qui je pouvais lire à la fois de la pitié et de la réprobation, une sorte de jugement. J'étais une enfant étrange. J'étais timide. J'étais tout le temps angoissée. Rien de ce que j'ai connu depuis n'a jamais pu se comparer, même de très loin, aux horreurs de l'école primaire. Je comprends maintenant à quel point mon drame, quel qu'il ait été, a dû me suivre comme un spectre d'une classe à l'autre; inscrit dans mon dossier, annexé à mes bulletins de notes, transmis de prof en prof, évoqué dans tous les conseils de classe... Que faire d'elle? Comment traiter ses larmes, ses rejets? Elle est si brillante, si fragile, obstinée, introvertie, asociale, bouleversée pour un oui pour un non...

Quand le téléphone a sonné, j'ai sursauté, secouée par une décharge d'adrénaline comme sous un jet d'eau glacée. J'ai sauté sur l'appareil, avec de grands battements de cœur dans la gorge.

– Agence Kinsey Millhone.

– Salut, Kinsey. C'est Tommy, de la prison du comté de Perdido. L'avocat de Brian Jaffe vient de nous faire savoir que tu es autorisée à lui parler si tu le souhaites. Il n'avait pas l'air ravi mais je suppose que Mrs. Jaffe a insisté.

– Tu crois? ai-je dit, incapable de réprimer mon étonnement.

Il éclata de rire.

– Elle pense peut-être que tu vas te battre en sa faveur, tirer au clair ce petit malentendu à propos de l'évasion et de la jeune femme qu'ils ont descendue.

– Je vois, ai-je dit. Quand dois-je y aller?

– Quand tu veux.

– Quelle est la marche à suivre? Est-ce que je dois te demander?

– Demande à voir le surveillant-chef. Il s'appelle Roger Tiller. Il connaît le fils Jaffe depuis le temps où il était dans la patrouille chargée de surveiller les gamins qui faisaient l'école buissonnière. J'ai pensé que tu pourrais avoir envie de lui tirer les vers du nez.

– C'est super.

Avant que j'aie eu le temps de le remercier convenablement, j'entendis le déclic du téléphone. Je souriais toute seule en prenant mon sac et en me dirigeant vers la porte de mon bureau. Il y a une chose de bien avec les flics... quand ils décident de vous faire confiance, personne n'est plus généreux.

Le surveillant-chef Tiller me conduisit au bout d'un couloir; nos pas étaient mal synchronisés et il faisait tinter son trousseau de clefs tout en marchant. La caméra installée dans le coin supérieur nous surveillait. Tiller était plus âgé que je ne m'y attendais – il avait une cinquantaine bien tassée, une certaine corpulence, une carcasse d'un mètre soixante-douze étroitement sanglée dans son uniforme. En une vision fugitive, je l'imaginai, après la relève, se débarrasser de ses vêtements avec soulagement, un peu à la manière qu'ont les femmes d'ôter une gaine. Son corps portait probablement en permanence les marques de tous les harnais et accessoires qui l'enserraient. Ses cheveux blonds comme le sable se faisaient rares et, avec sa moustache assortie, ses yeux verts, son nez retroussé, son visage aurait pu être celui d'un gamin de vingt-deux ans. Son lourd ceinturon de cuir grinçait; je remarquai que sa tenue et son comportement changeaient quand il se trouvait à proximité d'un détenu. Un petit groupe de ceux-ci, cinq en tout, attendaient le signal sonore qui leur indiquerait le moment de franchir une porte métallique dans laquelle était enchassé un panneau vitré protégé par un grillage. C'étaient des jeunes gens d'une vingtaine d'années, de type hispanique; ils portaient des tenues bleues de prisonnier, des tee-shirts blancs et des sandales de caoutchouc. Conformément au règlement, ils étaient silencieux, tenaient les mains croisées derrière le dos. Les bracelets blancs qu'ils portaient au poignet indiquaient qu'ils étaient des GP (population générale de la prison), incarcérés pour usage de drogue et délits contre la propriété.

– Le sergent Ryckman m'a dit que vous avez fait la connaissance de Brian Jaffe quand vous étiez dans la patrouille chargée des scolaires. A quand ça remonte?

– Cinq ans. Il avait douze ans mais c'était un gosse têtu comme un âne. Je me souviens de l'avoir arrêté et ramené à l'école au moins trois fois dans la même journée. Je ne pourrais même pas vous dire combien de fois il a fallu alerter la psychologue scolaire. Elle a fini par s'en désintéresser. Ça me faisait de la peine pour sa mère. On était tous au courant des épreuves qu'elle traversait. Lui, c'est une pomme pourrie. Mais intelligent, joli garçon, beau parleur.

– Avez-vous connu son père?

– Ouais, je connaissais Wendell.

Il avait tendance à parler sans vous regarder et cela faisait un curieux effet.

Comme ma question semblait ne nous mener nulle part, j'ai essayé une autre tactique.

– Comment ça se fait que vous ayez été muté ici après vous être occupé des scolaires?

– J'ai présenté ma candidature pour avoir un poste dans l'administration. Ceux qui veulent obtenir une promotion doivent servir une année à la prison. C'est merdique. J'aime assez les gens mais on passe toute la journée à la lumière artificielle. Comme si on vivait dans une caverne. Tout l'air est filtré. Je préférerais être dehors, dans la rue. Un peu de danger ne fait jamais de mal. Ça aide à se maintenir en forme.

Nous nous sommes arrêtés devant un énorme ascenseur, de la taille d'un monte-charge.

– Je crois avoir compris que Brian s'est évadé d'une maison de correction. Qu'est-ce qu'il avait fait pour y aller?

Le surveillant-chef Tiller appuya sur un bouton et indiqua verbalement que le monte-charge devait nous mener au deuxième étage, où étaient logés les détenus isolés pour des raisons administratives ou médicales. Il n'y avait pas de commande intérieure dans l'ascenseur pour éviter que les détenus aient la possibilité de s'en emparer.

– Cambriolage, port d'arme ou menace de se servir d'une arme à feu, délit de fuite. Il était en fait incarcéré à Connaught, un établissement de moyenne surveillance. Les nouvelles maisons de correction sont dotées d'un système de sécurité maximum.

– C'est un sacré changement, non? Je croyais que les maisons de correction étaient faites pour aider les mineurs en difficulté.

– Plus maintenant. Dans le temps, on disait que ces gosses

étaient des « délinquants en puissance ». Les parents demandaient qu'on les place sous tutelle judiciaire. Maintenant, les maisons de correction sont devenues des prisons pour jeunes. Ces gamins sont des criminels endurcis. Ils pratiquent les trois M : mutilation, meurtre et massacre, des trucs de gangsters.

– Et Brian, qu'est-ce qu'il a fait?

– Il n'a pas d'âme. Ça se voit dans ses yeux. Le vide total. Il a un cerveau mais aucune conscience. C'est un sociopathe. D'après ce que nous savons, il était l'instigateur du coup; c'est lui qui a convaincu toute la bande de s'évader parce qu'il avait besoin de quelqu'un qui parlait espagnol. Après avoir traversé la frontière, ils devaient se séparer. Je ne sais pas où il allait, mais les autres, eux, allaient à la mort.

– Tous les trois? Je pensais que l'un d'eux avait survécu à la fusillade.

– Mort la nuit dernière sans avoir repris connaissance.

– Et la fille? Qui est responsable de sa mort?

– C'est à Jaffe qu'il faut le demander puisqu'il est le seul survivant. Vraiment pratique pour lui et, croyez-moi, il saura en tirer parti.

Nous étions arrivés au parloir du deuxième étage. Tiller sortit un trousseau de clefs et en glissa une dans la serrure. Il ouvrit la porte sur la pièce vide où j'allais rencontrer Brian.

– Je croyais que nous pourrions sauver ces gosses si nous faisions bien notre travail. Maintenant j'ai l'impression qu'on a de la chance quand on parvient à les empêcher de traîner dans les rues.

Il secoua la tête avec un sourire désabusé.

– Je me fais trop vieux pour ce genre de truc. Il est temps d'aller m'asseoir derrière un bureau. Prenez un siège. Votre gars sera là dans une minute.

La salle, de deux mètres sur trois, n'avait aucune fenêtre. Les murs étaient nus, peints d'une laque beige satinée. Il m'était encore possible de sentir l'odeur tenace de la peinture acrylique. J'ai entendu dire qu'il y a une équipe chargée de repeindre le bâtiment. Une fois qu'ils en ont fini avec le troisième étage, ils n'ont plus qu'à remettre ça depuis le sous-sol. Il y avait une petite table en bois et deux chaises métalliques, dont les sièges étaient recouverts de vinyle vert. Le carrelage du sol était brun. Il n'y avait rien d'autre dans la pièce, à part la caméra vidéo fixée en hauteur dans un angle, près du plafond. Je pris la chaise qui faisait face à la porte ouverte.

Quand Brian entra dans la pièce, je fus d'abord surprise par sa taille, puis par sa beauté. Pour dix-huit ans, il était petit et avait un air empreint de timidité. J'avais déjà vu des yeux comme les siens, très clairs, très bleus, pleins d'une innocence douloureuse. Mon ex-mari Daniel présentait des caractéristiques similaires; il y avait un côté de sa nature qui paraissait insupportablement doux. Bien sûr, Daniel était un drogué. Et aussi, un menteur, un tricheur, en pleine possession de ses facultés, et assez intelligent pour faire la différence entre le bien et le mal. Ce gosse, lui, c'était autre chose. Tiller le disait sociopathe, mais je n'en étais pas encore convaincue. Il avait des traits aussi jolis que ceux de Michael, mais il était blond et non pas brun comme son frère. Tous deux étaient maigres, mais Michael était plus grand et semblait plus costaud.

Brian s'assit, affalé sur sa chaise, les mains inertes, entre ses genoux. Sa timidité apparente n'était peut-être qu'une attitude destinée à amadouer les adultes.

– J'ai parlé à maman. Elle a dit que vous pourriez venir me voir.

– Est-ce qu'elle vous a dit ce que je voulais?

– Quelque chose à propos de mon père. Elle a dit qu'il se pourrait qu'il soit vivant. Est-ce que c'est vrai?

– On n'en est pas vraiment certain pour l'instant. J'ai été engagée pour le vérifier.

– Vous connaissiez mon père? C'est-à-dire, avant qu'il disparaisse?

Je secouai la tête en signe de dénégation.

– Je ne l'ai jamais rencontré. On m'a donné quelques photos de lui et indiqué l'endroit où on l'avait vu dernièrement. Je suis bien tombée sur un homme qui lui ressemblait beaucoup, mais il a disparu de nouveau. J'espère encore pouvoir retrouver sa trace, mais pour l'instant je n'ai pas la moindre piste. Personnellement, je suis persuadée que c'était lui.

– C'est incroyable, non? Penser qu'il pourrait être vivant!

J'arrive pas à y croire. En fait, j'arrive même pas à savoir ce que ça voudrait dire.

Il avait une bouche charnue et des taches de rousseur. J'imaginais difficilement qu'il puisse feindre une telle ingénuité.

– Ça doit faire bizarre, ai-je dit.

– Ben, sans mentir... avec tous ces trucs qui m'arrivent? Je ne voudrais pas qu'il me voie comme ça.

J'ai haussé les épaules:

– S'il revient en ville, il aura probablement des problèmes.

– Ouais, c'est ce que dit maman. Elle n'a pas l'air tellement ravie mais c'est pas à moi de lui faire des reproches après ce qu'elle a enduré. Dites, s'il était en vie pendant tout ce temps, ça veut dire qu'il s'est fichu d'elle.

– Tu te souviens beaucoup de lui?

– Pas vraiment. Mon frère Michael, oui. Vous l'avez rencontré?

– Rapidement. Chez ta mère.

– Vous avez vu mon neveu, Brendan? Il est vraiment chouette. Il me manque, ce sacré môme.

J'en avais assez de tout ce blabla.

– Tu ne m'en voudras pas de t'interroger sur Mexicali?

Mal à l'aise, il changea de position et passa une main dans ses cheveux.

– Bon Dieu, c'était moche. Ça me rend malade rien que d'y penser. J'ai rien à voir avec l'assassinat de personne, je le jure. C'est Julio; et c'est Ricardo qui avait le revolver, dit-il.

– Et l'évasion? Comment ça s'est passé?

– Hum, ben, je pense pas que mon avocat veut que j'en parle.

– J'ai seulement une ou deux questions à poser... à titre strictement confidentiel. J'essaie de me faire une idée de ce qui se passe ici, ai-je dit. Tout ce que tu diras restera entre nous.

– J'aime mieux pas, murmura-t-il.

– C'est toi qui avais eu l'idée?

– Merde non, pas moi. Vous vous dites sûrement que je suis un pauvre type. J'ai été idiot de suivre le mouvement... maintenant je le sais... Mais à ce moment-là, je voulais seulement sortir. J'étais désespéré. Vous avez jamais été dans une maison de correction?

J'ai fait un signe négatif de la tête.

– Vous avez de la chance.

– Qui a eu l'idée? ai-je demandé.

Il m'a lancé un regard direct, ses yeux bleus aussi clairs qu'une piscine.

– C'est Ernesto qui a tout manigancé.

– Vous étiez assez bons amis?

– Pas du tout! Je les connaissais uniquement parce que nous nous trouvions tous dans le même pavillon à Connaught. Ce mec, Julio, il disait qu'il me tuerait si je ne marchais pas avec eux... Je n'avais pas envie de le faire. Je veux dire que je ne voulais pas me mêler de ça, mais il était costaud... un type vraiment costaud... et il disait qu'il allait m'arranger salement.

– Il t'a menacé?

– Ouais, il disait que lui et Ricardo allaient me baiser.

– Ce qui veut dire abuser de toi sexuellement.

– Pire, dit-il.

– Pourquoi toi?

– Pourquoi moi?

– Ouais. Qu'est-ce qui te rendait si indispensable au projet? Pourquoi pas un autre Hispanique puisqu'ils se rendaient au Mexique?

Il haussa les épaules.

– Ces mecs sont tordus. Est-ce qu'on sait comment ils raisonnent?

– Qu'est-ce que tu comptais faire au Mexique si tu ne parlais pas la langue?

– Voir du pays. Me cacher. Revenir au Texas. Surtout, je voulais quitter la Californie. Les tribunaux ici ne m'ont pas vraiment à la bonne.

Un gardien de prison cogna à la porte, ce qui voulait dire que l'entrevue était terminée.

Quelque chose dans le sourire de Brian m'avait déjà poussée à décrocher. Je suis menteuse de nature; c'est un de mes modestes talents, mais je le cultive. J'en sais probablement plus long en matière de boniments que la moitié des habitants de la planète. Si ce gosse m'avait dit la vérité, je ne pense pas qu'il aurait eu l'air aussi sincère. Loin de là.

14

En retournant au bureau, je me suis arrêtée au service des archives, qui se trouve dans une aile du palais de justice de Santa Teresa. Ce bâtiment a été reconstruit à la fin des années vingt, après avoir été détruit par le tremblement de terre de 1925, de même que quantité d'édifices à travers la ville. Sur les portes de la salle des archives, des plaques de cuivre gravées racontent l'histoire allégorique de l'État de Californie. Après avoir poussé le battant, je suis arrivée dans un vaste espace, coupé par un comptoir. Sur la droite se trouve une petite salle de réception meublée de deux lourdes tables en chêne et de fauteuils en cuir assortis. Le sol est carrelé de dalles cirées, rouge sombre, et les hauts plafonds sont couverts de dessins bleu fané et or. D'épaisses solives reprennent en écho les mêmes dessins. De gracieuses colonnes en bois se dressent à intervalles, peintes elles aussi dans des nuances sourdes. Pour son travail, le service utilise les découvertes récentes de la technologie : tables de contrôle, ordinateurs, microfilms. Concession supplémentaire à la modernité, certains murs sont couverts de grands panneaux isolants contre le bruit.

Je m'efforçais de faire taire mon esprit et de surmonter la curieuse résistance que suscitait en moi l'idée de ces recherches sur mes géniteurs. Plusieurs personnes attendaient près du comptoir et, l'espace d'un instant, j'envisageai de remettre cette corvée à un autre jour. Mais un autre préposé apparut, un grand type maigre avec une chemise à manches courtes par-dessus son pantalon et des lunettes dont un verre était opaque.

– Que puis-je faire pour vous?

– Je voudrais consulter vos registres; je recherche une licence de mariage délivrée en novembre 1935.

– Le nom? demanda-t-il.

– Millhone, Terrence Randall. Avez-vous aussi besoin de son nom à elle?

– Ça ira, dit-il en prenant un papier.

Il poussa vers moi un formulaire et je le remplis sur le comptoir, afin de rassurer les autorités du comté sur mes intentions, eu égard à la demande que je faisais. C'était une formalité ridicule, selon moi, puisque les archives concernant les naissances, décès, mariages et acquisitions de biens immobiliers appartiennent au domaine public. Le système de classement utilisé s'appelait Soundex; c'était une curieuse méthode qui éliminait les voyelles du nom de famille et attribuait aux consonnes diverses valeurs numériques. L'employé m'aida à convertir le nom de Millhone selon le code Soundex, puis il m'envoya consulter un fichier à l'ancienne; j'y trouvai mes parents, en même temps que la date de leur mariage, le livre et le numéro de page du volume où leur licence avait été enregistrée. Je retournai au comptoir munie de l'information. Le préposé passa un appel téléphonique à quelque bipède retranché dans les entrailles du bâtiment, et chargé de sortir les dossiers appropriés.

L'employé me fit asseoir devant un lecteur de microfilms, en me débitant à toute vitesse une série d'instructions, dont je ne compris que la moitié. Ça n'avait pas tellement d'importance puisqu'il mit lui-même la machine en marche et y inséra la cassette tout en me disant comment faire. Finalement, il me laissa dérouler moi-même à toute allure la majeure partie de la bobine jusqu'au document en question. Et soudain, ils étaient là... leurs noms et les informations personnelles les concernant, notés avec soin dans un dossier près de cinquante ans plus tôt. Terrence Randall Millhone, de Santa Teresa, Californie, et Rita Cynthia Kinsey, de Lompoc, Californie, s'étaient mariés le 18 novembre 1935. Il avait trente-trois ans à l'époque, et se disait facteur. Son père s'appelait Quillen Millhone. Le nom de jeune fille de sa mère était Dace. Rita Kinsey, sans profession, avait dix-huit ans au moment de son mariage; elle était la fille de Burton Kinsey et de Cornelia Straith LaGrand. Ils avaient été unis par un certain juge Stone, de la cour d'appel de Perdido, lors d'une cérémonie qui avait eu lieu à Santa Teresa à 4 heures de l'après-midi. Le témoin qui avait signé le formulaire était Virginia Kinsey, ma tante Gin. A ma connaissance, il n'y avait aucune photographie du mariage, rien pour rappeler l'événement. J'avais seulement vu une ou deux photos d'eux prises quelques années plus tard. J'avais quelque part une poignée d'instantanés de ma petite enfance, mais rien de leurs familles respectives. Je prenais conscience du vide dans lequel j'avais vécu jusqu'à présent. Tandis que les autres ont des anecdotes à raconter, des albums de photos à regarder, de la correspondance à compulser, des réunions de famille auxquelles ils doivent assister, toute sorte de rites qui relèvent de la tradition tribale, j'avais fort peu de chose, sinon rien, à montrer. L'idée que la famille de ma mère, les Burton Kinsey, habitait encore à Lompoc faisait naître en moi des sentiments curieusement contradictoires. Et qu'en était-il des parents de mon père? Je n'avais jamais entendu parler des Millhone.

Je vis soudain les choses sous un autre angle. Je compris, en un éclair, à quel point j'avais savouré le plaisir étrange de n'être apparentée à personne. En fait je m'étais arrangée pour tirer vanité de cette solitude. J'en parlais très peu mais je savais bien que j'y puisais un sorte d'autosatisfaction. *Je* n'étais pas un produit quelconque de la classe moyenne. Je n'avais pas joué mon rôle dans quelque tragédie familiale compliquée – avec des querelles, des alliances tacites, des accords secrets et des tyrannies mesquines. Bien entendu, je n'avais pas non plus connu les bons côtés de ces choses-là; mais qui s'en souciait? J'étais différente. J'étais spéciale. Au mieux, j'étais ma propre créature; au pire, le fruit infortuné des idées un peu particulières qu'avait ma tante sur l'éducation des petites filles. En tout cas, je me prenais pour une étrangère, une solitaire, ce qui me convenait à merveille. Désormais il me fallait envisager l'éventualité de retrouver ma place dans ce noyau familial inconnu...

Je rembobinai le film et le rapportai au comptoir. Je quittai l'immeuble et traversai la rue, en direction du parking où j'avais laissé ma voiture. Sur ma droite, il y avait la bibliothèque publique où je savais pouvoir feuilleter l'annuaire de Lompoc si j'en avais envie. Mais était-ce bien le cas? Avec hésitation, je m'arrêtai pour me poser la question. Il s'agit d'un simple renseignement, me disais-je. Tu n'as pas besoin de prendre une décision tout de suite; tu cherches seulement à savoir.

Je montai les marches et pénétrai dans l'immeuble, franchissant les tourniquets destinés à retenir les voleurs de livres. Les annuaires téléphoniques de la ville et de toutes les autres villes de l'État étaient alignés sur des étagères au rez-de-chaussée, à gauche du bureau où l'on pouvait consulter les bibliothécaires. Je trouvai le volume correspondant à Lompoc et en feuilletai les pages, à l'endroit même où je me tenais. Je ne voulais pas me conduire comme si j'étais assez intéressée pour m'asseoir.

Il n'y avait qu'un « Kinsey » sur la liste des abonnés – non pas Burton, mais Cornelia, la mère de ma mère, avec le numéro de téléphone mais pas d'adresse. Je me mis en quête de l'annuaire Polk de Lompoc et de la base aérienne voisine, Vandenberg Air Force Base, pour parcourir la partie où les numéros de téléphone sont classés dans l'ordre, en commençant par leur indicatif. Cornelia y figurait à une adresse sur Willow Avenue. Je pris alors le Polk de l'année précédente et découvris que Burton y figurait avec elle. J'en déduisis logiquement qu'elle était devenue veuve à un moment quelconque entre la parution des deux derniers volumes. Incroyable. Tu parles d'une histoire. Pour une fois que je me découvre un grand-père, il est mort. Je pris note de l'adresse sur un des bulletins de versement attachés à la fin de mon carnet de chèques. La moitié des gens que je connais se servent de ces bulletins de versement en guise de cartes de visite professionnelle. Pourquoi donc les banques ne prévoient-elles pas quelques feuillets en blanc à la fin des chéquiers pour que l'on puisse y prendre des notes? Je remis le chéquier au fond de mon sac, bien résolue à tout oublier. Je déciderais plus tard de ce que je voulais faire.

Je retournai au cabinet juridique et y accédai par l'entrée de service. En ouvrant ma porte, je vis que le signal lumineux de mon répondeur clignotait. J'ai ouvert une fenêtre tout en écoutant.

« Miss Millhone, c'est Harris Brown, ancien inspecteur de la police de Santa Teresa. Je suis retraité et je viens de recevoir chez moi un appel de l'inspecteur Whiteside. Il me dit que vous essayez de retrouver Wendell Jaffe. Comme il a dû vous le faire savoir, c'est une des dernières affaires sur lesquelles j'ai travaillé avant de quitter le service et je serais heureux d'en discuter un peu avec vous, si vous voulez bien me passer un coup de fil. Cet après-midi, je ne resterai pas tout le temps à la maison, mais vous pourrez probablement me joindre entre deux et trois heures au... »

J'ai attrapé un stylo et noté le numéro pendant qu'il le dictait. Je jetai un coup d'œil à ma montre. Chouette. Il n'était qu'une heure moins le quart. J'ai composé le numéro au cas où par chance l'homme serait chez lui. Pas de veine. J'ai essayé une fois encore de joindre Renata Huff, mais elle n'était pas non plus chez elle. J'avais encore la main sur le récepteur quand le téléphone sonna.

– Agence Kinsey Millhone, ai-je répondu.

– Puis-je parler à Mrs. Millhome? demanda une voix chantante de femme.

– C'est elle-même, ai-je répondu prudemment afin de donner le ton.

– Mrs. Millhome, c'est Patty Kravitz, de la société Telemarketing. Comment allez-vous aujourd'hui?

On lui avait appris qu'il fallait sourire à ce moment-là, de sorte que sa voix soit chaleureuse et amicale.

Je tournai ma langue dans ma bouche.

– Très bien. Et vous-même?

– Parfaitement. Mrs. Millhome, nous savons que vous êtes quelqu'un de très occupé, mais nous faisons une enquête pour un nouveau produit formidable et nous nous demandons si vous accepteriez de nous sacrifier quelques minutes pour répondre à un petit nombre de questions. Si vous acceptez de nous prêter votre concours, nous vous réservons déjà une merveilleuse récompense. Pouvons-nous compter sur vous?

J'entendais le brouhaha d'autres voix derrière la sienne dans le bureau collectif d'où elle appelait.

– De quel produit s'agit-il?

– Désolée, mais nous n'avons pas le droit de divulguer son nom. Je *peux* seulement vous préciser qu'il s'agit de quelque chose en rapport avec les transports aériens et que dans les mois qui viennent, cela aboutira à l'introduction sur le marché d'une nouvelle formule absolument révolutionnaire en matière de voyage d'affaires et de tourisme. Nous permettez-vous de prendre quelques minutes sur votre emploi du temps?

– Certainement, pourquoi pas?

– Parfait. Dites-moi, Mrs. Millhome, êtes-vous célibataire, mariée, divorcée ou veuve?

Cette manière sincère et spontanée qu'elle avait de lire le feuillet plastifié posé devant elle me plaisait vraiment. Je répondis :

– Veuve.

– J'en suis désolée, dit-elle d'un ton indifférent tout en poursuivant sans s'arrêter : Êtes-vous propriétaire ou locataire de votre maison?

– En fait, je possédais deux maisons, dis-je d'un air dégagé. Une ici à Santa Teresa et une autre à Fort Myers, en Floride, mais depuis que John est décédé, il m'a fallu vendre cette dernière. Le seul endroit que je loue est un appartement à New York.

– Vraiment?

– Je voyage pas mal. C'est la raison pour laquelle je vous aide dans votre enquête, ai-je dit.

Je pouvais quasiment l'entendre faire des gestes véhéments en direction de son chef de service. Elle avait amorcé un gros poisson et il se pouvait qu'elle ait besoin d'aide.

Nous passâmes à la question de mon revenu annuel, dont je savais qu'il serait considérable, compte tenu de ce million supplémentaire que j'attendais. Je continuai de mentir, de raconter des bobards et de recourir à tous les faux-fuyants, car les questions m'amusaient et me permettaient d'aiguiser mes talents de comédienne. Rapidement nous en arrivâmes au fait qu'il me suffisait d'établir un chèque de 39,99 dollars pour obtenir le prix que j'avais gagné; toute une série de neuf valises assorties, dessinées par un grand styliste, que la plupart des grands magasins vendaient au détail pour plus de six cents dollars.

C'était mon tour de me montrer sceptique.

– C'est une blague, ai-je dit. Tout ça pour 39,99 dollars? Je n'en crois rien.

Elle m'affirma que l'offre était sérieuse. Les bagages étaient absolument gratuits. On me demandait seulement d'assumer les frais d'emballage et d'expédition, ce que je pouvais régler avec ma carte de crédit si cela m'arrangeait. Elle proposa d'envoyer quelqu'un chercher le chèque dans moins d'une heure, mais j'estimais qu'il était plus facile de prendre les devants et de régler avec ma carte. Je lui donnai le numéro de mon compte, en inventant une jolie série de chiffres qu'elle me relut consciencieusement. D'après le ton de sa voix, je me rendais compte qu'elle avait du mal à croire à cette aubaine. J'étais probablement la seule personne ce jour-là qui ne lui avait pas écorché l'oreille en raccrochant brutalement. Avant la fin de la journée, elle et ses copines allaient s'évertuer à faire débiter la marchandise sur ce compte.

En guise de déjeuner, j'ai englouti un pot de yoghourt sans matière grasse, assise à mon bureau, puis j'ai fait un petit somme en basculant mon fauteuil en arrière. Entre les poursuites en voiture et les échanges de coups de feu, il nous arrive à nous autres, détectives privés, d'avoir parfois des journées comme celle-là. A deux heures, je me suis éveillée, et j'ai trouvé le courage d'attraper le téléphone, pour essayer encore de joindre Harris Brown.

Au bout de quatre sonneries, quelqu'un a décroché.

– Harris Brown, a-t-il dit, d'une voix grincheuse et hors d'haleine.

J'ai ôté les pieds de mon bureau et me suis présentée. Il a changé de ton et manifesté son intérêt...

– Je suis content que vous ayez appelé. J'ai été étonné d'apprendre que cet individu avait refait surface.

– En fait, on n'en a pas encore la confirmation, mais quant à moi ça m'a l'air solide. Pendant combien de temps avez-vous suivi l'affaire?

– Oh la la, sans doute sept mois. Je n'ai jamais cru une seule minute qu'il était mort et je me suis donné un mal de chien pour faire partager mon opinion aux autres. En fait, je n'y suis jamais arrivé. C'est agréable, quand une vieille intuition se trouve justifiée. Bon, dites ce que vous attendez de moi.

– Je n'en sais trop rien pour l'instant. A la réflexion, j'aimerais qu'on puisse réfléchir ensemble, ai-je dit. J'ai mis la main sur la femme avec qui il voyageait, une fille qui s'appelle Renata Huff; elle a une maison du côté des Perdido Keys.

L'information parut l'époustoufler.

– Comment vous y êtes-vous prise pour mettre la main sur elle?

– Hum, je préférerais ne pas avoir à le raconter. Disons que j'ai mes petits trucs, ai-je dit.

– On dirait que vous vous en tirez plutôt bien.

– Question de métier. Le problème, c'est qu'elle est ma seule piste et je ne vois pas auprès de qui d'autre il pourrait trouver de l'aide.

– Dans quel but?

Je me sentis faire marche arrière, mal à l'aise de devoir lui confier mes théories sur Wendell.

– Eh bien, j'hésite à le dire, mais j'ai dans l'idée qu'il est au courant à propos de Brian...

– L'évasion et la tuerie.

– Exact. Je pense qu'il est en train de rentrer pour aider son fils.

Il y eut un bref silence.

– L'aider comment?

– Je n'en sais rien encore. Je ne vois pas d'autre raison pour laquelle il prendrait le risque de rentrer.

– Ça se pourrait bien, dit-il après un instant de réflexion. Donc vous pensez qu'il va chercher à contacter sa famille la plus proche ou de vieux copains à lui.

– Exactement. Je connais son ancienne femme et je lui ai parlé, mais elle ne paraît pas avoir le moindre indice.

– Et vous la croyez?

– En vérité, j'ai tendance à la croire. Je pense qu'elle est honnête.

– Continuez. Pardon de vous avoir interrompue.

– En tout cas, en ce qui concerne Wendell, je tourne en rond en espérant qu'il va montrer le bout de son nez, ce qu'il n'a pas l'air de faire. Je me suis dit que, si l'on pouvait s'y mettre à deux, on pourrait trouver d'autres hypothèses. Est-ce que je pourrais abuser de votre temps?

– Je suis à la retraite désormais, Miss Millhone. Le temps est tout ce qui me reste. Malheureusement, je suis pris cet après-midi. Demain, si cela vous convient.

– Ça me paraît bien. Que diriez-vous du déjeuner? Seriez-vous libre par hasard?

– Ça peut se faire, dit-il. Où êtes-vous?

Je lui donnai l'adresse de mon bureau. Il dit :

– J'habite Colgate mais j'ai des courses à faire en ville. Y a-t-il un endroit où nous pourrions nous retrouver?

– N'importe où, là où ça vous arrange.

Il proposa un grand café, en haut de State Street. Ce n'était pas le meilleur endroit pour déjeuner mais je savais que nous n'aurions pas besoin de réserver une table. Je notai le rendez-vous sur mon agenda après avoir raccroché. Sous le coup d'une inspiration, j'essayai de nouveau le numéro de Renata.

Deux sonneries. Elle décrocha.

« Oh, merde », ai-je pensé.

– Pourrais-je parler à Mr. Huff?

– Il n'est pas là en ce moment. Voulez-vous lui laisser un message?

– Est-ce Mrs. Huff?

– Oui.

Je pris la peine d'esquisser un sourire.

– Mrs. Huff, je suis Patty Kravitz, de la société Telemarketing. Comment allez-vous aujourd'hui?

– Encore un boniment publicitaire?

– Absolument pas, Mrs. Huff. Je peux vous l'assurer. Nous faisons une enquête de marché. La société pour laquelle je travaille souhaiterait connaître vos activités de loisirs et le budget que vous consacrez à vos voyages. Nos questionnaires sont numérotés, de sorte que vos réponses resteront complètement anonymes. En remerciement pour votre coopération, nous mettons à votre disposition un ravissant cadeau.

– Ah, d'accord. Je vois.

« Seigneur, voilà une dame qui n'est pas de nature très confiante », me suis-je dit.

– Je ne vous demanderai que quelques minutes de votre temps, car vous devez être très occupée.

Puis je m'obligeai à me taire pour la laisser réfléchir de son côté et me dire ce qu'elle en pensait.

– D'accord, mais soyez brève et si je vois que vous essayez de me vendre quelque chose, je vais être furieuse.

– Je vous comprends. Maintenant, Mrs. Huff, êtes-vous célibataire, mariée, divorcée ou veuve?

J'avais attrapé un crayon et je m'étais mise à griffonner distraitement sur un bloc, en imaginant nerveusement ce qui allait se produire. Qu'est-ce que j'espérais réellement apprendre de sa bouche?

– Mariée.

– Êtes-vous propriétaire ou locataire de votre domicile?

– Quel rapport avec les loisirs?

– J'y viens. Votre résidence actuelle est-elle votre domicile principal ou votre lieu de vacances?

– Ah bon, je vois, dit-elle toute radoucie. C'est ma résidence principale.

– Et combien de voyages avez-vous faits au cours des six derniers mois? Aucun, de un à trois, ou plus de trois?

– De un à trois.

– Sur les déplacements effectués au cours des six derniers mois, combien d'entre eux étaient des voyages d'affaires?

– Écoutez, voulez-vous aller droit au but?

– Très bien. Pas de problème. On va sauter quelques-unes de ces rubriques. Vous ou votre mari envisagez-vous de voyager à un moment quelconque au cours des toutes prochaines semaines?

Silence de mort. Je dis:

– Allô?

– Pourquoi cette question?

– En fait, cela nous amène à la fin de mon questionnaire, Mrs. Huff, ai-je dit, en parlant plus vite. A titre de remerciement, nous aimerions vous offrir, sans qu'il vous en coûte un sou, deux billets aller-retour pour San Francisco et deux nuits, tous frais payés, à l'hôtel *Hyatt*. Votre mari rentrera-t-il bientôt à la maison pour accepter les billets gratuits? Il n'y a absolument aucune obligation de votre part, mais il *faut* qu'il signe le reçu parce que l'enquête est faite à son nom. Me permettez-vous d'annoncer à mon supérieur que vous aimeriez qu'on vous les porte chez vous?

– Ça ne sera pas possible, dit-elle d'une voix pleine d'irritation. Nous sommes sur le point de nous absenter momentanément, dès que... Je ne sais pas à quel moment il rentrera et votre offre ne nous intéresse pas.

Il y eut un déclic. Elle avait coupé la communication.

Merde! Je reposai brutalement le téléphone de mon côté. Où donc était notre homme et que projetait-il de faire qui puisse le contraindre à quitter « momentanément » Perdido? Personne n'avait eu de ses nouvelles. Personne pour autant que *je* le sache. Je n'arrivais pas à croire qu'il avait parlé à Carl Eckert, sauf s'il l'avait fait au cours de la dernière demi-journée. A ma connaissance, il ne s'était pas mis en rapport avec Dana ou Brian. Je n'avais pas de certitude à propos de Michael. Il me faudrait probablement vérifier cela.

Que diable pouvait bien faire Wendell? Pourquoi se serait-il ainsi rapproché physiquement de sa famille sans chercher à les voir? Bien entendu, il était toujours possible qu'il se soit arrangé pour leur parler à tous les trois et, si tel était le cas, ils étaient de bien meilleurs menteurs que moi. Peut-être était-il temps de mettre les flics sur les traces de Renata Huff. Et ça ne pourrait pas faire de mal de publier le portrait de Wendell dans la presse locale. Tant qu'il courait, on pouvait aussi bien lâcher les chiens à ses trousses. En attendant, il me faudrait encore faire un autre tour à Perdido.

15

Je suis repartie à Perdido aussitôt après avoir dîné. La route était agréable; à cette heure-là, la lumière jaune foncé dorait à la feuille les contours des montagnes. En dépassant Rincon Point, je pouvais encore voir des surfeurs dans l'eau. Beaucoup chevauchaient leurs planches, se balançaient au rythme de la marée, bavardaient en attendant la vague, toujours pleins d'espoir. Pour l'instant, la houle était modeste, mais la météo dans le journal du matin, avait révélé l'existence d'un ouragan sur le Pacifique est, très loin au large de la Basse-Californie, et l'on disait qu'il allait remonter la côte. Je pouvais remarquer d'ailleurs que l'horizon était souligné de nuages noirs comme si une rangée de balais-brosses poussait dans notre direction une obscurité précoce. Le Rincon, avec son avancée rocheuse et ses récifs en bord de mer, semble toujours jouer un rôle d'aimant pour les turbulences météorologiques.

Rincón est le vocable espagnol dont on se sert pour désigner la crique formée par un bras de terre qui avance dans la mer. Ici, des séries d'indentations similaires modèlent la côte et, sur une partie de celle-ci, l'océan vient buter directement contre la route. A marée haute, les vagues se brisent le long de la chaussée où elles font jaillir un mur blanc d'eau en colère. De l'autre côté, sur ma gauche, des champs de fleurs sont cultivés en terrasses, là où le sol descend en pente douce vers la mer. Toutes ces couleurs vibrantes, le rouge, l'or et le magenta des zinnias, brillaient dans le crépuscule comme éclairés par en dessous.

Il était à peine plus de dix-neuf heures quand j'ai quitté l'autoroute 101. Au feu vert, j'ai traversé le carrefour et coupé Main Street pour me diriger vers le nord à travers le quartier des Boulevards. J'ai tourné à gauche dans Median et me suis rangée près du trottoir. La coccinelle jaune de Michael était garée dans l'allée. Les fenêtres sur le devant de la maison étaient sombres, mais j'apercevais des lumières à l'arrière, là où devaient se trouver la cuisine et une des deux chambres à coucher.

Je frappai à la porte d'entrée et attendis sous le petit porche jusqu'à ce que Michael réponde. Il avait échangé sa tenue de travail contre une salopette en jean délavée, le genre de défroque que porte un plombier pour ramper sous la maison. Comme je venais de faire la connaissance de Brian, je fus frappée de voir combien les deux frères se ressemblaient. L'un était blond, l'autre brun, mais tous deux avaient hérité la bouche sensuelle et les traits délicats de Dana. Michael devait s'attendre à ma visite car il ne manifesta aucune surprise en me voyant sur le seuil de sa porte.

– Je peux entrer?

– Si vous voulez. C'est en plein chantier.

– Ça ne fait rien, ai-je répondu.

Je le suivis à travers la maison. La salle de séjour et la cuisine étaient encore encombrées de cartons ouverts qui attendaient toujours d'être vidés; il s'en échappait des nuages de papier journal froissé.

Michael et Juliet s'étaient réfugiés dans la plus vaste des deux petites chambres, une pièce de trois mètres sur quatre, essentiellement meublée d'un grand lit et d'un énorme poste de télévision en couleurs qui diffusait une partie de base-ball en direct de Los Angeles. Des cartons de pizzas, des barquettes de plats cuisinés et des boîtes de sodas étaient posés sur le buffet et sur la commode. L'endroit évoquait une prise d'otages quand les flics font porter des plateaux-repas pour satisfaire aux exigences des terroristes. Tout était dans le plus grand désordre; ça sentait la serviette de toilette humide, les frites, la fumée de cigarette et les chaussettes sales d'un sportif. Il y avait des Pampers roulées en boule dans la poubelle; d'autres débordaient du couvercle en plastique de la corbeille à papier.

Michael, le regard fixé sur le poste de télé, se percha tout au bout du grand lit où Juliet était allongée en train de feuilleter un numéro de *Cosmopolitan*. Un cendrier à demi plein était posé sur le couvre-lit, à côté d'elle. Elle était pieds nus, portait un short et un débardeur fuchsia. Elle ne pouvait avoir plus de dix-huit ou dix-neuf ans et avait déjà perdu tout l'excès de poids qu'elle avait dû prendre pendant sa grossesse. Ses cheveux étaient coupés en brosse, le genre de coupe au ras des oreilles que les hommes ne portent plus depuis des années. Si je n'avais rien su d'elle, j'aurais supposé qu'elle venait de s'engager dans l'armée et avait quitté son camp d'entraînement pour le temps d'une permission. Son visage était couvert de taches de rousseur, ses yeux bleus soulignés de noir, ses cils perlés de mascara, ses paupières bicolores, bleu et vert. Des boucles volumineuses pendaient à ses oreilles, d'énormes cerceaux voyants de plastique rose, apparemment achetés pour aller avec son débardeur. Elle posa le magazine, visiblement irritée par le volume du bruit émis par la télé. Sur l'écran les images avaient changé et l'on y voyait maintenant une publicité de mauvaise qualité pour un vendeur local de voitures. Le message publicitaire était tonitruant comme s'il avait été écrit tout spécialement par la femme du P.-D.G. de la société.

– Bon Dieu, Michael. Tu pourrais pas baisser ce foutu truc? Qu'est-ce que t'as, t'es sourd ou quoi?

Michael pressa un bouton sur la télécommande. Le bruit tomba à un niveau légèrement inférieur à celui qu'exigent les opérations neurologiques aux ultrasons. Ni l'un ni l'autre ne semblaient réagir à mon arrivée. Je me dis que je pourrais probablement m'affaler sur le lit et rester avec eux toute la soirée sans attirer outre mesure leur attention. Juliet finit par glisser un regard dans ma direction et Michael fit les présentations sans y mettre beaucoup d'enthousiasme.

– C'est Kinsey Millhone, la détective privée qui recherche mon père.

Puis en la montrant de la tête, il ajouta :

– Voilà Juliet, ma femme.

– Salut, comment allez-vous? ai-je murmuré à l'intention de Juliet.

– Ravie de faire votre connaissance, dit-elle, en ramenant son regard vers le magazine.

Je ne pus m'empêcher de remarquer que je disputais son attention à un article sur la manière de savoir écouter. Elle tâta le couvre-lit à la recherche du paquet de cigarettes qui se trouvait près d'elle. Elle l'explora de son index, leva le paquet et le scruta. Elle eut une moue d'exaspération en découvrant qu'il était vide. J'étais comme hypnotisée par son allure. Avec cette coupe de cheveux digne d'un fusilier marin, elle avait l'air d'un adolescent aux yeux fardés avec des boucles d'oreilles dansantes. Elle poussa Michael du pied.

– Je croyais que tu avais dit que tu irais me faire une course. J'ai plus de cigarettes et le bébé a besoin de Pampers. Est-ce que tu peux y aller? S'il te plaît, dis, s'il te plaît?

Sur l'écran de télévision, la partie de base-ball avait repris. Comme mari, Michael semblait avoir pour fonction essentielle d'aller chercher des cigarettes et des Pampers. Je ne donnais pas plus de dix mois à ce mariage. D'ici là, elle en aurait assez de passer toutes ses soirées à la maison. Curieusement, j'étais frappée de voir que, malgré son jeune âge, Michael était du genre à pouvoir vraiment faire quelque chose de bien. Juliet, elle, allait devenir irascible et querelleuse avant de finir par renoncer à ses responsabilités jusqu'à ce que le couple se défasse. Dana finirait probablement par se charger du bébé.

Michael, le regard toujours rivé au poste, émit une vague réponse sans faire mine de se lever, ce qu'elle ne manqua pas de remarquer. Il tripotait la bague de la Cottonwood Academy que sa mère lui avait donnée, la faisant tourner dans un sens et dans l'autre.

– M-a-ï-k-e-u-l, si Brendan pisse encore qu'est-ce que je vais faire? Je viens d'utiliser la dernière couche.

– Ben, ouais, poupée. Rien qu'une seconde. D'accord?

Le visage de Juliet se renfrogna. Michael lança un regard vers elle, conscient de son exaspération.

– J'y vais dans une minute. Est-ce que le bébé s'est endormi? Mom voudrait qu'elle le voie.

Étonnée, je compris que le « elle » se référait à moi.

Juliet balança les pieds de l'autre côté du lit.

– J'en sais rien. Je vais voir. Je viens juste de le recoucher. Il a toujours du mal à s'endormir avec la télé qui hurle comme ça.

Elle se leva et traversa la pièce en direction de l'étroit couloir qui séparait les chambres à coucher. Je la suivis, cherchant hâtivement le genre de compliment qu'on fait habituellement à propos d'un bébé, pour le cas où le gosse aurait la tête de travers.

– Je ferais mieux de rester à distance. Je ne veux pas qu'il attrape mon rhume ou quelque chose, ai-je dit.

Parfois les mères veulent que vous preniez *vraiment* dans vos bras leurs petits corniauds.

Juliet se pencha pour regarder par l'embrasure de la porte de la plus petite des deux chambres avant d'entrer. Un mur de penderies en plastique avait été dressé dans la pièce, toutes lourdement chargées de cintres. Le berceau du bébé avait été placé au centre de cette forteresse de robes fripées et de vêtements d'hiver. Je ne sais pourquoi, j'eus le sentiment que la pièce aurait encore exactement le même aspect dans plusieurs mois. On se sentait bien au calme dans cette jungle de vieux pardessus et j'imaginais qu'avec le temps Brendan s'habituerait à cette odeur de boules antimites et de laine feutrée. En la respirant, plus tard, il aurait les mêmes sensations que Marcel Proust avec sa madeleine. Je me mis sur la pointe des pieds pour regarder par-dessus l'épaule de Juliet.

Brendan était assis bien droit, le regard tourné vers la porte comme s'il avait su qu'elle allait venir le chercher. C'était un de ces bébés exquis qu'on voit dans les publicités des magazines; potelé et parfait avec de grands yeux bleus, deux petites dents naissantes sur sa gencive inférieure, des fossettes aux joues. Il portait un gros pyjama de flanelle bleu avec des semelles en caoutchouc collées sous les pieds; il tenait les bras écartés pour garder l'équilibre. Ses mains semblaient s'agiter au hasard, comme de petites antennes digitales en train d'enregistrer les signaux émis par le monde extérieur. Dès qu'il aperçut Juliet, son visage rayonna et ses bras commencèrent à battre énergiquement en signe de grande joie infantile. Les traits de Juliet perdirent leur masque maussade et elle le gratifia d'un charabia énigmatique. Il souffla des bulles, tout bavant. Quand elle le prit dans ses bras, il cacha son visage dans son épaule en repliant ses genoux sous lui dans une contorsion de plaisir. Ce fut l'unique moment de toute ma vie où je me pris à souhaiter d'avoir une bestiole comme celle-là.

Juliet rayonnait :

– N'est-ce pas que c'est un beau bébé?

– Il est adorable, ai-je dit.

– Michael n'ose même plus le prendre dans ses bras, ces jours-ci, dit-elle. A cet âge, il est brusquement devenu très possessif à mon égard. Il y a une semaine que ça a commencé. Il avait l'habitude d'aller dans les bras de son papa sans protester. Maintenant si je cherche à le tendre à quelqu'un d'autre, vous devriez voir sa tête. Et quels cris, Seigneur. Il fait tellement pitié, c'est à vous briser le cœur. « C'est le p'tit gars à sa maman », poursuivait Juliet.

Brendan tendit une main potelée et fourra plusieurs de ses doigts dans la bouche de sa mère. Elle fit semblant de le mordre, ce qui provoqua un faible gloussement dans la gorge du gamin. Elle changea d'expression, le nez tout froncé.

– Ah, Seigneur, on dirait qu'il a fait dans sa culotte?

Elle fourra un index sous l'élastique de ses couches, jeta un coup d'œil par l'interstice.

– M-a-ï-k-e-u-l?

– Quoi?

Elle se rendit dans la chambre à coucher.

– Pour une fois, aurais-tu l'obligeance de faire ce que je te demande? Le bébé a fait dans sa culotte et je n'ai plus de Pampers. Ça fait deux fois que je t'en parle.

Michael se leva docilement, les yeux toujours rivés sur l'écran de télévision. Il y eut une autre publicité et le changement sembla rompre le charme.

– A tout à l'heure, d'ac'? dit-elle, en faisant tressauter le bébé sur une hanche.

Michael alla chercher son anorak, qu'il tira d'une pile de vêtements posés à même le sol.

– Je reviens tout de suite, dit-il sans s'adresser à personne en particulier.

Comme il enfilait sa veste, je me dis que ce serait l'occasion idéale pour lui parler.

– J'y vais aussi? dis-je.

– D'accord, dit-il en jetant un regard à Juliet. Tu as besoin de quelque chose d'autre?

Elle secoua la tête négativement en observant une colonie d'insectes qui s'activaient à nettoyer, comme dans un dessin animé, les reliefs d'un dîner abandonnés sur une assiette sale. J'aurais parié qu'elle n'avait pas encore pris la peine de faire une seule vaisselle.

Une fois dehors, Michael se mit à marcher rapidement dans la rue, tête baissée, les mains dans les poches de son anorak. Il avait facilement trente centimètres de plus que moi et une foulée agile. L'orage qui approchait avait assombri le ciel et une brise tropicale chassait les feuilles le long des caniveaux. Le journal avait prévenu qu'une dépression était en vue et qu'elle allait probablement nous apporter autre chose que de la bruine. Le vent se levait, l'atmosphère était humide, le temps changeant; le ciel, jusqu'alors pâle, prenait la couleur du plomb. Michael leva le visage et une rafale chargée de pluie lui souffleta les joues.

Je m'aperçus que je devais trotter à côté de lui pour rester à sa hauteur.

– Pourriez-vous ralentir un tout petit peu?

– Pardon, dit-il et il réduisit son allure d'un bon tiers.

Le supermarché se trouvait juste au carrefour, peut-être à deux cents mètres de là. J'en voyais les lumières devant nous mais la rue était obscure. Une maison sur trois avait de la lumière sous le porche. Des odeurs de cuisine traînaient dans l'air frais de la nuit : des arômes de pommes de terre au four, de poulet rôti, de côtes de porc à la sauce aigre-douce et de pain de viande arrosé de sauce barbecue. Je savais que j'avais déjà dîné, mais cela me donnait quand même faim.

– Vous devez savoir que votre père est peut-être de retour en ville, ai-je dit à Michael en essayant de prendre un air dégagé.

– Mom m'a dit ça.

– Vous avez idée de ce que vous ferez s'il vous contacte?

– Lui parler, je pense. Pourquoi? Qu'est-ce que je suis censé faire?

– Il est toujours l'objet d'un mandat d'arrêt.

Michael ricana.

– C'est ça, hein? Moucharder son propre père? On ne l'a

pas vu pendant des années et la première chose qu'on fait, c'est d'appeler les flics.

– Ça aurait l'air vraiment dégueulasse, non?

– Ça n'en aurait pas seulement *l'air*. Ça *serait* dégueulasse.

– Vous rappelez-vous beaucoup de choses de lui?

Michael haussa une épaule.

– J'avais dix-sept ans quand il est parti. Je me rappelle que Mom a beaucoup pleuré et qu'on a dû rester à la maison sans aller à l'école pendant deux jours. J'essaie de ne pas penser au reste. Laissez-moi vous dire une bonne chose, j'avais d'abord pris l'habitude de penser : « Et alors, mon vieux s'est tué... c'est pas bien grave, vous savez? » Puis j'ai eu *mon* fils et j'ai changé d'attitude. Je ne pourrais pas quitter ce petit gaillard. Je ne pourrais pas lui faire ça et maintenant je me demande comment Dad a pu me faire ça à moi. Quel genre de salaud il est donc, si vous voyez ce que je veux dire? Moi et Brian, tous les deux, on était de braves gosses, je vous le garantis.

– On dirait bien que Brian en a été anéanti.

– Ouais, ça, c'est tout à fait vrai. Brian s'est toujours conduit comme si ça n'avait pas d'importance, mais je sais que ça lui a fait beaucoup de mal. Moi, j'ai été relativement épargné.

– Votre frère avait douze ans?

– Oui. J'étais en terminale au lycée. Il était en quatrième. Les gosses sont méchants à cet âge-là.

– Ils le sont à tous les âges. Votre mère m'a dit que Brian a commencé à avoir des histoires à peu près à ce moment-là.

– Je crois.

– Quelle genre de choses faisait-il?

– J'en sais trop rien, des trucs sans importance... l'école buissonnière, des graffitis sur les murs, des bagarres, il se contentait de traîner à droite et à gauche. Ça n'avait pas beaucoup d'importance à ses yeux. Je ne dis pas que c'était bien, mais tout le monde a fait tellement de foin avec ça... Immédiatement, ils se sont mis à le traiter comme un criminel ou quelque chose de ce genre, et ce n'était qu'un *gamin*. Des tas de garçons ont des problèmes à cet âge-là, si vous voyez ce que je veux dire. Il déconnait et il a été pris. C'est la seule différence. J'avais fait pareil à son âge et personne ne m'avait collé l'étiquette de « délinquant juvénile ». Pas la peine de me sortir toutes ces âneries sur « un comportement d'appel ».

– Je n'ai pas dit un mot. Je me contente d'écouter.

– En tout cas, ça me désole. Une fois que les gens pensent qu'on est mauvais, y a plus qu'à être mauvais. C'est plus drôle que d'être bon.

– Je ne pense pas que Brian trouve ça drôle d'être là où il est.

– Je ne sais pas exactement ce qui s'est passé. Brian parle d'un type, Guevara, c'est son nom, je crois. C'est vraiment un sale petit mec. Ils étaient dans la même cellule à un moment et Brian dit qu'il essayait toujours de l'emmerder, même de lui faire avoir des histoires avec les gardiens. C'est celui qui l'a embarqué dans cette cavale.

– Quelqu'un m'a dit hier qu'il était mort.

– Bien fait pour lui.

– J'en déduis que vous avez parlé à Brian depuis son retour. Votre mère est allée le voir et moi aussi.

– Je lui ai parlé seulement par téléphone et il ne pouvait pas dire grand-chose. Surtout il m'a dit de ne pas croire à tout ce qu'on raconte tant que ça ne sort pas de sa propre bouche. Il est foutu.

– Comment ça, foutu?

– Ben, le juge veut l'inculper d'évasion, de cambriolage, de vol de voiture et de complicité d'assassinat. Est-ce que vous pouvez croire çà? Quel merdier! Et dire que c'était même pas son idée à lui de se tailler de prison.

– Pourquoi l'a-t-il fait, alors?

– Ils l'ont menacé de le tuer! Ils lui ont dit que, s'il ne les suivait pas, ils allaient lui faire la peau. Il était comme un otage, vous voyez?

– Je n'avais pas compris ça, dis-je, en essayant de garder un ton neutre.

Michael était si occupé à défendre son frère qu'il ne sembla pas remarquer mon scepticisme.

– C'est la vérité. Brian le jure. Il dit que Julio Rodriguez a tué la femme sur la route. Lui, il n'a jamais tué personne. Il dit que tout ça le rend malade. Il ne pouvait pas du tout imaginer que ces voyous allaient le foutre dans un merdier pareil. Meurtre avec préméditation. Seigneur, et puis quoi encore?

– Michael, cette femme a été tuée dans le cadre d'une agression, ce qui entraîne automatiquement une inculpation pour assassinat. Même si votre frère n'a jamais touché l'arme qui a tué, il est considéré comme complice.

– Mais ce n'est pas pour ça qu'il est *coupable*. Il cherchait tout le temps à se tirer.

Je ravalai mon envie de discuter. Je sentais bien qu'il était en train de devenir nerveux et je savais qu'il ne fallait pas le pousser trop loin si je voulais obtenir son aide.

– Je pense que son avocat devra tirer tout ça au clair.

Je jugeai préférable de ramener la conversation vers un terrain plus neutre.

– Et vous? Quel genre de travail faites-vous?

– Je travaille dans le bâtiment et je me fais pas mal d'argent. Mom veut que j'aille à l'université, mais je ne vois pas pourquoi. Tant que Brendan est tout petit, je ne veux pas que Juliet soit obligée de travailler. De toute façon, je ne vois pas ce qu'elle pourrait faire. Elle est allée jusqu'en terminale, mais elle ne pourrait pas obtenir beaucoup plus que le salaire minimum et quand on sait ce que coûte une baby-sitter, ça n'a pas beaucoup de sens.

Nous étions arrivés à la supérette du coin, scintillante de lumière fluorescente. Notre conversation resta en suspens pendant que Michael remontait et redescendait les allées pour prendre les articles qu'on lui avait demandé d'acheter. Je m'absorbai dans la contemplation des magazines et parcourus du regard les derniers numéros de diverses publications « féminines ». A en juger par les articles annoncés sur les couvertures, nous étions toutes obsédées par le désir de perdre du poids, les rapports sexuels et les mille et une façons de décorer nos maisons pour pas cher – le tout dans cet ordre. Je pris un exemplaire de *Maison et Foyer* et le feuilletai jusqu'à ce que j'arrive à l'une de ces rubriques intitulées « Vingt-cinq choses à faire pour vingt-cinq dollars ou moins ». On y suggérait notamment de confectionner, à l'aide de vieux draps, de petites housses avec des nœuds pour recouvrir une série de chaises métalliques pliantes.

Je levai les yeux et vis Michael devant la caisse. Il avait apparemment déjà payé ses achats que l'employé mettait dans un sac. Sans être sûre de ce que c'était, j'eus brusquement l'impression que quelqu'un d'autre l'observait. Je me retournai discrètement et parcourus le magasin du regard. A ma gauche, j'entrevis l'ombre d'un mouvement, un visage flou réfléchi par les portes vitrées des armoires réfrigérées alignées le long du mur, en face de l'entrée. Je me retournai pour mieux voir, mais le visage avait disparu.

Je me dirigeai vers la porte et sortis dans l'air frais de la nuit. Il n'y avait personne dans le parc de stationnement. La rue était dépourvue de tout mouvement. Aucun piéton, aucun promeneur de chien, pas même un souffle de vent pour agiter les arbustes. La sensation persistait et je sentais mes cheveux se dresser sur mon crâne. Il n'y avait aucune raison d'imaginer que Michael ou moi-même avions attiré l'attention de quelqu'un. Sauf si, bien sûr, c'était Wendell ou Renata. Le vent se leva, chassant la brume sur la chaussée.

– Qu'est-ce qu'il y a?

Je me retournai. Michael se tenait sur le seuil, les bras chargés du sac d'épicerie.

– J'ai cru voir quelqu'un qui vous regardait à travers la porte.

Il secoua la tête.

– Je n'ai vu personne.

– C'est peut-être mon imagination enflammée, mais je ne ressens pas souvent ce genre de chose, ai-je dit.

Je pouvais sentir un long frisson glacial parcourir mon dos.

– Vous croyez que ça pourrait être papa?

– Je ne vois pas qui d'autre manifesterait un tel intérêt.

Je le vis lever la tête comme un animal.

– J'entends un moteur de voiture qui tourne.

– Ah oui?

J'écoutai consciencieusement mais je n'entendis rien d'autre que le bruissement du vent dans les arbres.

– D'où venait le bruit?

Il secoua la tête.

– C'est fini à présent. Par là-bas, je pense.

Je scrutai le côté obscur de la rue, mais il n'y avait aucun signe de vie. Les réverbères, largement espacés, créaient des flaques superficielles de lumière blême dont le seul effet était de rendre encore plus profondes les ténèbres intermédiaires. Une brise légère agitait le feuillage des arbres comme une vague. Ce bruissement évoquait quelque chose de mystérieux. On entendait aussi la pluie crépiter faiblement sur les branches les plus élevées. Toujours aussi faiblement, dans le lointain, je crus percevoir un bruit sec de talons; quelqu'un s'éloignait d'un pas ferme dans l'obscurité. Je me retournai. Le sourire de Michael s'évanouit, quand il vit mon expression.

– Vous êtes vraiment effrayée.

– Je déteste l'idée d'être surveillée, ai-je dit.

Derrière nous, je remarquai que l'employé du magasin regardait attentivement dans notre direction, probablement intrigué par notre manège. Je lançai un regard à Michael.

– En tout cas, on ferait mieux de rentrer. Juliet va se demander ce qui nous a retenus.

Nous sommes repartis en marchant rapidement. Cette fois je ne fis aucune tentative pour ralentir l'allure de Michael. Je me surpris à regarder en arrière de temps à autre, mais la rue paraissait toujours vide. Je sais par expérience qu'il est plus facile d'aller au-devant de l'obscurité que de s'en éloigner. C'est seulement une fois la porte refermée derrière nous que je consentis à me détendre. Mais même alors, une exclamation de soulagement involontaire s'échappa de mes lèvres. Michael était allé à la cuisine pour déposer son sac d'épicerie; il me lança un regard.

– Eh bien, on est sains et saufs, non?

Il sortit de la cuisine avec les Pampers et une cartouche de cigarettes. Il se dirigea vers la chambre et je restai dans son sillage, pressant le pas pour arriver à sa hauteur.

– Je vous serais reconnaissante de me prévenir si votre père essaie de vous voir. Je vais vous donner ma carte. Vous pouvez m'appeler n'importe quand.

– Certainement.

– Vous pourriez aussi avertir Juliet, ai-je dit.

– Je n'y manquerai pas.

Il s'arrêta gentiment pendant que je fouillais dans mon sac pour trouver une carte professionnelle. Je me servis de mon genou levé en guise de bureau pour inscrire mon numéro de téléphone au dos de la carte, puis je la lui donnai. Il la regarda sans beaucoup d'intérêt et la mit dans la poche de sa veste.

– Merci bien.

Je pouvais deviner, au ton de sa voix, qu'il n'avait nullement l'intention de m'appeler pour quelque raison que ce fût. Si Wendell essayait de le contacter, Michael serait vraisemblablement ravi de le voir.

Nous nous rendîmes dans la chambre à coucher où le match de base-ball se poursuivait. Juliet était dans la salle de bains avec le bébé et je pouvais entendre sa voix résonner à travers la porte tandis qu'elle babillait d'une manière incompréhensible avec Brendan. L'attention de Michael était de nouveau fixée sur le poste. Il s'était effondré par terre, le dos appuyé contre le lit et tournait la bague de Wendell qu'il portait à la main droite. Je me demandai si la pierre changeait de couleur, comme c'est le cas pour certaines gemmes, dit-on, en fonction de l'humeur du propriétaire. Je pris la boîte de Pampers et frappai à la porte de la salle de bains.

Juliet me regarda d'un air interrogateur.

– Ah, parfait. Vous les avez. J'en suis ravie. Merci beaucoup. Vous voulez m'aider à lui donner son bain? J'ai décidé de le mettre dans la baignoire, tellement il était sale.

– Je ferais mieux de m'en aller, dis-je. On dirait que la pluie ne va pas tarder.

– Vraiment? Il va pleuvoir?

– Avec un peu de chance.

Je la vis hésiter.

– Est-ce que je peux vous demander quelque chose? Si le père de Michael revient, est-ce qu'il ne cherchera pas à voir le bébé? Brendan est son seul petit-fils et il n'aura peut-être pas d'autre occasion.

– Ça ne me surprendrait pas. Je serais prudente si j'étais à votre place.

Elle parut sur le point de dire quelque chose mais apparemment se ravisa. Quand j'ai fermé la porte de la salle de bains, Brendan était en train de se faire les dents sur le gant de toilette.

16

Des gouttes d'eau ont commencé à moucheter mon pare-brise au moment où j'abordais la 101 ; quand j'ai trouvé un emplacement où me garer à cinquante mètres de mon appartement, la pluie s'était mise à tomber pour de bon. J'ai verrouillé la VW et foncé vers le portail à travers les flaques d'eau en éclaboussant tout ce qui se trouvait sur mon passage. En arrivant devant ma porte j'ai aperçu des lumières allumées chez Henry. Sa cuisine était ouverte et j'ai reniflé un parfum de pâtisserie, un riche mélange de vanille et de chocolat qui se mariait irrésistiblement à l'odeur de la pluie et de l'herbe mouillée. Un vent soudain secouait le haut des arbres d'où il faisait tomber une averse rapide de feuilles et de grosses gouttes. J'ai changé de cap et me suis précipitée, tête baissée, chez Henry fendant le déluge.

Henry traçait au couteau de grandes lignes parallèles dans un moule à *brownies* de vingt centimètres de côté. Pieds nus, il travaillait en short blanc et tee-shirt bleu vif. J'avais vu des photos de lui dans sa jeunesse... quand il avait cinquante ou soixante ans... mais je préférais la belle allure maigre qu'il avait prise en devenant octogénaire. Avec ses cheveux blancs soyeux et ses yeux bleus, il n'y avait aucune raison d'imaginer qu'il n'allait pas tout bonnement devenir de plus en plus séduisant au fil des ans.

J'ai frappé à petits coups sur le cadre en aluminium de sa porte vitrée. Il a levé les yeux et souri de plaisir en me voyant.

– Alors, Kinsey. Ça a été rapide. Je viens juste de laisser le message sur ton répondeur.

J'entrai et essuyai mes chaussures humides sur le tapis-brosse avant de les ôter et de les laisser près de la porte.

– J'ai vu de la lumière et me voici. Je viens de Perdido et je ne suis pas même encore passée chez moi. Cette pluie, tu ne trouves pas que c'est sensationnel? D'où est-ce qu'elle nous vient?

– C'est les restes d'un ouragan nommé Jackie, d'après ce que j'ai entendu dire. On est censé avoir de la pluie sans interruption pendant deux jours. Il y a du thé tout prêt si tu veux attraper les tasses et les soucoupes.

Je fis ce qu'il suggérait, et sortis aussi le lait du réfrigérateur. Henry rinça et essuya la lame de son couteau, puis revint à la table de la cuisine sur laquelle les *brownies* attendaient toujours dans le moule où ils avaient cuit. Au coucher du soleil, à Santa Teresa, la température invariablement tombe au-dessous de dix degrés, mais ce soir, à cause de la tempête, l'air avait une douceur presque tropicale. L'intérieur de la cuisine faisait office de couveuse. Henry avait mis en marche son vieux ventilateur sur pied, dont les pales noires semblaient, en balayant la pièce, déchaîner leur propre sirocco dans un bourdonnement incessant.

Nous nous assîmes l'un en face de l'autre, le moule de *brownies* posé entre nous sur un gant de four. La croûte était d'un brun clair et semblait aussi friable que des feuilles de tabac séchées. Le couteau y avait tracé une ligne déchiquetée et un morceau de *brownie* avait jailli de la croûte à l'endroit où celle-ci était fendue. Juste sous la surface, la texture était aussi sombre et moite que de la terre. Il y avait des noix concassées en une couche aussi épaisse que du gravier et, par endroits, de petits monceaux de pépites de chocolat. Henry souleva le premier carré à l'aide d'une spatule et me le passa. Après cette démonstration de politesse, nous mangeâmes directement dans le moule.

Je nous versai une tasse de thé, en ajoutant du lait dans le mien. Je cassais chaque *brownie* en deux, puis de nouveau en deux. Histoire de réduire le nombre de calories par bouchée. Ma bouche était pleine de chocolat tiède et, quand il m'arrivait de gémir tout haut, Henry était trop poli pour y prêter attention.

– J'ai fait une découverte bien étrange, dis-je. Il est possible que j'aie de la famille dans la région.

– Comment ça, de la famille?

Je haussai les épaules.

– Eh bien, des personnes qui portent le même nom que moi, qui prétendent m'être apparentées, liens du sang et tout le bataclan.

Ses yeux bleus s'attardaient sur mon visage avec intérêt.

– Vraiment? Ça alors, c'est le bouquet. De quoi ces gens ont-ils l'air?

– J'en sais rien. Je ne les ai pas encore vus.

– Ah bon. Je croyais que c'était fait. Comment sais-tu qu'ils existent?

– Je faisais du porte-à-porte à Perdido, hier, et une femme m'a dit que je lui rappelais quelqu'un; elle m'a posé des questions sur mon prénom. Puis elle a demandé si j'étais apparentée aux Burton Kinsey de Lompoc. J'ai dit que non, mais je suis allée voir la licence de mariage de mes parents. Le père de ma mère était précisément ce Burton Kinsey. On dirait que, quelque part au fond de moi, je le savais, mais que je ne voulais pas m'y attarder. C'est bizarre, hein?

– Qu'est-ce que tu vas faire?

– J'en sais trop rien. Faut que je réfléchisse. J'ai la sensation d'avoir ouvert une boîte toute grouillante d'asticots.

– La boîte de Pandore.

– Tu l'as dit. Gros problèmes.

– D'un autre côté, ça pourrait être bien.

Je fis la grimace.

– Je n'ai pas envie de courir le risque. J'ai jamais eu de famille. Qu'est-ce que j'en ferais maintenant?

Henry se sourit à lui-même.

– Qu'est-ce que tu penses faire?

– Je ne sais pas. Ça me donne la chair de poule. Quels emmerdements! Regarde ce qui se passe avec William. Il te rend dingue.

– Mais je l'aime. Y a rien d'autre à dire, non?

– Non?

– Bon, tu feras évidemment ce qui te chante, mais il y a bien des choses qui plaident en faveur des amis et des parents.

Pendant un moment, je restai silencieuse. J'étais en train de déguster un morceau de *brownie* qui avait à peu près la forme de l'Utah.

– Je crois que je vais laisser tomber. Si j'entre en relation avec eux, je vais me retrouver coincée.

– Est-ce que tu sais quelque chose sur eux?

– Naaan.

– Toi alors, tu as l'air enthousiaste, dit Henry en riant.

Je souris, mal à l'aise.

– C'est aujourd'hui seulement que je découvre tout ça. En plus, je ne suis sûre que d'une seule chose. La mère de ma mère, Cornelia Kinsey, est toujours en vie. Je suppose que mon grand-père est mort.

– Alors, ta grand-mère est veuve. C'est intéressant. Qu'en sais-tu? Ça pourrait faire un bon parti pour moi?

– Bonne idée, dis-je sèchement.

– Allez, détends-toi. Qu'est-ce qui t'inquiète?

– Qui dit que je m'inquiète? Je ne suis pas inquiète.

– Alors pourquoi n'essaies-tu pas de prendre contact avec elle?

– Et si elle est odieuse et grippe-sou?

– Et si elle est gentille et sympa?

– D'accord. Admettons qu'elle soit si foutr... gentille. Alors pourquoi n'a-t-elle pas cherché à me voir depuis vingt-neuf ans? ai-je demandé.

– Peut-être qu'elle était occupée.

Je remarquai que la conversation prenait un aspect saugrenu. Nous savions tous deux parfaitement que nous pouvions nous passer de transitions. Néanmoins, j'avais l'impression que mon QI baissait.

– De toute façon, comment est-ce que je pourrais m'y prendre? Qu'est-ce que je dois faire?

– Téléphone-lui. Tu dis bonjour. Tu te présentes.

Je sentis que l'idée me hérissait.

– Pas question que je fasse ça, ai-je dit. Je vais laisser tomber.

« Déterminé », c'était l'adjectif qui qualifiait le mieux le ton de ma voix – bien que je ne me casse pas la tête pour des subtilités de cet ordre.

– Alors laisse tomber, dit-il, avec un très léger haussement d'épaules.

– C'est ce que je fais. J'en ai bien l'intention. De toute façon, tu te rends compte du temps qui s'est écoulé depuis que mes parents ont été tués ? Ça serait bizarre de reprendre contact.

– Tu l'as déjà dit.

– Justement, c'est la vérité !

– Alors ne reprends pas contact. Tu as tout à fait raison.

– Je ne veux pas. Je ne le ferai pas, dis-je avec irritation.

Personnellement, j'étais exaspérée de l'entendre dire que j'avais raison. Il aurait pu me pousser à agir autrement. Il aurait pu proposer un plan d'action. Au lieu de ça, il me disait ce que je lui disais moi-même. Tout avait l'air tellement plus raisonnable quand c'était moi qui le disais. Ce qu'il me renvoyait en écho me paraissait venir d'un esprit obstiné et ergoteur, et il me semblait que sa réaction bizarre provenait de tout le sucre raffiné contenu dans les *brownies*.

Notre conversation dévia sur William et Rosie. Rien de nouveau à raconter de ce côté-là. Quant au sport et à la politique, ça pouvait tenir en une seule phrase. Peu après, je suis rentrée à la maison, hors de moi. Henry paraissait en forme, mais on aurait dit que nous avions eu une terrible dispute. Je n'ai pas bien dormi du tout.

Il pleuvait toujours à cinq heures cinquante-neuf et j'ai renoncé à aller courir. Mon rhume était presque guéri et ça n'aurait pas été très malin d'aller me mettre sous la pluie. J'avais du mal à imaginer qu'une semaine plus tôt, à peu de chose près, j'étais étendue sur le bord d'une piscine, au Mexique, en train de me tartiner le corps de substances chimiques. Je me suis attardée au lit en contemplant la couleur du ciel. Les nuages avaient une nuance de vieux tuyaux galvanisés et la journée incitait plutôt à se plonger dans quelque lecture sérieuse. J'ai étendu un bras et examiné mon bronzage factice qui avait désormais viré à l'abricot pâle. J'ai levé une jambe nue et remarqué pour la première fois toutes les ombres qui étaient autour de ma cheville. Seigneur, j'aurais pu me raser tout ça... On aurait dit que je portais des chaussettes en angora. Finalement, ennuyée par cette auto-inspection, j'ai tiré mes fesses du lit. Après avoir pris une douche, je me suis rasé les jambes et habillée en choisissant un jean propre et un pull-over de coton puisque j'allais déjeuner avec Harris Brown. Je me suis obligée à prendre mon petit déjeuner dehors et à me bourrer de matières grasses avec beaucoup d'hydrates de carbone, car tels sont les antidépresseurs qu'offre la nature. Ida Ruth m'avait dit qu'elle arriverait en retard, ce qui me permettrait d'utiliser sa place de parking. J'ai débarqué au bureau à neuf heures pile.

Alison parlait au téléphone quand je suis arrivée. Elle a levé la main comme un flic chargé de la circulation, ce qui annonçait qu'il y avait un message. J'ai fait halte et attendu qu'elle interrompe sa conversation.

– Ça va, pas de problème. Prenez votre temps, a-t-elle dit à son correspondant.

Elle mit sa paume à plat sur le combiné tandis que la personne, à l'autre bout du fil, s'activait apparemment à faire autre chose.

– J'ai fait entrer une personne dans ton bureau. J'espère que ça ne te dérange pas. Je prendrai tes appels.

– C'est à quel sujet?

Son attention se reporta au téléphone et je présumai que son correspondant avait fini par revenir. Avec un haussement d'épaules, je remontai le couloir qui mène à mon bureau dont la porte était restée ouverte. Près de la fenêtre, il y avait une femme qui me tournait le dos.

J'avançai jusqu'à ma table de travail et balançai mon sac à main sur le fauteuil.

– Bonjour. Que puis-je faire pour vous?

Elle se retourna et me regarda avec le genre de curiosité réservée aux célébrités qui se trouvent soudain à côté de vous. Je m'aperçus que je la regardais de la même façon. Nous nous ressemblions comme des sœurs. Ses traits m'étaient aussi familiers que les visages apparus dans un rêve; il me semblait me reconnaître en elle, mais cette impression ne résistait pas à un examen attentif. Nos expressions n'étaient pas similaires du tout. Ce n'était pas à moi qu'elle *ressemblait*, mais à ce que j'avais l'impression d'être pour les autres. Plus je l'étudiais, plus la ressemblance s'évanouissait. Très vite je me rendis compte que nous étions plus différentes que semblables. Elle mesurait un mètre cinquante-sept et moi un mètre soixante-douze, elle était plus lourde aussi, ce qui laissait supposer qu'elle absorbait une nourriture riche et manquait d'exercice. Je fais du jogging depuis des années et je me rends parfois compte de la façon dont ma morphologie a évolué grâce à tous les kilomètres que j'ai avalés. Elle avait des seins lourds, une large charpente. D'autre part, elle était plus soignée que moi. J'eus l'intuition de l'air que j'aurais pu avoir si j'avais dépensé de l'argent pour une coupe de cheveux convenable, si j'avais appris les rudiments du maquillage, et si je choisissais mes vêtements avec goût. La tenue qu'elle portait était en soie de couleur crème : une longue jupe froncée et une veste assortie, entrouverte sur un body en soie corail. Grâce à la magie de la mode, ses rondeurs étaient quelque peu dissimulées, car le regard se trouvait distrait par toutes ces lignes floues.

Elle sourit et me tendit sa main.

– Hello, Kinsey. Ravie de faire ta connaissance. Je suis ta cousine, Liza.

– Comment es-tu arrivée ici ? ai-je demandé. Je sais seulement depuis hier que je pourrais bien avoir des parents dans la région.

– C'est hier aussi que nous l'avons appris. En fait, ce n'est pas tout à fait exact. Hier soir, Lena Irwin a appelé ma sœur, Pam, et nous nous sommes immédiatement réunies. Lena n'était pas sûre que tu étais une parente. Mes deux sœurs mouraient d'envie de venir te voir, mais on a finalement décidé que ce serait trop bouleversant pour toi. En outre, Tasha devait vraiment retourner à San Francisco et Pamela est tellement enceinte qu'elle est sur le point d'éclater.

Trois cousines d'un coup. C'était un peu trop. Je changeai de sujet.

– Comment se fait-il que vous connaissiez Lena ?

Liza eut un geste d'indifférence, geste que j'ai moi-même l'habitude de faire à tout bout de champ.

– Sa famille habite à Lompoc. Dès qu'elle a dit qu'elle t'avait vue, on a eu envie de venir. On n'en a pas soufflé mot à Grand, mais je sais qu'elle aura envie de te voir.

– Grand ?

– Oh, pardon. C'est notre grand-mère, Cornelia. Son nom

de jeune fille était LaGrand et on a pris l'habitude de le raccourcir. Tout le monde l'appelle Grand. Ça a toujours été son surnom depuis qu'elle est toute petite.

– Qu'est-ce qu'elle sait à mon sujet?

– Pas grand-chose en vérité. On connaissait ton nom, bien entendu, mais on ne savait vraiment pas ce que tu étais devenue. Tout ce scandale était si ridicule. Pas à cette époque-là, je pense. Grand Dieu, d'après ce qu'on m'a dit, ça a complètement divisé les sœurs en deux camps. Est-ce que je t'empêche de travailler? J'aurais dû poser cette question plus tôt.

– Pas du tout, ai-je dit en jetant un rapide coup d'œil à ma montre.

J'avais trois heures devant moi avant mon déjeuner.

– Alison m'a dit qu'elle prendrait les appels, mais je ne pense pas qu'il se produise quelque chose de vraiment important. Raconte-moi ce que tu sais des sœurs.

– Elles étaient cinq en tout. J'ai cru comprendre qu'elles avaient eu un frère, mais il est mort au berceau. Elles ont été complètement divisées par la rupture entre Grand et tante Rita. Tu n'as vraiment jamais entendu parler de cette histoire?

– Jamais, ai-je dit. Je suis assise là à me demander si tu ne te trompes pas de personne.

– Absolument pas, dit-elle. Ta mère était une Kinsey. Rita Cynthia, non? Sa sœur se nommait Virginia. Nous l'appelions tante Gin, ou Gin Gin de temps en temps.

– Comme moi, ai-je dit faiblement.

J'avais toujours pensé que j'étais la seule à lui donner ce petit nom affectueux et que je l'avais inventé moi-même. Liza poursuivit :

– Je ne l'ai pas vraiment connue à cause de cette brouille qui les a opposées, elle et Rita, à Grand, laquelle aura quatre-vingt-huit ans cette année mais demeure solide comme un roc. En fait, elle est quasiment aveugle et sa santé n'est pas fameuse, mais elle est formidable pour son âge. Je ne suis pas sûre que les deux rebelles aient jamais adressé de nouveau la parole à Grand par la suite, mais Gin venait parfois voir la famille et toutes les sœurs se précipitaient autour d'elle. Tout le monde était horrifié à l'idée que Grand pourrait avoir vent de la chose, mais je ne crois pas qu'elle en ait jamais rien su. Cela dit, notre mère s'appelle Susanna. C'est la petite dernière de la famille. Est-ce que je peux m'asseoir?

– Pardon. Je t'en prie. Tu veux du café? Je peux aller nous en chercher.

– Non, non. J'ai besoin de rien. Je suis un peu désolée de débarquer et de t'assener tout ça d'un coup. Qu'est-ce que je disais? Ah oui. Ta mère était l'aînée et la mienne la plus jeune. Il n'y a plus que deux survivantes; ma mère, Susanna... qui a cinquante-huit ans, et celle qui était née juste avant elle, Maura, qui a soixante et un ans. Sarah est morte il y a près de cinq ans. Seigneur, je suis désolée de te dire tout ça en vrac. On pensait que tu étais au courant.

– Qu'est devenu Burton... grand-père Kinsey?

– Il est décédé, lui aussi. Il est mort il y a à peine un an, mais évidemment il a été malade pendant des années.

Elle disait tout ça comme si j'avais dû connaître la nature de sa maladie. J'ai laissé courir. Je ne voulais pas m'occuper des détails alors que j'étais encore en train de me débattre pour voir l'ensemble du tableau.

– Combien de cousines?

– Eh bien, il y a nous trois et les deux filles de Maura : Delia et Eleanor. Sarah a eu quatre filles.

– Et vous vivez toutes à Lompoc?

– Pas toutes, dit-elle. Trois des filles de Sarah habitent dans l'Est. L'une est mariée, deux autres vont à l'université, et je ne sais pas ce que fait la quatrième. C'est un peu la brebis galeuse de la famille. Les enfants de Maura vivent à Lompoc. En fait, Maura et maman habitent à quelques pâtés de maisons l'une de l'autre. Ça faisait partie du grand plan de Grand.

Elle éclata de rire et je m'aperçus que nous avions les mêmes dents; très blanches et carrées.

– On ferait mieux d'y aller à petites doses, sinon tu vas périr sous le choc.

– C'est déjà presque fait.

Elle rit de nouveau. Il y avait quelque chose dans cette femme qui me portait sur les nerfs. Elle trouvait tout ça très amusant et ce n'était pas du tout mon cas. Je m'efforçais d'assimiler toutes ces informations, de m'habituer à ce que cela signifiait, d'être polie et d'émettre les bruits d'usage. Mais je me sentais idiote, en vérité, et son comportement aussi jovial que présomptueux ne m'était pas d'un grand secours. Je m'agitai sur mon fauteuil et levai une main comme une gamine à l'école.

– Pourrais-je te demander de t'arrêter et de reprendre depuis le début?

– Pardon. Tu dois être tellement embrouillée, pauvre petite. J'aurais préféré que Tasha s'en charge. Elle aurait dû annuler son vol. Je savais bien que j'allais probablement tout bousiller, mais on n'avait pas le choix. Tu sais, bien sûr, que Rita Cynthia s'est fait enlever par son futur mari. On a dû te raconter *ça*, au moins.

Elle s'exprimait sur un ton catégorique, comme si cette histoire lui semblait devoir être aussi évidente que la rotondité de la Terre.

Je hochai la tête une fois de plus, avec l'impression naissante d'être comme l'un de ces chiens en plastique qui hochent la tête à l'arrière des voitures.

– J'avais cinq ans quand mes parents sont morts dans l'accident. Après cela, tante Gin m'a élevée mais elle ne m'a jamais rien raconté sur nos histoires de famille. Tu peux, en toute tranquillité, partir du principe que j'ignore tout.

– Ah, bigre. J'espère pouvoir tout me rappeler moi-même. Je vais me jeter à l'eau et, s'il y a quelque chose qui t'échappe, s'il te plaît n'hésite pas à m'interrompre. Avant tout, notre grand-père Kinsey avait *beaucoup* de fric. Sa famille exploitait une mine de diatomite et fabriquait tous les dérivés. La diatomite sert surtout à fabriquer une poudre abrasive. Tu sais ce que c'est?

– Ça sert à faire des filtres, non?

– Exact. Les gisements de diatomite qui se trouvent à Lompoc sont parmi les plus importants et les plus purs du monde. Les Kinsey possèdent leur exploitation depuis toujours. Grand-mère devait venir d'une famille riche, elle aussi, mais elle n'en parle pas beaucoup, de sorte que je ne sais pas grand-chose à ce sujet. Son nom de jeune fille était LaGrand. On l'a toujours appelée Grand, d'aussi loin que je m'en souvienne. Mais je t'ai déjà dit tout ça. Quoi qu'il en soit, elle et grand-père ont eu six enfants : le garçon qui est mort, puis les cinq filles. Rita Cynthia était l'aînée. Elle était la préférée de Grand, probablement parce qu'elles se ressemblaient énormément. Je suppose qu'elle a dû être gâtée... en tout cas, à ce qu'on raconte, c'était une vraie terreur. Elle a *totalement* refusé de satisfaire les exigences de Grand. A cause de ça, tante Rita est devenue une figure de légende pour toute la famille. Le saint patron de la libération. Nous autres, toutes les nièces et tous les neveux nous en avons fait le symbole de l'indépendance et du courage, un personnage insolent et provocateur, la femme émancipée que nos mères auraient souhaité être. Rita Cynthia faisait des pieds de nez à Grand, qui à l'époque était une sacrée bonne femme. Sévère et snob, catégorique et dominatrice. Elle avait cherché à faire de toutes ses filles des petits robots bien élevés. Faut pas croire qu'elle ne pouvait pas se montrer généreuse, mais il y avait toujours un marché à la clef. Par exemple, si elle te donnait de l'argent pour que tu puisses aller à l'université, il fallait que tu restes dans la région ou que tu ailles où elle avait dit. C'était pareil pour le logement. Elle te payait le premier versement et te donnait la caution pour le prêt, pourvu que tu t'installes à moins de cinq cents mètres de chez elle. Ça lui a vraiment brisé le cœur que tante Rita s'en aille.

– Je ne comprends pas ce qui s'est passé.

– Ah, Seigneur. Bon. OK, allons-y. D'abord, Rita a fait ses débuts en société, le 5 juillet 1935.

– Ma mère... une débutante? Elle a réellement fait ses débuts et tu peux même dire la *date*? Quelle mémoire tu dois avoir!

– Non, pas du tout. Ça fait partie de l'histoire. Tout le monde sait ça dans la famille. C'est comme *Boucle d'Or et les Trois Ours*. Grand avait donc fait faire douze ronds de serviettes, toute la série en argent massif, gravés au nom de Rita Cynthia, avec la date de ses débuts. Ça devait être le commencement d'une tradition; elle pensait en faire autant pour chacune des filles à tour de rôle, mais ça n'a pas vraiment marché. Elle a organisé une grande fête et elle a même fait en sorte que Rita puisse faire la connaissance d'un tas incroyable de garçons à marier. Le gratin de la bonne société et tout le tralala.

– De *Lompoc*?

– Tu veux rire! Elle en avait pêché partout. A Marin, à Walnut Creek, à San Francisco, à Atherton, à Los Angeles, où tu veux. Grand avait à cœur de « bien marier » Rita, comme on disait dans l'ancien temps. Au lieu de ça, Rita est tombée amoureuse de ton père qui avait été engagé comme serveur pour la soirée.

– Il faisait le service?

– Exactement. Un de ses amis travaillait chez le traiteur et lui avait demandé de venir donner un coup de main. Tante Rita s'est mise à sortir en cachette avec Randy Millhone. En réalité il travaillait pour la poste, ici à Santa Teresa. Ça se passait à l'époque de la Grande Dépression. Ce n'était pas comme s'il avait été un vrai serveur, dit-elle.

– Ah, Dieu merci, dis-je sèchement, mais elle ne perçut pas l'ironie. Qu'est-ce qu'il faisait à la poste?

– Il était facteur. « Un serveur et un fonctionnaire », avait l'habitude de dire Grand en détournant la tête. Pour elle, c'était un pauvre diable, trop âgé pour Rita et de trop basse extraction. Quand elle a découvert qu'ils sortaient ensemble elle a fait un raffut de tous les diables, mais elle n'y pouvait rien. Rita avait dix-huit ans et elle était entêtée comme c'est pas possible. Plus Grand râlait, plus elle s'obstinait. En novembre, elle a quitté la maison. Elle s'est sauvée tout bonnement pour l'épouser sans rien demander à personne.

– Elle l'avait dit à Virginia.

– C'est vrai?

– C'est sûr. Tante Gin a été l'un des témoins au mariage.

– Ah bon. Ça, je ne le savais pas, mais ça paraît logique. En fait, quand Grand l'a appris, elle a été si furieuse qu'elle lui a coupé les vivres. Elle n'a même pas voulu lui laisser les ronds de serviette en argent.

– Destin plus cruel que la mort.

– Ma foi, ça devait être quelque chose de ce genre, à l'époque. Je ne sais pas ce que grand-mère en a fait, mais il y en a eu un que nous avons toutes utilisé depuis, quand il y avait un dîner de famille. Grand avait une belle collection de ronds de serviette en argent, de styles différents, avec différents monogrammes – tous en argent anglais. Avant de passer à table, si elle trouvait que quelqu'un s'était montré malpoli ou désobéissant ou Dieu sait quoi, elle lui faisait utiliser le rond de serviette de Rita Cynthia. Dans son esprit c'était une punition. Tu sais, c'était sa manière à elle d'humilier celle d'entre nous qui avait fait un écart... mais à la longue nous nous disputions la possession de ce rond de serviette. Pour nous, obtenir le droit de l'utiliser, c'était vraiment un exploit. Rita Cynthia était le seul membre de la famille qui avait vraiment réussi à s'évader et nous la trouvions formidable. Donc, secrètement, on s'y mettait toutes et on se bagarrait pour savoir laquelle d'entre nous aurait le droit de jouer le rôle de Rita Cynthia. Celle qui l'emportait devait alors faire quelque chose de vraiment scandaleux; inévitablement, Grand fondait sur la coupable comme une sorcière et l'obligeait à se servir du rond de serviette de Rita Cynthia. Le pilori, quoi! Mais pour nous c'était *le fin du fin.*

– Personne n'intervenait pour vous empêcher de faire tant d'histoires?

– Oh, Grand n'en savait rien. A l'époque, elle pouvait à peine voir clair et puis nous étions très prudentes. C'est ce qu'il y avait de plus amusant dans le jeu. Je ne suis même pas sûre que nos mères s'en étaient rendu compte. Ou si c'était le cas, elles nous applaudissaient probablement en secret. Rita était leur préférée et Virginia venait tout de suite après. C'est ça qui a été le plus dur pour elles dans la désertion de tante Rita. Non seulement on l'avait perdue, elle, mais on avait aussi perdu Gin avec.

– Vraiment! ai-je dit, mais je pouvais à peine entendre ma voix.

C'était comme si j'avais reçu un coup. Liza n'aurait pas pu imaginer à quel point son histoire m'affectait. Ma mère n'avait jamais été quelqu'un de bien réel pour mes cousines. C'était la source d'un rite, un symbole, quelque chose que l'on se dispute comme des chiens autour d'un os. Je fis une pause pour m'éclaircir la gorge.

– Pourquoi étaient-ils en route pour Lompoc?

Cette fois ce fut à Liza de s'étonner. Je pouvais le voir dans ses yeux.

– Mes parents ont été tués sur le chemin de Lompoc, ai-je dit avec application, comme si je traduisais pour un étranger. S'ils avaient rompu tout lien avec la famille, pourquoi étaient-ils en train d'aller là-bas?

– Je n'y avais pas pensé. Je suppose que ça faisait partie de la réunion que tante Gin avait organisée.

J'ai dû la regarder d'une manière particulière parce que ses joues sont devenues soudain toutes rouges.

– Peut-être devrions-nous attendre que Tasha soit de retour. Elle vient nous voir en avion tous les quinze jours. Elle pourra te renseigner mieux que moi là-dessus.

– Et pendant toutes ces années? Pourquoi est-ce que personne n'a cherché à prendre contact avec moi?

– Ah, je suis sûre qu'elles ont essayé. A vrai dire, je sais qu'elles le voulaient. Elles ont souvent parlé à tante Gin par téléphone; donc tout le monde savait que tu étais ici. De toute façon, ce qui est fait est fait. Je sais que maman et Maura et oncle Walter seront ravis d'apprendre qu'on s'est rencontrées et il faut vraiment que tu viennes là-bas.

Je sentis que quelque chose d'étrange affectait mon visage.

– Aucun d'entre vous n'a jugé bon de venir quand tante Gin est morte?

– Ah Seigneur, tu es bouleversée. Je me sens horrible. Qu'est-ce qui ne va pas?

– Rien, je viens de me rappeler que j'ai un rendez-vous, ai-je dit.

Il n'était que neuf heures vingt-cinq. Toutes les révélations de Liza avaient duré moins d'une demi-heure.

– Je pense qu'on devra reparler de tout ça une autre fois.

Elle était soudain très occupée avec son sac à main et son plan de la ville.

– Je ferais mieux de reprendre la route. J'aurais probablement dû te téléphoner d'abord, mais j'ai pensé que ce serait amusant de te faire une surprise; j'espère que je n'ai pas tout gâché. Tu te sens bien?

– Ça va.

– S'il te plaît, téléphone-nous. Sinon c'est moi qui t'appellerai et on se reverra. Tasha est plus âgée. Elle connaît mieux l'histoire et peut-être qu'elle pourra mieux t'en parler. Tout le monde était fou de Rita Cynthia. Honnêtement.

Après ça, la cousine Liza partit. J'ai fermé la porte derrière elle et je suis allée à la fenêtre. Un mur blanc délimite la propriété à l'arrière; des bougainvillées déversent par-dessus le faîte une masse cascadante de magenta. En théorie, j'avais brusquement fait l'acquisition de toute une famille, ce qui est une bonne raison de se réjouir si l'on en croit les magazines féminins. En réalité, je me sentais comme si l'on venait de me voler tout ce que j'avais de plus cher.

17

Le café que Harris Brown avait choisi pour notre séance de remue-méninges était un véritable labyrinthe de salles communicantes au beau milieu desquelles poussait un immense chêne. Après m'être garée sur le parking de l'établissement, j'ai emprunté l'entrée. Il y avait des bancs de part et d'autre d'un couloir où les clients pouvaient s'asseoir en attendant qu'on leur assigne une table. L'activité s'était ralentie et pour l'instant cette zone agrémentée de caoutchoucs en pots se trouvait vide d'un bout à l'autre, jusqu'à une sorte de lutrin qui marquait le seuil du restaurant. Une rangée de fenêtres permettait de voir sans difficulté les clients en train de déjeuner aux tables disposées dans les ailes du restaurant.

J'ai donné mon nom à l'hôtesse, une femme noire d'une soixantaine d'années ; quelque chose dans son maintien donnait à penser qu'elle ne faisait pas un métier en rapport avec la bonne éducation dont elle avait bénéficié. Il est difficile de trouver des emplois dans cette ville et elle se félicitait probablement d'avoir du travail. Comme je m'approchais d'elle, je la vis prendre un menu.

– Je suis Kinsey Millhone. J'ai un déjeuner avec quelqu'un qui s'appelle Harris Brown mais je souhaiterais aller aux toilettes d'abord. Pourriez-vous lui indiquer une table s'il arrive avant que je revienne ? Je vous en serais obligée.

– Certainement, dit-elle. Vous savez où sont les toilettes des dames ?

– Je me débrouillerai, ai-je dit – bien à tort, comme je pus le constater par la suite.

J'aurais dû me munir d'un plan des lieux ou bien semer des miettes de pain derrière moi. D'abord, je me suis fourvoyée dans un cagibi plein de balais et de serpillières, puis j'ai emprunté une porte qui conduisait à une impasse derrière le restaurant. Il m'a fallu revenir sur mes pas et tournoyer encore dans un sens et dans l'autre. Puis j'ai aperçu une flèche pointée vers la droite : « Téléphones. Toilettes. » Enfin, un indice. J'ai trouvé la bonne porte marquée par la silhouette d'une dame à talons hauts. J'ai fait ce que j'avais à faire avec diligence et suis retournée à l'entrée. J'étais de retour au moment où l'hôtesse reprenait son poste. Elle désigna un endroit sur sa gauche, dans une aile du restaurant.

– Deuxième table à droite.

Presque sans y penser, j'ai jeté un coup d'œil par la fenêtre et aperçu Harris Brown qui se levait pour enlever sa veste de sport. Instinctivement, j'ai fait un pas en arrière et me suis dissimulée derrière une plante en pot. J'ai regardé l'hôtesse et désigné l'homme avec un geste du pouce :

– *C'est* Harris Brown?

– Il a demandé Kinsey Millhone, dit-elle.

Je l'ai épié à travers la plante mais il n'y avait aucun doute possible. D'autant qu'il était le seul homme à la ronde. Harris Brown, inspecteur de police en retraite, n'était autre que l'« ivrogne » rencontré sur le balcon de l'hôtel à Viento Negro, moins d'une semaine auparavant. Qu'est-ce que tout cela voulait dire? Je savais bien qu'il avait enquêté sur la faillite frauduleuse de la CSL, mais il y avait plusieurs années de cela. Comment avait-il pu retrouver la trace de Wendell Jaffe et que faisait-il au Mexique? Circonstance aggravante : n'allait-il en profiter pour me poser exactement la même question? Il ne pouvait pas manquer de se rappeler ma petite mise en scène et, si je n'en avais pas honte le moins du monde, je ne savais pas vraiment comment m'y prendre pour expliquer ce que j'étais alors en train de faire. Tant que je ne saurais pas ce qui se préparait, je trouvais fort déraisonnable d'avoir une conversation avec lui.

L'hôtesse me regardait avec amusement.

– Vous le trouvez trop vieux pour vous? J'aurais tout aussi bien pu vous le dire.

– Vous le connaissez?

– C'était un habitué de la maison quand il travaillait dans la police. Il amenait sa femme et ses enfants tous les dimanches après l'église.

– Depuis combien de temps travaillez-vous ici?

– Mon chou, c'est moi, la patronne du restaurant. Mon mari, Samuel, et moi l'avons acheté en 1965.

Je sentis que je rougissais mais elle n'aurait pas pu en deviner la raison.

Des fossettes creusèrent ses joues et elle me lança un sourire.

– Ah, j'y suis. Vous pensiez que j'avais pris ce boulot parce que j'étais dans la dèche.

Je souris, gênée d'être si facilement percée à jour.

– Je me disais que vous étiez probablement ravie d'avoir trouvé du travail.

– Ne vous y trompez pas, c'est bien le cas. Je serais encore plus ravie si les affaires marchaient mieux. En tout cas, je m'y suis fait de vieux amis, comme ce Mr. Brown là-bas, bien que je ne le voie plus aussi souvent que dans le temps. Qu'est-ce qui vous tracasse? Quelqu'un vous avait arrangé une sortie avec lui?

Je me sentis confuse.

– Vous venez de dire qu'il était marié.

– Ma foi, il l'était mais elle est morte. Je pensais que peut-être quelqu'un avait essayé de vous coller ensemble et que vous ne le trouviez pas assez bien.

– C'est un peu plus compliqué que ça. Hum, je me demande si vous pourriez me rendre un service, dis-je. Je vais de ce pas à la cabine publique du parking. Lorsque j'appellerai et que je le demanderai, auriez-vous l'obligeance de le laisser utiliser ce téléphone?

Elle m'interrogea du regard.

– Vous n'allez pas vous montrer blessante, au moins?

– Non, c'est promis. Tout ça n'a rien à avoir avec un rendez-vous d'amoureux, je vous l'assure.

– Si vous me dites qu'il ne s'agit pas d'une mise à mort... Je ne voudrais pas être mêlée à des choses comme ça.

– Parole de scout, ai-je dit en portant deux doigts à la tempe.

Elle me tendit un menu de plats à emporter, imprimé sur du papier cartonné.

– Le numéro de téléphone est tout en haut, dit-elle.

– Merci beaucoup.

Je quittai le restaurant en détournant soigneusement la tête et me dirigeai vers le téléphone public situé dans un angle du parking. J'appuyai le menu contre l'appareil et cherchai une pièce de vingt-cinq cents que je glissai dans la fente.

Au bout de deux sonneries, l'hôtesse répondit.

– Allô, ai-je dit. Je voudrais parler à quelqu'un qui s'appelle Harris Brown; il est assis à...

– Je vais le chercher, dit-elle en m'interrompant d'une voix douce.

Après une petite attente, Brown prit l'appel, du ton grincheux et impatient qui avait été le sien quand je lui avais parlé pour la première fois. Son comportement eût parfaitement convenu à un huissier chargé des recouvrements de créances.

– Oui?

– Salut, inspecteur Brown. C'est Kinsey Millhone.

– C'est Harris, dit-il abruptement.

– Oh, excusez-moi, Harris. Je pensais pouvoir vous joindre avant que vous ne sortiez de chez vous ce matin, mais j'ai dû vous rater. J'ai un empêchement et je suis obligée de vous poser un lapin pour le déjeuner. Puis-je vous appeler plus tard dans la semaine pour fixer éventuellement un autre rendez-vous?

Son humeur s'améliora, ce qui était vraiment inquiétant si l'on considère que j'étais en train de décommander notre déjeuner sans l'avoir prévenu à l'avance.

– Pas de problème, dit-il. Vous n'aurez qu'à me passer un coup de fil quand ça vous ira.

Désinvolte, détendu. Un petit signal d'alarme se déclencha en moi mais je persévérai.

– Merci infiniment. Je vous en suis vraiment reconnaissante. Désolée de ce contretemps.

– Ne vous en faites pas. Ah oui, dites-moi quand même.

J'espérais avoir une conversation rapide avec l'ancien associé de Wendell. J'imagine qu'il pourrait savoir quelque chose. Avez-vous réussi à le joindre?

Je faillis me couper mais je me retins à temps. Ça y est. J'y étais. Ce type voulait me griller, afin de pouvoir lui-même mettre la main sur Wendell. J'élevai la voix. « Allô? », puis au bout de deux secondes : « A-a-llō-ō-ō-ō? ».

– Allô, répéta-t-il après moi.

– Vous êtes là? Allô?

– *JE SUIS LA*, criait-il.

– Pourriez-vous parler plus fort? Je n'arrive pas à vous entendre. On a une mauvaise communication. Bon Dieu, qu'est-ce qui ne va pas avec ce téléphone? M'entendez-vous?

– JE VOUS ENTENDS TRÈS BIEN. M'ENTENDEZ-VOUS?

– QUOI?

– JE DISAIS, PAR HASARD, SAVEZ-VOUS COMMENT JE POURRAIS CONTACTER CARL ECKERT? ON DIRAIT QUE JE N'ARRIVE PAS A DÉCOUVRIR OÙ IL VIT EN CE MOMENT?

Je cognai le combiné contre la petite étagère que la compagnie du téléphone installe dans toute cabine publique. Puis, comme si j'étais très contrariée, je dis :

– Et puis, zut!

– Et raccrochai.

Je le décrochai de nouveau tout de suite après que la communication eut été coupée, et je détournai le visage comme si j'étais en train de converser avec animation. Dans le même temps je gardais un œil sur l'entrée du restaurant. Quelques instants plus tard, je le vis sortir, traverser le parking et monter dans une Ford cabossée. J'aurais pu le suivre mais pour quoi faire? Il n'allait pas être difficile à recontacter, d'autant plus que je détenais un renseignement qu'il espérait obtenir.

En ouvrant la portière de ma voiture, j'aperçus l'hôtesse qui me surveillait par la baie vitrée. Je me suis demandée si je n'allais pas retourner la voir pour lui raconter une histoire à dormir debout, quelque chose qui l'empêcherait de révéler ma petite ruse. D'un autre côté, je ne voulais pas accorder à l'incident plus d'importance qu'il n'en méritait.

L'homme venait probablement là tous les deux ou trois mois. Pourquoi attirer l'attention sur une affaire que je voulais voir oublier?

Je retournai à mon bureau et fis le tour du pâté de maisons jusqu'au moment où je découvris une place de parking. Je préfère ne pas calculer le temps que je perds à faire ça chaque jour. Parfois je croise Alison ou Jim Thicket, tournant dans l'autre direction et aussi acharnés que moi à trouver un endroit où se garer. Si seulement Lonnie pouvait gagner une grosse affaire et nous offrir à tous un petit parking privé! En fin de compte, j'ai dû renoncer et aller au parking public près de la bibliothèque. J'allais être obligée de surveiller ma montre et de retourner chercher ma voiture au bout des premières quatre-vingt-dix minutes gratuites. Pas question de payer un dollar de l'heure pour me garer si je n'y suis pas obligée.

Pendant que j'étais là, je fis un tour à la supérette et m'achetai de quoi manger. Le bulletin météo que j'avais écouté à la radio était plein de petites phrases sibyllines sur des pressions basses et hautes. J'en avais déduit que le météorologue ne savait pas beaucoup plus que moi ce qui nous attendait. Je me rendis à pied jusqu'au tribunal et découvris un endroit libre à l'abri. Le ciel était couvert, l'air vaguement frais et les arbres dégoulinaient encore de toute la pluie tombée pendant la nuit précédente. Pour l'instant, il faisait clair et l'herbe dans le jardin mouillé dégageait une bonne odeur de bouquet garni encore humide.

Une conférencière à cheveux blancs reconduisait jusqu'à la rue un groupe de touristes en les faisant passer par la grande porte de pierre et de crépi. C'était l'endroit où j'avais l'habitude de déjeuner en compagnie de Jonah au temps de nos « amours ». A présent, je trouvais difficile de me rappeler ce qui m'avait tellement attirée en lui. Je mangeai mon déjeuner, rassemblai mes emballages froissés et ma boîte vide de Pepsi, puis déposai le tout dans la poubelle la plus proche. Comme si je lui avais mentalement fait signe, je vis Jonah avancer vers moi à travers la pelouse détrempée du tribunal. Il avait l'air étonnamment en forme pour un homme qui n'était probablement pas très heureux; il était toujours grand et svelte, avec un reflet argenté dans ses cheveux bruns juste au-dessus des oreilles. Il ne m'avait pas encore vue. Il marchait tête baissée, un sac d'épicerie à la main. J'avais envie de m'enfuir, mais je me sentais clouée sur place, me demandant combien de temps il lui faudrait pour découvrir que je me tenais là. Il leva les yeux et me regarda sans faire mine de me reconnaître. J'attendais, immobile, bizarrement mal à l'aise. Arrivé à cinq mètres de moi, il s'arrêta. Je pouvais voir de minuscules particules d'herbe mouillée collées à ses chaussures.

– C'est incroyable. Comment vas-tu?

– Très bien, dis-je. Et toi?

Son sourire parut douloureux et légèrement penaud.

– Je crois qu'on a déjà échangé ce genre de propos, il y a deux jours, par téléphone.

– On en a le droit, dis-je bêtement. Qu'est-ce que tu fais là?

Il lança un coup d'œil au sac de papier brun qu'il tenait à la main comme s'il était perplexe.

– Je suis censé déjeuner ici avec Camilla.

– Ah, c'est vrai. Elle travaille ici. A cent mètres du poste de police. C'est commode pour vous voir. En plus, vous pouvez partir ensemble en voiture, pour aller au boulot.

Jonah me connaissait assez pour ne pas relever mes sarcasmes qui, dans cette situation, obéissaient à un simple réflexe et ne signifiaient pas grand-chose.

– Tu n'as jamais vu Camilla, non? Pourquoi ne restes-tu pas? Elle sera ici d'un moment à l'autre, dès que le tribunal aura suspendu l'audience.

– Merci bien, mais j'ai quelque chose à faire, ai-je dit. De toute façon, je ne pense pas que ça l'intéresserait. Peut-être une autre fois.

Je pensai : « Seigneur, Jonah, tu n'as pas de jugeote. Pas étonnant que Camilla soit toujours enragée contre toi. Quelle épouse pourrait avoir envie de rencontrer la femme à qui son mari faisait l'amour pendant leurs brouilles conjugales? »

– En tout cas, ça m'a fait plaisir de te voir. Tu as l'air d'être en forme, dit-il en s'éloignant.

– Jonah? J'avais une question à te poser. Peut-être que tu peux m'aider un peu.

– Vas-y, dit-il en s'arrêtant.

– Tu connais bien l'inspecteur Brown?

Il parut embarrassé par la question.

– Bien sûr que je le connais. Qu'est-ce que tu veux savoir en particulier?

– Tu te rappelles que je t'ai dit avoir été embauchée par la CF pour vérifier si c'était bien Wendell Jaffe dont on avait repéré la trace au Mexique?

– Ouais.

– Harris Brown y était, lui aussi. Dans la chambre à côté de celle de Jaffe.

Le visage de Jonah se figea.

– T'es certaine?

– Crois-moi, Jonah. C'était lui. Je ne peux pas me tromper. On était comme ça...

Je mis la main devant mon visage, pour lui indiquer que nous nous étions trouvés nez à nez. Je me retins de dire que je l'avais embrassé en plein sur le museau. C'était encore assez frais pour me donner un frisson rétrospectif.

– Ben, je suppose qu'il pouvait être en train d'enquêter pour son propre compte, dit-il. Je vois pas ce qu'il y a de mal. Il a toujours eu la réputation d'être un bon chien de chasse.

– En d'autres termes, il a de la suite dans les idées, dis-je.

– Ah merde, oui. S'il repère un gibier, il le traque jusqu'à ce que la bête tombe.

– En tant que retraité, a-t-il encore le droit d'utiliser votre ordinateur?

– En théorie, probablement pas, mais je suis sûr qu'il a gardé des amis dans le service, et qu'ils lui donneraient un coup de main s'il le leur demandait. Pourquoi?

– Je ne comprends pas comment il a pu retrouver Wendell sans avoir accès à l'ordinateur.

Jonah haussa les épaules, sans se démonter.

– Ce n'est pas le genre de renseignement qu'on a ou on serait allés le chercher nous-mêmes. Si le type est toujours vivant, on devrait avoir un tas de questions à lui poser.

– Il faut bien qu'il ait trouvé ses renseignements quelque part, ai-je dit.

– Écoute, Brown a mené des enquêtes pendant trente-cinq ou quarante ans. Il sait comment se rancarder. Il a ses propres informateurs. Peut-être que quelqu'un lui a refilé un tuyau.

– Mais en quoi ça le concerne? Pourquoi ne pas transmettre le renseignement à quelqu'un du service?

Il m'observa avec attention et je voyais bien que son cerveau travaillait.

– A première vue, je ne trouve pas d'explication. Personnellement, je pense que tu y accordes trop d'importance, mais je peux essayer de savoir de quoi il retourne.

– Discrètement, l'ai-je prévenu.

– Absolument, dit-il.

Je commençai à reculer à pas lents. Finalement je lui tournai le dos et m'éloignai. Je ne voulais pas me retrouver dans l'orbite de Jonah une fois de plus. Je n'ai jamais vraiment compris ce qui se passait entre nous. Comme notre liaison semblait désormais au point mort, je n'étais pas sûre de ce qui avait mis le feux aux poudres, tout au début. Mais je savais que le fait de nous retrouver simplement à proximité l'un de l'autre aurait pu faire repartir toute l'histoire. Ce n'était certainement pas un homme qui me convenait et je voulais garder mes distances vis-à-vis de lui. Quand j'ai regardé derrière moi, j'ai vu qu'il me suivait des yeux.

A quatorze heures quinze, le téléphone de mon bureau s'est mis à sonner.

– Kinsey? C'est Jonah.

– Tu as été rapide, ai-je dit.

– C'est qu'il n'y a pas grand-chose à raconter. J'ai appris qu'on lui avait enlevé l'affaire à cause d'un conflit d'intérêts qui venait se mêler à son travail. Il avait placé toute sa retraite à la CSL et perdu jusqu'à sa chemise. Apparemment, ses propres enfants étaient très montés contre lui parce qu'il avait claqué d'avance tout l'argent de sa pension. Sa femme l'a quitté et elle est tombée malade. Par la suite elle est morte d'un cancer. Ses enfants ne lui adressent toujours pas la parole. C'est un vrai désastre.

– Ça alors, c'est intéressant, ai-je dit. Est-il possible qu'on l'ait autorisé à poursuivre son enquête?

– Qui ça, on?

– J'en sais rien. Le patron? La CIA? Le FBI?

– Pas question. Je n'ai jamais entendu parler de ça. Il est à la retraite depuis plus d'un an. Notre budget ne nous permet même pas de nous payer des agrafes. Je ne sais pas où Brown trouve du fric pour voyager mais, crois-moi, la police de Santa Teresa ne va pas dépenser de l'argent pour traquer un type qui *pourrait* avoir été coupable d'un délit cinq ou six ans plus tôt. S'il se pointe, on bavardera volontiers avec lui, mais personne ne va aller perdre son temps à ça. Qui s'intéresse encore à Jaffe? Il n'y a même pas eu de mandat d'arrêt lancé contre lui.

– Bien sûr, tout le monde pensait qu'il était mort! ai-je dit aigrement.

– C'est vraisemblablement une initiative que Brown a prise pour son propre compte.

– On peut quand même se demander d'où il tire ses renseignements.

– Peut-être bien du type qui en a parlé à la California Fidelity. Peut-être qu'ils se connaissaient, tous les deux.

Ma réaction fut instantanée.

– Tu veux parler de Dick Mills? C'est génial! S'il savait que Brown s'intéressait à l'affaire, il lui a peut-être raconté toute l'histoire. Je vais voir ce que je peux en tirer. C'est une très bonne idée.

– Tiens-moi au courant. J'aimerais savoir ce qui se passe.

Dès qu'il eut raccroché, je composai le numéro de la California Fidelity et demandai à parler à Mac Voorhies. En attendant qu'il termine une autre conversation, j'eus le temps de réfléchir à la malice avec laquelle je mentais. Je ne m'en repentais pas vraiment, mais il me fallait considérer les répercussions compliquées qui en découlaient. Par exemple, il allait bien falloir que je raconte *quelque chose* à Mac au sujet de ma rencontre avec Harris Brown à Viento Negro, mais comment pouvais-je m'en tirer sans confesser mes péchés? Mac me connaît assez bien pour comprendre que j'outrepasse les règles dans certaines circonstances, mais il n'aime pas du tout faire face à des *situations* de ce genre. Comme la plupart d'entre nous, il est capable d'apprécier les personnalités pittoresques tant qu'il n'est pas obligé d'en subir les conséquences.

– Mac Voorhies, dit-il.

Je n'avais pas encore complètement mis au point ma

petite histoire à ce moment-là, de sorte que j'allais devoir utiliser une bonne vieille ruse éculée : lui raconter une partie de la vérité mais pas tout ce qui s'était passé. La meilleure tactique, dans ces conditions, consiste à se draper dans un vigoureux *sentiment* d'honnêteté et de vertu, même s'il n'est pas entièrement justifié. J'ai remarqué également que, si l'on fait semblant de se fier aux autres, ceux-ci ont tendance à prendre pour argent comptant tout ce qu'on leur raconte.

– Salut, Mac. C'est Kinsey. Il y a du nouveau et même des choses très intéressantes. Alors j'ai pensé qu'il fallait te tenir au courant. Apparemment, il y a cinq ans, au moment où l'on a constaté la disparition de Wendell, c'est un certain inspecteur Harris Brown, de la brigade des fraudes de la police de Santa Teresa qui était chargé de l'enquête.

– Ce nom me dit quelque chose. J'ai dû avoir affaire à lui une fois ou deux, précisa Mac. Il te fait des ennuis?

– Pas le genre de choses auxquelles tu pourrais penser, dis-je. Je l'ai appelé il y a deux jours et il s'est montré tout à fait coopératif. On était censés déjeuner ensemble aujourd'hui mais quand je suis arrivée, j'ai découvert, en le voyant, que je l'avais rencontré à Viento Negro, installé dans le même hôtel que Wendell Jaffe.

– Qu'est-ce qu'il y faisait?

– C'est ce que je m'emploie à découvrir, dis-je. Les coïncidences ne m'enchantent guère. Quand j'ai compris que c'était le même type, je me suis enfuie du restaurant et j'ai annulé le rendez-vous. Entre-temps, j'ai demandé à un flic que je connais de se renseigner dans le service et il me dit que Brown a perdu un tas de fric dans la banqueroute de Wendell.

– Hum, dit Mac.

– Ce flic a dans l'idée que Brown et Dick Mills auraient pu être en rapport, dans le passé. Si Dick était au courant des ennuis personnels de Harris Brown, peut-être bien qu'il lui a parlé de Wendell en même temps qu'à toi.

– Je peux poser la question à Dick.

– Vraiment, tu accepterais de faire ça? Je t'en serais reconnaissante, si ça ne t'ennuie pas, ai-je dit. Moi je ne le connais pas vraiment. Il est vraisemblable qu'il se déboutonnera davantage pour toi.

– Aucun problème. J'en fais mon affaire. Et en ce qui concerne Wendell? Tu as déjà une piste?

– J'approche du but, ai-je dit. Je sais où se trouve Renata et il ne doit pas être bien loin.

– Tu connais les dernières nouvelles à propos de son fils, je suppose.

– Quoi? Brian? Non, je ne sais rien du tout.

– Ah ouais. Ça va te faire plaisir. J'ai écouté les informations dans la voiture en rentrant de mon déjeuner. Il y a eu un pépin avec l'ordinateur de la prison du comté de Perdido. Brian Jaffe a été relâché ce matin par erreur et personne ne l'a revu depuis.

18

J'étais de nouveau sur la route. Je commençais à penser que cet interminable va-et-vient entre Santa Teresa et Perdido donnait une bonne idée de ce qu'est l'enfer. En arrivant au coin de la rue de Dana Jaffe, j'ai aperçu une voiture des services du shérif du comté de Perdido garée en face de la maison. Je me suis rangée de l'autre côté et quelques maisons plus bas, afin de surveiller la véranda. J'étais probablement là depuis dix minutes quand j'ai aperçu le voisin de Dana, Jerry Irwin, qui rentrait après son jogging de l'après-midi. Il courait sur le bout des pieds, presque sur la pointe, dans la même position voûtée qui lui était familière au repos. Il portait un bermuda écossais et un tee-shirt blanc, des socquettes noires et des chaussures appropriées à la circonstance. Son teint était animé et ses cheveux gris trempés de sueur, ses lunettes attachées à une sorte de tube en caoutchouc lui faisaient une sorte de collier. Il franchit les derniers cinquante mètres en piquant un sprint, à petites foulées sautillantes et irrégulières comme quelqu'un qui court pieds nus sur du béton brûlant. Je me penchai pour baisser la vitre côté passager.

– Bonjour Jerry. Comment va ? C'est Kinsey Millhone.

Il s'inclina, haletant, les mains appuyées sur ses maigres genoux pendant qu'il recouvrait son souffle. Une odeur de transpiration passa par la fenêtre.

– Très bien. Hou, pouh. Juste un instant.

Il n'aurait jamais l'air d'un athlète en se conduisant ainsi. Il ressemblait plutôt à un homme qui se trouve à deux doigts de la mort. Il posa les mains sur sa taille et s'étira en arrière, en disant « Whooo ! » Il respirait encore difficilement mais il réussit à se ressaisir. Il me regarda bien en face, le visage ridé par l'effort. Ses lunettes commençaient à s'embuer.

– J'allais vous appeler. Cru voir Wendell dans le coin tout à l'heure.

– Vraiment ? dis-je. Montez donc.

Je me penchai et ouvris la portière. Il se glissa sur le siège.

– Évidemment je ne peux pas l'affirmer, mais on aurait bien dit que c'était lui ; alors j'ai appelé les flics. Ils sont là maintenant. Vous avez vu ?

Je lançai un coup d'œil vers la maison de Dana ; la véranda était toujours vide.

– C'est ce que je vois. Vous êtes au courant pour Brian ?

– Il doit y avoir un sort sur ce gamin, fit remarquer Jerry. Vous croyez qu'il va rentrer chez lui ?

– Difficile à dire. Ce serait idiot... c'est le premier endroit où les flics iront le chercher, dis-je. Mais il n'a peut-être pas le choix en l'occurrence.

– Je n'arrive pas à croire que sa mère admettrait ça.

Nous reportâmes notre attention vers la maison de Dana, dans l'espoir de voir se produire quelque chose. Des coups de revolver, des vases volant par la fenêtre. Rien du tout. Silence total. La façade gris sombre de la maison semblait froide et désolée.

– J'étais venue la voir mais je me suis dit qu'il valait mieux attendre le départ de la police. Quand avez-vous aperçu Wendell ? C'était tout récemment ?

– Il y a peut-être une heure. C'est Lena qui l'a remarqué. Elle m'a fait venir en vitesse et m'a demandé de jeter un coup d'œil. On n'arrivait pas à se mettre d'accord pour savoir si c'était lui ou non, mais j'ai pensé que ça valait la peine d'être signalé. Je ne croyais vraiment pas qu'ils enverraient quelqu'un tout de suite.

– Il est possible qu'ils aient expédié un adjoint du shérif après qu'on a découvert la disparition de Brian. Personnellement je n'ai pas entendu la nouvelle. Et vous, est-ce que vous l'avez apprise par la radio ?

Jerry hocha la tête. Il s'arrêta pour éponger son front en

sueur à l'aide de son tee-shirt. La voiture commençait à s'imprégner d'une odeur de vestiaire.

– C'est peut-être bien la raison pour laquelle Wendell serait de retour, dit-il.

– C'est aussi ce que je me suis dit.

Jerry renifla du côté de son aisselle et il eut la décence de grimacer.

– Vaudrait mieux que j'aille prendre une douche avant d'empester votre voiture. Tenez-moi au courant s'ils l'attrapent.

– Comptez sur moi. Je vais probablement aller faire un tour du côté de chez Michael, histoire de boucler ma tournée. Je présume que les flics le mettront en garde contre tout délit de complicité.

– Pour ce que ça pourrait faire!

Après le départ de Jerry, j'ai laissé les vitres de la voiture baissées. Dix autres minutes s'écoulèrent et l'adjoint du shérif sortit de chez Dana. Elle le suivit dehors et ils restèrent tous les deux debout sous le porche à discuter. Le policier balayait la rue du regard. Même de loin, son expression paraissait implacable. Dana avait une allure svelte avec de longues jambes dans sa courte jupe de jean; elle portait un tee-shirt bleu marine et des chaussures plates; ses cheveux étaient retenus en arrière par un foulard rouge vif. L'attitude du policier laissait entendre qu'il n'était pas insensible à son charme. Ils semblaient sur le point d'achever leur conversation, avec des gestes prudents et à peine une ombre d'hostilité. Son téléphone a dû sonner parce que je l'ai vue donner un rapide coup d'œil dans cette direction. Il l'a saluée de la tête et a descendu les marches tandis qu'elle se ruait dans la maison.

Dès qu'il se fut éloigné, je sortis de ma voiture et traversai la rue pour me rendre chez Dana. Elle avait laissé la porte grande ouverte, mais le panneau grillagé était maintenu fermé par le loquet. J'ai frappé sur le chambranle, mais elle n'a pas paru m'entendre. Je pouvais la voir faire les cent pas, la tête penchée, le combiné coincé dans le cou. Elle s'arrêta pour allumer une cigarette sur laquelle elle tira profondément.

– Vous pouvez lui laisser prendre les photos, si vous voulez, disait-elle, mais un professionnel fera du meilleur travail...

Elle fut interrompue par son interlocutrice à l'autre bout du fil et je la vis froncer les sourcils d'un air ennuyé. Elle ôta de sa langue une particule de tabac. Son autre ligne se mit à sonner.

– Écoutez, c'est vrai et je sais que ça peut paraître beaucoup d'argent. Là-dessus je suis d'accord, oui...

Son autre ligne sonna de nouveau.

– Debbie, je sais déjà tout ce que vous me dites... Je le comprends et je partage vos sentiments, mais ce n'est pas une journée où il faut être près de ses sous. Parlez-en à Bob et voyez ce qu'il en pense. J'ai un autre appel qui m'attend... D'accord. Bye-bye. Je vous rappelle dans un moment.

Elle poussa le bouton pour prendre l'autre ligne.

– Boutique de la mariée, dit-elle.

Même à travers la porte grillagée, je pus voir son attitude changer.

– Oh, bonjour.

Elle tourna le dos à la porte et baissa tellement la voix que je ne pouvais presque plus l'entendre. Elle posa la cigarette à demi consumée sur le rebord d'un cendrier et jeta un coup d'œil interrogateur à son image dans un miroir accroché près du bureau. Elle fit bouffer ses cheveux et corrigea une petite bavure de maquillage autour de ses yeux.

– Ne fais pas ça, dit-elle. Je ne veux vraiment pas que tu fasses ça...

Je me suis retournée et j'ai parcouru la rue du regard, en me demandant si je devais ou non frapper de nouveau à la porte. Si Brian ou Wendell se cachaient dans les buissons, je ne les vis pas. J'ai de nouveau regardé par la porte grillagée, tandis que Dana terminait sa conversation et raccrochait.

Quand elle s'aperçut de ma présence derrière le grillage, elle eut un petit sursaut et porta instinctivement la main à son cœur.

– Oh, mon Dieu. Vous m'avez fait une de ces peurs, dit-elle.

– Je vous ai vue au téléphone et je n'ai pas voulu vous déranger. J'ai entendu les nouvelles à propos de Brian. Puis-je entrer?

– Rien qu'un instant, dit-elle en avançant pour tirer le loquet.

Elle ouvrit le panneau et recula légèrement afin de me laisser entrer.

– Je suis malade d'inquiétude à son sujet. Je n'ai aucune idée de l'endroit où il est allé mais il *faut* qu'il aille se livrer à la police. Ils vont encore l'inculper pour s'être évadé, s'il ne se présente pas rapidement. Un policier vient juste de faire un tour ici et il s'est conduit comme si je cachais le petit sous le lit. Il ne l'a pas dit mais vous savez bien comme ils sont catégoriques et zélés.

– Vous n'avez aucune nouvelle de Brian?

Elle secoua la tête négativement.

– Son avocat non plus, ce qui n'est pas bon signe, dit-elle. Il a besoin qu'on lui décrive sa situation sur le plan juridique.

Elle entra dans le salon et s'assit au bord du canapé. Je me suis avancée pour me percher sur l'accoudoir. J'ai lancé une question uniquement pour voir ce qu'elle dirait.

– Qui était au téléphone?

– Carl, l'ancien associé de Wendell. Je suppose qu'il a entendu les nouvelles. Depuis toute cette histoire avec Brian, mon téléphone n'a pas cessé de sonner. J'ai eu des nouvelles de gens à qui je n'avais pas parlé depuis le lycée.

– Vous restez en contact avec lui?

– C'est lui qui reste en contact avec moi, bien qu'il n'y ait pas beaucoup d'amitié entre nous. J'ai toujours pensé qu'il avait eu une très mauvaise influence sur Wendell.

– Il en a payé le prix, ai-je dit.

– Et nous donc? rétorqua-t-elle.

– Et l'élargissement de Brian? Est-ce que quelqu'un a trouvé comment il est sorti de prison? On a du mal à croire que l'ordinateur ait pu faire une erreur de cette importance.

– C'est un coup de Wendell. Ça ne fait pas de doute, dit-elle.

Je la vis regarder autour d'elle, en quête de ses cigarettes. Elle alla au bureau pour écraser le mégot qu'elle avait laissé brûler dans le cendrier, prit le paquet de cigarettes et le briquet avant de revenir s'asseoir sur le canapé. Elle essaya d'en allumer une et changea d'idée; ses mains tremblaient horriblement.

– Comment pourrait-il avoir accès au service informatique du shérif?

– Je n'en ai aucune idée, mais vous l'avez dit vous-même : c'est à cause de Brian qu'il est revenu en Californie. Maintenant que Wendell est de retour, Brian est sorti de prison. Sinon comment expliquez-vous tout ça?

– Ces ordinateurs sont censés être bien gardés. Comment s'y est-il pris pour introduire dans le système un message capable de provoquer une levée d'écrou sans aucune autre justification?

– Peut-être qu'il a appris à pirater un ordinateur pendant ces cinq années, dit-elle sur un ton sarcastique.

– Avez-vous parlé à Michael? Est-ce qu'il sait que Brian est sorti?

– J'ai tout de suite appelé chez lui. Michael était parti travailler très tôt mais j'ai parlé à Juliet et je lui ai flanqué une frousse de tous les diables. Elle est furieuse contre Brian. Je l'ai obligée à jurer qu'elle m'appellerait s'ils avaient de ses nouvelles.

– Et Wendell? Est-ce qu'il saurait comment joindre Michael à sa nouvelle adresse?

– Pourquoi pas? Il suffit qu'il appelle les renseignements téléphoniques. Le nouveau numéro est déjà inscrit. Il n'y a rien de secret là-dedans. Pourquoi? Vous pensez que Brian et Wendell vont chercher à se retrouver chez Michael?

– Je ne sais pas. Et vous?

Elle réfléchit à cette éventualité pendant un instant.

– C'est possible, dit-elle.

Elle pressa ses mains entre ses genoux pour calmer son tremblement.

– Il faut que j'y aille, dis-je.

– Je vais rester près du téléphone. Si vous apprenez quelque chose, voulez-vous me prévenir?

– Bien entendu.

J'ai quitté la maison de Dana et roulé jusqu'aux Perdido Keys. Ce qui me préoccupait surtout à ce moment-là, c'était de savoir où se trouvait le bateau de Renata. Si Wendell avait vraiment trouvé une façon de faire libérer Brian, il ne lui restait plus qu'à faire sortir le gamin du pays.

J'ai roulé jusqu'à un *McDonald's* et utilisé le téléphone

public pour composer le numéro « rouge » de Renata, mais en vain. J'avais du mal à me souvenir de l'heure à laquelle j'avais pris mon dernier repas. Aussi, comme j'étais sur place, j'ai profité de l'occasion pour me payer un déjeuner : un gros cheeseburger, un Coca-Cola et une grande portion de frites. J'ai emporté le tout dans la voiture. Au moins l'odeur de la nourriture effaçait les derniers relents de sueur laissés par Jerry Irwin.

Quand je suis arrivée chez Renata, la double porte de son garage était grande ouverte et il n'y avait aucune Jaguar à l'intérieur. J'aperçus le bateau à quai, ses deux mâts de bois bien visibles par-dessus la clôture. Aucune lumière n'éclairait l'intérieur de la maison et rien n'indiquait une activité quelconque. J'ai garé ma VW à quelque trois portes de là et entamé mon repas, en me rappelant, alors que j'étais en train de le finir, que j'avais déjà déjeuné. J'ai jeté un coup d'œil à ma montre. Ah bon, c'était deux heures plus tôt. Ça me faisait deux repas quand même.

Je suis restée assise dans ma voiture et j'ai attendu. Comme ma radio ne marchait toujours pas et comme je n'avais rien apporté à lire, je me suis mise à cogiter sur toute cette parentèle qui m'était soudain tombée du ciel. Qu'est-ce que j'allais faire de tous ces gens-là? Une grand-mère, des tantes, des cousines en tous genres... à qui je n'avais pas fait perdre le sommeil jusque-là. Il y avait quelque chose de troublant dans les sentiments que cela éveillait en moi. La plupart d'entre eux étaient mauvais. Je n'avais jamais beaucoup réfléchi au fait que mon père était facteur. Je le savais, bien entendu, mais cela n'avait aucune importance et je n'avais jamais eu aucune raison de m'interroger sur ce que cela signifiait. Tout ce courrier qu'il avait distribué... le bon et le mauvais, les dettes et les remboursements, les acomptes réclamés et les acomptes perçus, les factures, tout ce qu'on écrit sur les bébés qui naissent et les vieux amis qui meurent, les lettres expédiées par John chéri ou à lui destinées pour rompre des fiançailles... telle était la tâche qui lui avait été assignée en ce bas monde, la modeste profession qui, apparemment, aux yeux de ma grand-mère, ne méritait pas qu'on s'y attarde. Peut-être Burton et Grand pensaient-ils sincèrement être chargés de veiller à ce que ma mère choisisse un bon parti. J'avais envie de prendre sa défense, de le couver et de le protéger.

Grâce aux révélations de Liza, j'avais une idée des drames qui s'étaient joués à mon insu; les querelles et les rires, les doux gazouillis des femmes, les rites rauques, les bavardages intimes dans les cuisines autour d'une tasse de café, les repas de fête, les naissances, les conseils dispensés, le linge brodé à la main transmis d'une génération à l'autre. J'imaginais une famille digne d'un magazine féminin, une grande famille, avec des odeurs de cannelle, des branches de pin ornées de guirlandes, des matches de football regardés sur la télé couleur, des oncles assoupis à force d'avoir trop mangé, des enfants aux yeux vitreux et surexcités à cause de toutes les siestes qu'ils avaient sautées. Mon univers semblait fade en comparaison et, pour une fois, le mode de vie spartiate et dépouillé que j'aimais tellement paraissait minable et désolé.

Je m'étirai sur mon siège, presque paralysée d'ennui. Il n'y avait aucune raison de croire que Renata Huff allait se montrer. La surveillance est un sale boulot. Il est dur de rester assis à regarder l'entrée d'une maison pendant cinq ou six heures d'affilée. Il est difficile de rester attentif. Mais il est impossible de s'en foutre. Généralement je m'efforce de voir cela comme un exercice de méditation Zen et d'imaginer que je suis entrée en contact avec ma Puissance Supérieure et non avec ma propre vessie.

Le jour commençait à s'obscurcir. La couleur du ciel passa de l'abricot au rouge. On pouvait presque sentir la température tomber. Les soirées d'été sont généralement fraîches et, à cause de cet ouragan tapi au large, les jours semblaient aussi courts qu'au début de l'automne. Je voyais avancer un banc de brume, un mur de nuages sombres s'amonceler dans le bleu cobalt et envahir rapidement le ciel crépusculaire. Je croisai les bras pour me tenir chaud, me recroquevillai sur mon siège. Une autre heure dut s'écouler ainsi.

Je sentis ma conscience vaciller et ma tête eut un sursaut involontaire quand je sortis du sommeil. Je m'assis bien droit et fis un effort pour rester éveillée. Ceci dura environ une minute. Mon corps commençait à être douloureux et je me mis à penser à la manière dont les bébés pleurent quand ils se sentent fatigués. Le simple effort de rester éveillé est une pénible épreuve quand le corps exige du repos. Je changeai de position, me tournai d'un côté puis de l'autre. Je relevai mes genoux et posai les pieds sur le siège du passager, le dos contre la portière. J'avais l'impression d'être ivre, je sentais mes paupières s'alourdir tandis que je luttais pour maintenir les yeux ouverts. Ça ne pouvait pas continuer comme ça. Il fallait que je prenne l'air. J'avais besoin de me lever et de bouger.

Je fouillai dans ma boîte à gants pour y chercher ma lampe de poche et une trousse à outils, tassai mon sac à main sur le sol de la voiture, à l'abri des regards, et attrapai une veste sur le siège arrière. Je sortis, verrouillai la portière, traversai la rue en diagonale et me dirigeai vers la maison de Renata avec une envie diabolique de jeter un coup d'œil à l'intérieur. Vraiment, ce n'était pas ma faute. Quand l'ennui s'installe, on ne peut pas m'en tenir pour responsable. Par acquit de conscience et en souvenir des bonnes manières, j'actionnai d'abord la sonnette, mais je savais tout au fond de mon cœur que personne ne viendrait répondre. C'était bien ça, aucune réponse. Que peut faire une pauvre fille dans ce cas précis? Je me faufilai à travers la petite porte latérale et fis mouvement vers l'arrière de la maison.

Je descendis jusqu'au ponton, qui semblait remuer sous moi. Le bateau de Renata, par une ironie du sort, s'appelait *Le Fugitif*; c'était un ketch de quinze mètres, d'un blanc luisant. La coque était en fibre de verre, le pont en teck huilé, la rambarde en noyer vernis, avec des accessoires chromés ou en cuivre. Six personnes pouvaient y tenir à l'aise et l'on aurait même réussi à en loger huit en les serrant. Il y avait de nombreux voiliers amarrés de chaque côté du ponton; leurs lumières miroitaient dans les profondeurs sombres de l'eau à peine ridée. Qu'aurait-il pu y avoir de mieux pour servir les objectifs de Wendell que cet accès direct à l'océan? Il avait peut-être bien navigué à partir de là depuis des années, totalement anonyme, totalement à l'abri.

Je fis un faible effort pour héler le bateau, ce qui ne produisit aucun résultat. Ce n'était pas surprenant puisqu'il était sombre et bâché.

Je montai à bord, en enjambant des câbles. J'ouvris la fermeture Éclair de la bâche en trois endroits et repoussai les pans de toile. La cabine était fermée à clef mais je me servis de ma lampe de poche pour regarder à travers les écoutilles. L'intérieur était immaculé, décoré de magnifiques boiseries, de capitonnages aux couleurs sourdes et douces qui faisaient penser à des couchers de soleil. Des provisions y avaient été déposées; des cartons de boîtes de conserve et de bouteilles d'eau, bien alignés, attendaient d'être rangés. Je levai la tête et surveillai les maisons de part et d'autre. Je ne vis pas une âme. J'examinai les maisons de l'autre côté de la rue. Beaucoup de lumières étaient allumées; on apercevait de temps à autre les silhouettes des habitants mais rien n'indiquait que l'on m'observait. Je rampai sur le pont vers l'avant jusqu'à ce que j'atteigne l'écoutille qui se trouvait au-dessus d'une cabine en forme de V. Le lit était fait avec soin et l'on voyait quelques effets personnels : des livres brochés, des photographies encadrées que je ne pus identifier.

Je repartis vers le poste de pilotage et m'assis sur le pont arrière, pour m'acharner sur la serrure tubulaire qui était installée dans le bois entre mes genoux. Une serrure de ce type a généralement sept dents et le mieux, pour s'y attaquer, c'est d'avoir un outil de crochetage qu'on trouve dans le commerce; il y en avait un dans la trousse que j'avais emportée avec moi. Ce petit instrument a la taille approximative d'un robinet en porcelaine à l'ancienne, de ceux qui portent inscrits en bleu, les mots « CHAUD » et « FROID ». L'instrument possède sept doigts métalliques très fins qui s'ajustent pour coïncider avec la profondeur des découpes d'une clef. On doit lui imprimer un mouvement de va-et-vient et le tourner légèrement en même temps. Une fois que la serrure est ouverte, l'outil peut servir de vraie clef.

La serrure finit par céder mais non sans l'aide de quelques jurons bien choisis. Je fourrai l'instrument dans mon jean et repoussai l'écoutille pour descendre les marches de la cabine. Il m'arrive de regretter de n'avoir pas persévéré davantage quand j'étais scoute. J'aurais pu obtenir plusieurs badges ravissants, dont celui qui récompense les aptitudes à l'effraction. Je parcourus la cabine, en utilisant ma lampe de poche pour fouiller chaque tiroir, chaque placard que je pus trouver. Je ne savais même pas ce que j'étais venue chercher. Quelle aubaine si j'avais pu mettre la main sur l'itinéraire complet d'un voyage en préparation; des passeports, des visas, des cartes couvertes de grosses flèches rouges et d'astérisques. Une trace de la présence de Wendell m'aurait également ravie. Mais il n'y avait rien d'intéressant. Au moment où je perdais tout espoir, la chance m'abandonna elle aussi.

J'avais éteint la lampe de poche et j'étais en train de remonter les marches pour sortir de la cabine quand Renata apparut. Je me trouvai face à face avec le canon d'un revolver, un .357 magnum. Cette sale arme était énorme et ressemblait à ce qu'un marshall sorti d'un bon vieux western aurait pu arborer. Je m'arrêtai net, instantanément consciente du trou qu'une arme comme celle-là pouvait faire dans les parties vitales de mon anatomie. Je sentis mes bras se lever, dans ce geste universel qui indique la bonne volonté et l'envie de coopérer. Renata n'en avait apparemment que faire, car son attitude restait hostile et le ton de sa voix belliqueux.

– Qui êtes-vous?

– Je suis détective privée. Ma carte d'identité est dans mon sac à main, lequel est resté dans la voiture.

– Vous savez que je pourrais vous tuer pour être entrée sans autorisation sur ce bateau?

– J'en ai conscience. J'espère bien que vous n'en ferez rien.

Elle me dévisagea, en essayant peut-être de déchiffrer le ton de ma voix, qui n'était probablement pas aussi respectueux qu'elle aurait pu le souhaiter.

– Qu'est-ce que vous faisiez là-derrière?

Je détournai légèrement la tête, comme si le fait de regarder « là-derrière » pouvait m'aider à rassembler mes souvenirs. Je jugeai que le moment ne se prêtait pas aux mensonges.

– Je cherchais Wendell Jaffe. Son fils a été relâché de la prison du comté de Perdido ce matin, et j'ai pensé qu'ils pouvaient tous les deux avoir envisagé de se retrouver ici.

Je crus un instant qu'il allait nous falloir échanger un certain nombre d'absurdités du type « Qui est Wendell Jaffe »;

mais elle parut accepter de jouer le jeu selon les règles que j'avais fixées. Je ne formulai pas le reste de mes soupçons selon lesquels Wendell, Brian et Renata avaient probablement l'intention de fuir sur ce bateau.

– Pendant qu'on y est, question de satisfaire ma curiosité : est-ce Wendell qui a concocté cette sortie de prison?

– C'est possible.

– Comment s'y est-il pris?

– Est-ce que je ne vous ai pas déjà vue quelque part?

– Viento Negro. La semaine dernière. Je vous ai suivis à la *Hacienda Grande*.

Même dans l'ombre, je vis ses sourcils se froncer; mieux valait lui donner à penser que seule mon extrême perspicacité m'avait permis de les dénicher. Pourquoi mentionner Dick Mills alors qu'il ne les avait aperçus que par pur hasard? Je voulais qu'elle me considère comme une sorte de Wonder Woman, avec des bracelets sur lesquels ricochent les balles.

– Je vais vous dire quelque chose, ai-je ajouté sur le ton d'une simple conversation. Vous n'avez vraiment pas besoin de garder ce revolver pointé sur moi. Je ne suis pas armée et je ne m'en vais pas faire une imprudence.

Lentement, j'avais baissé les bras. Je m'attendais à ce qu'elle proteste mais elle ne sembla pas le remarquer. Elle paraissait indécise quant à ce qu'elle allait faire. Elle pouvait, bien entendu, me tirer dessus, mais les cadavres ne sont pas commodes à faire disparaître et, si l'on ne s'y prend pas convenablement, ils suscitent des tas de questions. Or, voir le shérif débarquer à sa porte était bien la dernière chose qu'elle pouvait souhaiter.

– Qu'est-ce que vous lui voulez, à Wendell?

– Je travaille pour la compagnie qui l'a assuré sur la vie. Sa femme vient de toucher un demi-million de dollars. Si Wendell n'est pas mort, ils veulent rentrer dans leurs fonds.

Je me rendais compte que sa main tremblait légèrement, non pas de peur mais à cause du poids de l'arme. Je me dis qu'il était temps de passer à l'action.

Je poussai un cri perçant et lui envoyai un grand coup sur le poignet, en me servant de mes bras en guise de massue comme le font les hommes dans les films. Je pense qu'elle desserra les doigts à cause du cri. Le revolver sauta comme une crêpe et retomba sur le pont, en résonnant. Je poussai Renata en arrière en lui faisant perdre l'équilibre pendant que je ramassais l'arme. Elle se retrouva sur le dos. Maintenant c'était moi qui tenais le revolver. Elle se remit sur pied et leva les mains. Je préférais ça, même si j'étais tout aussi déroutée qu'elle l'avait été quant à ce que j'allais faire d'elle. Je suis capable de violence quand on m'attaque, mais je n'allais pas lui tirer dessus alors qu'elle se tenait là, à me regarder bien en face. Je pouvais encore espérer qu'*elle* n'en savait rien. J'adoptai un ton agressif, pieds écartés, revolver brandi à deux mains, bras raides.

– Où est Wendell? Il faut que je lui parle.

Elle émit un petit gémissement. Un triangle de colère se dessina autour de son nez et de ses yeux, puis tout son visage se liquéfia quand elle se mit à pleurer.

– Arrête tes conneries, Renata, et dis-moi ce que tu sais ou je vais te tirer dans le pied droit quand j'aurai compté jusqu'à cinq.

Je visai son pied droit :

– Un. Deux. Trois. Quatre...

– Il est chez Michael!

– Merci. Je vous en suis reconnaissante. Vous êtes trop aimable, ai-je répliqué. Je laisserai le revolver dans votre boîte aux lettres.

Elle fut prise d'un frisson involontaire.

– Gardez-le. Je déteste les armes.

Je fourrai le revolver dans ma ceinture, au creux de la taille et sautai prestement sur le quai. Quand j'ai regardé en arrière pour la voir, elle se cramponnait faiblement au mât.

J'ai laissé ma carte de visite professionnelle dans sa boîte aux lettres et j'en ai glissé une autre sous sa porte. Puis je suis partie chez Michael.

19

J'ai aperçu des lumières à l'arrière de la maison. Négligeant la sonnette, j'ai fait le tour par le jardin en jetant un coup d'œil à chaque fenêtre devant laquelle je passais. La cuisine ne révélait rien, à part des plans de travail couverts de piles d'assiettes sales. Les cartons du déménagement formaient encore l'essentiel de l'ameublement, le papier froissé s'accumulait désormais comme un nuage dans un coin. En arrivant devant la chambre principale, j'ai vu que Juliet, prise d'un intérêt soudain pour la décoration, avait disposé des serviettes de toilettes sur des cordes tendues, ce qui avait pour effet de me boucher la vue. Je suis revenue à la porte d'entrée, en me demandant si je serais obligée de frapper comme n'importe qui. J'ai essayé le bouton de la porte et découvert à ma grande joie que je pouvais entrer directement.

Le poste de télévision, dans la salle de séjour, clignotait. Au lieu d'une image en couleurs, il y avait une succession de lumières dansantes pareilles à une aurore boréale. D'après le son qui accompagnait ce phénomène remarquable, je pouvais deviner qu'une bande de durs à cuire armés jusqu'aux dents étaient lancés dans une palpitante poursuite en voiture. J'ai regardé en direction des chambres mais je ne pouvais pas percevoir grand-chose à travers les grincements de freins et le tir des Uzi. J'ai sorti l'arme de Renata que j'ai tenue pointée devant moi comme une lampe de poche pendant que je me faufilais avec prudence jusqu'à l'arrière de la maison.

La chambre du bébé était sombre mais la porte de la chambre des parents se trouvait entrebâillée et laissait passer un rayon lumineux dans le couloir. J'ai donné un petit coup sur la porte avec le canon de mon revolver. Elle s'est ouverte dans un grincement strident dû aux gonds. Devant moi, Wendell Jaffe était assis dans un fauteuil à bascule, son petits-fils sur les genoux. Il poussa un bref cri de surprise.

– Ne tirez pas sur le bébé!

– Je n'ai pas l'intention de tirer sur le bébé. Qu'est-ce que vous croyez?

Brendan souriait en me voyant; agitant les bras en un geste de salutation vigoureuse et muette. Il portait un pyjama de flanelle ornée de lapins bleus, au derrière renflé par la couche. Ses cheveux blonds étaient encore humides du bain qu'on venait de lui donner. Juliet les lui avait réunis au-dessus de la tête, à grand coups de brosse, en un délicat point d'interrogation. L'odeur du talc parvenait jusqu'à moi et envahissait la pièce. Je détournai le revolver que je fourrai dans la ceinture de mon jeans au creux du dos. Ce n'est pas un endroit où on peut le porter en toute tranquillité et je savais parfaitement que je risquais de me tirer une balle dans les fesses. D'un autre côté, je ne voulais pas mettre l'arme au fond de mon sac à main où je l'aurais encore moins à portée de main.

Comme beaucoup de réunions de famille, celle-ci ne semblait pas si agréable que ça. A première vue, Brendan était le seul à s'amuser. Michael se tenait debout, appuyé contre la commode, dans une attitude de repli. Il étudiait la bague frappée aux armes de l'école qu'avait fréquentée Wendell; la faisant tourner autour de son doigt avec attention comme si elle favorisait sa méditation. J'avais vu des joueurs de tennis professionnels adopter cette tactique et fixer leur attention sur les cordes de leur raquette pour rester concentrés. Le sweat-shirt, les jeans sales et les bottes crottées de Michael donnaient à penser qu'il n'avait pas fait toilette en rentrant de son travail. Je distinguais encore la marque laissée dans ses cheveux par le casque dur qu'il avait porté toute la journée sur le chantier. Wendell avait dû guetter son retour et le surprendre quand il avait passé la porte.

Juliet était blottie à la tête du lit; elle paraissait tendue et toute petite dans son débardeur et son short coupé. Elle avait les pieds nus, les jambes repliées sous elle, les bras autour de ses genoux. Elle se tenait délibérément à l'écart et laissait la scène se dérouler tant bien que mal. La seule lumière de la pièce provenait d'une lampe qui avait dû appartenir à la chambre d'enfant de Juliet, chez ses parents : elle était équipée d'un abat-jour rose vif avec des fronces. Le pied de la lampe était orné d'une poupée, en jupe empesée rose, qui tendait les bras. Elle avait un bouton de rose en guise de bouche et ses cils formaient une frange épaisse au-dessus des yeux qui s'ouvraient et se fermaient mécaniquement. L'ampoule ne devait pas avoir plus de quarante watts, mais la chambre semblait chaleureuse grâce à cette lumière ambiante.

Les traits de Juliet étaient marqués par de violents contrastes, avec une joue très rouge, l'autre cachée dans l'ombre. Le visage de Wendell avait l'air d'avoir été taillé à coups de serpe sous cette lumière, avec ses hautes pommettes creusées. Il paraissait hagard et les ailes de son nez brillaient de façon malsaine à la suite de quelque opération de chirurgie esthétique. Le visage de Michael, quant à lui, aurait fort bien pu appartenir à un ange de pierre, froid et sensuel. Ses yeux sombres paraissaient lumineux, sa haute charpente dégingandée était facilement comparable à celle de son père, mais Wendell avait l'air plus lourd et il ne possédait pas la grâce de Michael. Tous trois formaient un curieux tableau, le genre de scène qu'un psychiatre pourrait vous demander d'expliquer pour se faire une idée de la manière dont fonctionne votre esprit.

– Bonjour, Wendell. Désolée de vous déranger. Vous vous souvenez de moi?

Le regard de Wendell interrogea le visage de Michael. Il fit un signe de tête dans ma direction.

– Qui c'est, celle-là?

Michael fixait le sol.

– Une détective privée, dit-il. Elle a parlé de toi à maman il y a deux jours environ...

Je fis un petit signe à Wendell.

– *Elle* travaille pour la compagnie d'assurances à qui vous avez extorqué un demi-million de dollars, ai-je ajouté.

– *Moi*?

– Oui, Wendell, ai-je dit facétieusement. Aussi étrange que ça en ait l'air, c'est comme ça, une assurance vie : il faut être mort. Pour l'instant vous n'avez pas respecté votre part du marché.

Il me regardait avec un mélange de prudence et de confusion.

– Est-ce qu'on ne se connaît pas?

– Nos chemins se sont croisés dans un hôtel de Viento Negro.

Ses yeux se fixèrent sur les miens au moment où il me reconnaissait.

– Vous êtes la personne qui est entrée par effraction dans notre chambre.

Je hochai la tête et inventai sur-le-champ un mensonge.

– Heu-euh, non. C'était un ancien flic qui s'appelle Harris Brown.

Il secoua la tête en entendant ce nom.

– C'est ou plutôt c'était un inspecteur de police, ai-je poursuivi.

– Jamais entendu parler de lui.

– Mais il vous connaît bien. C'est lui qui a été chargé de l'affaire quand vous avez disparu. Mais on la lui a enlevée pour des raisons inconnues. J'ai pensé que vous sauriez pourquoi.

– Vous êtes certaine qu'il me cherchait?

– Je ne pense pas que sa présence là-bas ait été une pure coïncidence, ai-je dit. Il avait la chambre 314. Moi la 316.

– Dis, papa? Est-ce qu'on pourrait pas en finir avec cette histoire?

Brendan se mit à s'agiter et Wendell le caressa pour l'apaiser sans beaucoup de succès. Il ramassa un petit chien en peluche et l'agita devant le visage de Brendan tout en poursuivant la conversation. Brendan attrapa l'animal par les oreilles et le tira vers lui. Il devait être en train de faire ses dents car il rongea le museau en caoutchouc avec tout l'enthousiasme que, personnellement, je réserve au poulet frit. Bon gré mal gré, ses singeries formèrent un étrange contrepoint à la conversation que Wendell menait avec Michael.

Leurs propos avaient repris au point où ils en étaient lors de mon arrivée.

– Il fallait que je m'en aille, Michael. Ça n'avait rien à voir avec vous. C'était de ma vie qu'il s'agissait. C'était moi qui était en cause. Tout bêtement je m'étais tellement mal débrouillé qu'il n'y avait aucun autre moyen de m'en sortir. J'espère que tu comprendras un jour. La justice n'existe pas dans le système juridique actuel.

– Oh ! arrête. Épargne-moi tous ces discours. Où sommes-nous, dans un cours de science politique ? Arrête de dire des conneries et ne me parle pas de toute cette foutue *justice*, d'accord ? Tu n'es pas resté assez longtemps pour savoir comment ça se serait passé.

– S'il te plaît, Michael. On arrête. Je ne veux pas qu'on se dispute. Ce n'est pas le moment. Je ne m'attends pas à ce que tu approuves ma décision.

– Il ne s'agit pas seulement de moi, papa. Et Brian ? C'est lui qui paye les pots cassés.

– Je vois bien qu'il a perdu la tête et je fais tout ce que je peux, dit Wendell.

– Brian avait besoin de toi quand il avait douze ans. C'est trop tard à présent.

– Je ne le pense pas. Pas du tout. Tu as tort là-dessus, fais-moi confiance.

Michael tressaillit et ses yeux roulèrent vers le plafond.

– *Confiance* ? Papa, tu as fait tellement de saloperies ! Pourquoi devrais-je *te* faire confiance ? Il n'est pas question que je te fasse confiance.

Wendell paraissait déconcerté devant la dureté du ton avec lequel Michael lui parlait. Il n'aimait pas qu'on le contredise. Il n'était pas habitué à ce que quelqu'un remette son jugement en question, tout particulièrement quand ce quelqu'un était un gamin qui n'avait pas plus de dix-sept ans au moment où il était parti. Michael était devenu un adulte en son absence ; il avait, en fait, été obligé de remplir le vide même que Wendell avait laissé. Peut-être celui-ci avait-il imaginé pouvoir revenir colmater la brèche, remettre ses affaires en ordre, réparer ses torts. Peut-être avait-il pensé qu'une bonne explication pourrait, d'une manière ou d'une autre, justifier l'abandon et la négligence dont il s'était rendu coupable.

– J'imagine qu'il n'y a pas moyen de nous entendre, dit-il.

– Pourquoi n'es-tu pas revenu pour assumer ce que tu avais fait ?

– Je ne pouvais pas revenir. Je ne voyais pas comment m'en tirer autrement.

– Ça signifie que tu te fichais de tout. Autrement dit, tu ne voulais pas qu'on te demande de faire un sacrifice pour nous. Merci tout plein. On te sait gré de ton dévouement. C'est remarquable.

– Écoute, mon fils, ce n'est pas vrai.

– Bien sûr que c'est vrai. Tu aurais pu rester si tu l'avais voulu, si on avait *compté* un peu. La vérité, c'est qu'on n'avait aucune importance pour toi et c'était bien dommage, mais tant pis.

– C'est sûr que vous aviez de l'importance. Qu'est-ce que tu crois ?

– J'en sais rien papa. Pour moi, tu cherches seulement à justifier ton comportement.

– Ça ne rime à rien, je ne peux pas défaire ce qui a été fait. Je ne peux rien changer à ce qui s'est passé à l'époque. Brian et moi, nous allons nous livrer à la police. Je ne peux rien faire de plus, et si ça ne suffit pas, alors je ne sais pas quoi dire.

Michael le quitta des yeux, secoua la tête d'un air déçu. Je le vis réfléchir et renoncer à répliquer.

Wendell s'éclaircit la gorge.

– Il faut que j'y aille. J'ai dit à Brian de m'attendre.

Il se mit debout en faisant basculer le bébé contre son épaule. Juliet balança ses jambes de l'autre côté du lit et se leva, prête à reprendre Brendan des bras de son grand-père. Il était évident que la conversation l'avait bouleversée. Son nez était rouge, sa bouche gonflée d'émotion.

Michael fourra ses mains dans ses poches.

– T'as pas du tout rendu service à Brian avec cette fausse sortie de prison.

– C'est vrai quand on y réfléchit, mais je ne pouvais pas le savoir. J'ai changé sur un tas de choses. En tout cas, ton frère et moi allons devoir régler cette question.

– T'as mis Brian dans un pétrin pire que celui où il se trouvait avant. Si tu te grouilles pas, les flics vont lui mettre la main dessus et le fourrer dans un cachot où il ne verra plus la lumière du jour avant d'avoir cent trois ans. Et toi, où seras-tu? Dans la nature, sur un foutu bateau, sans te soucier du reste du monde. Bonne chance.

– Est-ce qu'il ne t'est jamais venu à l'esprit qu'il allait falloir que je paye, moi aussi?

– Toi, tu n'as pas une accusation d'assassinat suspendue au-dessus de ta tête.

– Je ne crois pas que tout ça nous mène à grand-chose, dit Wendell en voulant ignorer ce que signifiait la remarque de Michael.

Tous deux semblaient parler dans le vide. Wendell s'efforçait de réaffirmer son autorité paternelle. Michael n'avait que faire de ce genre de connerie. Il avait lui-même un fils maintenant et il savait à quel point son père avait failli à ses devoirs. Wendell lui tourna le dos.

– Il faut que je m'en aille, dit-il en tendant une main à Juliet. J'ai été heureux qu'on ait l'occasion de faire connaissance. C'est bien dommage que les circonstances n'aient pas été plus heureuses.

– Est-ce que nous vous reverrons? dit Juliet.

Des larmes coulaient le long de ses joues. Le mascara avait laissé comme des taches de suie tout autour de ses yeux. Michael semblait renfrogné.

– Absolument. Bien entendu. Je le promets.

Son regard s'attarda sur Michael, dont il espérait peut-être quelque signe d'émotion.

– Je te demande pardon pour tout le mal que je t'ai fait. Crois-moi.

Michael se voûta légèrement sous l'effort qu'il faisait pour rester indifférent.

– Ouais. Ça va. Pas d'importance, dit-il.

Wendell serra le bébé contre lui, enfouit son visage dans le cou de Brendan, s'imprégna de l'odeur douce et laiteuse de l'enfant.

– Ah, toi, mon mignon, dit-il d'une voix tremblante.

Brendan contemplait avec fascination les cheveux de Wendell qu'il agrippa. Solennellement il essaya d'en mettre une poignée dans sa bouche. Wendell tressaillit et détacha gentiment les doigts du bébé. Juliet vint le chercher.

Michael regardait, les yeux débordant d'une eau argentée, puis il détourna son regard. Le chagrin suintait par tous les pores de sa peau.

Wendell passa le bébé à Juliet et l'embrassa sur le front avant de se tourner vers Michael. Il l'étreignit longuement.

– Je t'aime, fiston.

Ils se balançaient d'avant en arrière comme dans une danse ancestrale. Michael émit un son qui venait du fond de sa gorge, continuait à garder les yeux fermés. Pendant cet instant dépourvu de toute retenue, Wendell et lui se sentirent unis. Je fus obligée de regarder ailleurs. Je ne pouvais imaginer ce que c'était que de se trouver en présence d'un parent qu'on a cru mort. Michael s'écarta. Wendell tira un mouchoir et s'essuya les yeux.

– Je reprendrai contact, murmura-t-il et il soupira.

Sans un regard de plus, il fit demi-tour et quitta la pièce. La culpabilité l'étouffait probablement. Il traversa la maison et gagna la porte d'entrée; j'étais sur ses talons. S'il était conscient de ma présence, il ne s'y opposa pas.

L'air du dehors était chargé d'humidité. L'éclairage municipal était presque entièrement dissimulé par des branches; le souffle chassait des ombres à travers la rue comme un tas de feuilles. J'avais l'intention de dire au revoir à l'individu, de monter dans ma voiture et de le filer, en le suivant à une distance discrète jusqu'à ce qu'il me conduise à Brian. Dès que j'aurais repéré l'endroit où se trouvait le gamin, j'irais prévenir les flics. Je lui souhaitai bonne nuit et m'éloignai dans la direction opposée.

Je ne sais même pas s'il m'avait entendue.

Absorbé dans ses pensées, Wendell sortit ses clefs de voiture et traversa la pelouse jusqu'à une petite Maserati rouge, garée au bord du trottoir. Renata possédait apparemment tout un parc d'automobiles coûteuses. Il ouvrit la voiture, se glissa rapidement au volant, claqua la portière. J'avais déverouillé ma VW et enfoncé ma clef de contact en même temps que lui. Je sentis le revolver de Renata au creux de mes reins. Je l'ôtai de ma ceinture. Je pris mon sac sur le siège arrière et déposai l'arme tout au fond. J'entendais le moteur de Wendell tourner à vide. Je mis en marche et restai assise là, toutes lumières éteintes, en attendant de voir ses phares s'allumer.

Le grincement se poursuivait mais son moteur ne démarrait pas. Le bruit était fort mais sans effet. Quelques instants plus tard, je le vis ouvrir sa portière à la volée et en émerger. Nerveux, il alla voir ce qui se passait sous le capot. Il bougea un peu les fils électriques, rentra dans la voiture et se remit à faire grincer son moteur, perdant peu à peu le moindre espoir de démarrer, les batteries ayant rendu tout le jus qu'elles contenaient. Je mis la VW en route et allumai mes phares, puis j'avançai lentement jusqu'à sa hauteur. J'ouvris ma vitre. Il se pencha sur le siège du conducteur et ouvrit la sienne. Je dis :

– Montez. Je vous emmène chez Renata. Vous pourrez appeler une dépanneuse de chez elle.

Il hésita un court instant en jetant un regard rapide à la maison de Michael. Il n'avait pas le choix. Il ne souhaitait pour rien au monde retourner là-bas sous un prétexte aussi futile qu'un coup de téléphone à l'Association des automobilistes américains. Il sortit de sa voiture qu'il verrouilla avant de monter dans la mienne.

J'ai pris à droite dans Perdido Street, puis à gauche avant d'atteindre le champ de foire, en me disant que j'allais suivre la route de la côte, celle qui longe la plage. J'aurais pu prendre l'autoroute. La circulation n'était pas très dense et pour gagner la rue qui conduisait aux Keys il me suffirait d'emprunter la sortie suivante. Mais on pouvait tout aussi facilement y arriver par ce chemin-là...

J'ai donc tourné à gauche en débouchant sur la plage. Le vent avait pris une vigueur considérable et il y avait de gros nuages noirs au-dessus des ténèbres de l'océan.

– J'ai eu une charmante conversation avec Carl mardi soir, ai-je dit. Lui avez-vous parlé?

– J'étais censé le voir un peu plus tard, mais il a été obligé de quitter la ville, dit Wendell, d'un air distrait.

– Vraiment? Je pensais qu'il vous en voulait trop pour vous adresser la parole.

– On a une affaire à régler. Il a pris quelque chose qui m'appartient.

– Ah oui, le bateau?

– Oui, ça aussi, mais il s'agit de quelque chose d'autre.

Le ciel était gris anthracite et je pouvais voir des éclairs au loin sur la mer; un orage électrique devait avoir éclaté à environ soixante-dix kilomètres au large. Les lueurs tremblotaient au milieu des bancs de nuages sombres. On aurait dit des tirs d'artillerie trop éloignés pour être entendus. L'air était chargé d'énergie en mouvement. Je jetai un regard à Wendell.

– Est-ce que vous n'avez même pas envie de savoir comment nous avons retrouvé votre trace? Ça m'étonne que vous n'ayez pas posé de questions.

Son attention était fixée sur l'horizon qui s'illuminait par intermittences au fur et à mesure que l'orage progressait.

– Ça n'a pas d'importance. Ça devait arriver à un moment ou un autre.

– Ça vous ennuie de me dire où vous avez vécu pendant toutes ces années?

Il regardait par la vitre latérale, détournant son visage.

– Pas loin. Vous seriez surprise d'apprendre que j'étais si près.

– Vous avez laissé tomber pas mal de choses pour y aller.

La douleur passa sur son visage comme une flamme.

– Oui.

– Est-ce que vous avez vécu tout le temps avec Renata?

– Oh oui, dit-il, avec une toute petite trace d'amertume.

Un ange passa, puis il ajouta, mal à l'aise :

– Pensez-vous que j'ai eu tort de revenir comme ça?

– Ça dépend de ce que vous avez l'intention de faire.

– Je voudrais les aider.

– Les aider à quoi? Brian est déjà profondément engagé sur sa route et c'est pareil pour Michael. Dana s'est débrouillée comme elle a pu et tout l'argent est dépensé. Vous ne pouvez pas reprendre tout bonnement la vie au point où vous l'avez laissée et faire en sorte que tout se passe différemment. Ils paient les conséquences de votre décision. Il faudra que vous vous fassiez à ça aussi.

– Je sais que je ne peux pas espérer réparer toutes mes erreurs en l'espace de quelques jours.

– Je ne suis pas sûre que vous puissiez faire quoi que ce soit, dis-je. En attendant, je ne vais pas vous quitter des yeux. Je vous ai perdu une première fois. Je n'ai pas l'intention de vous laisser filer de nouveau.

– Il me faut du temps. J'ai quelque chose à faire.

– Vous aviez quelque chose à faire il y a cinq ans de cela.
– C'est différent.
– Où est Brian?
– Il est en sûreté.
– Je ne vous ai pas demandé *comment* il est, mais « où »?

La voiture commença à perdre de la vitesse. Tout étonnée j'ai baissé les yeux et appuyé sur l'accélérateur tandis que le véhicule ralentissait.

– Seigneur, c'est quoi?
– Vous n'avez plus d'essence?
– Je viens de faire le plein.

Je me suis dirigée vers le trottoir de droite et la voiture a continué de rouler emportée par son élan avant de s'arrêter.

Il a jeté un coup d'œil au tableau de bord.

– La jauge indique que c'est plein.
– C'est ce que je viens de vous dire, non?

Nous nous trouvions totalement à l'arrêt. Le silence était profond et je pris conscience du bruit du vent et des vagues, à l'arrière-plan. Bien que la lune ait été dissimulée par des nuées d'orage, je pouvais voir l'écume des vagues.

J'ai tiré mon sac à main du siège arrière et fouillé dans la pochette de devant jusqu'à ce que je trouve ma lampe de poche.

– Je vais voir ce qui se passe, ai-je dit, comme si j'avais un indice.

Je suis sortie de la voiture. Wendell est sorti de son côté et il est passé derrière en même temps que moi. J'étais ravie d'avoir sa compagnie. Peut-être possédait-il, en matière de voiture, les connaissances qui me faisaient défaut... Dans des situations comme celle-ci, j'aime toujours passer à l'action. J'ai ouvert le capot et regardé le moteur. Il avait le même air que d'habitude, à peu près la taille et la forme d'une machine à coudre. Je m'étais attendue à voir des choses éparpillées, des bidules cassés, les bouts flottants d'une courroie de ventilation, des signes indiquant que certaines pièces d'humeur vagabonde s'étaient libérées de leurs boulons d'attache.

– Qu'est-ce que vous en pensez?

Il prit la lampe de poche et se pencha plus près en grimaçant. Les garçons s'y connaissent dans ces choses-là : les armes, les voitures, les tondeuses à gazon, les vide-ordures, les interrupteurs électriques, les équipes de base-ball. Moi, j'ai peur de soulever le couvercle de la chasse d'eau parce que cette chose ronde a toujours l'air sur le point d'exploser. Je me suis penchée en avant et j'ai regardé avec lui.

– On dirait un peu une machine à coudre, non? a-t-il remarqué.

Derrière nous une voiture pétarada et une pierre fut projetée sur mon pare-chocs arrière. Wendell avait compris un quart de seconde avant moi. Nous nous sommes jetés tous deux à plat ventre. Wendell m'a agrippée et nous avons rampé ensemble jusqu'à l'autre côté de la voiture. Il y a eu un deuxième coup de feu et la balle a fait *ding* sur le toit. Accroupis côte à côte nous avons rentré la tête dans les épaules. Wendell avait passé le bras autour de moi pour me protéger. Il éteignit la lampe de poche, ce qui rendit l'obscurité plus complète encore. J'avais une terrible envie de me relever jusqu'à la hauteur de la vitre pour jeter un coup d'œil de l'autre côté de la rue. Je savais qu'il n'y aurait pas grand-chose à voir; l'obscurité, la terre du bas-côté, des voitures qui filaient à toute allure sur l'autoroute. Notre assaillant devait nous avoir suivis depuis la maison de Michael, après avoir saboté d'abord la voiture de Wendell puis la mienne.

– Ça doit être un de vos petits copains. Je ne suis pas à ce point impopulaire dans ma partie, dis-je.

Il y eut un autre coup de feu. Mon pare-brise arrière se transforma en glace pilée mais seul un morceau en tomba.

Wendell dit :

– Seigneur!

Je dis :

– Amen.

Ni l'un ni l'autre n'avions l'intention de blasphémer.

Il me regarda. Sa léthargie antérieure avait disparu. Tout au moins son attention avait été réveillée par la situation.

– Quelqu'un n'a pas cessé de me filer, ces derniers jours.

– Vous avez une petite idée là-dessus?

– J'ai donné quelques coups de téléphone. J'avais besoin d'aide, dit-il en secouant la tête négativement.

– Qui savait que vous alliez chez Michael?

– Uniquement Renata.

Je pensai à elle. J'avais pris son revolver qui, je m'en souvenais maintenant, se trouvait dans mon sac à main. Sur le siège arrière.

– J'ai une arme dans la voiture, si vous pouvez l'attraper, dis-je. Mon sac à main est sur le siège arrière.

– Mais l'intérieur va s'allumer?

– Dans *ma* voiture? Aucun risque.

Wendell ouvrit la portière du côté du passager. Évidemment, la lampe intérieure s'alluma. La balle suivante fut prompte à venir et le toucha presque au cou. Nous étions accroupis de nouveau, silencieux, en pensant à la carotide de Wendell. Je dis :

– Carl devait savoir que vous seriez chez Michael si vous lui aviez dit que vous le verriez après.

– C'était avant qu'il modifie ses plans. De toute façon il ne sait pas où habite Michael.

– Il a prétendu qu'il avait changé ses plans mais vous ne savez pas si c'est la vérité. Ce n'est pas bien sorcier d'appeler les renseignements. Il n'avait qu'à interroger Dana. Il est resté en rapport avec elle.

– Merde, il est amoureux de Dana. Il a toujours été amoureux d'elle. Je suis persuadé qu'il était ravi de me voir écarté de la scène.

– Et Harris Brown? Il a certainement une arme.

– Je vous l'ai déjà dit : je n'ai jamais entendu parler de lui.

– Wendell, arrêtez vos conneries. Maintenant il faut me répondre.

– Je vous dis la vérité.

– Restez planqué. Je vais essayer d'ouvrir la portière encore une fois.

Wendell s'aplatit pendant que je tirais d'un coup sec sur la portière. La balle suivante s'enfouit dans le sable tout près. Je fis basculer le siège avant, attrapai mon sac et refermai la porte en la claquant. Mon cœur battait à tout rompre. Une angoisse me parcourut tout le corps. J'avais une folle envie de pisser, bien que mes reins aient été tout contractés. Tous mes autres organes s'étaient mis en cercle, comme les chariots dans la prairie devant un assaut furieux des Indiens. Je sortis le revolver, avec sa crosse de nacre blanche.

– Donnez-moi un peu de lumière par ici.

Wendell alluma la lampe de poche, en l'abritant comme une allumette. J'avais sous les yeux le genre d'arme à six coups que John Wayne aurait pu aimer. J'ouvris le barillet et vérifiai le contenu du chargeur, qui était plein. Je remis le barillet en place. Le revolver devait bien peser trois livres.

– Où avez-vous trouvé ça?

– Je l'ai volé à Renata. Attendez-moi ici. Je reviens.

Il me dit quelque chose, mais j'étais déjà en train d'avancer, accroupie comme un canard dans l'obscurité, en obliquant vers la plage pour m'écarter de notre agresseur. Je me suis dirigée vers la gauche, pour décrire un cercle d'une trentaine de mètres autour de ma voiture, en espérant que l'individu qui me prenait pour cible ne me voyait pas. Mes yeux étaient complètement adaptés à l'obscurité maintenant et je me sentais très visible. J'ai regardé en arrière, pour essayer de mesurer la distance que j'avais parcourue. La VW bleu pâle avait l'air d'une sorte d'igloo fantomatique ou d'une tente de poupée géante. J'atteignis un virage sur la route, me baissai et traversai en un éclair, pour revenir ensuite vers le point à partir duquel j'imaginais que notre agresseur faisait feu.

Il me fallut probablement dix minutes pour atteindre l'endroit et je me rendis compte que je n'avais pas entendu un seul coup de feu pendant tout ce temps-là. Malgré la faible visibilité que permettait la semi-obscurité, autour de moi, l'endroit semblait désert. Je me trouvais maintenant accroupie exactement en face de ma voiture sur la route à deux voies. J'ai levé la tête comme un coyote et appelé :

– Wendell.

Aucune réponse. Pas de coup de feu. Nul mouvement dans aucune direction. Plus aucune sensation de péril. La nuit était calme et totalement dépourvue de danger à ce moment-là. Je me mis debout.

– Wendell?

Je fis un tour complet sur moi-même, balayai du regard les environs immédiats, puis me baissai de nouveau. J'ai regardé encore des deux côtés et traversé la rue au pas de charge, en restant baissée. En arrivant à la voiture, j'en ai fait le tour et me suis mise à l'abri derrière avec le sentiment d'être de retour au foyer.

– Hé, c'est moi, ai-je dit.

Il n'y avait plus que le vent de la mer et la plage vide. Wendell Jaffe s'était encore envolé.

20

Il était à présent dix heures du soir et la route était déserte. Je pouvais voir les lumières de l'autoroute terriblement proche, mais aucune personne sensée n'allait vouloir me prendre dans sa voiture à cette heure-là. J'ai trouvé mon sac à main près de l'auto et l'ai jeté sur mon épaule. Puis j'ai pris les clés de contact. J'aurais pu fermer la voiture, mais à quoi cela aurait-il servi ? Elle ne marchait pas pour l'instant et le pare-brise arrière était en pièces, ouvert aux quatre vents et aux voleurs suffisamment maigres pour s'y glisser.

Je suis donc partie à pied jusqu'à la station-service la plus proche, qui se trouvait à un kilomètre et demi environ. Il faisait très sombre et même les réverbères, trop espacés, ne dispensaient qu'une faible lumière. L'orage s'était apparemment installé au large des côtes, où il s'attardait et couvait. Des éclairs clignotaient à travers les nuages d'un noir d'encre, comme une lampe affligée d'un mauvais contact. Le vent soulevait le sable et faisait crisser les feuilles sèches dans les palmiers. Je m'examinai rapidement et jugeai que j'étais plutôt en bon état, compte tenu de toutes les émotions que je venais de traverser. Une des vertus de la forme physique, c'est qu'on peut faire deux kilomètres à pied dans le noir sans que ce soit une grande affaire. Je portais des jeans, un sweat-shirt à manches courtes et des tennis – ce n'était pas ce qu'il y a de mieux comme chaussures de marche, mais on aurait pu trouver pire.

La station-service était l'un de ces endroits ouverts vingt-quatre heures sur vingt-quatre, mais il n'y avait qu'un seul type, pour la surveiller. Naturellement, il ne pouvait pas quitter les lieux. J'ai fait de la monnaie et je me suis dirigée vers la cabine téléphonique. J'ai d'abord appelé l'AAA, donné mon numéro d'immatriculation et l'adresse de l'endroit où j'étais. La standardiste me conseilla d'attendre près de la voiture mais je l'assurai que je n'avais nullement l'intention de rebrousser chemin dans le noir. Pendant que j'attendais la dépanneuse, j'ai passé un coup de fil à Renata et lui ai raconté ce qui venait de se passer. Elle ne semblait pas me tenir rigueur de notre bagarre sur le pont du bateau pour la possession du revolver. Elle me dit que Wendell n'était pas encore rentré, mais qu'elle allait prendre la voiture et faire un tour dans le coin à sa recherche.

Il fallut finalement quarante-cinq minutes à la dépanneuse pour faire son apparition. Je suis montée avec le conducteur et l'ai dirigé vers ma voiture en panne. C'était un homme d'une quarantaine d'années, apparemment un remorqueur professionnel; il reniflait, chiquait sans cesse du tabac et s'exprimait dans un langage plein d'expressions toutes faites. En atteignant mon véhicule, il descendit du camion, fit le tour de la VW, les mains sur les hanches, s'arrêta et cracha.

– Qu'est-ce qui s'est passé ici?

Il se posait peut-être des questions à propos de la vitre arrière en mille morceaux, mais je n'y répondis pas pour l'instant.

– Je n'en ai aucune idée. Je roulais à environ soixante à l'heure et la voiture a brusquement perdu de la vitesse.

Il tendit une main vers le toit de la voiture, là où un gros impact de balle avait fait un trou de la taille d'une pièce de dix cents...

– Dites, qu'est-ce que c'est?

– Oh, *ça*, vous voulez dire?

Je me suis penchée, les yeux plissés dans la demi-lumière. Le trou avait l'air d'un petit point noir bien net sur la peinture bleu pâle. Il fourra le bout d'un doigt à l'intérieur.

– Ça m'a tout l'air d'être un trou de *balle*.

– Bon Dieu, c'est bien ça, on dirait?

Nous fîmes le tour de la voiture et je faisais écho à sa consternation devant tous les endroits abîmés que nous trouvions. Il n'arrêtait pas de me questionner, mais j'évitais de répondre. Le type était un conducteur de camion-remorque, pas un flic, me disais-je. On ne pouvait pas dire que je parlais sous serment.

En fin de compte, en hochant la tête, il se glissa au volant et essaya de mettre la voiture en marche. Je suppose qu'il aurait éprouvé une grande satisfaction si le moteur avait immédiatement démarré. Il me faisait l'effet d'appartenir à ce genre d'individus qui ne sont pas du tout gênés de tourner les femmes en ridicule. Pas de chance. Il sortit et alla jeter un coup d'œil à l'arrière. Il grommela dans sa barbe, tripota quelques petites choses et s'escrima de nouveau sur le démarreur, sans succès. Il remorqua la VW jusqu'à la station-service où il la laissa dans un box de service, puis s'en alla en jetant un regard sournois derrière lui et en hochant la tête. Pas la peine de dire ce qu'il pensait des petites dames de maintenant. J'ai un peu bavardé avec le préposé ; celui-ci m'a affirmé que le mécanicien serait là à sept heures du matin.

Pour l'instant, il était minuit bien sonné et je n'étais pas seulement épuisée mais également coincée. J'aurais pu appeler Henry. Je savais qu'il aurait sauté dans sa voiture et serait venu me chercher sans se plaindre. L'ennui, c'était que je ne pouvais tout bonnement pas supporter l'idée de reprendre la route une fois de plus pour le trajet que je passais mon temps à faire et à refaire entre Santa Teresa et Perdido. Heureusement, les environs ne manquaient pas de motels. J'en avais aperçu un, de l'autre côté de l'autoroute, à une distance raisonnable pour un marcheur, et je m'y rendis à pied par la passerelle. En perspective des urgences de ce genre, j'emporte toujours sur moi une brosse à dents, de la pâte dentifrice, et un slip propre tout au fond de mon sac à main.

Il y avait encore une chambre libre au motel. J'ai dû payer plus que je ne souhaitais, mais j'étais trop fatiguée pour discuter. Pour trente dollars de plus, on me gratifia d'une minuscule bouteille de shampooing et d'une autre de démêlant. Un flacon de même taille renfermait juste assez de lotion corporelle pour frictionner un bras. L'ennui, c'est qu'on n'arrivait pas à la faire sortir de la bouteille. Finalement j'ai renoncé à l'idée de m'hydrater et je me suis mise au lit toute nue et sèche comme une brindille. Je suis tombée dans un sommeil de zombie sans l'aide d'aucun médicament et jugeai, à regret, que mon rhume était parti.

Je me suis réveillée à six heures en me demandant où j'étais. Après avoir recouvré la mémoire, je me suis enfouie de nouveau sous les couvertures pour reprendre mon sommeil et ne me suis plus réveillée du tout jusqu'à huit heures vingt-cinq. J'ai pris une douche, enfilé mes dessous propres et remis mes vêtements de la veille. Comme la chambre était payée jusqu'à midi j'en ai conservé la clef et j'ai pris rapidement une tasse de café au distributeur avant de retourner à ma voiture, en traversant la 101.

Le mécanicien avait dix-huit ans, des cheveux roux frisottés, des yeux marron, un nez rond retroussé, des dents de devant écartées et un fort accent texan. La combinaison qu'il portait avait l'air d'une barboteuse. Quand il me vit, il me fit signe d'approcher d'un index recourbé. Il avait fait monter la voiture sur le pont hydraulique et j'examinai le dessous avec lui. J'imaginais déjà le nombre de dollars que j'allais jeter par la fenêtre. Il s'essuya les mains sur un chiffon et dit :

– Z'avez vu?

J'ai regardé, sans comprendre du premier coup ce qu'il désignait. Il leva une main et toucha une sorte de pince qui avait été fixée sur un tuyau.

– Quelqu'un a mis ce petit truc sur votre arrivée d'essence. Je parie que vous n'avez pas fait trois cents mètres avant que le moteur tombe en panne.

– Et ce n'était que ça? dis-je en riant.

Il dévissa l'écrou et fit tomber le petit bidule dans le creux de ma paume.

– C'était que ça. La voiture devrait rouler merveilleusement maintenant.

– Merci beaucoup. C'est formidable. Combien est-ce que je vous dois?

– Les remerciements suffisent dans mon pays, dit-il.

Je suis retournée en voiture au motel où j'ai réintégré ma chambre. Assise sur le lit défait, j'ai téléphoné à Renata. Son répondeur s'est déclenché et j'ai laissé un message lui demandant de me passer un coup de fil. Puis j'ai essayé d'appeler Michael, et j'ai été toute surprise de l'entendre décrocher à la première sonnerie.

– Bonjour, Michael. C'est Kinsey. Je pensais que vous seriez à votre travail. Avez-vous des nouvelles de votre père?

– N-on-on, et Brian non plus. Il a appelé ce matin pour dire que papa ne s'est pas manifesté. Il avait vraiment l'air inquiet. Je me suis fait porter malade afin de pouvoir rester près du téléphone.

– Où est Brian?

– Il ne veut pas me le dire. Je pense qu'il a peur que je le donne aux flics avant que lui et papa se retrouvent. Vous croyez que mon père va bien?

– C'est difficile à dire.

Je le mis au courant des événements de la veille.

– J'ai laissé un message chez Renata et j'espère avoir des nouvelles. Quand je lui ai parlé la nuit dernière, elle disait qu'elle irait voir si elle pouvait le retrouver. Il se peut qu'elle l'ait repéré quelque part sur la route.

Il y eut un bref silence.

– Qui est Renata?

Aïe.

– Ahh. B-r-e-e-eu. C'est une amie de votre père. Je pense qu'il habite chez elle.

– Elle vit ici à Perdido?

– Elle possède une maison près des Keys.

Encore un silence.

– Ma mère est-elle au courant?

– Je ne pense pas. Probablement pas.

– Bon Dieu. Oh bon Dieu. Quel salaud.

Silence à nouveau.

– Eh bien, je pense que je ferais mieux de vous laisser raccrocher. Je veux garder la ligne libre au cas où il essaierait de nous contacter.

– Vous avez mon numéro, dis-je. Si vous avez de ses nouvelles, voulez-vous m'en informer?

– Bien sûr, dit-il, avec brusquerie.

Je me dis que toute trace de son sentiment de loyalisme envers son père s'était effacée depuis qu'il était au courant de l'existence de Renata.

J'ai essayé d'appeler Dana. Son répondeur s'est mis en marche. J'ai écouté les premières mesures de la marche nuptiale, en tambourinant des doigts jusqu'au bip sonore. Je lui ai laissé un message aussi bref que possible pour lui recommander de me téléphoner. Je m'en voulais encore d'avoir mentionné le nom de Renata dans ma conversation avec Michael. Wendell avait suscité assez d'hostilité chez son fils sans que je vienne y ajouter la question de sa concubine. J'ai essayé de joindre le sergent Ryckman à la prison du comté de Perdido. Il était sorti mais j'ai échangé quelques mots rapides avec le surveillant-chef Tiller; celui-ci m'a fait savoir qu'il y avait eu un grand remue-ménage dans le service à propos de l'élargissement erroné de Brian. Le bureau des affaires internes menait une enquête sur chaque employé ayant accès à l'ordinateur. Sur ce, il raccrocha.

J'avais épuisé à peu près toute ma liste de numéros de téléphone locaux que je pouvais appeler gratuitement. J'ai quitté le motel et j'étais sur la route dès dix heures. J'espérais trouver quelques messages sur le répondeur en arrivant à mon bureau de Santa Teresa, mais quand j'ai ouvert ma porte la lumière verte brillait, imperturbable. J'ai passé la matinée à expédier tout le travail de bureau habituel : coups de téléphone, courrier professionnel, petites rentrées d'argent à noter, une ou deux factures à payer. J'ai fait du café et appelé mon agent d'assurance pour déclarer l'incident de la veille. Elle m'a dit que tout était en règle et que je pouvais faire remplacer ma lunette arrière chez le fournisseur de mon choix. Il était évident que je ne pourrais pas conduire une voiture dans cet état-là sans faire l'objet d'un PV.

En même temps j'avais presque envie de ne pas toucher aux traces de balle. Si l'on déclare de trop nombreux sinistres cela peut entraîner la résiliation de la police ou le renchérissement de la prime à un taux astronomique. Qu'est-ce que ça pouvait bien me faire d'avoir des traces de balles dans la carrosserie? J'en ai bien quelques-unes dans ma propre peau! J'ai donc téléphoné pour prendre rendez-vous afin de faire réparer la vitre arrière en fin d'après-midi.

Peu après le déjeuner, Alison m'a prévenue par l'interphone que Renata Huff était à la réception. Je m'y suis rendue. Elle était assise sur le petit sofa, la tête en arrière, les yeux fermés. Elle n'avait pas bonne mine. Elle portait des pantalons larges, serrés à la taille par une ceinture et un pull noir à col en V sous un anorak orange. Ses boucles sombres étaient encore tout humides sous l'effet d'une douche récente, mais ses yeux étaient cernés de noir et ses joues semblaient creusées par l'angoisse. Elle se leva en adressant un sourire d'excuse à Alison, qui semblait étonnamment vive par comparaison.

J'ai emmené Renata dans mon bureau, l'ai installée sur le fauteuil réservé aux visiteurs et nous ai versé à toutes les deux un peu de café.

– Merci, a-t-elle murmuré en avalant une gorgée avec reconnaissance. Ça fait du bien. J'en avais besoin.

– Vous avez l'air fatiguée.

– Je le suis.

C'était vraiment la première fois que je pouvais l'étudier d'aussi près. Au repos, son visage n'était pas de ceux que l'on peut trouver jolis. Elle avait un très beau teint... avec une légère nuance olive, sans tache ni défaut... mais ses traits paraissaient résulter d'une erreur ; elle avait des sourcils foncés et indisciplinés, des yeux noirs trop petits. Sa bouche était grande et ses cheveux coupés ras faisaient jaillir sa mâchoire carrée. Son expression était rarement pétulante mais lorsqu'elle souriait, tout son visage se transformait ; il devenait exotique, lumineux. A cause de son teint, elle pouvait se permettre de porter des couleurs qui n'allaient pas à beaucoup de femmes : citron vert, rose vif, bleu roi et fuchsia.

– Wendell est rentré vers minuit. Ce matin je suis sortie faire des courses. Je n'ai pas dû m'absenter plus de quarante minutes. A mon retour, toutes ses affaires avaient disparu et lui aussi. J'ai attendu pendant une heure ou à peu près, puis j'ai sauté dans ma voiture et je suis venue vous voir. Mon vrai désir était d'appeler la police, mais je me suis dit que j'allais d'abord voir quel avis vous pourriez me donner.

– A quel sujet ?

– Il m'a volé de l'argent. Quatre mille dollars en espèces.

– Et *Le Fugitif* ?

– Il sait que je le tuerais s'il prenait ce bateau, dit-elle en hochant la tête d'un air las.

– Est-ce que vous n'avez pas un hors-bord aussi?

– Ce n'est pas du tout un hors-bord. C'est un canot pneumatique gonflable mais il est toujours à quai. Wendell n'a pas les clefs du *Fugitif*.

– Pourquoi donc?

– Je ne me suis jamais fiée à lui, dit-elle en piquant un fard.

– Vous êtes ensemble depuis cinq ans et vous ne lui confiez pas les clefs de votre bateau?

– Il n'avait rien à faire sur ce bateau sans moi, dit-elle sur un ton irrité.

Je sentis qu'il fallait changer de sujet:

– Alors, que soupçonnez-vous?

– Je pense qu'il est revenu pour le *Lord*. Dieu seul sait où il a l'intention d'aller avec ça.

– Pourquoi irait-il voler le bateau de Carl Eckert?

– Il est capable de voler n'importe quoi. Vous n'avez donc pas compris? D'abord, le *Lord* était son bateau à lui et il voulait le reprendre. Ensuite, *Le Fugitif* est un yacht fait pour naviguer le long de la côte. Le *Lord* est un bateau de haute mer, ce qui convient davantage à ses intentions.

– Quelles intentions?

– Partir aussi loin que possible.

– Pourquoi êtes-vous venue me voir?

– J'ai pensé que vous sauriez où le *Lord* était amarré. Vous m'avez dit que vous aviez parlé à Carl Eckert sur le bateau. Je ne voulais pas perdre mon temps à la capitainerie du port pour essayer de retrouver sa trace.

– Wendell m'a dit que Carl Eckert n'était pas en ville hier soir.

– Bien sûr, il est absent, justement il ne va pas s'apercevoir de la disparition du bateau avant son retour. Wendell a dû quitter Perdido vers dix heures ce matin, a-t-elle ajouté après avoir jeté un coup d'œil à sa montre.

– Comment ça? Il a fait réparer la voiture?

– Il a pris la Jeep que je laisse garée dans la rue. Même s'il ne lui a fallu que quarante minutes pour gagner le quai, les gardes-côtes ont encore une chance de l'intercepter.

– Où aurait-il l'intention d'aller?

– Retourner au Mexique, je suppose. Il connaît bien la

côte de Basse-Californie et il possède un faux passeport mexicain.

– Je vais chercher ma voiture, ai-je dit.

– Nous pouvons prendre la mienne.

Je me précipitai dans l'escalier, Renata sur mes talons.

– Vous devriez prévenir la police à propos de la Jeep.

– Bonne idée. Mais j'espère qu'il l'a laissée quelque part dans le parking du port.

– Où est-il allé la nuit dernière, vous l'a-t-il dit? J'ai perdu sa trace vers dix heures. S'il est rentré à la maison à minuit, qu'est-ce qu'il a bien pu faire pendant deux heures? Il ne faut pas tout ce temps pour faire deux kilomètres à pied.

– Je ne sais pas grand-chose. Après votre appel, j'ai pris ma voiture et je suis partie à sa recherche. J'ai parcouru chaque rue entre ma maison et la plage, sans le trouver. D'après ce qu'il a dit par la suite, j'ai l'impression que quelqu'un est venu le chercher mais il n'a pas voulu dire de qui il s'agissait. Peut-être un de ses fils.

– Je ne pense pas, dis-je. J'ai parlé à Michael, il y a un petit moment. Il dit que Brian a appelé ce matin. Wendell était censé le retrouver la nuit dernière, mais il n'y est jamais allé.

– Wendell n'a jamais été très fort pour tenir ses promesses.

– Savez-vous où se trouve Brian?

– Je n'en ai aucune idée. Wendell s'arrangeait pour que j'en sache le moins possible. Comme ça, si la police devait un jour m'interroger, je pourrais clamer mon ignorance.

C'était apparemment une manie chez Wendell, mais je me demandais si cette fois sa façon de laisser tout le monde dans l'ignorance n'allait pas se retourner contre lui.

Entre-temps nous étions arrivées dans la rue. Renata avait défié tous les dieux du stationnement et s'était garée juste à un endroit où le trottoir était peint en rouge. Et avait-elle un PV? Évidemment non. Elle ouvrit la Jag et je pris place sur le siège du passager. Renata démarra en faisant légèrement crisser ses pneus. Je sentis que je m'accrochais à mon siège.

– Wendell a pu aller voir les flics, ai-je dit. D'après ce qu'il a confié à Michael, il avait l'intention de se livrer. Comme quelqu'un lui a tiré dessus, il pourrait s'être dit qu'il serait plus en sécurité en taule.

Elle eut une petite moue de mépris et me lança un regard cynique.

– Il n'a jamais eu l'intention d'y aller. C'était de la foutaise. Il a également affirmé qu'il irait voir Dana, mais ça aussi c'était peut-être de la foutaise.

– Il est allé chez Dana la nuit dernière? Pour quoi faire?

– Je ne sais pas s'il y est allé, mais il a dit qu'il voulait lui parler avant de partir. Il se sentait coupable envers elle. Il espérait régler tout ça avant de disparaître encore une fois. Il voulait probablement soulager sa conscience.

– Vous pensez qu'il est parti sans vous?

– Je suis sûre qu'il en a l'intention. C'est un salaud sans vergogne. Il n'a jamais su faire face aux conséquences de ses actes. Jamais. Maintenant, ça m'est bien égal qu'il finisse en prison.

On aurait dit que tous les feux passaient au rouge devant elle. S'il n'y avait pas de voiture en vue, elle grillait le signal; dans sa hâte d'arriver à la marina, elle s'arrangea pour brûler quatre stops. Comme si le code de la route n'était qu'un ramassis de conseils superflus ou ne s'appliquait tout bonnement pas à elle ce jour-là.

Je l'étudiais de profil, en me demandant quelle sorte de renseignements je pourrais bien lui soutirer.

– Verriez-vous un inconvénient à ce que je vous interroge sur les détails de la première disparition de Wendell?

– Quels détails?

Je haussai les épaules, sans trop savoir par où commencer.

– Quelles dispositions avait-il prises? Je ne vois pas comment il aurait pu s'en sortir tout seul.

Je la vis qui hésitait et j'insistai doucement, en espérant qu'elle se laisserait aller.

– Ce n'est pas par pure curiosité. A mon avis, tout ce qu'il a fait à l'époque, il pourrait essayer de le refaire.

Je ne pensais pas qu'elle répondrait mais elle glissa finalement un regard dans ma direction.

– Vous avez raison. Il n'aurait pas pu se tailler sans mon aide, dit-elle. J'ai piloté mon bateau toute seule, le long de la côte, et je l'ai fait monter à bord quand je l'ai retrouvé dans son canot après qu'il a abandonné le *Lord*.

– C'était risqué, non? Et si vous l'aviez raté? L'océan est vaste.

– J'ai passé ma vie à naviguer et je m'y connais en bateaux. Tout le plan était risqué, mais on l'a mené à bien. C'est ça qui compte, non?

– Je suppose, en effet.

– Et vous? Est-ce que vous faites du bateau?

– Trop cher, ai-je dit en secouant la tête.

Elle sourit faiblement.

– Dénichez-vous un homme qui a de l'argent. C'est ce que j'ai toujours fait. J'ai appris à skier et à jouer au golf. J'ai appris à prendre l'avion en première classe, à voyager tout autour du monde.

– Qu'est-ce qui est arrivé à Dean, votre premier mari? ai-je demandé.

– Il est mort d'une crise cardiaque. En fait, c'était déjà mon second mari.

– Pendant combien de temps Wendell a-t-il voyagé avec le passeport de votre époux?

– Tout le temps, pendant ces cinq années. Sans interruption depuis que nous sommes partis.

– Et le service des passeports n'a jamais vérifié?

– Ils se sont fichus dedans, et c'est ce qui nous a donné l'idée la première fois. Dean était mort en Espagne. Sans qu'on sache pourquoi, les papiers n'ont jamais été transmis ici. Quand son passeport est arrivé à expiration et qu'il a fallu le renouveler, Wendell a rempli les formulaires et nous avons envoyé sa propre photographie au lieu de celle de mon mari. Ils avaient approximativement le même âge, tous les deux, de sorte que le certificat de naissance de Dean pouvait servir en cas de besoin.

Après avoir atteint Cabana Boulevard nous avons tourné à droite, en direction de la marina qu'on apercevait avec sa forêt de mâts sur notre gauche. Le jour était très couvert, une brume flottait sur les eaux vert foncé du port. Une odeur de crevettes, de saumure et de diesel me montait aux narines. Un vent violent venait de l'océan et apportait avec lui une odeur de pluie lointaine. Renata entra dans le parking de la marina et trouva un emplacement près du kiosque. Elle gara la Jag et nous mîmes toutes deux pied à terre. J'avais pris les devants puisque je savais où le *Captain Stanley Lord* était amarré.

Nous passâmes devant un petit restaurant de fruits de mer avec quelques tables en terrasse.

– Et alors?

Elle haussa les épaules.

– Quand on a eu le passeport? Nous sommes partis. Il m'arrivait de revenir de temps à autre, généralement toute seule, mais parfois avec Wendell. Il restait sur le bateau. J'étais libre d'aller et de venir puisque personne n'était au courant de nos rapports. Je surveillais ses fils, de loin, mais ils ne semblent pas s'en être aperçus.

– Donc, quand Brian a commencé à avoir des ennuis avec la police, Wendell l'a su?

– Oh oui. Au début il ne s'est pas inquiété. Les libertés que prenait Brian avec la loi avaient tout l'air d'être des enfantillages. École buissonnière et vandalisme.

– Les garçons seront toujours des garçons.

Elle ignora cette réflexion.

– Nous étions partis pour une croisière autour du monde quand les choses se sont gâtées. Au moment où nous sommes rentrés, Brian avait eu des ennuis bien plus graves que prévu. C'est à ce moment-là que Wendell est vraiment passé à l'action.

Nous dépassâmes le bureau d'un courtier en bateaux et la criée aux poissons. La jetée s'étendait à notre gauche; une énorme plate-forme y avait été amarrée. Un bateau venait d'être hissé hors de l'eau et nous avons été obligées d'attendre impatiemment que la grue ait traversé le quai et remonté la courte avenue sur notre droite.

– Qu'est-ce qu'il a fait? Je n'arrive toujours pas à comprendre comment il s'y est pris.

– Je n'en sais trop rien moi-même. Ça avait quelque chose à voir avec le nom du bateau.

La digue était quasiment déserte; la menace du mauvais temps avait sans doute fait rentrer les bateaux au port et poussé les gens à l'abri.

– Pas directement toutefois, poursuivit-elle. D'après ce qu'il m'a raconté, le capitaine Stanley Lord a toujours été tenu pour responsable de quelque chose qu'il n'avait jamais fait.

– Il avait ignoré les SOS lancés par le *Titanic*, d'après ce qu'on m'a dit, ai-je précisé.

– C'est ce que prétendent les gens. Wendell avait fait un tas de recherches sur l'incident et il estimait que Lord était innocent.

– Je ne vois pas le rapport.

– Wendell avait eu personnellement des ennuis avec la justice autrefois...

– Ah, oui, c'est exact. Je m'en souviens. Quelqu'un m'en a parlé. Il allait avoir son diplôme de droit. Il a été condamné pour homicide, c'est ça?

– Je ne connais pas les détails, dit-elle en acquiesçant.

– Il vous a raconté qu'il n'était pas coupable?

– Non, ce n'était pas lui, dit-elle. Il a été condamné à la place de quelqu'un d'autre. C'est pour cette raison qu'il a été en mesure de faire sortir Brian de prison. En se faisant aider par l'homme à qui il avait sauvé la mise.

Je l'ai fixée sans ralentir mon pas.

– Est-ce que vous avez déjà entendu parler d'un type qui s'appelle Harris Brown?

Elle hocha la tête en signe de dénégation.

– Qui est-ce?

– Un ancien flic. A l'origine il avait été chargé de mener l'enquête pour escroquerie, après la disparition de Wendell, mais on l'en a déchargé par la suite. Il se trouve qu'il avait investi un tas d'argent dans la société de Wendell et il y a laissé sa chemise. Je me suis dit qu'il aurait pu utiliser certaines de ses anciennes relations pour aider Brian. Mais je n'arrive pas à imaginer pourquoi il l'aurait fait.

La passerelle qui conduisait à la marina 1 se trouvait encore à cinquante mètres sur la gauche. Le portail était fermé à clef comme d'habitude. Des mouettes picoraient avec acharnement un filet de pêcheurs. Nous attendîmes un petit moment, en espérant que quelqu'un muni d'une carte magnétique passerait par là, pour pouvoir nous glisser dans son sillage.

En fin de compte, j'ai agrippé le poteau qui soutenait la clôture et m'en suis servi pour escalader la grille par l'extérieur et passer de l'autre côté. Ensuite, j'ai ouvert le portail pour faire entrer Renata, puis nous avons couru le long de la digue. J'ai tourné dans la sixième rangée sur la droite, celle qui était marquée d'un J, et compté des yeux les embarcations jusqu'à l'emplacement où le *Lord* avait été amarré.

Même de loin, je pouvais constater que l'ancrage était vide et que le bateau était parti.

21

L'humeur de Renata s'était assombrie pendant que nous remontions le long de la digue en direction de la capitainerie qui se trouvait logée au-dessus d'un ship chandler. Je m'attendais plus ou moins à une explosion quelconque de sa part, mais elle restait étonnamment silencieuse. Elle attendait dehors, sur une petite terrasse en bois, pendant que je me lançais dans des explications à l'intention de la personne installée derrière le guichet. Comme nous n'étions pas légalement les propriétaires du bateau manquant et comme rien ne nous permettait de prouver que Carl Eckert ne l'avait pas pris lui-même, il fut bientôt évident que, pour l'instant, on ne pouvait pas faire grand-chose. L'employé nota le renseignement plus pour me calmer que pour toute autre raison. Quand Eckert se manifesterait – s'il se manifestait –, le préposé pourrait rédiger un rapport. La capitainerie préviendrait alors les gardes-côtes et la police locale. J'ai laissé mon nom et mon numéro de téléphone, puis j'ai demandé que l'on dise à Eckert de me contacter si l'on avait des nouvelles de lui.

Renata me suivit au rez-de-chaussée, mais refusa de m'accompagner jusqu'au *Yacht Club*, juste à côté. J'espérais y trouver quelqu'un qui saurait où Eckert était allé. J'entrai par la porte vitrée et montai à l'étage. D'où je la voyais, Renata, assise sur le muret de ciment qui bordait la digue, semblait transie et fatiguée. Le vent lui ébouriffait les cheveux. Derrière elle, l'océan grondait d'une façon monotone. Au bord de l'eau, un labrador doré fonçait à travers les vagues pour faire peur aux pigeons pendant que les mouettes virevoltaient au-dessus de lui en poussant des cris amusés.

La salle à manger du *Yacht Club* était vide à l'exception du barman et d'un type qui, muni d'un aspirateur, semblait occupé à tondre la moquette. De nouveau, j'ai laissé mon nom et mon numéro au barman, en le priant d'inciter Carl Eckert – s'il le voyait – à se mettre en rapport avec moi.

Pendant que nous retournions à la voiture. Renata m'adressa un sourire plein d'amertume.

– Qu'y a-t-il de si drôle? ai-je demandé.

– Rien. J'étais seulement en train de penser à Wendell. Il a de la chance. Il faudra des heures avant que quelqu'un se mette à sa recherche.

– On ne peut rien y faire, Renata. Il est toujours possible qu'il revienne, dis-je. En fait, nous ne sommes pas vraiment sûres qu'il est parti. Bon Dieu, on ne peut même pas prouver que c'est Wendell qui a pris le bateau.

– Vous ne le connaissez pas aussi bien que moi. Il filoute tout le monde d'une façon ou d'une autre.

Nous fîmes le tour du parking à la recherche de la Jeep manquante mais elle n'était nulle part. Renata me reconduisit au bureau où je récupérai ma VW et partis pour Colgate. Je perdis deux grandes heures à attendre avec irritation que la vitre arrière soit remplacée. Je m'étais assise dans une salle d'attente pleine de chrome et de plastique, à siroter un mauvais café gratuit dans une tasse de polystyrène tout en feuilletant d'anciens numéros déchirés du magazine *Autoroutes d'Arizona*. Au bout de quatre minutes, je suis sortie du local. Comme j'en avais pris récemment l'habitude, je dénichai une cabine de téléphone et expédiai un peu de travail. A force de m'entraîner, je pourrais probablement me dispenser d'avoir un bureau.

Je passai un coup de fil à l'inspecteur Whiteside et le mis au courant des derniers événements.

– Je pense qu'il est temps d'imprimer le portrait-robot dans les journaux, dit-il. Je vais aussi contacter la station de télévision locale et voir ce qu'ils peuvent faire pour nous. Il faut faire savoir au public que ces individus, père et fils, sont dans les parages. Peut-être que quelqu'un les repérera.

– Espérons-le.

Une fois ma vitre arrière réparée, j'ai repris le chemin du bureau et passé les quatre-vingt-dix minutes suivantes à ma table de travail. Je sentais que je devais rester près du téléphone au cas où Eckert appellerait. Dans l'intervalle, j'ai passé un coup de fil à Mac pour l'informer de ce qui se passait. Je n'avais pas plus tôt raccroché le téléphone, qu'il se mit à sonner.

– Agence Kinsey Millhone. Ici, Kinsey Millhone.

Après un bref silence, une femme dit :

– Oh. Je pensais que ce serait un répondeur.

– Non, c'est moi. Qui est à l'appareil?

– C'est ta cousine, Tasha Howard, de San Francisco.

– Ah oui. Tasha. Liza m'a parlé de vous. Vous allez bien? dis-je.

Mentalement, j'avais l'impression que mes doigts s'étaient mis à pianoter; je faisais des vœux pour que cette Tasha libère rapidement la ligne pour le cas où Wendell téléphonerait.

– Je vais bien, dit-elle. Il y a du nouveau et je me suis dit que cela pourrait t'intéresser. Je viens juste d'avoir une conversation avec l'avocat de Grand, à Lompoc. La maison où nos mères ont grandi doit être déplacée ou bien démolie. Grand n'a pas cessé de se bagarrer contre la municipalité depuis plusieurs mois et on va bientôt savoir quelles dispositions vont être prises à ce sujet. Elle cherche à faire protéger la maison par un arrêt municipal sur les monuments historiques. L'édifice d'origine remonte au début du siècle. Personne n'habite dans la maison depuis des années, bien entendu, mais on pourrait la restaurer. Grand possède un autre terrain où elle pourrait faire transférer la maison si elle parvient à obtenir l'accord de la municipalité. En tout cas, je me suis dit que tu pourrais avoir envie de revoir l'endroit, puisque tu y es allée toi-même autrefois.

– Moi, je suis allée là-bas?

– Oh bien sûr. Tu ne te rappelles pas? Tous les quatre... tante Gin, tes parents et toi... vous êtes venus quand Burt et Grand sont allés faire cette grande croisière pour leur quarante-deuxième anniversaire. En réalité, ça devait avoir lieu à l'occasion de leur quarantième anniversaire, mais il leur a fallu deux ans pour organiser la chose. Tous les cousins jouaient ensemble et tu es tombée du toboggan et tu t'es ouvert le genou. J'avais sept ans, donc tu devais avoir, je pense, environ quatre ans. Peut-être un peu plus, mais je sais que tu n'allais pas encore à l'école. J'arrive pas à croire que tu ne t'en souviennes pas. Tante Rita nous a fait des sandwiches au beurre de cacahuètes avec des cornichons, ce que je continue d'adorer depuis. Vous étiez censés revenir au bout de deux mois. Tout était arrangé pour que ça se passe au retour de Burt et de Grand.

– Mais mes parents ne sont jamais arrivés à destination, dis-je en pensant : Seigneur, les sandwiches au-beurre-de-cacahuète-et-aux-cornichons ne m'appartiennent même plus !

– Je suppose que non, dit-elle. En tout cas, j'ai pensé que si tu voyais la maison ça pourrait te rafraîchir la mémoire. Je dois descendre à Lompoc pour affaires et je serais heureuse de te piloter.

– Qu'est-ce que tu fais comme travail ?

– Je suis avocate. Évaluation et administration de biens, testaments, donations entre vifs, impôts et droits de succession. La firme pour laquelle je travaille possède un bureau ici et un autre à Lompoc de sorte que je passe mon temps à aller et venir en avion. Quel est ton emploi du temps dans les tout prochains jours ? As-tu un moment de libre bientôt ?

– Il faut que j'y réfléchisse. Je te sais gré de cette offre mais actuellement je suis très occupée par une affaire. Pourquoi ne pas y aller de ton côté et me donner l'adresse ? Si j'ai l'occasion d'y faire un saut, j'irai jeter un coup d'œil et dans le cas contraire, ma foi... tant pis.

– Je pense que ça pourrait se faire, dit-elle à contrecœur. En fait j'espérais pouvoir te rencontrer. Liza n'était pas très satisfaite de la façon dont elle s'est conduite. Elle a pensé que peut-être je pourrais arranger un peu les choses.

– C'est pas nécessaire. Elle s'en est bien sortie, dis-je.

Je gardais mes distances et je suis sûre que la manœuvre ne lui échappait pas. Elle me donna l'adresse et quelques instructions sur la façon d'y aller, que j'ai notées sur un morceau de papier. J'essayais déjà de lutter contre l'envie de le jeter dans la corbeille.

Tasha ajouta :

– J'espère que ça ne te paraîtra pas indiscret, mais j'ai l'impression que tu n'as pas vraiment envie de renouer avec la famille.

– Je ne trouve rien d'indiscret là-dedans, dis-je. Je pense qu'il me faut le temps de digérer tout ça. Je ne sais vraiment pas encore ce que je veux faire à ce sujet.

– Tu en veux à Grand?

– Bien sûr, et pourquoi pas? Elle a jeté ma mère dehors. Cette histoire a duré vingt ans.

– Ce n'était pas uniquement à cause de Grand. Il faut être deux pour se disputer.

– Exact, ai-je dit. Mais au moins ma mère était en route pour faire amende honorable. Qu'est-ce que Grand a fait, de son côté? Elle est restée assise à attendre. Et c'est ce qu'elle fait encore, d'après ce que je vois.

– Qu'est-ce que cela veut dire?

– Eh bien, où était-elle pendant toutes ces années? J'ai trente-quatre ans. Jusqu'à hier je ne savais même pas qu'elle existait. Elle aurait pu essayer de me contacter.

– Elle ne savait pas où tu étais.

– Foutaise. Liza m'a dit que tout le monde savait où nous trouver ici. J'ai passé les vingt-cinq dernières années à une heure de chez vous.

– Je n'ai pas l'intention d'en discuter, mais vraiment je ne crois pas que Grand le savait.

– Qu'est-ce qu'elle croyait que j'étais devenue, que j'avais été mangée par les ours? Elle aurait pu engager un détective si elle l'avait voulu.

– Hum. Je comprends ton point de vue et je suis désolée de tout cela. Nous n'avons pas repris contact avec toi pour te faire de la peine.

– Pourquoi donc alors?

– On espérait rétablir les liens. On pensait qu'il s'était écoulé assez de temps pour que les vieilles blessures aient cicatrisé.

– Ces « vieilles blessures » sont toutes fraîches pour moi. C'est hier seulement que j'ai entendu parler de toute cette merde.

– Je m'en rends bien compte et tu as le droit de ressentir

ce que tu ressens. Seulement Grand ne va pas vivre éternellement. Elle a quatre-vingt-sept ans maintenant et elle n'est pas en très bonne santé. Il te reste encore une chance de profiter d'elle.

– Pardon. C'est *elle* qui a encore une chance de profiter de moi. Je ne suis pas certaine que ce serait le cas pour moi.

– Veux-tu y réfléchir?

– Certainement.

– Vois-tu un inconvénient à ce que je lui dise que nous avons parlé ensemble?

– Je ne vois pas comment je pourrais t'en empêcher.

Il y eut une fraction de seconde de silence.

– Est-ce que tu refuses tellement de lui pardonner?

– Tout à fait. Pourquoi pas? Tout comme elle, ai-je dit. Je suis convaincue qu'elle apprécierait la comparaison.

– Je vois, dit-elle sur un ton glacial.

– Écoutez, ce n'est pas votre faute et je n'ai pas l'intention de tout vous mettre sur le dos. Il faut seulement que vous me donniez un peu de temps. J'ai fini par admettre le fait que je suis seule au monde. J'aime ma vie telle qu'elle est et je ne suis pas du tout certaine de vouloir en changer.

– On ne te demande pas de changer.

– Alors vous feriez mieux de vous habituer à moi telle que je suis, ai-je dit.

Elle eut la bonne grâce d'en rire, ce qui, bizarrement, calma un peu le jeu. Nos adieux furent presque chaleureux. J'avais dit tout ce que j'avais sur le cœur et au moment où j'ai raccroché, ma mauvaise humeur s'était déjà quelque peu évanouie. Le fond dépend si souvent de la forme. Il n'est pas vrai que nous sommes gentils avec les personnes que nous aimons... nous aimons les personnes avec lesquelles nous sommes gentils. Ça marche dans les deux sens. Je suppose que c'est à ça que servent les bonnes manières... du moins c'est ce que ma tante a toujours prétendu. Mais je savais déjà que je n'irais pas à Lompoc dans l'immédiat. Au diable toute cette histoire!

J'ai traversé le couloir pour me rendre aux toilettes et, à mon retour, le téléphone était en train de sonner. Je me suis précipitée pour décrocher tout en faisant le tour jusqu'à mon fauteuil pivotant. Quand je me suis présentée, j'ai entendu quelqu'un respirer sur la ligne et, pendant une fraction de seconde, j'ai cru que c'était Wendell.

– Prenez votre temps, ai-je dit.

J'ai fermé les yeux et croisé mes doigts, en priant « je vous en prie, je vous en prie, je vous en prie ».

– C'est Brian Jaffe.

– Ah? Je pensais que ce pourrait être ton père. As-tu des nouvelles de lui?

– No-on-on. C'est pour ça que j'appelle. Vous en avez?

– Pas depuis hier soir.

– Michael dit que la voiture avec laquelle mon père est allé chez lui se trouve toujours garée au bord du trottoir.

– Il a eu une panne et c'est pour ça que j'ai proposé de le déposer quelque part. Quand est-ce que tu l'as vu pour la dernière fois?

– Avant-hier. Il est passé dans l'après-midi et on a parlé ensemble. Il a dit qu'il serait de retour hier soir, mais il n'est jamais venu.

– Il a peut-être essayé, ai-je dit. Quelqu'un nous a tiré dessus et il a disparu. Ce matin on a découvert que le *Lord* était parti.

– Le bateau?

– Exact. C'est celui sur lequel ton père se trouvait quand il a disparu, il y a cinq ans.

– Papa a volé un bateau?

– Eh bien, c'est ce qu'on dirait, mais personne ne peut l'affirmer vraiment, à ce stade. C'est peut-être la seule chose qu'il ait trouvé pour s'enfuir. Il a dû avoir l'impression d'être vraiment en danger.

– Ça, ouais, si on lui a tiré dessus, dit Brian, avec ironie.

Je lui ai raconté toute l'histoire, dans l'espoir de le mettre en confiance. J'ai failli mentionner Renata, mais j'ai réussi à ravaler mes mots à temps. Si Michael ne savait rien d'elle, il y avait des chances pour qu'il en soit de même pour Brian. Comme d'habitude, à cause de ma nature perverse, j'avais envie de protéger le « mauvais » contre les « bons ». Peut-être que Wendell aurait des remords et rendrait le bateau. Peut-être qu'il ferait « venir » Brian et qu'ils iraient se livrer aux flics, tous les deux. Peut-être que les cloches de Pâques allaient m'apporter un de ces œufs en sucre filé avec un trou par lequel on peut jeter un coup d'œil et découvrir un monde bien meilleur que le nôtre.

Brian respira un peu plus fort dans mon oreille. J'attendis qu'il parle.

– Michael prétend que papa a une petite amie. Est-ce que c'est vrai ? dit-il.

– Ah, beeeuh. Je ne sais pas quoi dire. Il a voyagé avec une amie, mais je ne sais vraiment pas quelle sorte de relation ils ont ensemble.

– Je vois.

Il ricanait d'incrédulité. J'avais oublié qu'il avait dix-huit ans et qu'il s'y connaissait probablement mieux que moi en sexualité. Il en savait certainement davantage encore en matière de violence. Qu'est-ce qui m'avait pris de penser que je pourrais tromper un gosse comme lui ?

– Tu veux le numéro de Renata ? Elle a peut-être eu de ses nouvelles.

– J'avais un numéro à appeler et c'était branché sur un répondeur. Si papa y retourne, il me rappellera. Est-ce celui que vous avez ?

Il récita le numéro de Renata qui figurait sur la liste rouge.

– C'est bien ça. Écoute, pourquoi est-ce que tu ne me dis pas où tu es ? J'y ferais un saut et on pourrait parler. Peut-être qu'ensemble on pourra se faire une idée de l'endroit où il est.

Il prit le temps d'y réfléchir.

– Il m'a dit d'attendre. Il m'a demandé de ne parler à personne jusqu'à ce qu'il revienne. Il est probablement en route.

Il parlait sans beaucoup de conviction, d'un ton où pointait un certain malaise.

– C'est toujours possible, dis-je. Quels sont les plans ?

Comme si je pensais vraiment que Brian allait me vendre la mèche.

– Faut que je raccroche.

– Attends ! Brian ?

Le téléphone cliqueta dans mon oreille.

« Qu'il aille au diable ! » Je suis restée assise à fixer l'appareil, en souhaitant qu'il se remette à sonner. « Vas-y, vas-y. »

Je savais parfaitement bien que le gamin n'allait pas rappeler. J'ai pris conscience de la tension qui avait envahi mes épaules. Je me suis levée et j'ai fait le tour de mon bureau pour trouver une surface sur la moquette où je pourrais m'allonger. Le plafond ne m'apprenait rien du tout. Je déteste attendre que les choses arrivent et je n'aime pas être à la merci des circonstances. Peut-être que je parviendrais à deviner l'endroit où Brian se cachait. Wendell n'avait pas tellement de possibilités. Il comptait bien peu d'amis et, à ma connaissance, il n'avait aucun complice. C'était aussi quelqu'un de très secret; apparemment il ne faisait même pas suffisamment confiance à Renata pour la renseigner sur Brian. *Le Fugitif* aurait pu fournir une cachette idéale à l'évadé mais il aurait fallu que Renata et Brian soient des menteurs extraordinairement doués pour réussir ce coup-là sans que je m'en doute. D'après ce que j'avais compris, le garçon semblait sincèrement ignorer son existence à elle; quant à Renata elle ne paraissait guère s'intéresser à lui. Je me disais que, si elle avait su où se trouvait Brian, elle aurait dévoilé le pot aux roses. La désertion de Wendell la rendait bien assez furieuse pour ça.

Wendell avait certainement mis le garçon à l'abri dans un motel ou un hôtel quelque part. S'il avait la possibilité d'aller voir son fils à peu près tous les jours, l'endroit ne devait pas être très éloigné. Et si l'adolescent était condamné à rester seul pendant des laps de temps assez longs, il devait être en mesure de se nourrir sans s'exposer à la curiosité générale; cela supposait qu'il se trouvait dans une chambre pourvue d'une cuisine où il pouvait préparer lui-même ses repas. Un grand motel? Un petit? Il y en avait peut-être une quinzaine dans le coin. Me faudrait-il les inspecter chacun à tour de rôle? C'était une éventualité peu réjouissante. Ce genre de ratissage relève d'une technique qui ressemble à celle du marketing téléphonique. Une fois, de temps en temps, il arrive qu'on atteigne la cible, mais le procédé est fastidieux. Pourtant, là encore, Brian était vraiment le seul moyen de parvenir jusqu'à Wendell.

Pour l'instant, la presse ne semblait pas avoir encore découvert l'élargissement de Brian. Demain, quand les journaux publieraient les photos du père et du fils, la température commencerait à monter. Brian avait sans doute un peu d'argent de poche, mais ses moyens étaient probablement limités. Si Wendell était déterminé à porter secours à son fils, il ferait mieux de se dépêcher et moi aussi.

Je jetai un coup d'œil à ma montre. Il était maintenant dix-huit heures quinze. Je me relevai et m'assurai que mon répondeur était bien branché. Je pris les coupures de presse sur la première évasion de Brian Jaffe. Le portrait de celui-ci n'était pas flatteur, mais il me suffirait pour ce que je voulais en faire. J'attrapai ma machine à écrire portative Smith-Corona ainsi que mon sac à main, et me dirigeai vers la porte. Je descendis les escaliers quatre à quatre et allai jusqu'à ma voiture, à deux rues de là. Au moment de démarrer, je me dis qu'il serait préférable de faire un détour rapide par la plage. Je passerais ainsi par la marina où je pourrais vérifier si Carl Eckert s'y trouvait. Il était bien possible qu'il soit de retour en ville sans que personne ait pris la peine de me le dire. Je pensais aussi à la petite cabane à sandwiches, près du port, où je pourrais acheter quelques *burritos* meurtriers qui me permettraient d'avoir un peu de nourriture à mâchonner sans abandonner le volant. Une fois de plus, Kinsey Millhone se contenterait d'un dîner froid.

Tous les emplacements du petit parking gratuit étaient occupés, de sorte que j'ai été obligée de prendre un ticket pour me garer dans la partie payante. J'ai verrouillé ma voiture. Au moment où je dépassais la guérite, j'ai aperçu sur ma gauche Carl Eckert. Il était assis dans sa voiture, un petit véhicule de sport tout rouge, manifestement importé. Il avait l'air d'un homme en état de choc; son visage était terreux et couvert de sueur. Les pupilles dilatées, il examinait les alentours avec une mine hébétée. Il portait un élégant costume de ville bleu nuit, mais sa cravate était desserrée et son bouton de col ouvert. Ses cheveux argentés étaient ébouriffés comme s'il avait passé les mains dedans.

Je ralentis pour le regarder. Il semblait perdu. Je le vis tendre la main vers sa clef de voiture comme s'il allait mettre le contact. Il retira la main, fouilla dans ses poches et en sortit un mouchoir dont il se servit pour s'éponger le visage et le cou. Il fourra le mouchoir dans sa veste, puis sortit un paquet de cigarettes, en extirpa une et appuya sur l'allume-cigare de sa voiture.

J'allai jusqu'à sa voiture et me penchai vers lui de sorte que mon regard se trouvait au niveau du sien.

– Carl? Kinsey Millhone.

Il se retourna et me regarda sans comprendre.

– On s'est vus au *Yacht Club*, l'autre soir. Je cherchais Wendell Jaffe.

– La détective privée, dit-il finalement.

– C'est ça.

– Pardon d'avoir hésité si longtemps, mais je viens d'avoir de mauvaises nouvelles.

– Je suis au courant pour le *Lord*. Puis-je faire quelque chose?

L'allume-cigare tressauta; Carl en approcha sa cigarette avec des mains si tremblantes qu'il pouvait à peine maintenir le bout de l'une et de l'autre en contact. Il aspira la fumée et s'en étouffa presque, tant il avait besoin d'une bouffée de nicotine.

– Ce fils de pute a volé mon bateau, dit-il en toussant violemment.

Il faillit ajouter quelque chose mais il s'arrêta et scruta le parking. J'avais cru voir briller des larmes mais je n'aurais su dire si la cause en était la fumée ou la perte de son bateau.

– Est-ce que vous vous sentez bien? ai-je demandé.

– Je vis sur ce bateau. Toutes mes affaires y sont. C'est toute ma vie. Il devait bien le savoir. Il faudrait qu'il soit idiot pour l'ignorer. Il aimait ce bateau autant que moi.

Il hocha la tête d'un air incrédule.

– C'est un coup dur, ai-je dit.

– Comment l'avez-vous appris?

– Renata s'est présentée à mon bureau après déjeuner. elle a dit qu'il était parti en emportant toutes ses affaires et elle pense qu'il a pris la fuite. Comme son propre bateau était encore à quai, elle a pensé au vôtre.

– Comment a-t-il pu y pénétrer? C'est ce que je n'arrive pas à comprendre. J'avais fait changer toutes les serrures aussitôt que j'ai racheté ce bateau.

– Peut-être par effraction, ai-je dit. En tout cas, quand nous sommes arrivées, le yacht était parti.

Il me regardait fixement.

– C'est la femme? Renata? Quel est son nom de famille?

– Pourquoi?

– J'aimerais lui parler. Il se peut qu'elle en sache plus qu'elle ne le dit.

– Ouais, c'est possible, dis-je.

Je réfléchissais aux coups de feu de la veille, me demandant si Carl pourrait justifier son emploi du temps.

– Quand êtes-vous rentré? J'ai entendu dire que vous n'étiez pas en ville hier soir, mais personne n'avait l'air de savoir où vous étiez...

– Ça n'aurait pas servi à grand-chose. J'étais difficile à joindre. J'avais un tas de réunions à SLO dans l'après-midi. Je suis descendu au *Best Western* pour la nuit; j'en suis reparti avant huit heures ce matin. J'ai participé à une autre série de réunions aujourd'hui et j'ai pris la route à environ dix-sept heures.

– Ça a dû être un choc.

– Bon Dieu, on peut le dire. J'arrive pas à croire qu'il ait disparu.

SLO sont les initiales qui désignent San Luis Obispo, une petite ville universitaire située à cent quarante kilomètres au nord de Santa Teresa. Il semblait bien que Carl avait été entièrement occupé pendant ces deux derniers jours. Ou alors il avait soigneusement préparé son alibi.

– Qu'est-ce que vous allez faire maintenant? Avez-vous un endroit où loger?

– Je vais essayer un de ces endroits à moins que l'afflux de touristes ne m'en chasse, dit-il, en montrant d'un signe de tête les motels qui bordent Cabana Boulevard.

– Et vous? Si je comprends bien, vous n'avez pas réussi à lui mettre la main dessus.

– En fait, je l'ai rencontré par hasard chez Michael, hier soir. J'espérais pouvoir lui parler mais il est arrivé quelque chose. Nous avons été séparés accidentellement et je ne l'ai plus revu. A propos, il m'a dit qu'il devait vous rencontrer.

– J'ai dû annuler le rendez-vous à la dernière minute quand cette autre affaire s'est présentée.

– Vous ne l'avez pas vu du tout?

– On a seulement bavardé par téléphone.

– Qu'est-ce qu'il voulait? Est-ce qu'il vous l'a dit?

– Non. Pas un mot.

– Il m'a dit que vous aviez quelque chose qui lui appartenait.

– Il a dit ça? Ben, c'est bizarre. Je me demande ce qu'il entendait par là.

Il jeta un coup d'œil à sa montre.

– Oh merde, il se fait tard. Je ferais mieux d'y aller avant que toutes les chambres soient prises d'assaut.

Je m'éloignai de sa voiture.

– Je vous laisse alors, ai-je dit. Si vous avez des nouvelles du *Lord* voulez-vous me le faire savoir?

– Certainement.

La voiture démarra avec un grondement. Il se dégagea en marche arrière, roula jusqu'à la guérite et tendit son ticket à la femme qui se trouvait dans la cabine. Je repris le fil de mes affaires, sortis à mon tour avec un rapide regard en arrière. Il avait ajusté son rétroviseur de telle sorte qu'il pouvait garder un œil sur moi. La dernière image que j'eus de lui, ce fut sa plaque d'immatriculation personnalisée, où l'on pouvait lire « YATMN ». Comme ça, nul ne pouvait ignorer qu'il se prenait pour un yachtman. Je me dis qu'il m'avait probablement bourré le crâne, comme tout bon courtier. Il mentait à propos de quelque chose. Mais je ne savais pas très bien à propos de quoi.

22

Quand je suis arrivée à la plage, à la périphérie de Perdido, là où sont situés les motels, une brume d'un gris-vert un peu fantasmagorique flottait sur l'océan. Sous mon regard, un curieux phénomène de réfraction de la lumière faisait naître le mirage d'une île suspendue au-dessus de la mer, moussue et inaccessible. Il y avait quelque chose d'irréel et de mélancolique dans cette scène. J'éprouve cette même sensation devant le couloir sans fin formé par deux miroirs quand ils se reflètent l'un dans l'autre à perte de vue. Au bout d'un moment, l'image partit en fumée. L'air était chaud et immobile, inhabituellement humide pour la côte californienne. Les résidents du quartier allaient devoir fouiller dans leurs garages ce soir pour y chercher les ventilateurs portatifs de l'été dernier, dont les larges pales seraient couvertes d'une poussière veloutée. Cette nuit, leur sommeil ne serait qu'un mélange de sueur et de draps entortillés sans espoir de fraîcheur ni de repos.

Je me suis garée dans une rue adjacente, non loin de l'artère principale. Toutes les enseignes des motels étaient allumées, ce qui créait un jour artificiel; des tubes de néon verts et bleus clignotaient à l'envi en un assaut d'invitations destinées aux voyageurs de passage. Une foule innombrable grouillait sur les trottoirs; tout le monde portait des shorts et des débardeurs et cherchait à se délivrer de la chaleur. Les marchands de crèmes glacées allaient probablement battre tous leurs records de ventes. Des voitures défilaient au pas dans leur quête incessante et désespérée d'un endroit où se garer. On avait l'impression de sentir en suspension dans l'air quelque chose de rêche apporté par le vent, une odeur de corrosion salée et de filets de pêche. Les quelques bars à la mode étaient envahis par des étudiants. Les pulsations d'une musique aux forts accents de contrebasse s'écoulaient par leurs portes ouvertes.

Il me fallait garder une chose présente à l'esprit; Brian Jaffe avait grandi dans cette ville. Son portrait s'était étalé sur la première page des journaux locaux et le garçon ne pouvait probablement pas se permettre de traîner longtemps dans les rues où il aurait risqué d'être reconnu. J'avais dressé dans ma tête une liste des caractéristiques auxquelles devait répondre le motel où il se cachait; j'y ajoutai que les clients devaient pouvoir disposer gratuitement de la télévision câblée. Je ne pensais pas que le père de Brian aurait osé le loger dans un bouge. Dans une chambre lugubre, il y avait des chances pour que le gosse aille chercher ailleurs de la distraction.

J'ai commencé par les motels de la grand-rue, avec l'intention de rayonner dans tout le quartier. Je ne sais pas quel genre de formation reçoivent les patrons de motels, mais ils semblent tous avoir suivi le même cours quant aux noms qu'ils attribuent à leurs édifices. Chaque commune de bord de mer semble avoir droit au même échantillonnage. C'est ainsi que j'ai fait le tour de *Les Marées, Le Soleil et les vagues, La Digue, Le Récif, Le Lagon, La Goélette, La Plage, Les Sables bleus, Les Sables blancs, L'Oiseau des sables* et *La Casa del mar*. Je commençais par sortir la photocopie de ma licence de détective privée. Je montrais ensuite la photo granuleuse, en noir et blanc, que les journaux avaient publiée de Brian Jaffe. Je ne pouvais pas imaginer qu'il s'était inscrit sous son vrai nom de sorte que j'ai essayé diverses variantes; Brian Jefferson, Jeff O'Brian, Brian Huff, Dean Huff, et le nom préféré de Wendell, Stanley Lord. Je connaissais la date à laquelle Brian avait été relâché par erreur, et je pensais qu'il avait pris pension dans un motel le jour même. Il était seul et sa note avait probablement été payée d'avance. J'estimais qu'il avait dû rester confiné dans sa chambre et ne s'était pas livré à beaucoup d'allées et venues. J'espérais que quelqu'un le reconnaîtrait d'après le portrait et grâce à ma description. Les directeurs et les réceptionnistes des motels manifestaient leur ignorance d'un signe de tête. Je leur laissais ma carte professionnelle et leur soutirais l'engagement formel de me contacter si quelqu'un ressemblant à Brian Jaffe se présentait dans leur établissement. Oh bien sûr. Absolument. J'avais à peine franchi la porte qu'ils jetaient la carte de visite dans leur corbeille à papier.

Ce fut différent quand j'arrivai au *Phare* – « Lignes directes de téléphone. Télévision câblée en couleur. Tarifs à la semaine et au mois. Piscine chauffée. Café gratuit à volonté pour le petit déjeuner » – où j'obtins un hochement de tête qui n'était pas négatif. C'était mon douzième essai. Le *Phare* était un bâtiment de forme oblongue, construit tout en parpaings sur trois niveaux, avec une piscine au centre. Les murs extérieurs étaient peints en bleu ciel avec, sur la façade, l'image stylisée d'un phare de dix mètres de haut. Le réceptionniste, un septuagénaire vif et énergique, était aussi chauve qu'un bouton de porte mais il semblait avoir conservé toutes ses dents. Il tapota la coupure de presse avec un index tordu par l'arthrite.

– Ah oui. Il est bien ici. Michael Brendan. Chambre 110. Je me demandais aussi pourquoi son visage m'était si familier. Un monsieur plus âgé a signé le registre et payé une semaine d'avance. Pour tout vous dire, je n'étais pas certain qu'ils étaient parents.

– Père et fils.

– C'est ce qu'ils prétendaient, dit l'employé, toujours plein de doute.

Il parcourut le récit détaillé de l'évasion et du meurtre de la conductrice dont la voiture avait été volée.

– Je me souviens d'avoir lu ça. On dirait que ce jeune gars s'est mis dans un sale pétrin et il n'est pas près de s'en sortir. Voulez-vous que j'appelle la police?

– Le service du shérif du comté, mais laissez-moi d'abord parler dix minutes avec lui. Dites-leur d'y aller doucement. Je ne veux pas que ça se termine dans un bain de sang. Le gosse a dix-huit ans. Ça ne ferait pas bon effet s'il était abattu en pyjama.

Je quittai le hall et m'engageai dans un couloir qui menait à la cour intérieure. La nuit était totalement tombée à présent et la piscine illuminée brillait comme une aigue-marine. Les reflets de l'eau miroitaient sur le bâtiment, en une multitude de taches blanches lumineuses perpétuellement mouvantes. La chambre 110 se trouvait au rez-de-chaussée; elle avait des portes vitrées coulissantes qui donnaient sur un petit patio ouvert sur la piscine. Les patios étaient séparés les uns des autres par des haies d'arbustes bas. Les portes coulissantes étaient fermées et j'en ai déduit que la climatisation devait avoir été poussée à son maximum.

J'aperçus Brian à travers les rideaux partiellement tirés. Il portait un short de sport gris et un débardeur. Il était bronzé et paraissait en pleine forme; il regardait la télévision, affalé sur le seul fauteuil de la chambre, les pieds posés sur le lit. Je fis le tour du bâtiment et pénétrai dans le couloir; je dépassai une porte qui arborait l'inscription « Réservé au service ». Sous le coup d'une impulsion subite, j'ai attrapé la poignée qui s'est mise à tourner dans ma main. La pièce était une sorte de grand cagibi, avec des étagères chargées de linge. Des draps, des serviettes de toilette, des dessus-de-lit en coton étaient rangés en piles bien nettes. Il y avait aussi des serpillières, des aspirateurs, des fers et des planches à repasser ainsi que divers produits de nettoyage. Je pris une brassée de serviettes de toilette toutes propres que j'emportai sur mon bras.

Parvenue devant la porte de Brian, dans le couloir, j'ai frappé en me tenant un peu en retrait par rapport à l'angle de vision de l'œilleton qui y était fixé. Le son de la télévision se tut. J'examinai du regard le couloir pendant que je laissais à Brian le temps d'atteindre la porte. Il essaya sans doute de regarder par le judas. J'entendis un « Oui? » assourdi.

– *Criada*, ai-je braillé.

C'est un mot espagnol qui désigne une domestique. J'avais appris ça dès la première semaine de mes cours; en effet, parmi les femmes qui se mettent à l'espagnol, beaucoup sont poussées par l'espoir de pouvoir parler à leur femme de ménage d'origine hispanique. Faute de quoi ces dernières font tout ce qui leur passe par la tête.

Brian n'avait pas compris non plus. Il entrebâilla la porte

de toute la longueur de la chaîne et jeta un coup d'œil par l'ouverture.

– Quoi?

Je levai un paquet de serviettes en dissimulant mon visage. « Serviettas de toilettas », ai-je chantonné en pseudo-espagnol.

– Oh.

Il ferma la porte et dégagea la chaîne. Il recula, laissant la porte ouverte. J'entrai. Il ne me regardait pas. D'un geste, il m'indiqua la salle de bains sur la gauche; son attention était de nouveau absorbée par l'écran. Le spectacle semblait consister en un vieux film noir et blanc; il y avait des hommes aux pommettes hautes et aux mèches pommadées, des femmes dont les sourcils épilés étaient réduits à l'épaisseur d'un cheveu. Toutes les expressions des visages étaient tragiques. Il retourna devant l'appareil et remit le son. Je me rendis à la salle de bains et, pendant que j'y étais, j'examinai les lieux. Pas d'arme à feu en vue. Ni pied de biche ni machette. Des tas de lotions solaires et de shampooings, une brosse à cheveux, un sèche-cheveux et un rasoir de sûreté. A mon avis, le garçon n'avait pas assez de poil au menton pour devoir se raser. Peut-être se contentait-il de s'entraîner, comme les fillettes prépubères qui portent de petits soutiens-gorge inutiles.

Je posai les serviettes sur une étagère et retournai dans la chambre où je m'assis sur le lit. Au début, ma présence ne sembla pas être remarquée. Une musique d'agonie allait crescendo et les amoureux se tenaient tout près l'un de l'autre, leurs deux visages parfaits côte à côte. Celui de l'homme me parut plus joli que celui de sa partenaire. Quand Brian finit par me voir, il eut assez de sang-froid pour réprimer tout geste de surprise. Il ramassa la télécommande et, de nouveau, coupa le son. La scène se poursuivit en silence sur l'écran mais on devinait que tout le monde parlait avec animation. Je m'étais souvent demandé si je pourrais apprendre à lire sur les lèvres avec cette méthode. Les amoureux du film se parlaient nez à nez en rapprochant leurs visages, ce qui ne laissa pas de m'inquiéter pour le cas où ils auraient eu mauvaise haleine. Elle remua les lèvres mais ce furent les paroles de Brian qui se firent entendre.

– Comment m'avez-vous retrouvé?

Je tentai de détourner mon regard de la télévision.

– Où est papa?

– On ne sait toujours pas. Il se peut qu'il soit en train de remonter la côte par la mer pour venir te chercher.

– J'espère qu'il réussira.

Il s'enfonça de nouveau dans son fauteuil et leva les bras, les doigts croisés, les mains sur le dessus de la tête. Le geste faisait saillir ses biceps. Il leva un pied qu'il posa sur l'extrémité du lit et repoussa son fauteuil de trois centimètres. Les touffes de poils de ses aisselles me paraissaient dégager une impression de sexualité. Je me demandai si j'avais atteint l'âge où tous les jeunes gens aux corps solides allaient me paraître excitants. Peut-être avais-je eu cet âge-là toute ma vie. Il se pencha et ramassa une paire de socquettes propres qui avaient été pliées et roulées en boule molle. Il jeta la boule de chaussettes contre le mur et la rattrapa au vol quand elle rebondit vers lui.

– Tu n'as pas eu de nouvelles de lui?

– Naaan.

Il lança de nouveau la boule et la rattrapa.

– Tu disais que tu l'avais vu avant-avant-hier. Est-ce qu'il t'a dit un mot sur un éventuel projet de départ?

– Non.

Il laissa la boule tomber de sa main droite et lança brusquement le bras en avant de sorte que les socquettes rebondirent sur la partie interne de son coude. Il les attrapa au rebond et les laissa retomber de nouveau. Il lui fallait faire très attention pour ne pas les rater. Rebond. Attrape. Rebond. Attrape.

– Qu'est-ce qu'il a dit? ai-je demandé.

Il rata.

Il me jeta un coup d'œil, ennuyé d'avoir été distrait.

– J'en sais foutre rien. Il a essayé de me servir tout ce blabla de merde comme quoi il n'y a aucune justice dans la loi. Puis il a retourné sa veste et il m'a dit qu'on devait se livrer à la police, tous les deux. Moi j'ai dit : « Pas question. Je vais pas le faire et tu n'as aucun moyen de m'y obliger. »

– Qu'est-ce qu'il a répondu à ça?

– Rien, il a rien dit.

Il lança la boule de chaussettes contre le mur une fois de plus et la rattrapa au vol.

– Tu penses qu'il aurait pu prendre les devants et s'enfuir sans toi?

– Pourquoi, s'il avait l'intention d'aller à la police?

– Peut-être qu'il a pris peur.

– Et il m'aurait laissé me débrouiller tout seul dans toute cette merde?

Son regard était incrédule.

– Brian, j'ai l'honneur d'avoir à te le dire, mais ton père n'a pas précisément la réputation de tenir ses promesses. Quand il devient nerveux, il fout le camp.

– Il ne m'aurait pas laissé tomber, dit-il d'un ton maussade.

Il lança les chaussettes en l'air, se pencha en avant et rattrapa la boule derrière son dos. Maintenant je pouvais lire le titre du livre. *Jouer avec ses chaussettes; 101 façons de vous amuser avec vos sous-vêtements.*

– Je pense que tu devrais aller te livrer à la police.

– Je le ferai quand il sera là.

– Pourquoi est-ce que je te croirais? Brian, j'aime pas prendre de grands airs, mais ma responsabilité est engagée. Tu es recherché par les flics. Si je ne te dénonce pas, je serai accusée de complicité et de recel de malfaiteur. Je pourrais perdre ma licence.

Il se mit instantanément debout, me souleva à demi, me tira du lit par ma chemise, le poing en arrière, prêt à me faire sauter les dents. Nos visages étaient brusquement à quinze centimètres de distance. Comme ceux des amoureux. Tout ce qu'il y avait de touchant chez ce gosse avait disparu. C'était un autre qui me fixait, une personne à l'intérieur de lui. Qui aurait pu deviner que cet « autre » redoutable se cachait derrière les yeux de Brian, d'un bleu parfaitement californien? Même la voix n'était plus la sienne. Il murmura d'un ton sourd et graveleux :

– Écoute, sale pute. Je vais t'en faire voir, moi, de la complicité et du recel. Tu veux que j'aille me livrer? Essaie donc. Je te ferai la peau avant que t'aies pu mettre un doigt sur moi, t'as pigé?

Je m'immobilisai, osant à peine respirer. Je m'efforçai de me rendre invisible, de me réfugier dans une sorte d'espace sidéral. Il louchait presque de rage et je savais qu'il allait frapper s'il se sentait traqué. Sa poitrine se soulevait, des jets d'adrénaline affluaient dans tout son système nerveux. C'était lui qui avait tué la femme pendant la cavale des quatre détenus. J'en aurais parié tout ce que j'avais. Donnez une arme à un gosse de cet acabit, donnez-lui une victime, une raison de défouler sa rage, et ce sera un agresseur chauffé à blanc. Je dis :

– OK, OK. Ne m'assomme pas. Ne m'assomme pas.

Je pensais que, parvenu au paroxysme de ses sentiments, il serait extraordinairement perceptif. Mais l'émotion semblait au contraire ralentir ses réactions, atténuer ses perceptions. Il se recula légèrement, me dévisagea et fronça les sourcils.

– Quoi ?

Il avait une expression ahurie comme si ses capacités auditives l'avaient quitté.

Mon message lui était enfin parvenu, en passant par je ne sais quel labyrinthe incroyable de neurones surchargés.

– Je cherche seulement à te mettre en sécurité pour quand ton père reviendra.

– En sécurité ?

L'idée même lui semblait étrange. Il frissonna. Une vague de tension lui parcourut le corps. Il me lâcha, fit quelques pas en arrière et se laissa tomber dans le fauteuil en respirant bruyamment.

– Bon Dieu. Qu'est-ce qui m'arrive ? Bon Dieu.

– Est-ce que tu veux que je t'accompagne ?

Mon chemisier était resté tout froissé sur le devant là où il l'avait agrippé dans son poing.

Il secoua la tête.

– Je peux appeler ta mère.

Il baissa la tête, passa une main dans ses cheveux.

– Je veux pas d'elle. C'est lui que je veux, dit-il.

La voix appartenait au Brian Jaffe que je connaissais. Il s'essuya le visage contre sa manche. Je vis qu'il était au bord des larmes, mais ses yeux étaient secs... vides... d'un bleu aussi froid que la glace. Je m'assis et attendis, espérant qu'il allait ajouter quelque chose. Peu à peu, sa respiration reprit son rythme normal.

– Ça fera meilleur effet sur le tribunal si tu reviens volontairement, ai-je risqué.

– Pourquoi est-ce que je ferais ça? J'ai une sortie de prison en règle.

Le ton était pétulant. L'autre Brian avait disparu; il s'était retiré dans les recoins sombres de sa grotte sous-marine comme une anguille. Le Brian que j'avais devant moi était simplement un gosse convaincu que tout devait se passer comme il le voulait. C'était le genre de gamin qui, sur un terrain de jeu, passait son temps à hurler « T'as triché » chaque fois qu'il perdait une partie, mais en vérité c'était lui qui serait toujours le tricheur.

– Voyons, Brian. C'est pas la peine de faire semblant. Je ne sais pas qui a saboté l'ordinateur mais, crois-moi, tu n'es pas censé traîner dans la rue. Tu es inculpé pour assassinat.

– Je n'ai *assassiné* personne.

Indigné. Cela voulait probablement dire qu'il n'avait pas eu *l'intention* de la tuer quand il avait pointé le revolver sur elle. Et pourquoi devait-il se sentir coupable après coup alors que ce n'était pas sa faute? Cette idiote de pute! Elle aurait dû la boucler quand il lui avait demandé les clefs de sa voiture. Non, il avait fallu qu'elle discute. Les femmes, ça discute tout le temps.

– C'est une bonne chose pour toi, dis-je. N'empêche que le shérif est en route pour venir te chercher.

Il était étonné d'avoir été trahi et le regard qu'il me lança était plein de fureur.

– Vous avez appelé les *flics?* Pourquoi avez-vous fait ça?

– Parce que je ne croyais pas que tu irais te livrer de ton propre chef.

– Qu'est-ce qui m'y oblige?

– Tu vois? Tu te conduis comme si les règles ne s'appliquaient pas à toi. Et tu sais quoi?

– Gardez votre baratin pour vous. J'ai pas besoin d'entendre vos conneries.

Il se leva du fauteuil; en passant, il attrapa son portefeuille sur la télévision. Il atteignit la porte et ouvrit. Un adjoint du shérif, un Blanc, se tenait sur le seuil, la main déjà levée pour frapper à la porte. Brian se retourna et se dirigea rapidement vers la porte vitrée coulissante. Un second policier, un Noir, apparut dans le patio. Frustré, Brian jeta son portefeuille par terre avec une telle violence qu'il rebondit comme un ballon de football. Le premier policier s'approcha de lui et Brian le repoussa violemment en arrière.

– Bas les pattes!

Le policier dit :

– Fiston. Allons, fiston. J'ai pas envie de te faire du mal.

Brian était hagard. A nouveau, il respirait fortement, tout en reculant, son regard allant d'un visage à l'autre, replié sur lui-même, les mains en avant comme pour prévenir l'attaque d'une bande d'animaux. Les deux policiers étaient costauds, musclés, et ils en avaient vu d'autres; le premier avait une bonne quarantaine d'années, le second peut-être trente-cinq ans. Je n'aurais pas voulu avoir à me battre avec l'un ou l'autre.

Le second policier avait la main sur son revolver, mais il n'avait pas sorti l'arme. De nos jours, quand on veut résister aux forces de l'ordre, ça se termine par la mort, purement et simplement. Les deux policiers échangèrent un regard et mon cœur s'emballa, par crainte d'une scène de violence. Nous nous tenions tous trois immobiles, dans l'attente de ce qui allait se passer. Le premier policier reprit d'une voix calme :

– Tout va bien. Pas de problèmes. Un peu de calme et tout se passera comme il faut.

Une lueur d'incertitude scintilla dans le regard de Brian. Sa respiration se ralentit et il reprit son sang-froid. Il se redressa, s'efforça de sourire avec mépris et se laissa passer les menottes sans opposer de résistance. Il évitait mon regard, ce qui me convenait parfaitement. Il y avait quelque chose de gênant dans le spectacle de sa soumission.

– Tas de salauds, murmura-t-il.

Mais les policiers n'y firent pas attention. Chacun doit sauver la face. Pas de quoi s'offusquer.

Dana surgit à la prison pendant que Brian accomplissait les formalités d'écrou. Elle était tirée à quatre épingles dans un tailleur de lin gris; c'était la première fois que je la voyais porter autre chose que des jeans. Il était onze heures du soir et je me tenais dans le hall avec une autre tasse de mauvais café quand j'ai entendu le claquement de ses talons hauts tandis qu'elle remontait le couloir. Au premier coup d'œil, je sus qu'elle était furieuse, non pas à cause de Brian ou des flics, mais à cause de moi. J'avais suivi la voiture de police jusqu'à la prison et je m'étais garée dans le parking pendant qu'ils franchissaient le grand portail. C'était même moi qui avais personnellement téléphoné à Dana Jaffe, en pensant qu'elle devait être informée de l'arrestation de son garçon. Je n'étais pas d'humeur à me faire engueuler par elle, mais il était clair qu'elle avait l'intention de se défouler.

– Vous n'avez pas cessé de nous faire des ennuis depuis le moment où je vous ai vue pour la première fois, cracha-t-elle.

Ses cheveux, tirés en arrière, formaient un chignon lustré dont aucune mèche ne dépassait. Blouse d'un blanc neigeux, boucles d'oreilles en argent, yeux soulignés d'un trait noir...

– Voulez-vous écouter ce qui s'est passé?

– Non, je ne veux pas écouter ce qui s'est passé. Je vais vous en raconter une bien bonne, aboya-t-elle. Ces salauds ont bloqué mon compte en banque. Je ne peux pas toucher un centime. Je n'ai plus d'argent. Est-ce que vous pigez? Rien! Mon gosse a des ennuis et qu'est-ce que je peux faire, bon Dieu? Je n'arrive même pas à prendre contact avec son avocat.

Son costume de lin était immaculé; pas un pli, nulle part – étonnant pour du lin, d'après ce qu'on dit, même mélangé. Je fixais le contenu de ma tasse. Le café était froid à présent; de petits caillots de lait en poudre nageaient à la surface. J'espérais sincèrement que je n'allais pas lui envoyer le tout dans la figure. Je surveillais ma main soigneusement pour voir si elle allait bouger. Jusque-là, ça allait.

En attendant, Dana ne cessait de m'invectiver pour Dieu sait quels péchés. A l'aide de ma télécommande mentale, je mis le son en sourdine. C'était exactement comme quand on regarde un spectacle muet à la télévision. Une partie de moi-même écoutait, mais j'essayais de ne pas laisser le son me pénétrer. Je constatai que mon envie de lui lancer mon café au visage était en train d'augmenter dangereusement. A l'école maternelle, j'avais l'habitude de mordre et je sentais exactement en moi la même impulsion que jadis. Quand j'étais flic, il m'avait fallu arrêter une femme qui avait lancé le contenu d'un verre à la tête d'une rivale, ce qui d'après la loi constitue un délit d'agression et voies de fait, article 242 du Code pénal de l'État de Californie. « Sera considéré comme voies de fait tout recours volontaire et illégal à l'usage de la force ou de la violence envers la personne d'autrui. » Les voies de fait constituent un délit caractérisé et il y a nécessairement délit chaque fois qu'il y a inculpation pour voies de fait. Je me mis à réciter en moi-même : « La force ou la violence nécessaire pour constituer le délit de voies de fait n'est pas nécessairement importante et ne doit pas obligatoirement entraîner une douleur ou une souffrance corporelle, ni laisser une trace. » Sauf peut-être sur son tailleur, ai-je ajouté. Hi-hi-hi!

J'ai entendu des bruits de pas dans le couloir derrière moi. Je me suis retournée et ai reconnu le surveillant-chef Tiller, qui tenait un dossier à la main. Il me salua rapidement de la tête et disparut derrière une porte.

– Excusez-moi, Tiller?

Il passa la tête par l'entrebâillement.

– Vous m'avez appelé?

J'ai lancé un regard à Dana.

– Pardon de vous interrompre, mais il faut que je lui parle, ai-je dit en suivant Tiller dans le bureau.

Son expression ennuyée montrait qu'elle était loin d'en avoir fini avec moi.

23

Tiller m'a jeté un regard perplexe par-dessus le tiroir du classeur où il était en train de ranger le dossier.

– Qu'est-ce qui se passe?

J'ai fermé la porte, mis un doigt sur mes lèvres et indiqué d'un geste le couloir. Il a refermé le tiroir et fait un signe de tête vers l'arrière de la salle. Je l'ai suivi à travers un dédale de services. Nous sommes arrivés dans un bureau plus petit que je supposai être le sien. Il a refermé une porte derrière nous et m'a poussée vers une chaise. J'ai jeté ma tasse de café vide dans la corbeille à papier et me suis assise avec soulagement.

– Merci. C'est formidable. Je ne voyais aucun autre moyen de lui échapper. Elle doit avoir besoin de s'en prendre à quelqu'un et j'étais l'heureuse élue.

– Ah bon! Je suis toujours ravi de rendre service. Vous voulez une autre tasse de café? On en a du frais ici. Le votre venait probablement du distributeur automatique.

– Non, merci, je suis saturée de café pour le moment. Je préférerais pouvoir dormir un peu cette nuit. Comment allez-vous?

– Très bien. Je viens juste d'arriver pour prendre mon service de nuit. Je vois que vous avez réussi à faire boucler le gamin.

Il s'assit sur son fauteuil pivotant qui crissa quand il se pencha en arrière.

– Ça n'a pas été très dur. Je m'étais dit que Wendell devait bien l'avoir casé quelque part, tout près, et j'ai fait ma petite enquête. C'est un travail plus ennuyeux que difficile. Où en est-on, maintenant? Est-ce qu'on a découvert comment il a été relâché?

Tiller haussa les épaules, mal à l'aise.

– Ils sont en train de chercher.

Il changea de sujet, répugnant apparemment à donner des détails sur l'enquête menée à l'intérieur du service. Sous l'éclairage fluorescent impitoyable, je pouvais voir des fils d'argent courir dans ses cheveux et sa moustache couleur de sable; ses yeux étaient cernés de rides. Les contours juvéniles de son visage avaient commencé à se ratatiner, occasionnant plis et rides. Il devait avoir à peu près le même âge que Wendell mais il n'avait pas bénéficié du rajeunissement de la chirurgie esthétique. Je regardais négligemment ses mains quand je sentis un petit point d'interrogation se former au-dessus de ma tête.

– Qu'est-ce que c'est que ça?

Il suivit mon regard et tendit la main.

– Quoi donc? Ah oui, la bague de l'école?

Je me penchai en avant pour mieux voir.

– Ce n'est pas celle de Cottonwood?

– Vous la connaissez? Personne n'en a jamais entendu parler, ou presque. Elle a fermé ses portes depuis je ne sais combien d'années. De nos jours, on ne trouve plus beaucoup d'établissements scolaires réservés exclusivement aux garçons. Ils disent que c'est sexiste et ils ont peut-être bien raison. Ma promotion a été la dernière à en sortir. Nous n'étions que seize. Après ça, kaput, dit-il.

Son sourire était teinté de fierté et d'affection.

– Comment connaissiez-vous l'insigne? Vous devez avoir de bons yeux. Presque toutes les bagues scolaires se ressemblent.

– Je viens juste d'en voir une tout récemment: elle appartenait à un diplômé de Cottonwood.

– Vraiment? Qui donc? Nous sommes si peu nombreux...

– Wendell Jaffe.

Son regard rencontra brièvement le mien, puis se porta ailleurs. Il s'étira dans son fauteuil.

– Ouais. Je pense que ce vieux Wendell y est allé, dit-il,

comme s'il venait seulement d'y penser. Vous ne voulez vraiment pas un peu de café?

– C'était vous, non?

– Moi quoi?

– La levée d'écrou pour Brian, dis-je.

Tiller éclata de rire; c'était un beau rire en cascade, mais il ne paraissait pas sincère.

– Désolé. Pas moi. Je ne saurais même pas comment m'y prendre. Si on me place près d'un ordinateur, mon QI baisse d'au moins quinze pour cent.

– Oh, ça va. Pourquoi le cacher? Je ne vais pas cracher le morceau. Qu'est-ce que ça peut me faire? Le gosse est de retour. Je jure que je n'en dirai pas un mot.

Puis je me suis tue et j'ai laissé le silence s'installer entre nous. C'était un homme foncièrement honnête, capable de faire un accroc accidentel à la loi, mais honteux de l'avoir fait, incapable de nier sa culpabilité si on le mettait en face de la vérité. Ses collègues flics aiment les types comme lui parce qu'ils passent rapidement aux aveux, trop heureux de soulager leur conscience.

– Non, vraiment. Vous faites fausse route, dit-il.

Il fit rouler sa tête sur ses épaules dans un effort pour relâcher la tension, mais je remarquai qu'il n'avait pas mis fin à la conversation. Je l'aiguillonnai un peu.

– C'est vous qui avez aidé Brian la première fois, quand il s'est évadé du centre pour délinquants juvéniles?

Son visage se ferma et sa voix redevint officielle.

– Je ne crois pas que ce sujet de conversation nous mène quelque part, dit-il.

– Bon, oublions la première évasion et parlons seulement de la seconde. Vous deviez lui être drôlement redevable, pour risquer votre emploi comme ça.

– Je pense que ça suffit. Restons-en là.

Ce devait être à cause de l'homicide dont Wendell avait accepté de se déclarer coupable; une condamnation aurait empêché Tiller d'entrer dans la police.

– Tiller, je sais tout à propos de l'inculpation pour homicide. Vous ne risquez rien avec moi. Je le jure. Je veux seulement savoir ce qui s'est passé. Pourquoi diable Wendell a-t-il accepté de payer les pots cassés?

– Je ne vous dois aucune explication.

– Je n'ai jamais dit ça. Je vous le demande pour mon information personnelle. Ça n'a rien d'officiel. C'est juste un renseignement.

Il resta silencieux pendant un long moment, les yeux baissés. Peut-être sortait-il d'un conte de fées où l'on doit faire trois fois le même vœu avant de le voir exaucé

– Tiller, je vous en prie. Je ne vous demande pas les détails. Je comprends que vous hésitiez. Juste les grandes lignes, ai-je dit.

Il soupira profondément et, quand il se décida à parler, sa voix était si basse qu'il me fallut tendre l'oreille.

– Sincèrement, je suis toujours incapable de dire pourquoi il a fait ça. On était jeunes. Amis intimes. Vingt-quatre, vingt-cinq ans, quelque chose comme ça. Il s'était déjà mis dans la tête que le droit était quelque chose de pourri et n'avait pas l'intention de se présenter au barreau. Moi, tout ce que j'avais toujours voulu, c'était devenir flic. Et puis la chose est arrivée. La fille est morte accidentellement mais c'était entièrement par ma faute. Il se trouve qu'il était là et qu'il a endossé la responsabilité. Il était innocent. Il le savait. Je le savais. Il a été condamné. Je trouvais que c'était un geste incroyable.

Tout ça me paraissait un peu mince mais qui sait pourquoi les gens font ce qu'ils font ? Nous sommes en proie à un idéalisme sincère quand nous sommes jeunes. C'est la raison pour laquelle tant de conscrits se font tuer à dix-huit ans.

– Voyons, en réalité il n'avait aucun moyen de pression véritable sur vous. Ça fait des années qu'il y a prescription pour une accusation comme celle-là. De plus, c'était votre parole contre la sienne. Il prétend que vous avez fait quelque chose. Vous soutenez le contraire. Il a déjà été condamné. Au bout de tout ce temps, je ne comprends pas pourquoi vous avez marché.

– Personne n'a marché. S'agissait pas de ça. Il ne m'a pas menacé. J'ai payé une dette.

– Mais vous n'étiez pas obligé de faire ce qu'il demandait.

– Non m'dame, j'ai fait comme je voulais et j'ai été heureux de le faire pour lui.

– Pourquoi prendre le risque?

– L'honneur, ça ne vous dit rien? Je lui était redevable. C'était le moins que je pouvais faire. Et c'était pas comme si j'avais falsifié un dossier. Brian est un pourri. Je l'admets. Je ne l'aime pas, mais Wendell m'a dit qu'il lui ferait quitter la Californie. Il disait qu'il en prenait toute la responsabilité, et moi je pensais « bon débarras ».

– Je pense qu'il a dû changer d'idée là-dessus. En fait, j'ai entendu des versions contradictoires, précisai-je. Il a raconté à Michael comme à Brian qu'il allait se livrer. Apparemment, il a essayé de pousser Brian à en faire autant. Mais son amie prétend qu'il n'avait aucune intention d'aller jusqu'au bout.

Tiller se balança dans son fauteuil pivotant, le regard dans le vague. Il secouait la tête, médusé.

– Je ne vois pas du tout comment il compte s'en tirer. Qu'est-ce qu'il est en train de faire?

– Vous êtes au courant, pour le bateau?

– Ouais, j'en ai entendu parler. La question, c'est de savoir ce qu'il pense pouvoir faire. Je veux dire, jusqu'où peut-il aller?

– A mon avis, on n'a plus qu'à attendre pour le savoir, dis-je. De toute façon, il faut que je parte. J'ai quarante-cinq kilomètres à faire et l'heure où je me couche d'habitude est largement passée. Est-ce qu'il y a une autre façon de sortir d'ici? Je ne tiens pas à me retrouver en face de Dana Jaffe. J'en ai assez de toute cette bande.

– Par le bureau d'à côté. Venez, je vais vous montrer, dit-il en se levant.

Il a fait le tour de sa table de travail et pris à gauche un couloir intérieur. Je l'ai suivi. Je pensais qu'il allait me demander de tenir ma langue, m'extorquer la promesse de garder notre conversation pour moi, mais il n'a jamais dit un mot à ce sujet.

Il était près de une heure du matin quand je suis arrivée à Santa Teresa. Il y avait très peu de circulation et encore moins de piétons. L'éclairage urbain projetait sur les trottoirs des cercles gris pâle dont les recoupements composaient des dessins géométriques. Les commerces étaient fermés mais éclairés. De temps à autre j'apercevais quelque sans-logis, cherchant refuge dans une impasse sombre, mais les rues étaient désertes pour la plupart. La température avait enfin commencé à baisser et une petite brise océanique chassait quelque peu l'humidité.

Je me sentais nerveuse et irritée. Rien ne se passait. Maintenant que Brian était en prison et que Wendell avait encore disparu, sur quoi allais-je enquêter? Il incombait à la police du port et aux gardes-côtes de rechercher le *Captain Stanley Lord*. Même si je pouvais affréter un avion et me livrer à des observations aériennes – dépense que Gordon Titus n'allait jamais autoriser – je ne saurais distinguer d'en haut un bateau d'un autre. Pourtant, il devait bien y avoir encore quelque chose à faire.

Sans même y réfléchir, je fis un détour à travers les parkings des motels qui se trouvaient entre mon appartement et la marina. J'aperçus la voiture de sport de Carl Eckert près de l'*Auberge de la Plage*; c'était un motel sans étage, en forme de T, la petite barre du T formant la façade. Les emplacements de parking étaient alignés – un par chambre – avec les numéros marqués sur le sol pour que personne ne puisse tricher. Toutes les fenêtres qui donnaient de ce côté étaient obscures.

J'ai fait le tour par Cabana Boulevard et je me suis garée à quelques portes du motel d'Eckert. J'ai glissé ma lampe de poche dans mon jean et je suis revenue à pied, ravie de porter des chaussures de tennis avec des semelles en caoutchouc silencieuses. Le parking était juste assez éclairé pour garantir la sécurité des occupants. Je pouvais voir mon ombre, telle une compagne étirée, me suivre à travers l'esplanade. Carl avait fixé la capote de la voiture sur la carosserie habituellement découverte. Je procédai à un examen visuel aussi attentif que possible, compte tenu du fait que les vitres étaient sombres et les lumières du parking assez faibles. Il n'y avait aucun signe de vie autour de moi. Je ne voyais même pas la lueur grise et clignotante d'un poste de télévision derrière les rideaux. Je respirai profondément et me mis à défaire les fixations qui maintenaient la capote. Après avoir dégagé la place du conducteur, je fis glisser ma main le long de la paroi interne et tâtonnai dans les poches à cartes de la portière. Il tenait sa voiture dans un ordre impeccable, ce qui signifiait qu'il avait probablement une méthode à lui pour ranger ses tickets d'essence et autres déchets. Je sentis un carnet à spirales, une carte routière et une sorte de bloc de papier et ramenai le tout à la surface comme un filet plein de poissons. Je fis une pause pour surveiller les alentours, qui paraissaient aussi débonnaires que tout à l'heure, puis je donnai un coup de lumière sur le carnet à spirales. C'était là qu'il notait sa consommation d'essence.

Le livret que j'avais découvert n'était autre que son agenda professionnel, où figuraient les distances, les destinations, l'objet des réunions, les noms et fonctions des gens qu'il devait y rencontrer. Ses dépenses personnelles et professionnelles étaient inscrites sur des colonnes nettement séparées. Je souris malgré moi. Dire qu'il s'agissait d'un escroc consommé, libéré après avoir passé plusieurs mois en taule. Peut-être la prison avait-elle eu sur lui une vertu curative. Carl Eckert se conduisait en citoyen modèle. Au moins, il n'essayait pas de tromper le fisc... pour autant que je puisse le dire. Rangées dans une pochette au dos de l'agenda, il y avait ses notes de l'hôtel *Best Western*, deux reçus d'essence, cinq récépissés de carte de crédit et... ça alors! Un procès-verbal pour excès de vitesse qui avait été dressé la veille à proximité de Colgate. A en juger d'après l'heure si obligeamment notée par le motard qui avait émis le PV, Carl Eckert aurait pu facilement couvrir la distance qui le séparait de Perdido et y arriver en temps utile pour faire un carton sur Wendell et moi.

– Vous voulez bien me dire ce que diable vous êtes en train de faire ici?

J'ai sursauté, laissé tomber les papiers, m'efforçant à grand-peine de réprimer un cri. J'ai posé la main sur ma poitrine, le cœur battant à tout rompre. C'était Carl en chaussettes, les cheveux tout ébouriffés par le sommeil. Bon Dieu, je hais les gens qui arrivent en tapinois! Je me suis baissée et j'ai commencé à ramasser les papiers.

– Seigneur! On prévient. Vous m'avez presque fait mourir de peur. Ce que je suis en train de faire? Eh bien, je suis en train de démolir votre alibi pour hier soir.

– Je n'ai pas besoin d'un alibi pour hier soir. Je n'ai rien fait.

– Pourtant, il y a bien quelqu'un qui nous a tiré dessus. Ai-je mentionné que ma voiture est tombée en panne, juste à temps pour nous laisser plantés, Wendell et moi, sur une route bien obscure près de la plage?

– Non. Vous ne l'avez pas mentionné. Poursuivez, dit-il prudemment.

– Poursuivre. Elle est bien bonne. Comme si c'était une nouveauté pour vous. Quelqu'un nous a tiré dessus. Wendell a disparu peu après.

– Vous pensez que c'était *moi*?

– Je pense que c'est possible. Pourquoi donc serais-je dehors, ici, au beau milieu de la nuit?

Il fourra ses mains au fond de ses poches et regarda autour de lui les fenêtres obscures, en se rendant compte que l'on pouvait entendre nos voix dans toutes les chambres.

– Allons en parler à l'intérieur, dit-il et il se dirigea à grands pas vers sa chambre.

Je partis au trot derrière lui, en me demandant où tout cela allait nous mener.

Une fois à l'abri, il alluma la lampe de chevet et empoigna une bouteille qui se trouvait sur le bureau pour se verser une pleine timbale de scotch. Il garda le flacon brandi, en une question muette. Je déclinai l'offre d'un hochement de tête. Il alluma une cigarette, en se rappelant enfin cette fois-ci que ce n'était pas la peine de m'en offrir une. Il s'assit au bord du lit et je pris place dans le fauteuil. La pièce n'était pas très différente de celle que Brian Jaffe avait occupée. Comme tous les menteurs pris sur le fait, Carl Eckert était probablement en train de préparer une autre série de mensonges. Je m'installai donc comme un enfant qui veut se faire raconter une histoire à l'heure d'aller au lit. Il réfléchit pendant un petit moment et prit une expression sincère.

– D'accord, je vais jouer franc-jeu avec vous. Je suis

bien revenu de SLO hier soir, mais je ne suis pas allé à Perdido. Je suis rentré à l'hôtel après avoir eu des réunions toute la journée et j'ai vérifié si j'avais des messages à la réception. Il y en avait un et il venait d'Harris Brown; je l'ai donc rappelé.

– Ça alors, je suis *tout ouïe*. (Je me demandais ce que Brown venait faire là-dedans.) Dites-moi tout. Je vais adorer ça.

– Harris Brown est un ancien flic...

– Là, je suis au courant. Il était chargé de l'affaire et on la lui a enlevée parce qu'il avait perdu ses économies en les investissant dans la CSL, etc. etc. Quoi d'autre? Comment a-t-il fait pour remonter jusqu'à Wendell à Viento Negro?

Carl Eckert sourit faiblement comme s'il pensait que j'étais mignonne. Certes, je le suis parfois mais je n'étais pas certaine que ce soit le cas.

– Un de ses copains l'avait appelé. Un agent d'assurances.

– Vrai. C'est super. Je connais le type. Je n'en étais pas sûre mais je l'avais deviné, ai-je dit. Évidemment, Harris Brown connaissait Wendell; mais Wendell le connaissait-il?

Eckert hocha négativement la tête.

– J'en doute. C'est moi qui avais convaincu Brown d'investir son argent chez nous, à l'époque. Il se peut qu'il leur soit arrivé de se parler par téléphone, mais je suis bien certain qu'ils ne se sont jamais rencontrés. Pourquoi?

– Parce que Brown se trouvait dans la chambre voisine de la sienne et passait son temps au bar. Wendell ne semblait pas faire attention à lui et cela me tracassait. Et après? Brown vous téléphone hier soir et vous le rappelez. Et alors?

– Il a dit qu'il voulait me voir sur-le-champ. J'étais censé le retrouver sur le chemin du retour en rentrant de SLO, mais il était pressé tout à coup. J'ai pris la voiture et je suis allé le voir chez lui à Colgate.

Je le fixais, incapable de dire si je le croyais ou non.

– Où habite-t-il?

– Pourquoi cette question?

– Pour vérifier si ce que vous me dites est vrai.

Eckert haussa les épaules et se reporta à un petit carnet d'adresses relié en cuir. Je pris soigneusement note du renseignement. S'il me bluffait, il était doué.

– Pourquoi une telle presse? ai-je demandé.

– Ça, il faudra le lui demander à lui. Il avait un cent de puces dans sa culotte et il a insisté pour que j'aille chez lui dès hier soir. Ça m'ennuyait et il ne me restait pas beaucoup de temps devant moi. Je devais avoir un petit déjeuner d'affaires à sept heures, mais je n'ai pas voulu discuter. J'ai sauté dans ma voiture et j'y suis allé à fond de train; c'est à ce moment-là que le motard m'a arrêté pour me coller un PV.

– A quelle heure êtes-vous arrivé chez lui?

– Neuf heures. Je n'y suis resté qu'une heure. J'étais vraisemblablement de retour à mon hôtel de SLO à onze heures trente.

– D'après votre version, dis-je. En fait, l'un ou l'autre d'entre vous a eu tout le temps de rouler jusqu'à Perdido pour s'exercer au tir sur Wendell et moi.

– Nous en avions peut-être l'un et l'autre la possibilité, mais ce n'est pas moi. Je ne peux rien dire pour lui.

– Vous n'avez pas du tout vu Wendell la nuit dernière?

– Je vous l'ai déjà dit.

– Carl, vous n'avez fait que mentir. Vous avez juré que vous n'étiez pas en ville alors que vous vous trouviez ici, à Colgate. Pourquoi devrais-je vous croire?

– Ce n'est pas moi qui peux vous obliger à croire quelque chose.

– Une fois là-bas, qu'est-ce qu'il voulait de vous, ce Brown?

– On a parlé et je suis rentré.

– Vous n'avez fait que parler? De quoi? Pourquoi ne pouviez-vous pas le faire par téléphone?

Son regard se fit lointain pendant assez longtemps pour qu'il fasse tomber la cendre de sa cigarette.

– Il voulait récupérer son argent. Je le lui ai donné.

– Son argent?

– Le montant de sa pension, qu'il avait investie dans la CSL.

– Combien?

– Cent mille dollars.

– Je ne comprends pas, dis-je. Ça fait cinq ans qu'il a perdu cet argent. Qu'est-ce qui l'a amené à penser qu'il pouvait brusquement le toucher?

– Il avait découvert que Wendell était vivant. Peut-être qu'il avait eu une conversation avec lui. Comment diable voulez-vous que je le sache?

– Et c'est alors qu'il a appris quoi? Qu'il y avait de l'argent disponible?

Il jeta sa cigarette et en alluma une autre; il me fixait d'un air obstiné à travers la fumée.

– Dites, tout ça ne vous regarde vraiment pas.

– Ah, ça va. Je ne suis pas une menace pour vous. J'ai été engagée par la California Fidelity pour retrouver Wendell Jaffe afin de pouvoir prouver qu'il est en vie. Tout ce qui m'intéresse, c'est le demi-million de dollars qui a été payé au titre de l'assurance vie. Si vous avez planqué un trésor quelque part, cela ne me concerne pas du tout.

– Et pourquoi est-ce que je devrais cracher le morceau? demanda-t-il.

– Pour que je puisse comprendre ce qui va se passer. C'est tout. Vous aviez le fric qu'Harris Brown réclamait et vous l'avez rejoint en voiture la nuit dernière. Qu'est-ce qui s'est passé alors?

– Je lui ai donné son pognon et je suis reparti à San Luis Obispo.

– Comme ça, vous avez tant de liquidités?

– Oui.

– Combien? Vous n'êtes pas obligé de répondre. C'est pure curiosité de ma part.

– En tout?

– En gros, dis-je.

– A peu près trois millions de dollars.

J'eus un cillement de paupières.

– Et vous gardez tout ce fric *en espèces*?

– Je ne peux rien faire d'autre, non? Je ne peux pas le déposer à la banque. Ils en informeraient les autorités. Il y a eu un jugement contre nous. A la seconde où quelqu'un découvrira le pot aux roses, les créanciers nous fondront dessus comme une bande de vautours. S'ils laissent quelque chose, ce sera pour le fisc.

Je sentais l'indignation m'envahir comme une sécrétion acide.

– Heureusement qu'ils se précipiteront. C'est le fric que vous leur avez escroqué.

Le regard qu'il me jeta était d'un cynisme inouï.

– Vous savez pourquoi ils avaient investi dans la CSL? Ils voulaient gagner le gros lot sans lever le petit doigt. Ils espéraient faire un malheur mais c'est eux qui ont été malheureux. Voyons, servez-vous de vos méninges. La plupart d'entre eux savaient que c'était une affaire véreuse dès le départ, Harris le premier. Il espérait uniquement toucher sa part des bénéfices avant que tout s'effondre.

– Je vois que nous ne parlons pas le même langage. Laissons de côté le raisonnement et revenons aux faits. Vous avez gardé trois millions en espèces sur le *Lord*?

– C'est pas la peine de prendre ce ton-là avec moi.

– Pardon, vous avez raison. J'essaie encore une fois, dis-je en abandonnant mon ton réprobateur pour adopter un accent plus neutre. Vous aviez trois millions de dollars en espèces cachés sur le *Lord*.

– Exact. Wendell et moi nous étions les seuls à le savoir. Maintenant il y a vous aussi, dit-il.

– Et c'est pour ça qu'il est rentré?

– Bien sûr. Après avoir passé cinq années dans la nature, il était totalement fauché, dit Carl. Non seulement il est rentré pour ça, mais c'est avec ça qu'il a mis les voiles en volant le bateau. La moitié est à moi, et il le sait sacrément bien.

– Oh, mon pauvre. Vrai de vrai : vous avez été blousé.

– Comme vous dites! J'arrive pas à croire qu'il ait pu me faire un coup pareil.

– Pourtant c'est bien ce qu'il a fait à tout le monde, dis-je. Et ses gosses? Est-ce qu'ils comptent dans tout ça ou est-ce qu'il est revenu seulement pour le fric?

– Je suis certain qu'il se faisait du souci pour ses fils, dit Carl. C'était un très bon père.

– Le genre de père dont tous les enfants ont besoin, dis-je. Je le leur dirai. Ça les aidera sûrement. Et vous, qu'est-ce que vous allez faire à présent?

Il eut un sourire amer.

– Me mettre à genoux et prier pour que les gardes-côtes l'attrapent.

Sur le seuil, je me suis retournée.

– Encore une petite chose. Il était question que Wendell aille se livrer aux flics. Pensez-vous qu'il en avait l'intention?

– C'est difficile à dire. Je pense qu'il espérait reprendre sa place dans sa famille. Seulement je ne suis pas sûr qu'ils lui auraient fait une place parmi eux.

Je me suis finalement glissée dans mon lit à deux heures quinze, l'esprit tout embrouillé par les renseignements que j'avais accumulés. Je pensais que Carl Eckert avait probablement dit vrai, qu'il n'y avait plus aucune place pour Wendell dans la famille qu'il avait jadis abandonnée. Curieusement, nous étions dans la même situation, Wendell Jaffe et moi; nous cherchions à comprendre ce qu'auraient pu être nos vies si nous avions pu connaître les joies de la famille; nous regardions toutes ces années écoulées et nous nous demandions si nous y avions beaucoup perdu. Du moins, je présumais que c'était à peu près ce qui devait lui passer par le crâne. Il y avait des différences évidentes entre nous. Il avait volontairement renoncé à sa famille, alors que je n'avais jamais su que j'en avais une. Mieux encore, il voulait retrouver sa famille tandis que je n'étais pas certaine d'en avoir envie. Je n'arrivais pas à comprendre pourquoi ma tante ne m'avait jamais rien dit. Peut-être avait-elle voulu m'épargner le chagrin de me voir rejeter par Grand, mais tout ce qu'elle avait vraiment réussi c'était à retarder la révélation. Et voilà où j'en étais, dix ans après sa mort, obligée de tout débrouiller toute seule. Vraiment, elle n'était pas très douée dans ce domaine. Je n'ai pas cessé de m'endormir et de me réveiller alternativement.

Mon réveil s'est mis à sonner sur le coup de six heures mais je n'avais pas le courage de me lever et de faire cinq kilomètres à la course. J'ai arrêté la sonnerie et me suis enfoncée sous les draps pour me replonger dans le sommeil. J'ai été réveillée par le téléphone à neuf heures vingt-deux. Je suis allée décrocher en me frottant les yeux.

– Oui.

– C'est Mac. Désolé de te réveiller. Je sais que c'est samedi mais j'ai pensé que c'était important.

Sa voix paraissait étrange et la prudence se mit à clignoter en moi comme un signal d'alarme. Un feu orange. Je me suis enveloppée dans le drap et assise sur le lit.

– Ne t'en fais pas. Ça va. Je suis restée debout jusqu'à une heure avancée et j'avais décidé de faire la grasse matinée. Qu'est-ce qui se passe?

– On a retrouvé le *Lord* ce matin à environ dix kilomètres des côtes, dit-il. On dirait que Wendell a remis en scène sa disparition. Gordon et moi sommes ici au bureau. Il aimerait que tu viennes dès que possible.

24

Je me suis garée dans le parking qui se trouve derrière le bureau et j'ai emprunté les escaliers de service jusqu'au premier étage. Presque toutes les entreprises qui occupent le bâtiment étaient fermées pour le week-end, ce qui donnait à l'endroit l'air curieusement abandonné. J'avais apporté mon bloc de sténo, pour impressionner Gordon Titus par mon professionnalisme. Le bloc était vide sauf pour une injonction ainsi rédigée : « Retrouver Wendell. » Retour au point de départ. Je n'arrivais pas à y croire. Nous avions été si près de le coincer. Ce qui me tourmentait, c'était que j'avais vu comment il se comportait avec son petit-fils. Je l'avais entendu faire ostensiblement amende honorable en parlant avec Michael. Tout salaud qu'il était, j'avais du mal à croire que tout ça n'était que façade. Je voulais bien imaginer qu'il avait changé d'avis quant à son projet de se livrer aux flics. Je pouvais même concevoir qu'il ait volé le *Lord* afin de pouvoir naviguer le long de la côte pour sauver Brian de la prison. Mais je ne pouvais pas admettre l'idée qu'il avait de nouveau trahi sa famille sur toute la ligne. Même Wendell, Dieu le bénisse, n'était pas mauvais à ce point-là.

Les bureaux de la CF étaient officiellement fermés ; pourtant, à travers la vitre, on pouvait voir pendre à la serrure un énorme trousseau de clefs. Le bureau de Darcy était inoccupé mais j'aperçus Gordon Titus dans la cellule vitrée de Mac, qui était la seule éclairée. Je vis Mac passer avec deux tasses de café à la main. Je frappai à la vitre. Il posa les tasses sur le bureau de Darcy et déverrouilla la porte pour me faire entrer.

– Nous sommes dans mon bureau.

– C'est ce que je vois. Donne-moi le temps de me servir une tasse de café et je viens tout de suite.

Il ramassa les tasses et s'en alla, sans rien dire. Il paraissait déprimé, ce que je n'avais pas prévu. Je m'étais presque attendue à un feu d'artifice de sa part. Pour lui, cette affaire était une façon de partir à la retraite dans toute sa gloire. Il portait des pantalons écossais rouge et vert, et une chemise rouge de golfeur. Je me demandais si sa mauvaise humeur n'était pas provoquée par le fait qu'il avait dû sacrifier son sport favori en ce début de week-end.

Tous les postes de travail étaient vides, les téléphones silencieux. Gordon Titus se trouvait assis devant le bureau de Mac, impeccablement habillé, les mains croisées, avec une expression doucereuse. J'ai du mal à me fier à quelqu'un d'aussi impassible. Cet air détaché dissimule, selon moi, le fait que la plupart des choses ne l'intéressent pas. L'indifférence passe souvent pour du sang-froid. Je me suis servi une tasse de café et j'y ai ajouté du lait écrémé avant d'ouvrir la porte du bureau de Mac pour affronter la personnalité glaciale de Titus.

Mac était à présent assis dans un des deux fauteuils capitonnés réservés aux visiteurs, sans se soucier apparemment de la façon cavalière dont Titus avait pris sa place.

– Voulez-vous que je vous dise? était en train de déclarer Mac. Et Kinsey peut en informer Mrs. Jaffe. Je m'en vais garder cet argent sous clef jusqu'à ce que Wendell meure de vieillesse. Si elle a le moindre espoir d'en voir la couleur, il faudra qu'elle nous amène le cadavre de son mari jusqu'ici et qu'elle l'allonge sur mon bureau.

– Bonjour, ai-je murmuré à l'intention de Titus.

J'ai pris l'autre siège qui, au moins, me mettait sur le même plan et du même côté du bureau que Mac. Celui-ci secoua la tête et me décocha un regard noir.

– Ce fils de pute nous a encore possédés.

– C'est ce que j'ai cru comprendre. Mais racontez-moi tout, ai-je demandé.

– Racontez-lui vous-même, dit Mac.

Titus tira vers lui un carnet de chèques. Il l'ouvrit et le feuilleta, à la recherche d'une page vierge.

– Qu'est-ce que nous vous devons à ce jour?

– Deux mille cinq. Ça fait dix jours tout rond. Vous avez de la chance que je ne vous compte pas le kilométrage. Je fais deux ou trois allers-retours par jour entre ici et Perdido, et ça chiffre vite.

– Deux mille cinq cents dollars, et pour quoi? dit Mac. Nous voilà revenus à notre point de départ. Vous n'avez obtenu que du vent.

Titus fit courir son doigt le long d'une colonne et inscrivit un chiffre au crayon avant de se reporter à une autre page du carnet.

– En fait, je ne pense pas que tout cela soit aussi mauvais qu'il semble. Nous avons suffisamment de gens pour témoigner que Jaffe était en vie et en bonne santé jusqu'à cette dernière semaine. Nous ne reverrons pas un sou de l'argent que Mrs. Jaffe a déjà dépensé... on peut aussi bien passer ça en « pertes et profits », mais si on fait les calculs, nous avons limité nos pertes.

Il leva les yeux.

– Ça devrait mettre un point final à cette affaire. Je serais étonné qu'elle attende encore cinq ans pour déposer une autre demande d'indemnisation.

– Où le bateau a-t-il été retrouvé?

Il se mit à écrire sans lever les yeux.

– Un pétrolier qui faisait route vers le sud l'a repéré au radar, la nuit dernière. L'équipe de quart a actionné un signal lumineux en guise d'avertissement mais il n'y a pas eu de réponse. Le pétrolier a prévenu les gardes-côtes, qui sont allés voir dès le lever du jour.

– Le *Lord* était donc encore dans les parages? C'est intéressant.

– On dirait que Wendell a conduit le bateau jusqu'à Winterset, avant de prendre la direction des îles. Il avait laissé les voiles dehors. Il n'y avait pas beaucoup de houle, mais, avec les tempêtes qui se préparaient, les vents du nord-ouest étaient contrecarrés par les effets de l'ouragan. Le *Lord* a probablement une vitesse de six nœuds et, avec une bonne rafale, aurait dû être allé bien plus loin. Quand ils ont retrouvé le bateau après la tempête, il était en panne et dérivait, vent arrière; le foc était bordé à contre; la grand-voile et celle d'artimon tentaient de prendre le vent. Le bateau aurait pu tenir comme ça tant qu'on ne l'aurait pas retrouvé.

– Je ne savais pas que vous faisiez du bateau.

– Plus maintenant. J'en ai fait dans le temps.

Petit sourire, le seul que j'aie jamais obtenu de lui.

– Et maintenant qu'est-ce qu'ils vont en faire?

– Le remorquer jusqu'au port le plus proche.

– Ce qui veut dire quoi? Perdido?

– Probablement. Je ne sais pas exactement de quelle juridiction ça dépend. Des spécialistes de la police criminelle vont monter à bord. Je ne pense pas qu'ils trouveront grand-chose et, franchement, je ne vois pas en quoi ça nous concernerait encore.

J'ai regardé du côté de Mac.

– Si j'ai bien compris, il n'y avait aucune trace de Wendell.

– Toutes ses affaires personnelles étaient sur le bateau, y compris quatre mille dollars en espèces et un passeport mexicain, ce qui ne prouve rien. Il pouvait bien avoir une demi-douzaine de passeports.

– On est donc en droit de supposer que... qu'il est mort ou en fuite?

Mac eut un geste d'irritation, premier signe de son impatience habituelle.

– Cet individu a fichu le camp. Il n'y a aucune lettre annonçant son suicide. Mais c'est exactement la même mise en scène que la dernière fois.

– Bon Dieu, Mac. Comment pouvez-vous en être si sûr? Peut-être n'est-ce qu'un subterfuge. Un truc pour détourner notre attention.

– De quoi?

– De ce qui s'est vraiment passé.

– C'est-à-dire?

– Qu'est-ce que j'en sais? ai-je dit. Je suis seulement en train de vous dire ce qui me passe par la tête. La dernière fois qu'il a fait ça, il a abandonné le *Lord* au large de la côte de Basse-Californie et pris un canot. Renata Huff l'a intercepté et ils se sont enfuis tous les deux sur *Le Fugitif*. Cette fois, elle était assise dans mon bureau pendant l'heure qui a suivi sa disparition. C'était hier midi.

Mac n'en croyait rien.

– Elle est sous surveillance depuis le moment où elle a quitté votre bureau. L'inspecteur Whiteside a pensé qu'il était bon de garder l'œil sur elle. Elle s'est contentée de rentrer chez elle. Elle n'en a pas bougé sauf pour quelques allées et venues.

– Exactement ce que je dis. La fois d'avant, il avait une complice. Cette fois-ci, si on part du principe qu'il allait faire la même chose, qui avait-il pour l'aider ? Carl Eckert et Dana Jaffe ne voudraient certainement pas lui porter secours, alors qui d'autre ? En fait, maintenant que j'y pense, son fils, Brian, était encore en liberté hier et il y a aussi Michael. De plus, Wendell pourrait avoir d'autres amis. On peut également penser qu'il a voulu tenter le coup tout seul, cette fois, mais ça ne me semble pas bien coller.

Titus éleva la voix.

– Kinsey pense qu'il est vraiment mort, dit-il à Mac, en retroussant la bouche d'un air amusé.

Il détacha un chèque le long des pointillés pour l'extraire du carnet.

– Il veut nous faire *croire* qu'il est mort ! dit Mac. C'est ce qu'il a fait la première fois et nous sommes tombés dans le panneau. Il se trouve probablement sur un bateau en ce moment même, en partance pour les îles Fiji, et il doit s'offrir une pinte de bon temps en pensant à nous.

Gordon referma le carnet et poussa le chèque dans ma direction.

– Attendez un peu, Mac. Quelqu'un nous a tiré dessus, jeudi soir. Wendell a pu rentrer chez lui, mais imaginons qu'on l'ait descendu le lendemain ? Peut-être qu'ils l'ont retrouvé et tué.

Je ramassai le chèque et y jetai fortuitement un coup d'œil. Il était établi à mon ordre, pour une somme de deux mille cinq cents dollars.

– Oh, merci bien. C'est gentil. Généralement je n'envoie pas ma facture avant la fin du mois.

– Pour solde de tout compte, dit-il.

Il croisa ses mains en face de lui sur le bureau.

– Je dois admettre que je n'étais pas d'avis de vous engager mais vous avez fait du très bon travail. Je ne pense pas que Mrs. Jaffe nous cause encore des ennuis. Dès que vous nous aurez envoyé votre rapport, nous remettrons le dossier entre les mains de notre avocat et il s'occupera d'obtenir les témoignages appropriés. On n'aura probablement pas besoin d'aller devant un tribunal. On donnera à Mrs. Jaffe la possibilité de restituer l'argent qui reste et ce sera tout. En attendant, je ne vois pas pourquoi on ne travaillerait pas ensemble à l'avenir, au coup par coup, bien entendu.

Je l'ai fixé bien en face.

– Ça ne peut pas être tout. Nous n'avons aucune idée de l'endroit où se trouve Wendell.

– Où qu'il soit, ça n'a aucune importance. Nous vous avons engagée pour le retrouver et c'est ce que vous avez fait... vite et bien, dirai-je. Tout ce qu'il nous fallait démontrer, c'est qu'il était vivant, voilà qui est réglé.

– Et s'il est mort? dis-je. Dana aurait droit à l'argent, non?

– Oui, mais il lui faudrait une preuve. Et qu'est-ce qu'elle a? Rien.

Je reportai mon regard sur Mac; je me sentais insatisfaite et embarrassée. Il cherchait à éviter mes yeux. Il se tortilla dans son fauteuil, manifestement mal à l'aise, espérant probablement que je n'allais pas faire de vagues. En un éclair, les récriminations qu'il avait proférées contre la CF dans mon bureau, le premier jour, me traversèrent l'esprit.

– Et ça vous semble juste, à vous? C'est tout de même étrange. S'il s'avérait que quelque chose est arrivé à Wendell, elle pourrait garder les indemnités. Elle n'aurait pas à rendre un sou.

– Oui bien sûr, mais il lui faudrait tout recommencer à zéro.

– Mais est-ce que notre métier n'est pas de veiller à ce que les indemnités soient versées équitablement?

Je les regardais à tour de rôle. Le visage de Titus était dénué d'expression; c'était sa façon à lui de camoufler son dédain permanent, pas seulement à mon égard, mais vis-à-vis du monde en général. L'expression de Mac révélait un sentiment de culpabilité. Il n'était pas question qu'il tienne tête à Gordon Titus. Il n'était pas question qu'il conteste. Il n'était pas question qu'il prenne position.

– Personne ne se soucie de la vérité? ai-je demandé.

Titus se leva et enfila sa veste.

– Je vous laisse, dit-il à Mac, puis en se tournant vers moi : nous vous félicitons d'être si consciencieuse, Kinsey. S'il nous arrive de chercher à faire établir la responsabilité de la compagnie pour la bagatelle d'un demi-million de dollars, vous serez la première personne à qui nous nous adresserons, j'en suis sûr. Merci d'être venue. Nous attendons votre rapport à la première heure lundi matin.

Après son départ, Mac et moi restâmes assis en silence pendant un bout de temps, sans nous regarder. Puis je me suis levée et je suis partie moi aussi.

J'ai sauté dans ma voiture et pris la route de Perdido. Il fallait que je sache. Pour rien au monde je n'aurais laissé passer ça. Peut-être qu'ils avaient raison. Peut-être qu'il s'était enfui. Peut-être avait-il simulé jusqu'à la moindre parcelle de l'intérêt qu'il avait manifesté envers son ancienne femme, ses fils et son petit-fils. Cet homme-là n'avait ni scrupules ni sens moral, mais je n'arrivais pas à admettre cette histoire telle qu'elle se présentait. Il fallait que je sache où il était. Il fallait que je comprenne ce qui lui était arrivé. Cet homme avait bien plus d'ennemis que d'amis et ça n'annonçait rien de bon pour lui. Tout cela ne laissait pas d'être inquiétant et troublant. Supposons que quelqu'un l'ait tué. Supposons que toute l'affaire ait été un montage. J'avais déjà été payée; j'avais reçu un chèque et une poignée de main. J'avais tout mon temps à moi et je pouvais faire tout ce qui me plaisait. Avant la fin de la journée, j'allais obtenir les réponses à quelques questions.

Perdido compte une population d'à peu près quatre-vingt-douze mille habitants. Heureusement un petit nombre d'entre eux avaient déjà téléphoné à Dana Jaffe pour lui faire savoir par le menu comment le *Lord* avait été retrouvé. Tout le monde aime partager le malheur d'autrui. C'est une question de curiosité mêlée de crainte et de gratitude; ça nous permet de connaître le malheur tout en restant à distance. Je pensais que le téléphone de Dana avait dû sonner sans arrêt pendant plus d'une heure au moment où je suis arrivée chez elle. Je n'avais pas voulu être la personne qui lui annoncerait l'éventuelle désertion de Wendell. La nouvelle de sa mort l'aurait réjouie au-delà de toute expression, mais je trouvais qu'il n'était pas honnête de lui parler de mes doutes alors que je n'avais aucune preuve. A quoi bon, si l'on n'avait pas retrouvé le cadavre de Wendell ? Sauf si elle l'avait tué de ses propres mains, bien entendu, auquel cas elle en savait plus long que moi.

La VW jaune de Michael était garée dans l'allée. J'ai frappé à la porte et Juliet m'a fait entrer. Brendan dormait à poings fermés sur l'épaule de sa mère, trop fatigué pour protester contre le manque de confort que supposait sa position verticale.

– Ils sont dans la cuisine. Il faut que j'aille le coucher, murmura-t-elle.

– Merci, Juliet.

Elle traversa la pièce et monta à l'étage, probablement trop heureuse d'avoir une excuse pour s'échapper. Une femme était en train de parler au répondeur de sa voix la plus solennelle. « Bon, c'est comme ça, chérie. En tout cas je voulais seulement que tu saches. S'il y a quelque chose qu'on puisse faire, tu n'as qu'à nous rappeler aussitôt, tu entends ? Allez, au revoir. »

Dana était assise devant la table de cuisine, pâle et belle. Sa chevelure d'un blond argenté négligemment nouée au bas de la nuque avait l'air soyeuse dans la lumière. Elle portait des jeans bleu clair et une chemise de soie à manches longues d'un bleu acier assorti à ses yeux. Elle fit sortir une cigarette du paquet et leva le regard vers moi sans un mot. L'odeur de la fumée s'attarda dans l'air, en même temps que le faible parfum de soufre de l'allumette. Michael était en train de lui verser du café tout frais. Alors que Dana paraissait engourdie, Michael semblait dévasté.

Je m'étais si souvent trouvée parmi eux, ces derniers temps, que ni l'un ni l'autre ne posa de question sur mon apparition inattendue. Il se versa une tasse de café, puis ouvrit le placard et en sortit une autre tasse pour moi. Un carton de lait était posé au milieu de la table avec le sucrier. Je murmurai un merci et m'assis.

– Quoi de neuf ?

Dana secoua la tête.

– Je ne peux pas croire qu'il ait fait ça.

Michael s'appuyait contre le plan de travail.

– On ne sait pas où il est, maman.

– C'est bien ce qui me rend folle. Il se paie le luxe de faire une apparition pour nous embobiner, puis il s'en va de nouveau.

– Vous lui avez parlé ? ai-je demandé.

Temps d'arrêt. Elle baissa les yeux.

– Il est passé ici, dit-elle, sur un ton faiblement défensif.

Elle s'agita sur son siège, ramassa le paquet de cigarettes et en alluma une autre. Elle allait avoir l'air vieille avant l'âge si elle ne laissait pas tomber l'habitude de fumer.

– C'était quand ?

Elle fronça les sourcils.

– Je ne sais plus ; pas hier soir, mais la veille. Jeudi, je crois. Il est allé chez Michael pour voir le bébé juste après. C'est comme ça qu'il a eu l'adresse.

– Vous avez parlé longuement avec lui ?

– Longuement non, c'est pas ce que je dirais. Il a prétendu qu'il était désolé. Qu'il avait commis une terrible erreur. Il disait qu'il ferait n'importe quoi pour revenir de cinq ans en arrière. Ce n'était que des foutaises, mais ça faisait du bien à entendre et je crois que j'en avais besoin. Bien entendu, j'étais furieuse. Moi, je disais, « Wendell, tu ne peux pas faire *ça* ! Tu ne peux pas te ramener comme ça, après nous avoir tous mis dans le pétrin. Qu'est-ce que ça peut me faire à moi que tu sois désolé ? On est tous désolés. Quelle foutaise ! »

– Vous pensez qu'il était sincère ?

– Lui, il a toujours été sincère. Il n'a jamais été capable de soutenir le même point de vue pendant plus d'une minute, mais il a toujours été sincère.

– Vous ne lui avez plus parlé après ça ?

Elle hocha la tête.

– Ça m'a suffi, croyez-moi. Ç'aurait dû être le point final, mais je suis encore furieuse, dit-elle.

– Il n'y a donc pas eu de réconciliation.

– Seigneur, non. Il n'y a absolument aucune raison pour que je me réconcilie avec lui comme ça. Qu'il soit désolé, ça ne me fait ni chaud ni froid.

Ses yeux s'accrochèrent aux miens.

– Que faire maintenant? Je suppose que la compagnie d'assurance veut récupérer son argent.

– Ils ne vont pas exiger que vous remboursiez ce que vous avez déjà dépensé, mais ils ne peuvent vraiment pas vous laisser empocher un demi-million de dollars... sauf si Wendell est mort.

Elle se figea instantanément et détourna les yeux.

– Qu'est-ce qui vous fait dire ça?

– Ça finit toujours par arriver, à la longue, ai-je dit.

Je reposai ma tasse de café et me levai.

– Téléphonez-moi si vous avez de ses nouvelles. Un tas de gens s'intéressent à lui. Une personne, en tout cas.

– Veux-tu la raccompagner à la porte, bébé? dit Dana en s'adressant à Michael.

Michael s'éloigna du plan de travail et me raccompagna à la porte d'entrée. Amaigri et triste.

– Ça ne va pas? ai-je demandé.

– Pas vraiment. Comment vous sentiriez-vous si vous étiez à ma place?

– Je ne pense pas que nous soyons parvenus au bout de nos peines. Votre père a agi comme il l'a fait pour des raisons qu'il est seul à connaître. Sa conduite n'avait rien à voir avec vous. Il était seul en cause, ai-je dit. Je trouve que vous ne devriez pas prendre les choses tellement à cœur.

Michael secouait vigoureusement la tête.

– Je ne veux plus jamais le revoir. J'espère que je n'aurai plus jamais besoin de le regarder en face.

– Je comprends ce que vous ressentez. Je n'essaie pas de prendre sa défense, mais il n'est pas complètement mauvais. Chacun fait comme il peut. Un jour peut-être, vous pourrez vous permettre de voir ses bons côtés, comme avant. Vous ne savez pas tout. Vous ne connaissez qu'une seule version de l'histoire. Il y a bien plus à en dire... des faits, des rêves, des conflits, des conversations que vous n'avez jamais soupçonnés. Ses actes découlent de tout ça, ai-je dit. Il vous faudra accepter l'idée qu'il y avait beaucoup plus d'éléments en jeu, et que vous ne parviendrez peut-être jamais à deviner ce que c'était.

– Bon, et après? J'en ai rien à foutre. Sincèrement, rien.

– Vous, peut-être; mais un jour Brendan pourrait penser autrement, lui. Ces choses-là ont tendance à se transmettre d'une génération à l'autre. Quand il y a un abandon de ce genre, personne ne s'en sort indemne.

– Ouais.

– Il y a une phrase qui me trotte par la tête quand je me trouve dans ce genre de situations... « Le vaste et tumultueux océan de la vérité. »

– Qu'est-ce que ça veut dire?

– La vérité n'est pas toujours agréable. Elle n'est pas toujours assez petite pour être absorbée en une fois. Quelquefois la vérité vous submerge et menace de vous emporter avec elle. J'ai vu un tas de choses hideuses dans ce bas monde.

– Ouais, eh bien pas moi. C'est ma première expérience et je n'aime pas beaucoup ça.

– Bon, je vous comprends, ai-je dit. Prenez soin de votre fils. Il est vraiment superbe.

– Lui, c'est la seule chose positive qui soit sortie de tout ça.

– Il y a vous aussi, ai-je dit sans pouvoir réprimer un sourire.

Son regard se voila et il me renvoya un sourire quelque peu étonné, mais j'eus l'impression de ne pas avoir parlé pour rien.

J'ai quitté la maison de Dana pour me rendre chez Renata. Quels qu'aient été les défauts de Wendell, il avait réussi à séduire deux femmes de qualité. Elles n'auraient pas pu être plus différentes; Dana avec son élégance calme, Renata avec son exotisme sombre. Je me suis garée devant la porte et j'ai remonté à pied vers la maison, le long de l'allée. Si la police exerçait toujours une surveillance, elle le faisait d'une manière rudement intelligente. Pas de fourgonnette, pas de camionnette, pas de mouvements de rideaux dans les maisons alentours. Je tirai la sonnette et attendis en explorant la rue du regard. Je me retournai et, les mains en coupe près de la vitre, je cherchai à voir à l'intérieur. Je tirai de nouveau la sonnette.

Finalement Renata surgit du fond de la maison. Elle portait une jupe blanche en coton et un tee-shirt bleu roi, des sandales blanches qui mettaient en valeur le bronzage olivâtre de ses jambes. Elle ouvrit la porte, appuya un instant sa joue contre le bois.

– Salut. J'ai entendu à la radio qu'ils ont retrouvé le bateau. Il n'a pas vraiment disparu, n'est-ce pas?

– Je n'en sais rien, Renata. Honnêtement. Je peux entrer?

Elle me tint la porte ouverte.

– Vous pouvez. Ça ne change rien.

Je la suivis dans le vestibule jusqu'à la salle de séjour qui s'étendait sur tout l'arrière de la maison. Des portes-fenêtres donnaient sur un petit patio, presque entièrement asphalté, avec une bordure de fleurs. Au-delà le terrain descendait en pente jusqu'à l'eau. On pouvait voir *Le Fugitif*, toujours amarré au ponton.

– Voulez-vous un Bloody Mary? Je vais en prendre un.

Elle alla au bar et souleva le couvercle d'un seau à glace. Elle se servit d'une pince en argent pour prendre des cubes de glace qu'elle laissa tomber, avec un cliquetis, dans son verre d'une facture ancienne. J'ai toujours désiré être le genre de personne qui fait ça.

– Non, continuez toute seule. C'est un peu tôt pour moi.

Elle pressa un citron vert sur la glace et ajouta un doigt de vodka. Elle retira du mini-réfrigérateur un pichet de jus de tomate, le fit tourner pour mélanger la pulpe et versa le liquide sur la vodka. Elle avait des gestes indolents et paraissait hagarde. Elle était très peu maquillée et il était manifeste qu'elle avait pleuré. Peut-être venait-elle seulement de reprendre le dessus, pour répondre à la porte quand j'avais sonné. Elle m'adressa un sourire douloureux.

– Qu'est-ce qui me vaut le plaisir de vous voir?

– J'étais chez Dana. Et puisque je me trouvais déjà à Perdido, je me suis dit que je pourrais venir jeter un coup d'œil sur quelques-unes des affaires de Wendell. Je continue à penser qu'il a pu oublier quelque chose. Il a peut-être laissé un indice. Je ne sais pas quoi faire d'autre pour retrouver sa piste.

– Il a emporté toutes ses affaires, mais je vous laisserai bien volontiers jeter un coup d'œil si vous y tenez. Est-ce que la police est allée sur le bateau pour relever les empreintes ou faire ce qu'elle fait dans ces cas-là?

– Tout ce que je sais, je l'ai appris ce matin par la compagnie d'assurances. Apparemment le bateau a été retrouvé mais il n'y a aucune trace de Wendell. Je ne sais encore rien quant à l'argent.

Elle prit son verre et se dirigea vers un énorme fauteuil capitonné. Elle s'assit, me faisant signe d'en faire autant dans l'autre fauteuil.

– Quel argent?

– Wendell ne vous en a pas parlé? Carl gardait trois millions de dollars cachés quelque part dans le bateau.

Il lui fallut à peu près cinq secondes pour digérer la nouvelle. Puis elle rejeta la tête en arrière et se mit à rire. Pas comme quand on est heureux, mais c'était mieux qu'un sanglot. Elle se ressaisit.

– Pardon. Vous *plaisantez*, je pense, dit-elle.

Je hochai négativement la tête.

Nouveau petit rire, puis elle secoua la tête.

– Alors ça, c'est incroyable. Il y avait tout cet argent sur le *Lord*? Je n'arrive pas à y croire. En réalité, ça me fait du bien parce que tout prend un sens.

– Quoi donc?

– Je n'arrivais pas à comprendre pourquoi il était si obsédé par ce sacré bateau. Il ne parlait que du *Lord*.

– Je ne comprends pas ce que vous êtes en train de dire.

Elle remua sa boisson avec un bâtonnet qu'elle lécha consciencieusement.

– Eh bien, il aimait les gosses, bien sûr, mais il n'avait jamais auparavant laissé ses sentiments modifier son existence. Il était à court d'argent, ce qui n'a jamais été un problème en ce qui me concernait. Dieu sait que j'en ai assez pour deux. Il y a environ quatre mois, il s'est mis à parler de rentrer. Il voulait voir ses garçons. Il voulait voir son petit-fils. Il voulait se faire pardonner par Dana pour la façon dont il l'avait traitée. Je pense aujourd'hui qu'il voulait seulement mettre la main sur l'argent. Vous savez quoi? Je parierais qu'il l'a fait. Pas étonnant qu'il ait été si foutrement secret. Trois millions de dollars. Je suis étonnée de ne pas avoir deviné, dit-elle.

– Vous avez l'air d'être plus déprimée qu'étonnée, dis-je.

– Sans doute, maintenant que vous le dites.

Elle avala une longue gorgée. Je me dis qu'elle avait dû prendre plus d'un verre avant mon arrivée. Des larmes envahissaient ses yeux. Elle secoua la tête.

– Qu'est-ce qu'il y a? ai-je demandé.

Elle s'inclina en arrière, la tête appuyée contre le fauteuil, les yeux fermés.

– Je veux continuer à croire en lui. Je veux penser qu'il ne s'intéresse pas seulement à l'argent. Parce que, si c'est vraiment un homme de ce genre, alors qu'est-ce que ça signifie à mon sujet?

Ses yeux sombres se rouvrirent.

– Je ne suis pas certaine que les faits et gestes de Wendell Jaffe tiennent compte de qui et de quoi que ce soit, fis-je remarquer. J'ai dit la même chose à Michael. Ne prenez pas ça pour une allusion personnelle.

– Est-ce que la compagnie d'assurances va le poursuivre?

– En fait, la CF n'a aucune raison d'engager des poursuites à ce stade. Sauf pour ce qui est évident, bien sûr. C'est Dana qui a touché la prime et c'est avec elle qu'ils vont négocier. A part ça, ils ne sont pas concernés.

– Et la police?

– Eh bien, il se peut qu'ils se lancent à ses trousses; franchement, je l'espère. Mais je ne sais pas combien de personnes ils voudront y mettre. Même s'il s'agit d'escroquerie et de vol qualifié, on doit commencer par attraper le coupable. Après quoi il faut trouver des preuves. Et tout ça après tant d'années? Ils vont commencer par se demander à quoi ça rime.

– Ça me rend folle. *A quoi ça rime?* Je croyais que vous travailliez pour la compagnie d'assurances.

– C'était le cas. Plus maintenant. Disons les choses autrement. Je me sens des droits. Cette histoire représente dix jours de ma vie et je ne vais pas la laisser en plan. Renata, il faut que j'aille jusqu'au bout. Il faut que je sache ce qui est arrivé.

– Seigneur, une intégriste! Il ne nous manquait plus que ça.

Elle referma les yeux et fit rouler le verre glacé contre sa tempe comme pour atténuer une fièvre ardente.

– Je suis fatiguée, dit-elle. J'aimerais dormir pendant un an.

– Ça ne vous ennuie pas si je jette un coup d'œil?

– Je vous y invite. Allez-y voir tant que vous voulez. Il a tout emporté, mais je n'ai pas vraiment pris la peine de vérifier par moi-même. Il faudra me pardonner l'état où je me trouve avec toutes ces émotions. J'ai du mal à admettre l'idée qu'il m'a quittée après ces cinq années.

– Je ne suis pas persuadée que ce soit le cas, mais on peut le voir de cette manière-là. S'il l'a fait à Dana, pourquoi pas à vous?

Elle sourit, les yeux toujours fermés, et cela faisait un effet bizarre. Je n'étais pas certaine qu'elle m'avait réellement entendue. Elle pouvait tout aussi bien être déjà endormie. Je lui ôtai le verre de la main et le posai sur la table, ce qui fit entendre un petit tintement.

J'ai passé les quarante-cinq minutes suivantes à fouiller tous les coins et recoins de la maison. Dans des situations de ce genre, on ne sait jamais ce qu'on peut trouver : des papiers personnels, des notes, du courrier, des numéros de téléphone, un journal intime, un carnet d'adresses. Tout peut être utile. Mais elle avait raison à propos de Wendell. Il avait vraiment fait place nette. Enfin. J'aurais *pu* découvrir quelque formidable secret concernant l'endroit où il était allé se réfugier. On ne sait jamais tant qu'on n'a pas essayé.

Après avoir redescendu les escaliers, j'ai parcouru silencieusement le salon. Renata a remué, ses yeux se sont ouverts au moment où je passais devant le canapé.

– Vous avez fait bonne chasse?

La lassitude provoquée par l'alcool épaississait sa voix.

– Non, mais ça valait la peine d'essayer. Est-ce que ça va aller?

– Comment ça? Quand j'aurai digéré l'humiliation? Bien sûr que ça ira.

Je me suis arrêtée sur place.

– Est-ce qu'un certain Harris Brown a jamais appelé Wendell!

– Oh oui. Harris Brown avait laissé un message et Wendell l'avait rappelé. Ils se sont disputés au téléphone.

– C'était quand?

– Je ne sais plus. Hier peut-être.

– Ils se sont disputés à quel sujet?

– Wendell ne me l'a pas dit. Apparemment il y avait un tas de choses qu'il n'avait pas l'intention de partager avec moi. Si vous le retrouvez, pas la peine de me le dire. Je pense que je vais faire changer les serrures demain.

– Un dimanche? Ça va coûter cher.

– Aujourd'hui alors. Cet après-midi. Dès que je me lèverai.

– Appelez-moi si vous avez besoin de quelque chose.

– J'aurais besoin de me donner un peu de bon temps, dit-elle.

25

L'adresse de Harris Brown, telle que je l'avais notée, correspondait à une sorte de petit lotissement à l'extrémité de Colgate, une rangée de huit gentils pavillons sur les falaises, face au Pacifique, le long d'un chemin de terre bordé d'eucalyptus. Planches et lattes de bois, toits pointus avec deux lucarnes jumelles, vérandas fermées sur toute la longueur de la façade. Aujourd'hui, on pouvait presque les considérer comme des cabanes mais elles avaient sans doute été construites jadis sur une importante propriété, pour loger les domestiques d'une grande maison de maîtres démolie depuis longtemps. Contrairement aux maisons voisines, dont les murs étaient peints en rose et en vert pâle, celle de Harris Brown était... disons... marron [1], peut-être une référence facétieuse à lui-même. Il était difficile de deviner si la demeure avait toujours eu, dès l'origine, cet aspect minable, ou si son état général de décrépitude était dû au veuvage du propriétaire. Pour la créature sexiste que je suis, il était inimaginable qu'une femme ait pu vivre en ces lieux sans chercher à mieux les entretenir. J'ai monté les marches qui conduisaient à la véranda.

La porte d'entrée était grande ouverte, le panneau en bois grillagé fermé par un crochet. J'aurais pu le faire sauter à l'aide d'un canif, mais j'ai préféré frapper. De la musique classique coulait à flots d'un poste de radio dans la cuisine. Du seuil, j'apercevais une partie du plan de travail, des

1. En anglais : *brown*.

rideaux à carreaux marrons et blancs au-dessus de l'évier. Je pouvais entendre et même sentir qu'un poulet était en train de frire, avec un bruit de grésillements et d'éclatements qui formait un contrepoint appétissant à la musique. Si Harris Brown ne se montrait pas en vitesse, j'allais me mettre à gratter en gémissant sur le bois du panneau grillagé.

– Mr. Brown? ai-je appelé.

– Hello? a-t-il répondu.

Il fit son apparition dans l'encadrement de la porte de la cuisine, en se penchant sans quitter sa place devant la cuisinière. Il avait un torchon autour de la taille et une fourchette à deux dents dans une main.

– Oh. Un instant.

Il disparut, apparemment pour baisser la flamme sous le poêlon. S'il avait seulement l'obligeance de m'offrir un peu de poulet, peu m'importerait ce que l'on pouvait lui reprocher. Estomac d'abord, justice après. C'est l'ordre normal des événements en ce bas monde.

Il avait dû poser un couvercle sur la poêle car le bruit du grésillement se trouva brusquement étouffé. Il alla tourner le bouton de la radio, puis revint vers la porte, en s'essuyant les mains sur la serviette. Je me tenais à contrejour : il ne pourrait vraiment pas voir grand-chose tant qu'il ne se trouverait pas tout près de moi.

Son regard cherchait à m'examiner à travers le grillage.

– Que puis-je faire pour vous?

– Salut. Vous vous souvenez de moi? ai-je dit.

Je pensais qu'après avoir été flic pendant si longtemps il n'oubliait jamais un visage, mais probablement me reconnaissait-il sans être capable de se rappeler les circonstances de notre rencontre. Ce qui ne pouvait qu'aggraver la confusion, c'était le fait que nous avions bavardé par téléphone quelques jours plus tôt. S'il reconnaissait ma voix, je ne pensais pas qu'il l'attribuerait à la putain qui l'avait provoqué sur le balcon de Viento Negro, mais un souvenir obscur allait le harceler.

– Rafraîchissez-moi la mémoire, dit-il.

– Kinsey Millhone, dis-je. Nous étions censés déjeuner ensemble.

– Ah oui, c'est vrai, c'est vrai. Désolé. Entrez donc, dit-il.

Il fit sauter le crochet du panneau grillagé qu'il tint ouvert pour me laisser passer; son visage avait pris une expression attentive.

– On s'est déjà rencontrés, non? J'ai déjà vu votre visage quelque part.

Je ris d'un air penaud.

– Viento Negro. Le balcon de l'hôtel. Je prétendais que les copains m'avaient envoyée, mais j'avoue que c'était des bobards. En fait, j'étais à la recherche de Wendell, tout comme vous.

– Seigneur Jésus, dit-il en s'éloignant de la porte. J'ai du poulet sur le feu. Vous feriez mieux d'entrer.

Je refermai la porte grillagée derrière moi,et examinai d'un bref regard toute la pièce en la traversant. Un linoléum miteux sur le sol, d'énormes fauteuils rembourrés des années trente, des étagères pleines de livres empilés au hasard. Pas seulement du fouillis, mais aussi une absence de propreté. Ni rideaux, ni lampes de table, une cheminée qui ne marchait pas.

J'arrivai dans la cuisine et y jetai un coup d'œil.

– On dirait bien que Wendell Jaffe a disparu une fois de plus.

Harris Brown était retourné à son fourneau; il tenait le couvercle suspendu au-dessus du poêlon dont s'échappait un nuage de vapeur. Un moule à tarte en verre, plein de farine, était posé tout au bord de la cuisinière. La surface des plaques inoccupées avait l'air d'avoir été recouverte de neige à l'endroit où il avait fait transiter les morceaux de poulet entre le moule et le poêlon. S'il me frappait dans le cou avec la fourchette qu'il tenait, j'aurais l'air d'avoir été mordue par un serpent. Il retournait les morceaux de poulet.

– Ah bon. Je ne suis pas au courant. Comment a-t-il fait son compte?

Je restais là où j'étais, appuyée contre le chambranle. La cuisine était la seule pièce qui semblait recevoir toute la lumière du soleil. Elle était aussi plus propre que le reste de la maison. L'évier avait été récuré. Le réfrigérateur avait une forme arrondie, il était vieux et jaunissant, mais il n'était pas maculé d'empreintes. Il y avait des étagères pleines de vaisselle dépareillée.

– Je n'en sais rien, dis-je. J'ai pensé que peut-être vous pourriez me le raconter. Vous lui avez parlé l'autre jour.

– Qui a dit ça?

– Sa petite amie. Elle était là quand il vous a rappelé.

– L'infâme Mrs. Huff, dit-il.

– Comment avez-vous fait pour la retrouver?

– Ça a été facile. Vous m'avez dit son nom au cours de notre première conversation téléphonique.

– Ah oui, c'est vrai. Je parie que j'ai même mentionné qu'elle vivait dans les Keys. J'avais oublié.

– Moi je n'oublie pas grand-chose, dit-il, même si je remarque que l'âge commence à se faire sentir.

Dans mon for intérieur, j'étais sur la défensive. Le bonhomme paraissait bien trop désinvolte.

– J'ai parlé avec Carl hier soir. Il m'a dit qu'il vous avait payé les cent mille dollars qu'il vous devait.

– C'est exact.

– Pourquoi vous êtes-vous disputé avec Wendell?

Il retourna plusieurs morceaux de poulet, d'un beau brun acajou avec une croûte dorée. Pour moi, ils avaient l'air d'être à point, mais quand il les piqua avec sa fourchette, un liquide teinté de sang suinta à l'articulation. Il baissa le feu et remit en place le couvercle.

– Je me suis disputé avec Wendell avant d'avoir récupéré l'argent. C'est pour ça que je me suis rabattu sur Eckert et que je l'ai fait venir ce soir-là.

– Je ne vois pas le rapport.

– Wendell me raconte qu'il va se mettre à table. Il veut « soulager sa conscience » avant d'aller en prison. C'est un sacré coup dur pour moi. J'arrive pas à y croire. Il s'apprête à tout leur raconter sur l'argent que lui et Eckert ont mis à l'abri. Dès qu'il le dit, je sais que c'est la fin de tout. Je suis ruiné. Quand le tribunal aura fait son travail, je ne reverrai jamais un sou. Je bigophone aussitôt à Eckert et je lui raconte qu'il ferait mieux de se ramener ici avec l'argent en main. Je précise, *pronto*.

– Pourquoi donc n'avez-vous pas cherché à récupérer l'argent plus tôt?

– Je pensais qu'il avait disparu. Eckert prétendait qu'ils avaient tous les deux claqué jusqu'au dernier centime. Quand j'ai entendu dire que Wendell était vivant, j'ai envoyé Eckert se faire foutre avec toutes ses histoires. J'ai asticoté Wendell et il s'est avéré qu'ils avaient un magot. Wendell n'avait pris qu'un million ou quelque chose comme ça en partant; Eckert avait le reste. Vous imaginez ça? Il l'a eu tout le temps, et n'en retirait que ce dont il avait besoin. Il était malin, ça je vous le dis. Il vivait comme un gueux; qui aurait pu deviner la vérité?

– Vous n'étiez pas l'une des parties civiles?

– Ça, bien sûr, mais dans ce genre d'affaire le fric ne reste pas intact. Vous voulez savoir ce que j'aurais obtenu? Peut-être dix cents par dollar et encore, avec de la chance. On sert le fisc en premier, puis les deux cent cinquante investisseurs. Tout le monde veut sa part. J'en avais rien à foutre qu'il rende tout le magot, pourvu que j'aie palpé mon fric d'abord. Qu'ils aillent au diable, les autres. Moi je l'ai gagné, ce pognon, et je me suis donné du mal pour le récupérer.

– Et quel genre de marché avez-vous conclu? Qu'est-ce que vous avez fait en échange?

– Rien du tout. C'est ça qui est intéressant. Une fois que j'avais mon argent je m'en foutais de ce qu'ils faisaient tous les deux.

– Ça ne vous concernait plus.

– C'est bien ça.

Je secouai la tête, sans comprendre.

– Là, je ne pige pas. Pourquoi Carl Eckert vous aurait-il payé tout ça? Pour dire les choses comme elles sont, pourquoi vous a-t-il payé quoi que ce soit? C'était un chantage?

– Non, c'était pas un chantage. Bon Dieu, je suis flic. Il ne m'a pas *payé* un centime. Il m'a remboursé mes pertes. J'avais investi cent mille dollars et c'est ce que j'ai récupéré. Pas un sou de plus, dit-il.

– Vous avez raconté à Carl Eckert que Wendell allait rendre le pognon?

– Et comment! Wendell devait aller voir les flics le soir même. J'avais déjà parlé à Carl. Il était censé passer ici avec le fric, vendredi matin. Je savais donc qu'il l'avait sur lui. Je voulais être sûr d'avoir l'argent en poche avant que ce vieux timbré de Wendell se mette à table. Quelle andouille c'était, ce type-là.

– Pourquoi dites-vous « c'était »?

– Parce qu'il vient encore de disparaître, non? Vous venez de le dire vous-même.

– Peut-être bien que ça ne vous a pas suffi de récupérer votre argent?

– Mais qu'est-ce que ça veut dire, bon Dieu?

J'eus un haussement d'épaules.

– Vous souhaitiez peut-être le voir mort.

Il se mit à rire.

– Vous croyez vraiment ça, vous? Pourquoi aurais-je voulu sa mort?

– D'après ce qu'on m'a dit, cette histoire a éloigné vos gosses. Votre mariage a été brisé. Votre femme est morte peu de temps après.

– Oh merde. D'abord, mon mariage allait très mal et elle était malade depuis des années. La perte du fric, oui, c'est ça qui a fait râler mes gosses au point qu'ils m'ont abandonné. Une fois, je leur ai glissé vingt-cinq billets de cent à chacun sous la table, ça les a rendus tout de suite plus affectueux.

– Charmants enfants.

– Au moins je sais à quoi m'en tenir, dit-il sèchement.

– Vous cherchez à me faire comprendre que vous ne l'avez pas tué.

– Je suis en train de vous dire que je n'en avais pas besoin. Je me disais que Dana Jaffe s'en chargerait quand elle découvrirait l'existence de l'autre femme. Comme si ça ne suffisait pas qu'il l'ait abandonnée avec les mômes! Mais lui faire un coup comme ça en plus? Ça paraît un peu trop.

Comme mon appartement n'est qu'à cent mètres de l'océan, j'ai laissé ma voiture garée en face de chez moi et je suis retournée à pied jusqu'à la marina. J'ai musardé derrière le portail fermé qui conduisait à la marina 1. J'aurais pu passer par-dessus la clôture comme je l'avais fait en compagnie de Renata, mais il y avait assez de passants à cette heure-là pour que je puisse attendre de voir arriver quelqu'un avec une clef. La journée tournait au gris. Je ne pensais pas qu'il allait pleuvoir, mais les nuages lugubres étaient d'un gris épais et l'air marin était glacial. Nos étés à Santa Teresa sont vraiment comme ça.

Finalement, un type arriva en short et en sweat-shirt. Il avait sa carte magnétique à la main et ouvrit le portail. Il me le tint même poliment quand il s'aperçut que je voulais entrer.

– Merci infiniment, dis-je, en lui emboîtant le pas tandis qu'il avançait le long de l'allée. Vous connaissez Carl Eckert, par hasard? C'est le propriétaire du bateau qui a été volé vendredi matin.

– J'en ai entendu parler. Ouais, je connais Carl de vue. Je pense même qu'il est allé le rechercher, en réalité. Je l'ai vu mettre les gaz pour partir dans son canot il y a une heure ou deux.

Le gars tourna dans la deuxième allée à gauche, dans la rangée de cales marquée d'un D. Je poursuivis ma route jusqu'au J, qui se trouvait à ma droite. Bien évidemment, l'emplacement du *Lord* était encore vide. Il n'y avait aucun moyen de savoir à quelle heure Carl serait de retour.

Il était près de treize heures et je n'avais pas déjeuné. Je suis retournée chez moi après avoir pris ma machine à écrire dans la voiture. Je me suis fait un sandwich : œuf dur chaud, coupé en tranches, par-dessus une couche épaisse de mayonnaise Best Foods; pain complet, beaucoup de sel, le tout coupé en longueur. Les règles sont les règles. Je chantonnais intérieurement, en me léchant les doigts pendant que j'installais ma Smith-Corona. J'ai mangé sur mon bureau, en tapant de temps à autre, entre deux grosses bouchées gluantes. J'ai fini par remplir un paquet de fiches sur lesquelles j'avais résumé tout ce que je savais en format 7 × 12. Je les ai classées en diverses catégories et épinglées sur le tableau pendu au-dessus de ma table de travail. J'ai allumé ma lampe de bureau. A un moment donné, je suis même allée me chercher un Pepsi Light. Comme pour une réussite, j'ai joué et rejoué avec le même jeu de cartes. Je ne savais même pas ce que je faisais, me contentant de lire les renseignements, dans un ordre puis dans un autre, en espérant que je verrais quelque chose en sortir.

Quand j'ai regardé ma montre, il était dix-huit heures quarante-cinq. Je me suis sentie submergée par l'anxiété. J'avais eu l'intention de ne passer qu'une heure ou deux à mon bureau, pour tuer le temps jusqu'au retour de Carl Eckert. J'ai fourré quelques dollars dans la poche de mon jean et attrapé un sweat-shirt que j'ai enfilé en franchissant la porte. Je suis retournée presque au trot à la marina, dans ce crépuscule artificiel que dispense un ciel couvert. J'ai réussi à rattraper une femme qui venait de s'engager sur la rampe d'accès à la marina 1. Elle m'a regardée bizarrement en déverrouillant le portail.

– J'ai oublié ma clef, ai-je murmuré en entrant derrière elle.

Le *Lord* était de retour, enveloppé dans des bâches de toile bleue. La cabine était obscure et il n'y avait aucun signe d'Eckert. Un canot pneumatique flottait derrière le voilier auquel il était attaché par une corde. Je suis restée là un moment à le contempler, en envisageant toutes les possibilités. Je suis retournée au *Yacht Club*, qui brillait de toutes ses lumières. J'ai poussé les portes vitrées, monté les escaliers. Je l'ai aperçu de l'autre côté de la salle à manger. Il était assis au bar, vêtu d'un pantalon et d'une veste en jean, ses cheveux argentés ébouriffés par les heures passées sur le bateau. La foule des dîneurs en veston et cravate était déjà importante, le bar plein de consommateurs, l'air saturé de fumée de cigarettes. Le maître d'hôtel me jeta un coup d'œil, en feignant d'être surpris par mon accoutrement. En vérité, il était probablement vexé de voir que je ne m'étais pas arrêtée pour faire une génuflexion en passant devant lui. J'ai fait un geste du côté des fenêtres, en prenant une expression de plaisir qui éclaira mon visage comme si je venais de reconnaître quelqu'un. Il regarda dans cette direction. Il n'y avait pas de règle en matière de tenue dans le bar et il le savait bien. La moitié des gens qui s'y trouvaient portaient des polos et des pantalons longs, des coupe-vent et des chaussures de pont.

Carl Eckert se retourna, s'aperçut de ma présence alors que je n'étais plus qu'à trois mètres de lui. Il murmura quelque chose au barman et saisit son verre.

– Allons prendre une table. Je pense qu'il y en a une dehors.

J'acquiesçai et le suivis pendant qu'il nous frayait un chemin dans la cohue.

Le bruit et la température tombèrent considérablement une fois que la porte se fut refermée derrière nous. Nous étions dehors, sur la terrasse où s'étaient blottis un très petit nombre de téméraires. Il faisait de plus en plus sombre mais, en réalité, le soleil était caché derrière les nuages. Au-dessous de nous, l'océan se cabrait et se soulevait, les vagues se brisaient sur le sable dans un tonnerre permanent. J'aimais l'odeur qu'il y avait dehors, mais l'air était humide et peu engageant. Deux hauts radiateurs au propane dispensaient une lueur rosâtre et oblongue sans beaucoup réchauffer la terrasse. Nous prîmes néanmoins une table, face à l'un d'entre eux.

Carl dit :

– Je vous ai commandé du vin. Le garçon devrait l'apporter dans une minute.

– Merci. Vous avez récupéré votre bateau, à ce que je vois. Qu'est-ce qu'ils ont trouvé? Rien du tout je suppose, mais rien n'empêche d'espérer.

– En fait, ils ont découvert des traces de sang. Une ou deux petites traînées sur la rambarde, mais ils ne savent pas si c'est celui de Wendell.

– Ah bon. Comme si ça pouvait être le vôtre!

– Vous connaissez la police. Ils ne sont pas pressés d'arriver à des conclusions. D'après tout ce qu'on sait, Wendell aurait fait ça lui-même, pour essayer de donner l'impression d'une lutte. Avez-vous vu Renata? Elle vient de partir.

Je secouai négativement la tête, en remarquant qu'il s'était arrangé pour changer de sujet.

– Je ne savais pas que vous vous connaissiez.

– Je connais Renata. Je ne peux pas dire qu'on est amis. Je l'ai rencontrée il y a des années, quand Wendell est tombé amoureux d'elle. Vous savez ce que c'est quand un copain a une petite amie pour qui on n'a pas vraiment de sympathie. Je n'arrivais pas à comprendre pourquoi il n'était pas heureux avec Dana.

– Le mariage est un mystère, dis-je. Que faisait Renata ici?

– Je ne sais pas trop. Elle paraissait au bout du rouleau.

Elle voulait parler de Wendell mais elle est devenue nerveuse et s'en est allée.

– Je ne pense pas qu'elle supporte bien cette affaire, dis-je. Et l'argent? Est-ce qu'il a disparu?

Il eut un rire sec, plat.

– Et comment. Pendant un moment j'ai gardé l'espoir qu'il serait encore sur le bateau. Je ne peux même pas avertir les flics. C'est le plus drôle.

– Quand avez-vous vu Wendell pour la dernière fois?

– Ça devait être jeudi. Il allait chez Dana.

– Moi je l'ai vu après, chez Michael. Nous sommes partis ensemble mais sa voiture n'a pas voulu démarrer. Je suis certaine maintenant que quelqu'un l'avait sabotée parce que la mienne l'a été, elle aussi. J'étais en train de le raccompagner quand mon moteur est tombé en panne. C'est à ce moment-là que quelqu'un nous a tiré dessus.

Derrière nous, la porte s'ouvrit sur une explosion de bruits. Le serveur apparut avec un verre de chardonnay sur un plateau. Il avait un autre scotch à l'eau pour Carl. Il posa les deux boissons sur la table, en même temps qu'une soucoupe pleine de bretzels. Eckert paya et ajouta deux billets pour le pourboire. Le serveur le remercia et se retira.

Quand la porte se fut refermée, je changeai de sujet de conversation.

– J'ai parlé à Harris Brown.

– Bon point pour vous. Comment va-t-il?

– Il a l'air d'aller. Pendant un moment, j'ai pensé qu'il était peut-être un bon candidat pour le rôle de l'assassin de Wendell.

– L'assassin. Ah, oui.

– Ça tient debout, ai-je dit.

– Pourquoi est-ce que ça tient debout? Ça tient tout autant debout que de l'imaginer en train de prendre à nouveau la poudre d'escampette, dit Carl. Et pourquoi pas un suicide? Dieu sait que les gens ici ne l'ont pas vraiment accueilli à bras ouverts. Et s'il s'était tué? Y avez-vous réfléchi?

– Et s'il était monté dans un vaisseau spatial? ai-je contre-attaqué.

– Expliquez-vous. Le sujet commence à me taper sur les nerfs. La journée a été longue. Je suis crevé. J'ai perdu au moins un million de dollars. Et ça ne me fait pas rire, je peux vous le dire.

– Peut-être que vous l'avez tué.

– Pourquoi aurais-je voulu le tuer? Ce salaud a volé mon fric. S'il est mort, comment voulez-vous que je récupère l'argent?

Je haussai les épaules.

– Pour commencer, ce n'était pas *votre* fric. La moitié lui appartenait à lui. Quant à l'argent disparu, je n'ai que votre parole. Comment puis-je savoir si vous ne l'avez pas pris dans le bateau vous-même pour le cacher quelque part? Maintenant que Harris Brown est au courant, vous pouvez craindre qu'il ne se contente pas des cent mille dont il a demandé le remboursement.

– Croyez-moi sur parole. L'argent a disparu, dit-il.

– Pourquoi devrais-je vous croire sur parole? Vous avez fait faillite alors que deux cent cinquante investisseurs ont obtenu un jugement contre vous pour les sommes qu'ils ne pouvaient pas récupérer. Et pourtant vous aviez l'argent pendant tout ce temps-là. Vous avez joué au pauvre alors que vous aviez des millions cachés sous votre matelas.

– C'est l'impression que ça donne, je le sais.

– Ce n'est pas seulement une *impression*. C'est la *réalité*.

– Vous ne pouvez pas affirmer que j'avais une raison de tuer Wendell. Vous ne savez même pas s'il est mort. Il y a de grandes chances pour qu'il ne le soit pas.

– Je ne sais pas combien il y a de chances dans un sens ou dans l'autre. Considérons les choses de mon point de vue. Vous aviez l'argent. Il est revenu pour toucher sa part. Le magot avait été à votre disposition pendant si longtemps que vous aviez fini par penser qu'il était à vous. Wendell a été « mort » pendant cinq ans. Qui va vraiment se soucier de savoir s'il est « mort » pour toujours? En plus, vous rendez un grand service à Dana. Si Wendell revient à la vie, elle doit rembourser les indemnités qu'elle a touchées.

– Attendez, j'ai parlé à Wendell jeudi. C'est la dernière fois que je l'ai vu.

– C'est la dernière fois que quelqu'un l'a vu, à part Renata, dis-je.

Il s'est levé brusquement et s'est précipité vers la sortie. Je lui emboîtai le pas et franchis le seuil en trombe sur ses talons. Les gens se sont retournés pour voir ce qui se passait tandis qu'il se frayait un chemin dans le bar bondé et que je restais dans son sillage. Il a dévalé bruyamment l'escalier et pris la porte. Plutôt bizarrement, je n'étais pas inquiète et ça m'était bien égal qu'il m'échappe. Quelque chose me trottait dans le crâne. Ça avait un rapport avec la chronologie, avec Wendell, avec l'enchaînement des faits, avec le canot qui se balançait sur l'eau comme un caneton, remorqué par le *Lord*. Je n'arrivais pas encore à mettre le doigt dessus mais je n'allais pas tarder à le faire.

Je pouvais voir Carl se hâter devant moi, s'arrêter près du portail fermé. Il cherchait sa carte magnétique et j'ai descendu au trot la rampe derrière lui. Il a regardé derrière lui, puis ses yeux se sont levés en direction de la digue au-dessus de moi. J'ai suivi son regard. Il y avait une femme près du garde-fou. Elle était pieds nus, en imperméable, et nous contemplait au-dessous d'elle. Ses jambes nues et l'ovale pâle de son visage ressemblaient à des signes de ponctuation dans l'obscurité. Renata.

– Attendez. Je veux lui parler.

Eckert ne m'écouta pas ; il poussa le portail pendant que je revenais sur mes pas. Le mur qui épouse la courbe de la digue a environ cinquante centimètres de large ; il forme un rebord de béton jusqu'à hauteur des hanches. L'océan vient en permanence se fracasser contre cette barrière, en faisant jaillir de l'eau à la verticale. Une ligne d'écume balaie alors le muret sur toute la longueur de la digue signalée par une rangée de drapeaux montés sur des mâts. Le vent venu de l'océan pousse un brouillard permanent dans cette direction, les vagues éclaboussent la promenade du côté du port. Renata avait sauté sur le mur et elle avançait sous les vagues qui lui sautaient jusqu'aux épaules comme par jeu. Son imperméable était trempé ; l'étoffe était plus sombre du côté de l'océan, plus claire sur la gauche là où le tissu était encore sec. Marcher dans ces embruns, c'était comme se faire asperger par la pluie. J'en avais la sensation sur mon visage.

– Renata !

Elle était à moins de cinquante mètres de moi mais semblait ne rien entendre. L'eau de mer rendait la promenade glissante et il fallait que je fasse attention en marchant. J'ai accéléré l'allure, tout en avançant avec précaution et en évitant de marcher dans les flaques. C'était la marée montante. Je voyais l'océan bouillonner en une énorme masse sombre qu'avalait l'obscurité. Tous les drapeaux claquaient. Les rares lumières, par endroits, n'avaient qu'un effet décoratif.

– Renata!

Elle regarda alors en arrière et me vit. Elle ralentit le pas et attendit que j'arrive à sa hauteur avant de repartir. Elle conservait une enjambée d'avance sur moi. J'étais sur la promenade en contrebas tandis qu'elle restait en haut du parapet, de sorte que j'étais contrainte de lever les yeux pour la regarder. Maintenant je pouvais voir qu'elle pleurait; il y avait des traînées de mascara sous ses yeux noirs. Des mèches de cheveux dégoulinantes lui entouraient le visage et collaient à son cou. J'ai tiré sur l'ourlet de son imper et elle s'est arrêtée pour me dévisager d'en haut.

– Où est Wendell? Vous avez dit qu'il était parti vendredi matin, mais vous êtes la seule à prétendre l'avoir vu après jeudi soir.

J'avais besoin de plus de détails. Je n'étais pas vraiment certaine de la façon dont elle s'était débrouillée. Elle avait surgi dans mon bureau avec une mine bien défaite. Peut-être était-elle restée debout toute la nuit. Peut-être se servait-elle de moi pour se forger un alibi.

– Vous l'avez tué?

– Qui s'en soucie?

– Moi, j'aimerais savoir. Je le voudrais vraiment. La CF m'a déchargée de l'affaire ce matin et les flics s'en foutent. Allons. Rien qu'entre nous. Je suis la seule à croire qu'il est mort et personne ne m'écoute.

La réponse tarda à venir comme si elle me parvenait de très loin.

– Oui.

– Vous l'avez tué?

– Oui.

– Comment?

– Je lui ai tiré dessus. Tout s'est passé très vite.

Avec son index elle imita le canon d'un revolver et fit feu sur moi.

J'ai grimpé tant bien que mal sur le mur, tout près d'elle, afin que nos visages se trouvent au même niveau. J'aimais mieux ça. Je n'étais pas obligée d'élever la voix pour qu'elle couvre la houle. Renata était-elle ivre? Je sentais une odeur d'alcool émaner d'elle, malgré le vent.

– C'était vous qui nous tiriez dessus à la plage.

– Oui.

– Mais c'était moi qui avais votre revolver. Je vous l'avais pris sur le bateau.

Elle eut un sourire triste.

– J'en ai toute une collection. Dean en avait six ou huit. Il avait une peur folle des cambrioleurs. Celui dont je me suis servi était un petit semi-automatique équipé d'un silencieux. Le coup n'a pas fait plus de bruit que si j'avais jeté un livre par terre.

– Quand avez-vous fait ça?

– Cette nuit-là, le jeudi. Il est revenu à pied de la plage. J'étais en voiture. Je suis arrivée à la maison la première et j'étais là pour l'accueillir quand il est rentré. Il était épuisé et il avait mal aux pieds. Je lui ai confectionné une vodka-tonic et je la lui ai apportée sur la terrasse. Il en a pris une longue gorgée. J'ai mis le revolver sur sa nuque et j'ai tiré. Il a eu à peine un sursaut et j'ai été assez rapide pour empêcher le verre de se renverser. Je l'ai traîné jusqu'en bas, sur le quai, près du canot pneumatique et je l'ai poussé dedans. Je l'ai recouvert d'une bâche et je me suis éloignée des Keys à petite vitesse. J'ai pris tout mon temps parce que je ne voulais pas attirer l'attention.

– Et alors?

– Quand je me suis trouvée à environ quatre cents mètres, j'ai attaché son cadavre à un vieux moteur de 25 chevaux dont je voulais de toute façon me débarrasser. Je l'ai embrassé sur la bouche. Il était déjà froid et il avait un goût de sel. Je l'ai basculé par-dessus bord et il a coulé.

– En même temps que l'arme.

– Oui. Après, j'ai mis tous les gaz et j'ai foncé de Perdido à Santa Teresa où je me suis faufilée dans la marina; j'ai attaché le canot au *Lord* et j'ai mis le cap sur le large. J'ai navigué le long de la côte et j'ai hissé les voiles. Je suis revenue aux Keys dans le canot bien tranquillement pendant que le *Lord* s'éloignait sur l'océan.

– Mais pourquoi, Renata? Qu'est-ce qu'il avait bien pu vous faire?

Elle a tourné la tête, le regard perdu à l'horizon. Quand elle m'a regardée de nouveau, j'ai vu qu'elle souriait faiblement.

– J'ai partagé sa vie et voyagé avec lui pendant cinq ans, dit-elle. Je lui ai procuré de l'argent, un passeport, un toit, un appui. Et comment m'a-t-il remerciée? En retournant à sa famille... en ayant tellement honte de moi qu'il n'aurait même pas voulu avouer mon existence à ses fils. Il avait connu le démon de midi. C'était tout ce que j'étais pour lui. Maintenant que tout était fini il rentrait chez sa femme. Je ne pouvais pas la laisser le reprendre. C'était trop humiliant.

– Mais Dana n'avait nullement l'intention de le reprendre.

– Elle l'aurait fait. Elles sont toutes comme ça. Elles disent qu'elles n'en veulent plus, mais au fond, elles ne peuvent pas résister. Ce n'est pas moi qui les en blâmerai. Chacune est folle de reconnaissance quand le sien se décide en fin de compte à revenir ramper à ses pieds. Ce qu'il a fait n'a pas d'importance. Tout ce qui compte, c'est qu'il soit là de nouveau et dise qu'il l'aime.

Le sourire avait disparu et elle s'était remise à pleurer.

– Pourquoi ces larmes? Il ne les méritait pas.

– Il me manque. Je ne pensais pas que ce serait comme ça, mais je n'y peux rien.

Elle a ôté la ceinture de son imper et laissé glisser le vêtement de ses épaules. Elle était nue en-dessous, mince et blanche, frissonnante. Comme une flèche de chair.

– Renata, non!

Je l'ai vue se tourner et se jeter dans l'océan bouillonnant. J'ai retiré mes chaussures, j'ai prestement baissé mon jean et passé mon pull par-dessus ma tête. Il faisait froid. J'étais déjà trempée par les embruns mais pendant un instant j'ai hésité. Au-dessous de moi, quinze mètres plus loin maintenant, j'apercevais Renata qui nageait, ses bras minces et blancs se frayaient une voie dans l'eau méthodiquement. Je ne voulais pas du tout me jeter à l'eau. Elle avait l'air profonde et froide et noire et âpre. J'ai sauté en avant, avec l'impression d'être un oiseau, en me demandant s'il y avait une chance pour que je reste suspendue en l'air pour toujours.

J'ai heurté l'eau. C'était stupéfiant et j'eus le souffle coupé. Puis je me suis entendue hurler à pleine voix tellement je me sentais surprise. Le froid me coupait la respiration. Le poids de l'eau obligeait mes poumons à faire des efforts. J'ai retrouvé mon souffle et je me suis mise à avancer. Le sel me piquait les yeux, mais je pouvais voir les taches blanches que formaient les mains de Renata, son visage dansant dans l'eau à quelques mètres devant moi. Je suis bonne nageuse, mais certainement pas une championne. Pour pouvoir nager pendant un certain temps, je suis généralement forcée d'alterner les mouvements, de passer du crawl à l'indienne, puis à la brasse et à la planche. L'océan était agité, presque joueur, une mort liquide à l'infini, une torture glaciale, implacable.

– Renata, attends!

Elle a regardé en arrière, apparemment surprise de me voir braver l'eau. Presque par politesse, elle a paru ralentir un peu sa cadence pour me laisser la rattraper avant de s'éloigner à nouveau. J'étais déjà hors d'haleine après tant d'efforts. Elle semblait fatiguée, elle aussi, et peut-être était-ce la raison pour laquelle elle avait consenti à se reposer. Pendant un moment, nous avons flotté de conserve, soulevées et enfoncées par l'eau comme par quelque manège bizarre dans un parc d'attractions.

J'ai coulé et refait surface, le visage tendu, et j'ai écarté les cheveux qui me couvraient les yeux. J'ai essuyé mon nez et ma bouche qui avaient un goût de saumure. Marinée par la mort, j'allais devenir une olive humaine.

– Où est passé l'argent?

Je pouvais voir ses bras battre l'eau; le mouvement lui permettait de rester à la surface.

– Je n'étais pas au courant pour l'argent. C'est à cause de ça que j'ai ri si fort quand vous m'en avez parlé.

– Il a disparu. Quelqu'un l'a pris.

– Oh, peu importe, Kinsey. Wendell m'a appris un tas de choses. Je déteste dire des banalités dans un moment pareil, mais on n'achète pas le bonheur avec de l'argent.

– Ouais mais au moins on peut en louer un petit peu.

Elle ne prit même pas la peine de rire par politesse. Je devinais que son énergie commençait à flancher, mais pas autant que la mienne.

– Qu'est-ce qui se passera quand vous ne pourrez plus continuer à nager? ai-je demandé.

– Pour dire la vérité, je me suis livrée à une petite enquête. Se noyer, ce n'est pas une mauvaise façon d'y passer. Il y a un instant de panique, mais après c'est l'euphorie. On glisse dans l'éther. C'est comme quand on s'endort sauf qu'on a des sensations agréables. C'est le manque d'oxygène. On suffoque, en réalité.

– Je ne me fie pas à ce qu'on raconte. Ça vient de gens qui ne sont pas vraiment morts; et qu'est-ce qu'ils en savent? En plus, je ne suis pas prête. Trop de péchés sur la conscience, ai-je dit.

– Vous feriez mieux d'économiser vos forces, alors. Moi, je continue, a-t-elle dit en s'éloignant dans l'eau.

C'était donc une femme-poisson? Je pouvais à peine bouger. L'eau me paraissait déjà bien plus chaude mais cela même semblait inquiétant. Peut-être était-ce la première phase, l'illusion préliminaire juste avant la véritable hallucination finale. Nous avons nagé. Elle était plus forte que moi. J'enchaînais tous les mouvements que je connaissais, afin de rester près d'elle. Pendant un certain temps, j'ai compté. Une, deux, respire. Une, deux, respire.

– Seigneur, Renata. Faisons la planche.

Je me suis arrêtée et détendue pour me mettre sur le dos, les yeux tournés vers le ciel. Les nuages semblaient plus clairs que la nuit environnante. Presque par gentillesse, elle a ralenti encore, nagé sur place. Tout autour de nous, dans l'obscurité, les vagues étaient impitoyables, attirantes.

– S'il vous plaît, revenez vers le rivage avec moi, ai-je dit.

La poitrine me brûlait. Je haletais mais je ne parvenais pas à aspirer assez d'air.

– Je ne veux pas continuer, Renata.

– Je ne vous l'ai jamais demandé.

Elle se remit à nager.

J'ai cru sentir que la volonté allait me manquer. Mes bras étaient en plomb. Pendant un moment, j'ai pensé que j'allais essayer de la suivre mais j'étais sur le point de m'évanouir.

J'étais glacée et épuisée. Mes bras devenaient de plus en plus lourds, la brûlure d'une fatigue musculaire les parcourait sur toute la longueur. Je pouvais à peine respirer, j'avalais de l'eau salée chaque fois que j'essayais d'aspirer de l'air. Il se peut bien aussi que j'aie pleuré. Difficile à dire. J'avais l'impression d'avoir nagé depuis toujours mais, lorsque je me suis retournée et que j'ai vu les lumières du rivage, j'ai constaté que nous n'étions pas à plus de huit cents mètres, et encore. Je ne pouvais pas imaginer quel effet ça ferait de nager jusqu'à n'en plus pouvoir... dans le noir, dans l'eau noire jusqu'à ce que la fatigue l'emporte. Je ne pouvais pas la sauver. Je n'avais aucunement la force de la rejoindre à la nage, brasse pour brasse. Et même si je la rattrapais? Pourrais-je lutter avec elle pour la ramener de force? Peu probable. Je n'avais suivi aucun cours de sauvetage depuis le lycée. Renata était déjà partie pour la fin du voyage. Ça n'allait pas faire la moindre différence pour elle si elle m'emmenait ou non. Quand les gens ont pris le parti de se tuer, ils ne savent pas toujours comment s'arrêter. En tout cas je comprenais maintenant ce qui était arrivé à Wendell et ce qui allait lui arriver à elle. Il fallait que je m'arrête. Je barbotai en économisant mon énergie. Je ne pouvais tout bonnement plus avancer. Je n'arrivais même pas à penser à ce que je pourrais lui dire d'original ou de profond pour la convaincre de revenir. De toute manière, elle n'y faisait plus attention. Elle avait sa propre destination, tout comme j'avais la mienne. J'ai continué à l'entendre encore un petit moment, et il ne s'est pas écoulé beaucoup de temps avant que les bruits de ses brasses ne soient engloutis par la nuit. Je me suis un peu reposée en faisant la planche, puis j'ai fait demi-tour et me suis remise à nager vers le rivage.

Épilogue

Le cadavre de Wendell Jaffe est sorti du Pacifique neuf jours plus tard, rejeté sur la plage de Perdido, chargé de varech comme un filet. Les mouvements des marées et la houle des tempêtes l'avaient libéré des entrailles de l'océan et ramené sur le rivage. De tous les membres de sa famille, je pense que Michael a été le plus durement touché. Brian avait bien d'autres problèmes personnels à régler mais il pouvait au moins trouver quelque réconfort dans l'idée que son père ne l'avait pas volontairement abandonné. Les problèmes financiers de Dana étaient résolus grâce à cette preuve tangible de la mort de Wendell. C'était Michael qui, se retrouvait seul pour affronter tout ce qui était resté inachevé.

Quant à moi, comme j'avais coûté à la California Fidelity un demi-million de dollars, je ne courais aucun risque en présumant que je ne travaillerais plus pour eux pendant un bon bout de temps. Ça aurait dû mettre un point final à l'affaire mais un petit nombre de faits ont commencé à s'accumuler au fil des mois. Le cadavre de Renata n'a jamais été retrouvé. J'ai appris, par hasard, qu'au moment d'évaluer ses biens on avait découvert que sa maison de même que son bateau étaient hypothéqués au maximum et que tous ses comptes en banque avaient été vidés. Cela me tracasse. Je découvre que je m'acharne sur le passé, comme sur un petit nœud dans un bout de corde.

Je vais vous dire ce à quoi je pense quand je me réveille au beau milieu de la nuit. Je ne suis pas sûre que quelqu'un sache vraiment ce qui est arrivé à Dean DeWitt Huff. Selon elle, il serait mort d'une crise cardiaque en Espagne, mais quelqu'un y est-il jamais allé voir? Et son précédent mari? Qu'est-ce qu'il est devenu? J'avais pris l'habitude de considérer qu'il s'agissait de l'histoire de Wendell Jaffe; mais si c'était son histoire à elle? Les millions disparus n'ont jamais fait leur réapparition. Supposons qu'elle ait été au courant, pour l'argent. Qu'elle ait persuadé Wendell de revenir. Elle aurait pu sauter à l'eau du haut de son propre ponton si elle avait voulu se noyer. Quand on veut se tuer, pourquoi rouler pendant cinquante kilomètres en voiture pour le faire? Sauf si on a besoin d'un témoin fiable... comme moi. Après que je suis allée faire mon rapport à la police, on a considéré que l'affaire était close. Mais l'est-elle?

Je n'ai jamais cru au crime parfait. Maintenant je n'en suis plus si sûre. Elle m'a révélé que Wendell lui avait appris un tas de choses, mais elle n'a jamais vraiment dit ce que c'était. S'il vous plaît, comprenez-moi : je ne connais pas les réponses. Je me contente de poser des questions. Et Dieu sait combien il me reste de questions sans réponse sur ma propre vie.

Votre respectueusement dévouée,
Kinsey Millhone

COLLECTION « NOIR » CHEZ POCKET

Bernard Alliot
Eaux troubles

William Bayer
Hors champ
Punis-moi par des baisers
Voir Jérusalem et mourir

Robert Bloch
Autopsie d'un kidnapping
L'éventreur
L'incendiaire
La nuit de l'éventreur
Un serpent au paradis

James M. Cain
La femme jalouse
La femme du magicien

Carter Christopher
Un assassin modèle
Le dernier crime d'Agatha Christie

Raymond Chandler
Nouvelles (2 tomes)

Robin Cook
Mutation

Martin Cruz Smith
Blues pour un tsigane
Requiem pour un tsigane

Mildred Davis
La chambre du haut
La voix au téléphone

Nelson Demille
Retour de l'enfer

Mark Frost
La liste des sept

Loren D. Eastleman
Le pro

Arthur Conan Doyle
Les aventures de Sherlock Holmes
Le chien des Baskerville
La vallée de la peur

Evanovich Janet
Deux fois n'est pas coutume
La prime

Fyfield Frances
Ombres chinoises
Sommeil de mort
Un cas de conscience
Le fantôme de la plage

Brian Garfield
Poursuite

Elizabeth George
Enquête dans le brouillard
Cérémonies barbares
Le lieu du crime
Une douce vengeance
Pour solde de tout compte
Mal d'enfant
Un goût de cendres
Le visage de l'ennemi
Le meurtre de la falaise

Giovanni José
La mort du poisson rouge

Sue Grafton
" A " comme Alibi
" B " comme Brûlée
" C " comme Cadavre
" D " comme Dérapage
" E " comme Explosif
" F " comme Fugitif
" G " comme Gibier
" H " comme Homicide
" I " comme Innocent

" J " comme Jugement
" K " comme Killer
" L " comme Lequel ?
" M " comme Machination
" N " comme Nausée

Martha Grimes
L'auberge de Jérusalem
Le vilain petit canard
Le crime de Mayfair
Les cloches de Whitechapel
L'énigme de Rackmoor
La jetée sous la lune
Le mystère de Tarn House
L'affaire de Salisbury
La nuit des chasseurs
Les mots qui tuent
Meurtre sur la lande

Patricia Highsmith
L'art du suspense

Alfred Hitchcock
Histoires terrifiantes
Histoires épouvantables
Histoires abominables
Histoires à lire toutes portes closes
Histoires à lire toutes lumières allumées
Histoires à ne pas fermer l'œil de la nuit
Histoires à déconseiller aux grands nerveux
Histoires préférées du maître ès crimes
Histoires qui font mouche
Histoires sidérantes
Histoires à claquer des dents
Histoires qui riment avec crime
Histoires à donner le frisson
Histoires à lire avec précaution
Histoires drôlement inquiétantes
Histoires percutantes
Histoires à faire froid dans le dos
Histoires à donner des sueurs froides
Histoires à vous glacer le sang
Histoires à suspense
Histoires à frémir debout
Histoires à vous faire dresser les cheveux sur la tête
Histoires renversantes
Histoires qui font tilt
Histoires à faire pâlir la nuit
Histoires noires pour nuits blanches
Histoires à vous mettre K. -O.
Histoires diaboliques
Histoires fascinantes
Histoires qui virent au noir
Histoires à vous couper le souffle
Histoires à faire peur
Histoires ténébreuses
Histoires à lire et à pâlir
Histoires ciblées
Histoires à rendre tout chose
Histoires en rouge et noir

William Irish
Concerto pour l'étrangleur
Une étude en noir
Lady Fantôme
Nouvelles (2 tomes)
Rendez-vous en noir

Susan Isaac
Lily White

Charles King
Mama's boy

Dick Lochte
Temps de chien

Ed McBain
Downtown
Escamotage
Poison

Carol O'Connell
Meurtres à Gramercy Park
L'homme qui mentait aux femmes
L'assassin n'aime pas la critique
Les larmes de l'ange

Jefferson Parker
Un été d'enfer

David M. Pierce
La neige étend son blanc manteau
Rentre tes blancs moutons
Le petit oiseau va sortir
Sous le soleil de Mexico

Jack Richtie
L'île du tigre

Laurence Sanders
L'homme au divan noir

John Sandford
La proie de l'ombre
La proie de la nuit
La proie de l'esprit

Sandra Scoppettone
Tout ce qui est à toi...

Lisa See
La mort scarabée

Georges Simenon
L'affaire Saint-Fiacre
L'amie de Madame Maigret
L'âne rouge
Les anneaux de Bicêtre
Au bout du rouleau
Au rendez-vous des Terre-Neuvas
Les autres
Betty
La boule noire
La chambre bleue
Le charretier de la providence
Le chat
Chez les Flamands
Le chien jaune
Les complices
Le coup de lune
Un crime en Hollande
Le crime impuni
La danseuse du Gai-Moulin
Le destin de Malou
L'écluse n° 1
En cas de malheur
Les fantômes du chapelier
Les fiançailles de Monsieur Hire
Le fond de la bouteille
Le fou de Bergerac
La fuite de Monsieur Monde
Les gens d'en face
La guinguette à deux sous
Le haut mal
L'homme au petit chien
L'homme de Londres
Liberty Bar
Maigret
Maigret et les braves gens
Maigret au Picratt's
Maigret s'amuse
Maigret et le voleur paresseux
Maigret et la grande perche
Maigret et le corps sans tête
La maison du canal
Marie qui louche
Mémoires intimes
Monsieur Gallet décédé
La mort d'Auguste
La mort de Belle
La nuit du carrefour
L'ombre chinoise
Le passager clandestin
Le passager du Polarlys
Pedigree
Le petit saint
Le pendu de Saint-Phollien
Pietr-le-Letton
Le port des brumes
La porte
Le président
Le relais d'Alsace
La rue aux trois poussins
Strip-tease
Tante Jeanne
Les témoins
La tête d'un homme
Le train
Les treize coupables
Les treize énigmes
Les treize mystères
Un nouveau dans la ville
Une confidence de Maigret
Une vie comme neuve
Le veuf
La vieille

Rosamond Smith
Œil-de-serpent

Dorothy Uhnak
Victimes

Andrew Vachss
Blue Belle
Hard Candy

Jack Vance
Charmants voisins
Lily street
Méchante fille
Un plat qui se mange froid

Minette Walters
Chambre froide
Cuisine sanglante
La muselière
Lumière noire

Résonances…
Lame de fond

Marianne Wesson
Habeas corpus

David Wiltse
Terreur noire
Terreur blanche

Helen Zahavi
Dirty week-end

Le livre noir du crime
Bonnes vacances
Histoires de crimes parfaits
Histoires d'agresseurs
Histoires d'arnaqueurs
Mômes, sweet mômes
Place d'Italie
Le Salon du Livre

COLLECTION « THRILLERS » CHEZ POCKET

BALDACCI DAVID
Une femme sous contrôle
Une triche si parfaite
Une femme sous influence

BANKS IAN
Un homme de glace

BATAILLE THIERRY,
BRUNO JEAN
L'empreinte du serpent

BECKETT SIMON
Le rêve de l'antiquaire

BROWN ROSELLEN
Les quatre vérités

BRUNO ANTHONY
Seven

CLANCY TOM,
PIECZENIK STEVE
Op-Center 1
Op-Center 2 : Image virtuelle
Op-Center 3 : Jeux de pouvoir
Op-Center 4 : Actes de guerre
Op-Center 5 : Rapport de force

COLLINS LARRY
Les aigles noirs
Dédale

COOK ROBIN
Mutation

CRICHTON MICHAEL
Congo
Extrême urgence
Harcèlement
L'homme terminal
Jurassic Park
Le monde perdu
Soleil levant
La variété Andromède
Un train d'or pour la Crimée
Sphère
Turbulences

CRUZ SMITH MARTIN
Parc Gorki
L'étoile Polaire

DEMILLE NELSON
Le déshonneur d'Ann Campbell
Retour de l'enfer
Le voisin
L'île des fléaux

DEMILLE NELSON
BLOCK THOMAS
Mayday Mayday !

DIBDIN MICHAEL
Cosi fan tutti

DRESDEN JAMES
Ne te retourne pas
Un rire dans la nuit

DUNANT SARAH
Transgression

DURAND LOUP
Daddy
Le grand silence
Le jaguar

EASTERMAN DANIEL
Le nom de la bête
Le testament de Judas
La nuit de l'apocalypse
Le jugement final
La nuit du 7e jour
K
Incarnation

EVANS PENELOPE
La locataire
Voyage au cœur des ténèbres

Fielding Joy
Ne pleure plus

Folson Allan
Jour de confession

Fullerton John
La cage aux singes

Gallagher Stephen
Mort sur catalogue

Gallois Sophie
Genius

Grant Michael
Ascenseur pour un tueur

Grippando James
Le pardon
L'informateur

Grisham John
La firme
L'affaire Pélican
Non coupable
Le couloir de la mort
Le client
L'idéaliste
L'associé

Guerrini Remo
Écran noir

Hall James
Tueurs de jungle

Hamsher J. August
Tueurs-nés

Harrington Kent
Le jour des morts

Harris Robert
Fatherland
Enigma

Harris Thomas
Black Sunday

Harrison Colin
Corruptions
Manhattan nocturne

Harry Eric
10 juin 1999

Hartov Steven
La fièvre du Ramadan

Hiaasen Carl
Pêche en eaux troubles

Higson Charles
Le secret du bonheur

Hoag Tami
Meurtre au carnaval

Jaham Marie-Reine de
Le Libanais

Johansen Iris
Bien après minuit

Katzenbach John
Juste cause

Kellerman Jonathan
Double miroir
Terreurs nocturnes
La valse du diable
Le nid de l'araignée

Kelman Judith
Un dernier baiser
Phobies
Plus que vous n'en savez
Entre les mailles du filet

Kenneally Jerry
Le chef d'orchestre

King Charles
Mama's boy

King Laurie
Un talent mortel
Le jeu du fou

Koontz Dean
Prison de glace

La Galite John
Mon nom est Kate Crow

Lapierre & Collins
Le cinquième cavalier

Lashner William
Les prévaricateurs
Veritas

Lescroat John T.
Justice sauvage
Faute de preuves

Levin Ira
Sliver

Ludlum Robert
Le duel des gémeaux
L'illusion Scorpio
Le manuscrit Chancellor
La route d'Omaha
Les veilleurs de l'Apocalypse
L'agenda Icare
L'échange Rhinemann
La conspiration Trevayne
Le secret Halidon
La vengeance dans la peau

Margolin Philip
La rose noire
La dernière chance
Les heures noires
Piège funéraire

Meltzer Brad
Délit d'innocence

Mitchell Kirk
Blown away

Montecino Marcel
Crosskiller

Moore Robin
Moscow Connection

Moore Susanna
À vif

Osborne Richard
Basic Instinct

Palmer Michael
Mesure d'urgence

Patterson James
Et tombent les filles
Jack et Jill
Au chat et à la souris

Pearson Ryne Douglas
Code Mercury

Perry Thomas
Une fille de rêve

Preston Douglas,
Child Lincoln
Cauchemar génétique

Prichard Hunter Jessie
L'assassin habite à la maison

Reichs Kathy
Déjà dead

Russo Enzo
Tous sans exception

Sandford John
La proie de l'ombre
La proie de la nuit
La proie de l'esprit

Smith Mitchell
La cité de pierre

Soussan André
Octobre II

Stein Harry
Victoire in extremis

Summers Judith
Crime et ravissement

Thierry Alain
L'étrange destin du docteur Tillac

TINE ROBERT
Bodyguard

TRUONG JEAN-MICHEL
Le successeur de Pierre

VAN LUSTBADER ERIC
Le ninja

WEAVER MICHAEL
Obsession mortelle
La part du mensonge

WILLOCKS TIM
L'odeur de la haine

Achevé d'imprimer sur les presses de

BUSSIÈRE

GROUPE CPI

à Saint-Amand-Montrond (Cher)
en mars 2001

POCKET - 12, avenue d'Italie - 75627 Paris Cedex 13
Tél. : 01-44-16-05-00

— N° d'imp. 11422. —
Dépôt légal : octobre 1993.

Imprimé en France